I0562131

Première édition septembre 2020
Réédition Juillet 2021
Dépôt légal Juillet 2021
© Cherry Publishing
71-75 Shelton Street, Covent Garden, Londres, UK.

ISBN 9781801161534

Rush

Léa Perrin

Cherry Publishing

Pour recevoir gratuitement Là-Haut Dansent les Étoiles, la romance entre gloire et descente aux enfers phénomène de Pauline Perrier, et toutes nos parutions, inscrivez-vous à notre Newsletter !

https://mailchi.mp/cherry-publishing/newsletter

Retrouvez-nous sur Instagram :

https://www.instagram.com/lea.perrin.auteure/
https://www.instagram.com/cherrypublishing/

Prologue

Le vrombissement du moteur résonne dans tout l'habitacle, et cette douce harmonie sonore fait lentement monter en moi la pression dont j'ai besoin pour aborder les choses dans les meilleures conditions possibles. Je compare souvent mon activité et ce qui la rythme à ce que doivent vivre les musiciens. Je répète mon morceau inlassablement en solo, jusqu'à ce jour où je dois le jouer en public, au milieu de tout un orchestre. À la différence près que les autres virtuoses ne jouent pas avec, mais contre moi... Le ronronnement de la mécanique sonne à mes oreilles comme une œuvre magistrale, mes tympans en connaissant chaque note tandis que mon cerveau en a imprimé toute la partition pour la jouer pratiquement par cœur, à la note près... Évidemment il me reste quelques portées pour pouvoir improviser, et c'est là tout l'intérêt de jouer sans cesse de nouveaux morceaux. Il n'en demeure pas moins que, chaque fois, c'est le même schéma que l'on rejoue.

Toute l'équipe pousse la préparation à son maximum pour parvenir à être la plus efficiente possible. Bien sûr, il y a les éléments et les règles de base, les rituels immuables... et puis il y a tout le reste. Les éventuels problèmes mécaniques, les aléas extérieurs, les faits de course... En gros, tout ce qui dépend des autres et qu'on ne peut absolument pas maîtriser.

La tension qui s'empare déjà de moi avant la course n'est pas quelque chose de négatif à mes yeux. Cette agitation intérieure que je ressens chaque fois des pieds à la tête, cet embrasement qui se diffuse dans chaque particule de mon être, galvanisant chacune de mes molécules, aiguisant mes sens déjà

5

en éveil, est ce qui me donne envie d'aller toujours plus vite. Je crois que même un *shot* de tequila me ferait moins d'effet. Mon sang distille l'adrénaline comme mes poumons gèrent leur oxygène. De façon naturelle. Presque innée.

Les bannières des sponsors flottent au-dessus du public en délire et, enfermé comme je le suis dans ma concentration, je calcule à peine les spectateurs qui m'apparaissent presque telles des fourmis de l'endroit où je me trouve. L'ambiance est à son comble dans les tribunes, la rumeur enfle jusqu'à gronder et les cris des passionnés m'électrisent, accentuent mon éréthisme, alors que les fanatiques agitent leurs drapeaux.

Je resserre les sangles de mon harnais et vérifie une nouvelle fois minutieusement que tout est prêt pour le départ. Je check toutes les jauges, consulte chaque indicateur une énième fois alors que les effluves de gaz d'échappement et d'huile de moteur montent à mes narines, me procurant un sentiment de bien-être indescriptible.

On me fait signe que c'est l'heure et tous les mécaniciens déguerpissent, emportant avec eux ce qu'il reste de matériel. Je suis désormais seul dans mon cockpit, sur la grille de départ, avec pour unique compagnie mon *team manager* dans la radio. Lui et moi on doit forcément faire une bonne équipe et être sur la même longueur d'onde. Au sens propre comme au figuré. Parce que j'ai beau être celui qui se tient derrière le volant, il me guide et m'assiste tout au long de la course.

Mon excitation à son comble, mon cœur bat à toute vitesse. Lui aussi vibre au rythme imposé par le compte-tour, alors que l'adrénaline se diffuse déjà dans mes veines et que je distille la pression. Je sens l'afflux sanguin pulser depuis ma poitrine, monter rapidement pour battre dans ma jugulaire et continuer sa course jusque dans mes tempes, provoquant un tumulte peut-être assourdissant pour d'autres, mais presque nécessaire dans mon crâne de cinglé de la vitesse.

Déjà l'envie d'en découdre avec les autres concurrents m'oppresse et la fébrilité habituelle qui m'étreint avant chaque début de course échauffe l'épais liquide qui se meut dans mes artères presque aussi rapidement que le fera ma voiture d'ici quelques secondes. Le reste de mon corps se cale sur la cadence désordonnée de ma respiration alors que les voitures vont s'élancer derrière le pace-car pour le tour de chauffe.

Impossible de décrire ce que je peux ressentir à cet instant précis. Il faut le vivre soi-même pour le savoir, pour connaître les sensations que cela peut procurer. C'est assez bizarre mais quelque part, c'est comme si on faisait partie d'un cercle très fermé, finalement. Peu d'élus peuvent en parler. Lorsque l'on est dans son bolide, c'est comme si on était à part, comme hors du temps. Pourtant je déteste me dire que je ne suis pas ordinaire. J'ai peut-être simplement un peu plus de chance. Celle de pouvoir goûter au plaisir brut de pousser mon corps jusqu'à ses limites, emporté par celles de la machine. Le bonheur de vivre ma passion jusqu'à son paroxysme.

Ma concentration est à son comble. La voiture de sécurité quitte la piste, les choses sérieuses vont pouvoir commencer…

Top départ.

Ma respiration s'accélère encore, à mesure que la voiture avale les tours.

L'adrénaline.

Je suis une boule d'énergie, j'évolue avec aisance, je suis dans mon élément. Tout ça, c'est ce que je sais faire de mieux.

La vitesse.

J'en veux encore, toujours plus. C'est comme si ça n'allait jamais assez vite pour moi, et tandis que mon cœur cogne contre mes côtes, j'appuie plus fort sur la pédale d'accélérateur.

La peur.

Un seul grain de sable dans la mécanique et tout peut basculer. Parfois il est de notre fait. D'autres fois, c'est un facteur extérieur… mais il peut s'avérer être un élément catastrophique. J'ai d'ailleurs toujours été persuadé que ce putain de destin avait son mot à dire dans tout ça.

L'intensité.

Aujourd'hui je n'ai encore jamais rien connu de tel.

Le plaisir.

À la fin, c'est la seule chose qu'il me reste, c'est tout ce que j'en retire.

Trois heures trente d'effort intense, trois heures trente de pur bonheur.

Quand je franchis enfin le drapeau à damier, c'est l'épuisement qui domine, juste avant l'exaltation. Mais peu importe le résultat, j'aurais tout donné…

Chapitre 1

DAMN COOL

Phoenix, Arizona
Mars 2019

Jules

Je viens enfin d'atterrir à l'aéroport *Sky Harbor* de Phoenix, après un voyage de plus de dix-sept heures. Même si j'ai dormi un peu, le confort sommaire de mon siège en classe éco a eu raison de chacun de mes muscles et je suis éreinté. Heureusement que j'ai une bonne condition physique, je sais que je vais récupérer rapidement.

J'ai quitté Montpellier hier matin, à six heures. Tout le monde était là pour me dire au revoir. Mes parents, évidemment, mais même mes frangines avaient fait le déplacement pour m'accompagner et j'avoue que le dernier appel pour mon vol a été un grand moment d'émotion. Même si aujourd'hui on peut s'appeler en FaceTime, je ne sais pas vraiment quand je pourrai revoir ma famille...

J'ai pratiquement zoné trois heures à Charles de Gaulle avant d'embarquer enfin pour Atlanta où, après un vol de dix heures, j'ai encore poireauté une bonne heure et demie avant de repartir pour ma destination finale.

L'immense hall de l'aéroport grouille de passagers se disciplinant dans les files d'attente, soucieux des démarches à effectuer. Les visages laissent transparaître une certaine lassitude, parfois une grande fatigue, me ramenant à mon propre épuisement que je tente d'ignorer en me focalisant sur mon environnement. J'observe, je scrute, attentif au moindre détail. Le premier jour d'une toute nouvelle vie s'ouvre à moi, et je veux en savourer chaque seconde, ne rien rater.

Un vieil homme, seul, cherche à défroisser ses vêtements, quelque peu malmenés par le voyage. Son visage, reflétant déjà le poids des années, en porte lui aussi les stigmates. Sans doute usé, il s'appuie régulièrement sur la poignée de sa valise cabine, qui lui offre un maigre soutien. Un couple s'enlace tendrement, tandis que de jeunes parents tentent vainement de contenir l'impatience de leur bébé, mise à mal par de longues heures de vol. Entouré d'une foule cosmopolite, je percute que depuis mon départ, j'ai parcouru pratiquement dix mille kilomètres, traversé un océan, arpenté quatre aéroports et probablement entendu toutes les langues.

Je passe rapidement les formalités douanières et j'ai déjà l'impression qu'il fait bien plus chaud ici que chez moi, à Nîmes. Le climat aride du désert de Sonora est propice aux très fortes températures, et même en hiver, le temps est bien plus clément que dans certaines villes françaises en été.

J'attends pour récupérer ma grosse valise et j'en profite pour retirer ma veste et mon pull, histoire de ne pas ruiner le t-shirt propre que j'ai enfilé juste avant l'atterrissage. Les énormes bouches noires crachent enfin les premiers paquetages. Le cliquetis incessant de la machinerie me vrille les tympans et un mal de crâne, certainement dû à l'asthénie, semble vouloir élire domicile sous mon crâne. Debout à côté du tapis, à scruter les bagages qui défilent sur le ruban de caoutchouc, je rallume mon téléphone et je constate que j'ai plusieurs messages. Certains sont de maman, qui me rappelle de ne pas omettre de la prévenir lorsque je serai arrivé. Comme le bon petit fiston que je suis, je la rassure aussitôt. D'autres sont de mes potes, qui me souhaitent bonne chance. Je leur répondrai plus tard, quand je me serai procuré une puce pour un forfait local, ils sont prévenus… Si je m'amuse à envoyer des SMS à gogo, ça va finir par me coûter la peau du cul en *roaming*.

Alors que j'ai encore mon portable dans les mains, je reçois un message du type qui doit venir me chercher. Il me prévient qu'il est arrivé et m'indique devant quelle porte je le trouverai. Il me faut encore plusieurs minutes pour y parvenir, dans cet immense dédale où je croise autant de touristes que d'hommes d'affaires. Effectivement, dès que je passe les portes de sortie, j'avise un grand gaillard brun à la peau mate, probablement d'au moins cent kilos au bas mot, tenant une pancarte sur laquelle figure mon nom : Jules Chesneau.

Saisi par la chaleur de l'Arizona, je me dirige vers lui sans attendre, et dès qu'il comprend que je suis bien celui qu'il espère, il se fend d'un large sourire et me tend immédiatement la main :

— Chase Williams, bienvenue chez nous !

Sa poigne est chaleureuse et je la devine sincère. Le type porte sa sympathie sur son visage souriant. Ses cheveux sont longs et noués, et ses yeux noirs en amande me sondent, sans pour autant me dévisager. Je jurerais presque, sans pour autant le parier, qu'il a des origines indiennes... ou hawaïennes... J'imagine déjà que j'aurai sans doute l'occasion de le découvrir un peu plus tard. Je réponds à sa franche poignée de main avec un léger mouvement de tête :

— Enchanté Chase...

— T'as fait bon voyage, mec ?

— Un peu long, mais ça a été, dans l'ensemble...

Mon nouvel acolyte, presque peiné pour moi, me précise en pinçant les lèvres :

— Mon pauvre, tu vas avoir à peine le temps de te poser, nous partons ce soir pour Fontana... Mais nos bus sont assez bien équipés, tu verras. De vraies baraques sur roues !

Je viens juste de signer un contrat avec une toute jeune écurie de NASCAR. En France, j'ai du mal à me faire une place dans le milieu de la course automobile. Difficile de percer, mais j'ai toujours cru que je parviendrai à sortir du lot et à me faire un nom. J'ai grandi avec l'exemple de Sébastien

Lœb, l'une de mes idoles qui, parti de rien, est devenu l'un des plus grands pilotes au monde en Rallye.

J'ai d'abord débuté par le karting, petit, puis j'ai touché à plusieurs autres disciplines, la F1 étant le rêve ultime, absolu, inatteignable... Et même si j'ai la chance d'évoluer dans cet univers qui me fait rêver, je reste la sempiternelle doublure, la roue de secours, toujours numéro 2.

Le constat est affligeant. Il est compliqué, lorsqu'on n'est personne, de trouver une équipe apte à vous fournir une bonne voiture, celle qui vous conduira jusqu'au sommet... Quand on n'a pas les moyens de prouver ce dont on est capable, il est impossible de taper dans l'œil des plus grandes *teams*. Un véritable cercle vicieux.

Alors systématiquement, lors des courses, je tourne en rond comme un lion en cage, rongeant mon frein à chaque tour, tandis que je passe plus de temps à regarder les autres depuis le bord de la piste qu'à conduire la voiture moi-même... éternel pilote de développement, toujours dans l'ombre...

Pourtant je ne demande pas grand-chose. Juste qu'on me donne l'opportunité de montrer de quelle trempe je suis. J'attends juste qu'on me laisse m'affirmer, prouver ma valeur, que je peux moi aussi devenir un pilote d'envergure... Et si possible, au-delà de vivre ma passion, j'aimerais pouvoir en vivre. Correctement.

Je tourne de nouveau mes pensées vers l'instant présent, les rapatriant sur le bon continent. Nous en avons pour une bonne trentaine de minutes entre l'aéroport et le circuit, et mon regard est déjà clairement capté par les montagnes rouges et rocheuses qui délimitent la ville.

La végétation environnante atteste déjà du climat local. Ici, même si les palmiers bordent la route comme chez moi dans le sud de la France, ils sont accompagnés de cactus, et les parterres ne sont pas ornés d'herbe mais de sable. Pendant le trajet, Chase me fait un rapide topo de l'équipe alors que j'en profite pour scruter le paysage environnant, émerveillé de mettre les pieds aux États Unis pour la première fois de ma vie.

Le *big boss*, que l'on verra somme toute rarement, sera là aujourd'hui pour m'accueillir. Quand on m'a contacté pour me proposer ce contrat, même si ce n'était encore une fois que pour une place de remplaçant et de pilote « essais », j'ai réalisé que je devrais peut-être saisir ma chance. Cette offre sonnait presque pour moi comme une rémission pour un condamné. Et puis, j'allais vivre le rêve américain en quelque sorte... même si pour ça je devais quitter ma famille.

On m'avait laissé entendre que l'écurie, créée il y a seulement trois ans, n'avait pour le moment qu'une seule voiture en course mais envisageait, si les résultats étaient suffisamment bons, d'investir dans une seconde et qu'à ce moment-là, j'aurais certainement une carte à jouer pour devenir enfin pilote titulaire. J'ai sauté sur l'occasion. Il faut dire que la NASCAR aux États-Unis, ce n'est pas rien ! Même si en attendant ce jour, mon job serait surtout encore d'aider au développement des performances de la voiture.

Depuis quelques années, la discipline tente de se faire une place en Europe. Bien sûr ça reste encore timide, très à la marge des autres sports mécaniques dans des pays comme la France, rien à voir avec son lieu d'origine... mais le championnat *NASCAR Whelen Euro Series* peut se targuer d'attirer un public de plus en plus nombreux en Espagne, Belgique, Pays-Bas, Italie...

L'an dernier, les pilotes de mon écurie ont été invités par l'un de nos sponsors, partenaire au week-end américain qui se tient à Tours tous les deux ans. Bien trop occupés pour se rendre à ce genre de manifestations, pour eux parfaitement inutiles, ils ont évidemment décliné. J'ai donc pris leur place au pied levé, bien entendu... et c'est alors qu'on m'a proposé de participer à la course et de m'essayer sur l'ovale, comme ça, juste histoire de... Sauf que j'ai gagné... j'ai remporté l'épreuve du samedi haut la main, et laminé tout autant mes adversaires le dimanche, impressionnant l'assemblée.

C'est ce fameux week-end que j'ai rencontré Tim Bearing, ami et partenaire financier de *CD Racing,* une petite écurie.

Nous avions alors beaucoup échangé et j'avais compris que, tout comme moi, la *team* éprouvait de difficultés à se lancer... Pas assez de moyens pour payer un excellent pilote encore dans le coup... Moi, le pilote dont la carrière peinait clairement à décoller, j'avais immédiatement compris la problématique. Eux et moi, nous étions certainement dans la même galère, à voguer sur un navire en pleine tempête, à faire face à une houle incessante, conscients que la noyade était l'issue la plus probable si un miracle ne se produisait pas... La croisée de nos chemins était-elle le signe que notre avenir pouvait changer, prendre enfin la direction espérée ? Aujourd'hui j'ai envie, besoin d'y croire.

Je profite du trajet pour vérifier de quoi j'ai l'air dans le minuscule miroir du pare-soleil et... Merde ! Ma gueule d'ange en a pris un coup ! Je passe ma main dans mes cheveux comme pour me convaincre que ça fera l'affaire pour aujourd'hui, mais j'aimerais bien ne pas faire mauvaise impression le premier jour.

Bon, les cheveux décoiffés, encore, ça peut passer pour quelque chose de volontaire... mais j'ai sérieusement morflé pendant le voyage. Mes cheveux blonds et mon teint naturellement hâlé, qui me donnent habituellement des allures de surfer californien ont perdu de leur superbe, et les cernes violacés que j'arbore sous mes yeux noisette font un peu « lendemain de cuite ».

Malgré tout, je tente de ne pas m'attarder sur mon aspect, et de retenir les noms de tous mes futurs collègues, histoire de me sentir un peu plus à l'aise dans mon nouvel environnement. Ce qui me rassure, c'est que si avant d'arriver j'avais pu avoir des craintes sur mon niveau d'anglais, je comprends pratiquement tout ce que me dit Chase à quelques mots près. Car même si j'ai étudié l'anglais un bon moment et que, dans le monde de la course automobile on côtoie souvent des étrangers, entre parler anglais avec un espagnol et se retrouver en totale immersion aux States, il y a un gouffre !

Ricardo Del Valle, le riche patron fondateur de *CD Racing*, réalisait là son rêve de gosse d'avoir sa propre écurie NASCAR. Et si dès la première année, il était parvenu à s'allouer les services d'une légende du milieu, Kyle Johnston, le bruit courait qu'il envisageait à présent sérieusement de se séparer de lui. Ce dernier était un pilote sur le déclin, et aujourd'hui leurs relations semblaient tendues.

Le mec souhaitait apparemment rester payé comme à l'apogée de sa carrière, mettant en péril la santé financière du projet. Del Valle avait fait fortune dans la vigne, en Californie mais ne pouvait malheureusement pas consacrer tout son argent à son rêve automobile. J'avais cru comprendre que le torchon n'était pas loin de brûler entre les deux hommes et je me demandais déjà dans quelle ambiance j'allais finalement mettre les pieds…

Je cherche toujours à assimiler chacune des infos que mon chauffeur me communique sur l'espèce d'organigramme qu'il me dépeint. Le *big boss* aurait délégué les pleins pouvoirs à l'ingénieur en chef, un certain Cameron Mc Intyre, ainsi qu'à James Brentwood, dit Brent, un mécano présent sur le circuit depuis plus de vingt ans. Un vieux de la vieille, comme on dit. Ces deux-là auraient apparemment carte blanche pour faire briller les couleurs de l'équipe et le *boss* s'en remet entièrement à leur jugement.

Nous arrivons enfin à l'*ISM Raceway*, je suis carrément impressionné par la taille du complexe. Des dizaines de *motor-homes*, de camping-cars de taille plus modeste et de voitures sont rangées sur un gigantesque parking, créant un effet de ville sur roues. Mon collègue m'explique, pour abreuver mes connaissances et illustrer ce que décortique mon regard stupéfait, que des milliers d'Américains se déplacent chaque semaine pour assister autant aux essais qu'aux courses. Ce sport fait presque partie d'un des fondements du pays, et il est pratiquement aussi important que l'est la Constitution elle-même ! Alors certains ne rateraient une épreuve pour rien au monde… Un tel fanatisme me laisse sans voix.

Après avoir serré les premières mains, Chase m'emmène sur le bord de la piste et la taille de l'ovale me laisse muet. Je réalise que même en ayant déjà vu un circuit NASCAR sur un écran télé, je ne m'attendais pas du tout à quelque chose d'aussi énorme et que d'ici peu, je serai sur l'un d'eux, au volant d'une de ces voitures, à foncer à plus de trois cents kilomètres à l'heure.

Le ruban d'asphalte déploie ses lignes sombres et légèrement floues, la chaleur en atténuant les contours. L'atmosphère lourde et étouffante m'oppresse soudain légèrement alors qu'un soleil de plomb s'abat toujours, ne semblant pas vouloir faiblir même à cette heure de la journée où pourtant il commence à décliner. Je n'ose même pas me représenter ce que ça doit donner sur les épreuves qui ont lieu en été sous des températures caniculaires et j'imagine déjà tout se dissoudre et se liquéfier alentour. L'air est saturé de vapeurs d'essence et de gomme fondue. Leurs effluves flottant autour de nous infiltrent mes narines, envahissent mes poumons qui s'en imprègnent avec délectation, comme d'une odeur caractéristique que l'on aime retrouver avec nostalgie, lorsque l'on regagne son bercail après une longue absence…

Une voiture tourne encore, malgré le fait que l'épreuve du jour soit terminée. Lorsqu'elle passe à vive allure devant nous, j'ai le temps d'identifier le logo sur les portières. C'est justement celle de ma nouvelle équipe. Contrairement à d'autres circuits, celui-ci est faiblement incliné et l'ovale forme un léger triangle. La Ford Mustang GT numéro quarante-huit de la *team CD* avale les miles, collée au goudron à près de trois cents kilomètres à l'heure alors qu'un type, le doigt sur le chrono, lève un sourcil appréciateur au moment où il arrête le décompte. Le bolide entame encore un tour et je le suis du regard, hypnotisé par l'aisance du pilote à l'emmener vers la ligne d'arrivée. Je ne peux m'empêcher de constater tout haut :

— Whaou ! Il cartonne votre lascar !

Chase acquiesce simplement, le sourire jusqu'aux oreilles :

— Ouais, c'est clair !

La voiture ralentit légèrement, et à peine bouclé son tour, elle se permet un petit tête-à-queue, laissant des traces de pneus noirâtres sur le bitume avant de revenir finalement dans les stands. Je reste un peu plus loin à observer le pilote s'extraire du cockpit sous les yeux du type qui tenait le chrono. Ce dernier ne m'a pas l'air tout jeune. Mais j'avoue que mon attention se reporte rapidement sur le conducteur. Je suis soudain scotché en faisant sa découverte :

— Quoi ? C'est un gringalet comme ça qui emmène la bagnole à cette vitesse ?

Chase semble plutôt amusé alors que je suis toujours aussi fasciné en matant le pilote qui retire ses gants et détache déjà son casque. Si je connaissais mieux mon nouveau collègue, je pourrais presque jurer, sans trop savoir pourquoi qu'il se moque de moi.

J'en suis encore tout à mes réflexions sur la frêle carrure du type en question au moment où le fameux pilote ôte enfin son casque, me laissant supposer qu'effectivement, Chase devait vraiment se foutre de ma gueule il y a quelques secondes à peine :

— Bah merde alors ! Putain !

J'ai juré en français.

Bah oui... pour l'instant ce n'est pas encore naturel de parler autre chose que ma langue maternelle !

Je reste bouche bée plusieurs secondes, et pour sûr je dois avoir l'air d'un con quand je parviens à bredouiller :

— Danica Patrick a une frangine ?

Chase rit, ne se retenant plus devant ma surprise tandis que j'embraye :

— Je ne savais pas que vous aviez des femmes parmi vos pilotes...

La jeune femme agite la tête de droite à gauche, libérant une étonnante et longue chevelure aux racines brunes mais aux pointes d'un bleu électrique, alors qu'elle arbore un sourire qui en dit long sur les sensations qu'elle vient de vivre.

— Elle n'est pas pilote ! me précise alors tout simplement mon compère.

Envoûté par le charme magnétique de la demoiselle, je crois que je ne réagis même pas à ses paroles. Elle porte une combinaison noire qui fait ressortir la couleur de ses cheveux et la clarté de son teint, étonnamment frais pour quelqu'un qui vient de fournir un tel effort... Visiblement très concentrée à expliquer tout un tas de choses à son compagnon, cette dernière fait de grands gestes en direction de l'ovale comme pour étayer ses théories. Quand soudain, se sentant très certainement observés, tous deux tournent la tête vers moi.

Au moment où elle me fixe sous ses longs cils et que nos regards se croisent pour la première fois, mon cœur tambourine subrepticement dans ma cage thoracique.

BOUM BOUM... BOUM BOUM...

Mais son sourire, qui il y a encore une fraction de seconde illuminait mon monde, se fige soudain. Pourtant pour moi, il inscrit ce moment parmi les évènements improbables d'une vie...

La dernière phrase de Chase semble enfin me monter au cerveau, alors que j'écarquille les yeux pour chercher à en savoir plus et qu'il ajoute simplement, comme pour lui-même :

— D'ailleurs, je ne comprendrai jamais pourquoi elle ne s'est pas lancée... Elle a ça dans le sang, c'est génétique, je crois.

Il soupire, puis ajoute en la regardant :

— Elle est terrible cette fille, un jour elle aura une super proposition et elle s'en ira...

Mais à l'instant où j'ouvre la bouche pour le questionner davantage, un type un peu plus loin nous fait signe d'approcher et Chase m'avertit, alors qu'il acquiesce de la tête dans sa direction :

— Mr Del Valle est là.

Nous entrons dans les stands et on me présente enfin le grand patron. Ricardo Del Valle est un homme qui en impose. Grand et charpenté, ses cheveux gris ondulés, coiffés en arrière, accentuent sa prestance et complètent à la perfection son costume sombre. Mais loin d'être inaccessible, il me serre chaleureusement la main tout en posant la seconde sur mon épaule dans un geste presque paternel pour m'accueillir :

— Bonjour Jules. Je suis ravi de t'intégrer à mon équipe ! J'espère que tu t'y plairas !

Sans attendre, il présente toute la *team*, me rappelant au passage quelques noms que j'ai déjà oubliés depuis mon arrivée il y a quelques minutes :

— Laisse-moi te présenter officiellement tout le monde…

Je remarque alors que la jeune femme et son compagnon de piste s'approchent de nous. Elle a ramené ses cheveux en un chignon, et retiré le haut de sa combinaison tout en nouant les manches autour de sa taille, dévoilant un simple marcel blanc qui épouse le haut de son corps à la perfection. J'avoue que je dois retenir mon regard de s'attarder sur le galbe de sa poitrine, parfaitement mis en valeur par cette tenue pourtant loin de se vouloir sexy. Sauf que pour moi, waouh… ! Ça l'est ! Et si, à distance, cette fille avait déjà l'air canon, de près c'est encore pire et déjà ma cervelle est en ébullition.

Merde ! J'ai dû la rêver un jour… et je l'ai rêvée tellement fort que mon esprit est parvenu à la matérialiser ! Pfff mais tu t'entends, Chesneau ! Tu nages en pleine science-fiction, mon gars ! Arrête la fumette ! Non mais putain ! Qu'est-ce que je raconte ? Je ne fume même pas, en plus ! Je divague complètement, la vision de cette nana m'a définitivement lobotomisé ! Ou alors c'est le jet lag qui a un effet dévastateur son mon putain de cerveau qui convulse…

La voix de Ricardo Del Valle se rappelle à moi et je me reconnecte enfin à la conversation, essayant de cacher tant bien que mal que je suis complètement subjugué par la sublime créature qui se dirige vers notre petit groupe. Monsieur Del Valle tend la main vers le type qui l'accompagne :

— Jules, voici James Brentwood dit « Brent », notre mécanicien en chef, là-bas tu vois Steeve Mason, son second...

Le fameux James me serre la main à son tour alors qu'un peu plus loin, un autre mec que j'ai déjà vu un peu plus tôt me fait un signe et je le salue de nouveau de la tête.

— ... et Cameron Mc Intyre, notre ingénieure...

Je crois que je bugue complètement au moment où la jeune femme me tend également la main et que je me remémore tout ce que m'a expliqué Chase en arrivant. Je remets soudain toutes les pièces du puzzle à leur place. Cameron. Prénom mixte. Les Américains ont une fâcheuse tendance à utiliser chaque prénom pour les deux sexes. Ils choisissent même parfois des jours ou des mois en guise de prénom, alors... Dans un monde où peu de femmes évoluent, j'ai pensé à tort qu'il s'agissait forcément d'un mec...

Quel crétin !

Je suis soudain percuté de plein fouet par deux billes cobalt :

— Salut, appelle-moi Mac, comme tout le monde !

BOUM BOUM... BOUM BOUM...

Encore sous le coup de la surprise, je crois que je ne réalise pas tout à fait que je la dévisage mais il semble que tout le monde s'en aperçoit car les rires fusent autour de nous. Surtout au moment où je lâche sans même le réaliser, sa main toujours dans la mienne :

— Je pense que je préférerais t'appeler Cameron.

Tout à coup je cogite sur le fait j'ai dû dire une grosse connerie car tout en retirant sa paume de la mienne, elle m'avise de la tête aux pieds comme si je n'étais rien. Un sourcil relevé, elle me renvoie dans mes filets comme une merde :

— Voyez-vous ça ? Le mec pense qu'on est assez intimes pour se permettre des petites fantaisies de ce genre ? Cameron c'est pour mes proches, et à ce que je sache, toi et moi ça fait à peine deux secondes qu'on se connaît !

Tous les regards semblent soudain tournés vers moi. Je crois que je rougis de honte d'être ainsi malmené devant de sinistres inconnus par celle qui doit certainement faire la pluie et le beau temps ici, mais je tente autre chose avec bravoure, dans un ultime sursaut d'amour propre :

— C'est vrai, mais tu auras l'occasion de découvrir que je ne suis pas comme tous les autres...

Elle se fend d'un rire tonitruant tandis qu'elle m'écrabouille davantage comme un vulgaire insecte :

— Plus prétentieux, certainement ? Alors laisse-moi te dire que l'intimité avec des mecs dans ton genre, c'est mort !

Tout le monde autour se fend la gueule et alors qu'elle appuie son regard, étrécissant les yeux comme pour tenter de lire en moi, tout ce que j'y vois, c'est une flamme incandescente et sauvage qui m'attire.

Pourtant elle enchaîne sans attendre, certainement pour enfoncer le clou et éviter que je me relève du coup magistral qu'elle vient de me porter :

— Merde, on m'avait pas prévenue que c'était un putain de *Frenchy* ! On va galérer, je le sens ! Le mec va se croire au-dessus de tout le monde !

Bon, vu comment elle m'envoie au tapis, j'ai dû mal interpréter la fameuse flamme dans ses yeux et l'intérêt qu'elle a semblé me porter...

Elle regarde tout le monde autour d'elle comme si elle cherchait une quelconque approbation à ses paroles. Je repère Brentwood qui semble lui faire de gros yeux comme pour lui intimer d'y aller mollo. Il ne veut certainement pas ma mort... enfin pas tout de suite. L'homme au teint buriné semble avoir l'âge d'être notre père à tous, ici... exception faite du *big boss*. Ses pupilles d'acier semblent déjà me prendre en pitié. Puis se tournant de nouveau vers moi, elle m'assène le coup fatal :

— Je te préviens, il va falloir que tu t'arranges pour perdre cet accent de merde et que je te comprenne correctement, sinon ça va être galère pour pouvoir bosser !

Offusqué comme jamais, je soutiens son regard insistant, captif consentant de la profondeur abyssale du bleu de ses yeux, et je tente de me défendre et de reconquérir fièrement le peu d'honneur qu'il me reste encore :

— Tous les Français ne parlent pas un anglais médiocre !

Le panache à la française, on ne sait jamais, sur un malentendu ça pourrait le faire !

Malheureusement elle m'assène un nouveau coup que je ne parviens même pas à esquiver. Je le ramasse pleine tête et son sourire s'étire encore, tel celui du chat du Cheshire, alors que son regard me garde en otage, transperçant mon cœur de part et d'autre. Et son sarcasme me flingue littéralement sur place :

— Peut-être, mais ton accent à toi, il est à chier ! Il m'irrite déjà les tympans !

Et BAM ! Prends ça dans ta face, Chesneau ! KO dès le premier round, mec ! Je crois qu'à cet instant précis, je pourrais étrangler cette fille. Merde, mais quelle conne ! Moi, j'ai toujours trouvé ça hyper sexy un accent étranger...Et puis bon sang, comment peut-on être aussi grossier ?

Ricardo Del Valle, nullement choqué par la scène qui se déroule sous ses yeux, en va de son petit commentaire humoristique :

— Eh ben ça y est, fiston, te voilà parfaitement intégré ! Déjà logé à la même enseigne que tous les autres !

Tout ça a l'air de particulièrement le faire marrer et surtout de ne l'effrayer aucunement quant à l'ambiance de travail dans son équipe. Mais moi, j'ai réellement l'impression de partir sur de mauvaises bases avec cette fille. Mais quel con aussi ! Qu'est-ce qui m'a pris de vouloir me la jouer séducteur d'emblée avec une collègue que je connais depuis deux secondes ? J'ignore pourquoi j'ai opté pour l'attitude du mec qui roule des mécaniques avec son physique, ça ne me ressemble tellement pas ! Parfois je parle sans vraiment réfléchir. Finalement, à bien y penser, je crois que j'ai bien mérité la réaction que j'ai provoquée chez elle et je ne devrais pas m'étonner outre mesure qu'elle n'ait pas tergiversé avant de me renvoyer dans mes filets. Quant au côté exotique du *french lover*, bon bah… on repassera… Mais j'avoue franchement que faire crisser les pneus avec elle dès le départ m'ennuie, car si nous devons collaborer étroitement, le fait de ne pas nous entendre risque de poser des difficultés pour travailler correctement.

Toujours est-il que même si j'ai l'air parti pour en voir de toutes les couleurs, je décide de positiver. Ça fait à peine deux heures que j'ai posé le pied sur le sol américain, et j'ai déjà croisé les plus beaux yeux qu'il m'ait été donné de voir de ma vie… même si ce sont ceux de Lucifer…

Alors je crois que ma vie ici promet d'être riche. En tout cas si elle l'est autant que cette première journée, je risque de fortement apprécier et surtout de ne pas m'ennuyer !

Chapitre 2

LIVE YOUNG DIE FREE

Phoenix, Arizona
Mars 2019

Cameron

J'ai le pied au plancher et je fonce droit devant moi sur le circuit de Phoenix. Cette sensation de liberté que me procure la conduite d'une voiture de course me manque, et aujourd'hui, plus que d'autres jours encore, j'ai ressenti le besoin d'évacuer ma colère sur la piste. Je sais, j'ai promis de ne plus monter dans une bagnole de compétition, mais quelques tours vite faits, c'est pas la mer à boire, non ?

D'abord, ce connard de Johnston le cador a fait de la merde, alors que la caisse était réglée à la perfection. Ce type m'horripile. Déjà, à l'époque où il roulait avec papa, je ne pouvais pas le blairer, mais depuis que je bosse avec lui, je crois que c'est pire ! Il se la pète comme c'est pas permis, alors qu'il n'est clairement plus bon à rien. Les beaux jours de sa carrière sont clairement derrière lui. Certainement enterrés depuis aussi longtemps que Clinton n'est plus président... malgré tout il ne veut pas se l'avouer. Mais le plus triste, c'est que même l'avènement de nouveaux pilotes qui lui mettent régulièrement des mines sur la piste ne l'aide pas davantage à ouvrir les yeux. Même moi je suis plus rapide que lui. C'est pour dire... Alors pour justifier ses contre-performances, ce gros con passe son temps à chercher des problèmes qui n'existent pas réellement sur la voiture. Et ça, ça m'irrite à un point indicible. Je crois que je vais finir par l'égorger !

Mais du coup, à cause de lui et du stress qu'il m'a généré pendant la course, j'ai pété un câble et je n'ai pas pu me retenir d'aller faire tourner mon bébé comme elle le mérite, et surtout de m'assurer que ce n'était vraiment pas elle le problème. Et j'ai pu constater qu'effectivement, elle roulait parfaitement bien et que le seul qui n'avait pas fait son job correctement, encore aujourd'hui, c'était cet abruti fini de Johnston.

Del Valle vient d'engager un nouveau pilote qui doit arriver dans les jours qui viennent, justement. Tout ce que j'espère c'est que le type sera un peu moins imbu de sa personne. Mais même si le gars est bien, de toute façon ça n'arrangera pas nos affaires pour la course à la sélection dans les play-offs de ce putain de championnat. Le mec sera seulement remplaçant et pour le moment il aura juste pour mission de m'aider à développer les performances de la voiture. Parce qu'elle a beau être déjà top cette caisse, je pars du principe que tout est perfectible et que comme dans tous les sports automobiles, chaque seconde compte. Et le *big boss* ne s'étant pas encore résolu à virer le vieux con, chaque centième de seconde que l'on pourra faire gagner à notre bolide aura son importance !

Je boucle un dernier tour et, histoire de m'instiller un ultime soupçon d'adrénaline, je m'offre le luxe d'un petit tête-à-queue pour faire demi-tour et regagner enfin les stands. Brent m'attend, le chrono à la main et je sais déjà que le sourire qui lui fend le visage n'est là que pour confirmer mes impressions : mon tour a certainement été bon et c'est vraiment la conduite vieillissante de l'autre tanche qui nous fout dedans à chaque course !

Brent décroche le filet et je m'extrais rapidement de l'habitacle, retirant déjà mes gants alors qu'il me donne mon temps :

— Ton tour était excellent !

J'ôte mon casque sans attendre, secouant mes cheveux dans tous les sens pour les remettre un peu en place, après la séance de torture que je viens de leur imposer.

— Merci !

Je lui montre le troisième virage et lui explique, le sourire aux lèvres :

— Elle survire toujours légèrement... Et avec l'usure des pneus, j'ai glissé là-bas...

Un sourcil arqué et le coin de la bouche légèrement relevé, il fait mine de m'interroger :

— Rappelle-moi pourquoi t'es ingénieure et pas pilote, déjà ?

Mon regard s'assombrit et je le lui rappelle, alors que je dévisse mon sourire :

— Tu le sais très bien, Brent...

— Mac, le destin ne serait certainement pas assez dégueu pour frapper deux fois au même endroit...

Bien tenté, comme toujours... pourtant...

— Les certitudes sont des choses auxquelles j'ai compris qu'on ne pouvait pas s'accrocher... alors je ne vais pas m'amuser à le provoquer, ce foutu destin. J'aurais trop peur qu'il me fasse un pied de nez !

Soudain j'ai comme la très nette impression que l'on nous observe de façon insistante et Brent doit le sentir également car nous tournons tous les deux la tête au même moment. Je distingue Chase au loin, accompagné d'un mec que je n'ai jamais vu, et à l'instant où mon regard croise le sien, j'ai comme un choc et mon rythme cardiaque accélère de façon presque imperceptible. Je réalise que cela fait longtemps que ça ne m'est pas arrivé, malgré tout j'analyse parfaitement la réaction de mon corps... Ce type me plait, il est physiquement le parfait archétype de tout ce que j'aime chez un homme... Des cheveux blonds en bataille, un teint légèrement hâlé et une adorable fossette au menton... Bref, je ne sais pas qui est ce gars, mais il va falloir que je le découvre rapidement...

Quelqu'un à l'intérieur doit faire signe à Chase et il entraine le type avec lui alors que Brent semble avoir une idée de son identité :

— Ça doit être le nouveau... je crois me rappeler qu'il devait arriver aujourd'hui.

Je rassemble mes cheveux sur le dessus de ma tête, les attache avec un élastique que je porte constamment autour de mon poignet et je constate, comme pour moi-même, soupirant de frustration :

— Ah ! Merde, dommage...

Les yeux glacier de mon mécano me fixent et il m'interroge sur ma réflexion :

— Pourquoi dommage ?

Je hausse les épaules, et lève les yeux au ciel, blasée et déçue :

— Oh ! Comme ça, pour rien...

Il ne relève pas mais je crois qu'il a bien compris. Il sait que je ne sortirai plus jamais avec un pilote et encore moins avec un de mes collègues. Alors si ce type est bien le fameux nouveau en question, le fait que je trouve son physique particulièrement attrayant ne servira concrètement à rien...

Je me déshabille légèrement, la chaleur et l'effort physique ayant raison de ce qu'il me restait de fraicheur et je noue le haut de ma combinaison autour de ma taille alors que Brent et moi rentrons également pour retrouver les autres. Si c'est vraiment le nouveau, Del Valle va vouloir le présenter à toute l'équipe alors dans la mesure où James et moi sommes un peu les têtes pensantes, nous nous devons d'être là.

Effectivement, au moment où nous pénétrons dans le bâtiment, j'entends le *big boss* s'adresser au fameux gars :

— Laisse-moi te présenter officiellement tout le monde...

Si de loin le mec me plaisait déjà, de près c'est encore pire et je me lamente déjà intérieurement qu'il fasse partie de mes collègues. Je maudis ces putains de règles que je me suis fixées et me demande encore pourquoi je ne sors jamais avec des types avec qui je bosse.

Bah, pour ne pas être emmerdée le jour où ça se passe mal, Cameron... Rappelle-toi ma fille, les connards suppliants, tu as déjà donné... d'ailleurs tu traines encore régulièrement un fil à ta patte, même si tu ne bossais pas réellement avec lui...

La voix de Ricardo Del Valle me sort de mes élucubrations et je me connecte à la conversation, essayant de masquer mon trouble intérieur au reste de l'équipe. Si ça se voit sur ma tête que le type me plait, je n'ai pas fini de me faire chambrer et ma crédibilité va en prendre un sérieux coup. Surtout si je dois le martyriser comme je le fais avec les autres !

Monsieur Del Valle tend la main vers Brent pour le présenter :

— Jules, voici James Brentwood dit « Brent », notre mécanicien en chef, là-bas tu vois Steeve Mason, son second...

Brent lui serre la main alors que Mason lui fait un signe de loin et que le nouveau lui répond d'un simple mouvement de tête.

— ... et Cameron Mc Intyre, notre ingénieure...

Je plonge alors mes yeux tout droit dans les siens, comme pour me mettre moi-même au défi de résister à son regard qui me transperce, et je lui tends moi aussi la main :

— Salut, appelle-moi Mac, comme tout le monde !

Ses yeux noisette rivés aux miens me paralyseraient presque, et le fait qu'il me dévisage sans vergogne alors que sa paume et la mienne sont encore en contact m'électrise, mais je réprime le frisson qui me parcourt l'échine malgré la chaleur ambiante. Toute la bande semble remarquer que le temps s'est comme figé entre nous car je repère plusieurs mecs se fendre soudain la gueule, et j'entends déjà tout un tas de commentaires plutôt salaces dans l'atelier, même si chacun tente d'être le plus discret possible.

Bande de nazes !

Pourtant le fameux Jules peine à lâcher ma main et finit par répondre avec un accent français qui pourrait presque me liquéfier sur place :

— Je pense que je préfèrerais t'appeler Cameron.

Merde… L'espace d'un centième de seconde sa voix rauque me transporte et cette façon de prononcer chaque mot, la douceur qu'il a mise sur chaque syllabe de mon prénom « *is so fucking sexy* » ! Putain, qu'on m'achève tout de suite car je ne pourrai jamais sortir avec ce gars et ça me torture déjà !

Je retire immédiatement ma main de la sienne, comme brûlée par son contact, et je le mate des pieds à la tête en arquant un sourcil. Évidemment je prends bien soin d'arborer l'air le plus dédaigneux que j'ai en réserve, alors qu'en réalité j'en profite pour me rincer l'œil… Mais ça, finalement, je suis la seule à le savoir. Enfin j'espère que je donne le change… Être le plus désagréable possible, ça je sais faire alors ça devrait aller pour brouiller les pistes, je pense :

— Voyez-vous ça ? Le mec pense qu'on est assez intimes pour se permettre des petites fantaisies de ce genre ? Cameron c'est pour les intimes, et à ce que je sache, toi et moi ça fait à peine deux secondes qu'on se connaît !

Je crois qu'il rougit légèrement mais il ne semble pas du style à se laisser rabrouer de la sorte sans contrattaquer :

— C'est vrai, mais tu auras l'occasion de découvrir que je ne suis pas comme tous les autres…

Voilà, le mec vient de casser le mythe en deux secondes ! Tout compte fait, je crois que ce n'est pas si grave que ce soit encore un pilote ou simplement mon collègue parce que ça m'a l'air d'être encore un parfait connard prétentieux… Il semble que je ne perde pas grand-chose finalement ! J'aurais au moins évité d'aller au-devant d'une énorme désillusion, une fois encore…

J'éclate de rire et décide de lui montrer que les types dans son genre, ça me connaît :

— Plus prétentieux, certainement ? Alors laisse-moi te dire que l'intimité avec des mecs dans ton genre, c'est mort !

Tout le monde autour de nous se fend la gueule et je fusille le nouveau du regard avec insistance pour appuyer mes propos. Je décide que la comédie a assez duré, surtout que les spectateurs ont l'air d'apprécier, et ça, ça m'agace. Il faut que je lui montre tout de suite qui est la patronne ici, sinon ça va vite devenir compliqué... et pour ce faire, je dois le réduire à l'état de sous-merde histoire que son autosuffisance ne nuise pas à nos futures relations de travail.

— Merde, on m'avait pas prévenue que c'était un putain de *Frenchy* ! On va galérer je le sens ! Le mec va se croire au-dessus de tout le monde !

Bon, là j'avoue que j'y vais fort... parce que finalement, je trouve son accent assez sexy , mon problème c'est simplement que le type adopte une attitude aussi arrogante...

Je jette un coup d'œil autour de moi comme pour chercher du soutien. Je sais, c'est abusé, je les martyrise tous quotidiennement... mais justement, pour une fois que je les laisse tranquilles, ils devraient apprécier de voir quelqu'un d'autre se faire défoncer sous leurs yeux, non ?! J'enfonce encore le clou :

— Je te préviens, il va falloir que tu t'arranges pour perdre cet accent de merde et que je te comprenne correctement, sinon ça va être galère pour pouvoir bosser !

Vexé comme un pou, il soutient mon regard et cherche déjà à me rendre les coups :

— Tous les Français ne parlent pas un anglais médiocre !

— Peut-être mais ton accent à toi, il est à chier ! Il m'irrite déjà les tympans !

Ouais, ok, là encore j'abuse mais le mec semble être un parfait connard alors... il faut ce qu'il faut ! Il est vrai qu'au premier abord, je le trouvais visuellement plutôt agréable, mais vu que le reste de sa personnalité n'a pas l'air de suivre, je dois le rejeter une bonne fois pour toutes. Après tout, ce ne serait pas sain de continuer à baver sur un mec que je vais devoir brusquer H24.

Enfin, je suis grave déçue malgré tout. Même si je ne peux pas sortir avec lui pour toutes les raisons que je viens d'évoquer, j'avais au moins espéré pouvoir travailler avec quelqu'un de bien. Pas encore un de ces pilotes adulés, pour qui tout est facile ! Mais je crois que celui-ci ne dérogera à aucun stéréotype dans le domaine, un peu comme tous les drivers en somme… Je parle pour ceux qui sont célibataires, hein ! Quoique… Le succès et la réussite finissent par leur monter à la tête et ils n'ont ensuite plus du tout conscience de ce qui se fait ou pas… Dommage car en d'autres circonstances, j'aurais très certainement aimé faire connaissance avec ce mec.

J'avais presque oublié la présence du *big boss* mais ce dernier, bien loin de prendre la défense de son nouveau « protégé » (le terme ne semble pas vraiment adapté en cet instant) ne peut s'empêcher de se marrer devant la scène de torture à laquelle il assiste :

— Eh ben ça y est, fiston, te voilà parfaitement intégré ! Déjà logé à la même enseigne que tous les autres !

Je crois que la démonstration de ma suprématie a été suffisante pour aujourd'hui, d'autant plus que le nouveau ne pipe plus mot mais me fixe toujours avec ce que je pense être à présent une touche de mépris dans le regard. Et je tourne les talons sans davantage l'humilier. Pour une première rencontre, je considère que ça va aller…

Pourtant, alors que je regagne mon bus pour prendre la route pour Fontana, mon cerveau, sans filtre, me souffle cette petite phrase sans discontinuer…

C'est un beau prénom, Jules… Dommage…

Chapitre 3

WICKED ONES

Fort Worth, Texas
Mars 2019

Jules

Déjà trois semaines que je suis arrivé aux États-Unis et je n'ai pas vu le temps passer.

Chase avait raison. Nous avons beau vivre dans des bus, nous sommes royalement installés. Je partage justement le sien et je dois dire que ça me va carrément car ce type est particulièrement cool et super serviable. Je crois que je n'aurais pas pu rêver mieux comme colocataire. Il est aussi cool qu'il en a l'air. Comme son physique le laisse deviner, il a des origines « natives américaines » comme ils se plaisent à dire ici pour désigner les Indiens et a grandi dans une réserve. Il me promet déjà qu'un jour il m'y emmènera.

Si je m'attendais à dormir dans une sorte de camping-car, j'étais bien loin de la réalité ! Notre maison roulante est digne d'un véritable appartement. L'espace et la taille de la cuisine et du coin repas pourraient laisser ma mère songeuse. Deux petites pièces avec couchettes, disposées de chaque côté mais offrant une réelle intimité à chacun des habitants viennent en enfilade et précèdent une salle de bain, des toilettes et un coin TV avec écran plat dans une grande pièce occupant tout le fond du bus. Le séjour dispose d'un canapé tellement immense qu'il ne serait jamais rentré dans mon appart. Décidément ces Américains font toujours dans la démesure et j'ai encore un peu de mal à m'y faire, même si j'avoue y prendre goût malgré tout.

D'ailleurs, je suis encore époustouflé chaque week-end de voir le nombre de camping-cars garés sur les immenses parkings. Le nombre de spectateurs que les tribunes peuvent accueillir est considérable, jusqu'à environ deux cent mille pour les plus grandes, et beaucoup viennent de loin, restant ici sur plusieurs jours pour pouvoir assister à la compétition. Alors quand je parle du gigantisme américain, je crois que je suis encore loin d'avoir tout vu ! Et malgré les semaines qui passent, je reste toujours aussi ébahi de voir que ce sport fait se déplacer des foules.

Je prends doucement mes marques niveau boulot. Toute l'équipe est sensationnelle et même si je suis encore sur un job de pilote en développement et que devenir titulaire semble n'être encore pour moi qu'un lointain projet, ce que je fais me plait énormément.

Lorsque je suis arrivé, les *Series* avaient déjà commencé depuis plus d'un mois, et sur les vingt-six courses de qualification, j'avais malheureusement raté les *Speedweeks* et Daytona qui inauguraient le championnat NASCAR. Mais maintenant que j'ai mis un premier pied dans le circuit, mon plus grand rêve est bien évidemment d'avoir un jour la chance de participer à la mythique et prestigieuse course des cinq cents miles…

Depuis l'an dernier, les règles ont légèrement évolué et me semblent carrément drastiques pour parvenir à accéder à la deuxième partie du championnat, celle à laquelle ne participent que les meilleurs et les plus réguliers. Pour condenser, la course est divisée en trois parties. Pour marquer des points sur les deux premières, il faut se classer dans les dix pilotes, sinon on finit avec un zéro pointé. Quant à la troisième section, là où auparavant c'était le nombre de tours passés en tête qui permettait d'en gagner, à présent chaque voiture prend des points en fonction de sa place, la voiture de tête étant bien évidemment celle qui en marque le plus. Mais en bref, c'est une chance pour tous d'évoluer un peu dans le classement même quand on ne brille pas forcément.

Les vingt-six premières courses des NASCAR *Cup Series* servent à sélectionner seize pilotes qui pourront ensuite participer aux fameux *play-offs*, anciennement appelés « *Chase for the Cup* », ces dix courses ayant lieu dans la seconde partie de l'année, entre septembre et novembre.

Aux États-Unis, la NASCAR est une véritable institution et mon intégration dans l'équipe a été l'occasion de me renseigner davantage sur son histoire…

Et je découvre que le mot *Stock Car* qui désignait des voitures de série, est aujourd'hui bien loin de correspondre encore à ce qu'elles sont devenues dans la réalité…

Si depuis le début j'ai un mal fou à apprivoiser ma « patronne », comme je me satisfais à la surnommer pour son plus grand agacement, j'ai rapidement intégré que je ne suis pas le seul qu'elle ne peut pas blairer.

Bon… pour être lucide, je dirais même qu'en ce qui me concerne ses réactions sont… comment dire ? Épidermiques ? Et je suis presque certain qu'elle n'est pas encore au maximum de ses capacités sur la façon dont elle peut me maltraiter. Mais j'avoue prendre un malin plaisir à lui rentrer dans le lard dès que j'en ai moi-même l'occasion. Ce qui s'avère assez amusant, si on y réfléchit bien et ne prête finalement pas à conséquence…

D'ailleurs, j'ai tendance à croire que finalement, ma personnalité n'est pas vraiment le problème. Toute personne ayant un phallus, portant une combi, et se plaçant pourquoi pas aussi derrière un volant, semble l'irriter. Le fameux Kyle Johnston, pilote en titre de l'écurie, fait visiblement également les frais de la mauvaise humeur pratiquement constante de madame « *Appelle-moi Mac comme tout le monde* ». À moins que ce comportement ne soit sa façon d'être au quotidien, tout simplement.

Bon, il faut dire que pour ce qui concerne ce gars, je la comprends un peu, même si cette dernière est une réelle peau de vache... Le type est un bourrin, doublé d'un connard pédant. Et s'il a brillé un jour dans une voiture, aujourd'hui il ferait bien mieux de rester dans son canapé à regarder les courses devant la télé. Je peux comprendre que Ricardo Del Valle ait ressenti le besoin de s'allouer les services d'un pilote avec un certain palmarès mais, soyons clairs, aujourd'hui tous les jeunes pilotes essayeurs du circuit NASCAR font de meilleurs chronos que lui. Moi y compris alors que je débute seulement dans le milieu...

Ok, d'accord, à côté de lui, je ne suis qu'un sinistre inconnu, je n'ai jamais brillé encore, mais quand même ! Alors certes, en NASCAR on peut continuer à tourner passé un certain âge, il y a d'ailleurs quelques pilotes pas de toute première fraicheur, mais si le *big boss* veut voir un jour son écurie étinceler, il faudrait vraiment qu'il envisage de changer de mule pour tirer sa charrette !

Toujours est-il que je crois qu'elle lui gueule autant dessus qu'à moi, et j'ai comme l'impression qu'elle préfèrerait presque que n'importe qui prenne le départ de la course plutôt que lui. Parfois je me demande limite si elle n'était pas prête à accepter que ce soit moi qui m'installe dans le cockpit, tellement elle a l'air de le détester. Si j'osais, je dirais même qu'elle le hait plus que moi !

Tous les deux, nous sommes vraiment mal partis, et dès qu'elle s'adresse à moi c'est toujours sur un ton acerbe et des plus directifs. De plus, elle ne peut s'empêcher de dire des grossièretés continuellement ! Depuis que je la connais, je crois que pas une phrase n'est sortie de sa bouche sans qu'il y en ait eu ! Surtout à mon encontre. Peut-être une manière pour elle de s'imposer dans ce milieu d'hommes ? Quoi qu'il en soit, ça me fait vraiment chier que nous ne puissions pas nous entendre. Parce que déjà, pour nos relations de travail ce serait quand même mieux qu'on parvienne à communiquer sans se lancer des piques, mais aussi parce que... Merde ! Cette nana c'est... Waouh ! Une bombe atomique et même anatomique ! Je ne trouve même pas de qualificatif assez puissant pour décrire l'effet qu'elle me fait. Bon, elle a certainement quelques défauts physiques, bien cachés quelque part, mais moi j'avoue ne pas les voir, je suis complètement subjugué, aveuglé. Il y a peut-être sa poitrine, qui ne paraîtrait pas assez généreuse à certains, ses hanches, qui elles le seraient un peu trop mais, qu'importe, lorsque je la regarde, je ne vois rien de tout ça. Et tout ce que je sais, c'est qu'elle semble avoir une télécommande directement reliée à mon rythme cardiaque.

Bon, peut-être que c'est l'énervement qu'elle suscite chez moi qui exacerbe mes réactions face à elle, mais lorsqu'elle plante ses yeux dans les miens, je peux jurer que mon cœur s'emballe comme si j'allais prendre le départ d'une course et que l'adrénaline qui se diffuse en moi pourrait me faire déplacer des circuits. Et le pire c'est que je ne sais pas comment remédier à ce phénomène. Toujours est-il qu'il va bien falloir que j'y parvienne puisqu'il ne pourra jamais rien se passer avec cette nana… à part un meurtre.

Ce matin, pendant que les mécanos bossent sur la voiture, je vais à la salle de sport pour l'entrainement spécifique que m'a préparé le coach. Je dois bosser en particulier sur l'équilibre et le dynamisme. Tout est fait pour que mon corps soit le plus réactif possible, conditionné dans le but de parvenir à gérer les différentes occasions en course : saisir la fugacité des ouvertures pour balancer la voiture dans le moindre petit trou et doubler les autres concurrents, savoir bondir dans l'aspiration, même lorsque je suis au bord de l'épuisement… En course, chaque occasion ne dure que le temps d'un éclair, alors mes réflexes doivent être optimums et ma coordination parfaite. Et ça, ça se travaille aussi en dehors du circuit.

Le coach m'a même prévu un partenaire de boxe thaï, même si parfois je suis convaincu qu'il n'aurait pas dû se donner cette peine car je vais finir par en venir aux mains avec Miss Univers.

Justement, ce midi, « Call me Mac » a rapporté des sandwichs pour tout le monde. Au moment où elle a pris les commandes, j'ai trouvé ça étonnement sympa de sa part de se charger du déjeuner pour toute l'équipe. Malheureusement pour moi, lorsque j'ai commencé à mâcher la première bouchée, j'ai compris que l'altruisme n'était pas forcément ce qui l'avait poussée à s'occuper du repas. Il faut dire que ce matin je me suis encore opposé à ses théories et nous avons de nouveau eu une sévère altercation... alors je pense que madame a jugé bon de me rappeler qu'elle souhaite mener la barque en toute circonstance.

Mon casse-dalle est immangeable, le piment qui « l'agrémente » me monte aux narines en une fraction de seconde et ma langue semble calcinée, en proie à un phénomène qui s'apparenterait à une combustion spontanée tant j'ai la sensation que le feu qui me consume s'est embrasé de l'intérieur. Menacé d'asphyxie alors que j'ai l'impression que ma gorge gonfle sous l'effet d'un brasier, je suis certain que mon œsophage se désagrège lui aussi à l'instant même. Demain, je serai probablement mort. Je dois appeler mes parents immédiatement pour leur faire mes adieux... Aussi rouge de chaleur que de colère, je hurle sur Cameron tout en enserrant mon cou, comme si j'allais finir par m'étrangler moi-même pour faire taire la douleur :

— Putain mais... je t'ai pas demandé une sauce épicée ! Je suis allergique au piment, bordel !

Mensonge. Mais on ne sait jamais, la faire paniquer serait déjà une maigre vengeance...

Son visage se décompose furtivement alors qu'elle doit me croire un centième de seconde, mais elle se reprend rapidement et hausse les épaules en signe de dédain :

— Oups, désolée... Je ne sais pas si je vais parvenir à vivre avec ta mort sur la conscience !

Merde, je pense que je n'ai pas suffisamment bien joué la comédie, elle n'est pas dupe de mon manège...

Elle m'observe, un léger sourire au coin des lèvres, pourtant j'ai comme l'impression qu'elle surveille malgré tout que je survis à l'ingestion d'une dose massive d'harissa. Sauf que je dois prendre mes rêves pour une réalité ! Elle ne s'inquiète aucunement pour moi et continue bien au contraire de se moquer ouvertement en poussant la chansonnette :

— Pili Pili, Pili Pili...

Tous les mecs autour sont hilares. Évidemment, eux, ça leur plait bien que je sois son souffre-douleur. Pendant ce temps-là, au moins ils sont tranquilles !

Je fulmine alors qu'elle tourne les talons en proie à une crise de rire.

Salope ! Tu aimes la couleur bleue ? Attends voir, je vais en mettre du bleu dans ta vie !

La séance d'essai se passe plutôt mal selon moi. D'autant que les chronos du vieux sont catastrophiques et de mauvais augure pour la suite du week-end.

Ce soir, toute l'équipe a prévu une petite sortie histoire de décompresser un peu avant la dernière journée d'essai et la course. Et les membres du *crew* ont décidé de me faire goûter au Texas, le vrai ! Chase m'a fait visiter Dallas, situé à une trentaine de kilomètres de là, et la journée se termine chez *Billy Bob*, un immense bar où évidemment la country règne en maître et le *Line Dance* coule dans les veines de chaque habitant comme le pastaga dans celles d'un Marseillais.

Dès que je pénètre dans l'endroit, je suis étonné de voir que c'est aussi grand. De dehors, en voyant simplement la devanture blanche ornée de néons rouges et de drapeaux américains, je ne l'aurais jamais soupçonné. Des dizaines et des dizaines de tables sont alignées, tout comme les gens qui piétinent sur la piste au son de la musique jouée par le groupe présent sur scène. Il règne une ambiance de folie et les clients tapent dans leurs mains au rythme de la mélodie country, même ceux assis face à leurs chopines.

Il y a également une salle de jeux avec des billards et un taureau mécanique installé dans un coin. Peut s'essayer au *Bull Riding* qui veut. Mes collègues me promettent déjà que, pour sûr, j'aurai droit à mon tour sur le dos de la bête, ils veulent absolument me voir sur l'attraction automatique, histoire de se fendre la gueule !

Bon, pas sûr qu'ils aient besoin de ça pour parfaire leur journée, vu que depuis cet après-midi je déclenche de nombreux fous rires, agrémentés d'un nouveau surnom sur mon passage... « Pili Pili ». Évidemment !

Je trouve certains de mes collègues plutôt sympas et agréables à côtoyer. Comme Chase, Rob ou même Brent, qui tente souvent de tempérer entre la Schtroumpfette et moi. Par contre, d'autres sont un peu moins ma tasse de thé. Car même si la plupart du temps ils font gaffe à ce qu'ils disent en ma présence, il m'est déjà arrivé d'entendre parfois des remarques désobligeantes et sexistes vis-à-vis de Cameron. Et même si je ne suis parfois pas un exemple à suivre en la matière et si je ne peux pas blairer cette fille, leurs propos me heurtent. Notamment ceux qui sortent de la bouche de Sean et de Connor. Alors ceux-là, il est presque déjà clair pour moi que je ne m'en ferai jamais des potes !

Je remarque que la star de l'équipe est absente :

— Johnston ne vient pas ?

— Son Altesse ne se mêle pas au petit peuple plus que de raison…

Ok, je vois le genre, je pense que je cerne déjà le personnage. Mes premières perceptions à son sujet ne semblent pas erronées…

Nous rencontrons d'autres équipes NASCAR et tandis que je discute avec Chase, une jolie jeune femme tente de faire plus ample connaissance. J'avoue que la fille a tout ce qu'il faut pour elle. Grande, blonde, elle arbore fièrement une chemise à carreaux rouges nouée sur le nombril et ses grands yeux clairs m'appellent. Au premier abord je la trouve plutôt mignonne et assez sympa… pourtant à plusieurs reprises mon regard est attiré vers la peste avec qui je passe le plus clair de mes journées.

Cameron…

Son prénom résonne en boucle dans ma tête de fêlé du bocal. Il faut croire que j'aime me torturer… m'autoflageller, même !

Ni chemise ni *Stetson* pour elle. Ses *tiags* sont restées au placard et un simple t-shirt blanc près du corps sur un jean noir suffit à la mettre en valeur. Les longues mèches bleues qui retombent sur ses épaules ressortent malgré la faible lumière de l'endroit. De l'autre côté de la table, ses yeux me lancent des flammes malgré la pénombre ambiante et je prends vraiment conscience que tout chez-moi l'agace au plus haut point. Et chaque fois je suis surpris du contraste saisissant entre son attitude hautaine et la pureté angélique de ses traits. Je m'imaginais que peut-être une soirée comme celle-ci serait l'occasion de discuter un peu plus tranquillement, histoire d'apaiser les tensions entre nous.

Pourtant je n'en ai pas l'occasion. Un type souriant et à l'air un peu guindé s'approche d'elle et après avoir échangé quelques mots avec Brentwood, elle se lève en me jetant un dernier regard foudroyant et quitte le bar en sa compagnie.

J'ai déjà remarqué que pas mal d'hommes gravitaient autour d'elle, d'ailleurs. À plusieurs reprises, je l'ai vue discuter avec Tyler Davenport... Ce type est l'un des meilleurs pilotes sur le circuit et les gonzesses doivent lui tomber toutes crues dans le bec, à celui-là. J'ai eu l'impression qu'ils étaient assez proches, alors peut-être qu'elle aussi est tombée sous son charme.

Quant au mec de ce soir, je l'ai effectivement vu rôder quelques fois autour de nos stands, alors je ne peux me retenir d'interroger Chase à son sujet :

— C'est qui, ce type ? Il me semble l'avoir déjà croisé...

— Liv Paulson. C'est un journaliste de la chaîne *SPEED*.

Ah, c'est ça le côté coincé...

Clark Kent est dans la place les mecs, bougez plus il va quitter ses lunettes et séduire la patronne en pétant tous les boutons de sa chemise d'un mouvement de pectoraux !

Merde, il faut que j'arrête je réagis comme si j'étais jaloux !

Ce gars est certainement très cool. Ou pas, pour avoir envie de sortir avec le dragon... Est-ce qu'au lit il devra lui aussi l'appeler Mac ? Bref, je m'égare...

Je n'échappe évidemment pas à mon tour de taureau. Et bien entendu, comme si l'histoire du sandwich épicé ne suffisait pas à avoir salement terni mon honneur déjà bien amoché par Miss « *Lapis lazuli* », ce fameux tour de manège entache définitivement ma réputation. Que dis-je... je crois que je peux désormais enterrer définitivement mon amour propre. Dans le même cimetière que la gloire de Johnston, tiens ! Si ça se trouve, la place d'à côté est dispo et je peux faire préparer une sépulture spéciale pour mon ego piétiné ! Mais il paraît que la première fois, on se fait toujours éjecter rapidement... Bah c'est certainement vrai, hein ! Mais je n'aurai pas l'occasion de vérifier si je serais resté plus longtemps en selle la deuxième, car de deuxième il n'y aura jamais ! Non mais oh ! Le ridicule ne tue pas, mais quand même !

Gabriella, la jeune femme rencontrée lors de cette sortie, ne semble pas faire cas de mon ridicule. Elle a même l'air de trouver ça plutôt attendrissant, ce qui me flatte un peu. J'avoue qu'après cette sale journée, ça me fait un peu de bien ! Nous passons toute la soirée ensemble et j'avoue que j'accroche avec une rapidité étonnante, sa personnalité lumineuse et son sens du contact m'attirant rapidement dans ses filets. Elle me raccompagne en voiture jusqu'à mon bus. Elle aussi bosse pour une *Team* NASCAR et nous parlons pas mal boulot toute la soirée. Elle est chargée de communication pour l'équipe *Yellow Bird* et connaît justement très bien le fameux Liv Paulson. Un type super, selon elle...

C'est bien. Ça me fait une belle jambe de l'apprendre !

Nous convenons de nous revoir prochainement, pourtant je m'arrange pour ne pas définir de date précise. Et si j'avoue avoir passé une très agréable soirée en sa compagnie, ce qui crépite soudain dans l'air entre nous, cette attente que je devine dans ses grands yeux clairs me noue la gorge, car je réalise finalement ne pas être charmé au point d'aller plus loin avec elle, malgré ses nombreux atouts et son charme indéniable. Et au moment de descendre de son 4x4, j'esquive habilement une tentative de baiser de sa part en feignant de ne pas du tout l'avoir réalisée…

Ouais, c'est aussi à ça que ça sert de bosser les réflexes !

C'est triste, cette fille est géniale, pourtant je n'ai aucune envie de l'embrasser… Parce que toute la soirée, celle qui a accaparé mes pensées, c'est celle que j'ai envie de trucider à longueur de journée…

Quel con !

Je passe le reste de ma soirée à chercher ce que je pourrais faire pour tenter d'améliorer nos relations. Mais lorsque je la retrouve le lendemain sur les bords de piste, elle et le reste de l'équipe, elle n'a franchement pas l'air d'humeur à creuser certains aspects de nos rapports professionnels et je laisse finalement mes états d'âme au placard. Johnston continue à faire de la merde et la course est un véritable fiasco. Et pas seulement parce qu'il faudra refaire la moitié de la taule de la bagnole… Pour le moment, il n'est même pas dans les points sur la première section de l'épreuve et la deuxième s'annonce tout aussi mauvaise. *CD Racing* semble mal barrée pour se qualifier pour la suite de la saison et *Miss Monde* enrage, mais sur ce point, je ne peux que la rejoindre. D'ailleurs ça fait un moment que je ne l'ai pas vue, je pense qu'elle a dû aller se trouver un punchingball…

Je suis la course depuis les stands, regardant alternativement les écrans et la piste, et j'observe le vieux schnock se faire laminer par les petits jeunes, en réfléchissant à ce que j'aurais pu faire si j'avais été derrière le volant. Je trépigne, je bouillonne et à cet instant j'en veux à la terre entière d'être là et pas dans la bagnole à sa place.

Qu'est-ce qu'il attend, Del Valle, bordel ? Il voit bien les chronos, non ?

Mais alors que je suis en pleine réflexion et que je refais mentalement la course, j'entends deux voix féminines, dont celle de Cameron, qui me sort de mes pensées. J'observe un bon moment autour de moi avant de comprendre qu'elle se trouve en fait au premier étage, sur le balcon qui domine l'atelier. Je recule d'un pas, histoire d'espionner la conversation à loisir et d'essayer, pourquoi pas, d'apprendre un truc sur elle qui pourrait me servir à me venger et à la martyriser moi aussi en cas de besoin.

Oui, la vengeance est un plat qui se mange froid, comme on dit...

— Alors ta soirée ?

— Putain, le pire coup de ma vie ! Je ne sais pas comment je vais faire pour lui dire avec tact que lui et moi, ça n'arrivera plus jamais...

Je manque d'éclater de rire et je bombe le torse presque sans le réaliser, tendant davantage l'oreille alors que l'amie de Cameron continue :

— Avec tact ? Depuis quand tu essaies d'avoir du tact, toi ?

— Merde, c'est vrai... Mais il est gentil, tu vois, et j'ai envie d'essayer de prendre des gants pour une fois... Il va bien falloir que j'arrive à me défaire de cette réputation de meuf sans cœur qui me colle à la peau !

— Tu n'as pas cette réputation et tu le sais très bien !

— Pfff, c'est vrai, t'as raison ! Ma réputation est encore pire que ça ! Tout le monde continue à me regarder avec de la pitié dans les yeux, genre « pauvre fille ! Tu as pardonné sans arrêt, et tu t'es fait baiser dans tous les sens du terme !»

Cameron marque une pause avant de reprendre :

— Heureusement que je peux compter sur toi pour m'ouvrir les yeux ! Tu as raison, je dois continuer à parfaire ma réputation de peau de vache, histoire de virer cette étiquette de merde que je me traine !

Son amie se fend d'un rire bien sonore :

— Hey, j'ai pas dit ça !

C'est ce moment que je choisis pour sortir de ma cachette et lever la tête dans leur direction. C'est pour moi l'occasion de voir que celle avec qui elle discute c'est Jenna, la femme de Will Sörenberg, le pilote de la voiture numéro dix-sept. Je ne savais pas qu'elles étaient proches, mais ça à l'air d'être suffisamment le cas pour que Cameron lui raconte ce genre de choses.

Je n'ai pas vraiment besoin de manifester ma présence. Les deux femmes me repèrent tout de suite et, alors que Cerbère relève ses lunettes de soleil, mes yeux trouvent les siens sans véritablement les chercher, déclenchant instantanément chez moi une chair de poule inexpliquée qui s'incruste à ma peau, se greffe à mes os. La réaction de mon épiderme me surprend tandis que chaque parcelle de mon corps répond à son regard. Un frisson m'envahit des pieds à la tête, se répand dans mon dos avec la fulgurance d'un éclair, alors que pourtant, les flammes de l'enfer dans lesquelles ses yeux me plongent devraient sacrément me réchauffer...

Chapitre 4

WAR PAINT

Talladega, Alabama
Avril 2019

Cameron

Nous sommes à Talladega pour la dixième épreuve de la *Cup* et je suis d'une humeur exécrable, tant et si bien que je fais la misère à toute la *team*.

Bon, ok... je leur fais souvent la misère même quand je suis de bon poil... alors disons que c'est encore pire que d'habitude !

Je plaindrais presque ces pauvres mecs. Mais en vérité, cette semaine, aucun d'entre eux n'osera tenter de se rebeller. Parce qu'ils savent tous ce qui me met dans cet état. Tous sauf un qui, dans l'ignorance la plus totale, a décidé, lui, de ne pas abdiquer devant mes remontrances totalement injustifiées sur sa conduite et sur la façon dont il mène la voiture.

Pour couronner le tout, le vieux dit qu'il ne se sent pas très en forme. Je soupçonne ce connard de flipper et de tenter une manœuvre inédite pour ne pas prendre le départ de la course. Et bien évidemment, Jules qui n'a pas connaissance de la malédiction qui pèse sur ce circuit et qui n'attend qu'une chose, c'est courir de façon officielle, bondit sur l'occasion pour tenter sa chance :

— Merde, Cameron ! Laisse-moi prendre le départ à la place de Johnston, bon sang ! Il ne veut pas rouler !

— Ne m'appelle pas Cameron, putain de bordel de merde !

— Quoi ?! Est-ce que c'est tout ce que tu as retenu de ce que je viens de dire ?

— Non, je te rassure ! Et si tu penses que c'est en me prenant à rebrousse-poil que tu vas avoir gain de cause, espèce d'emmerdeur, laisse-moi te dire que tu te goures !

— Putain, mais… t'es quand même impossible ! Et est-ce qu'au moins tu pourrais arrêter de dire des grossièretés comme ça, bordel ?

Dis le mec qui vient d'en enchaîner deux dans la même phrase…

Je lui ris au nez, trop contente qu'il change finalement de sujet et s'attarde sur l'impolitesse de mon langage, ce que je lui fais justement remarquer :

— Mais… Toi tu viens juste de dire putain et bordel !

— Oui, c'est vrai ! Il peut m'arriver d'être grossier également, mais moi au moins, je sais m'exprimer autrement ! Toi tu jures comme un charretier constamment, c'est quand même hallucinant !

— J't'emmerde, connard !

— C'est ça ! Continue ! Heureusement que tu n'es pas ma meuf, j'aurais honte de me trimballer quelqu'un avec un tel langage !

Mon petit cœur est brusquement saisi de soubresauts que je ne parviens pas exactement à m'expliquer alors qu'une envolée de papillons s'échappe de mon estomac et que je déglutis difficilement.

Mais… pourquoi parle-t-il de l'éventualité où lui et moi, on pourrait être un couple ?

Oublie ça, Cameron, il a juste dit ça comme il aurait dit autre chose, c'est tout, il ne faut pas t'arrêter à ça ! Surtout pas ! Allez, démonte-le comme tu sais si bien le faire !

— Heureusement pour MOI, surtout, que toi, tu n'es pas mon mec, t'es beaucoup trop chiant ! Mais en revanche, je peux te jurer un truc, c'est que si j'étais ta nana, ce qui, soit dit en passant ne pourra jamais arriver, soyons clairs là-dessus, tu serais tellement aux anges que pas une seule seconde tu ne songerais à avoir honte de mon vocabulaire... Pauvre con !

Il marque un temps d'arrêt, semblant réfléchir à nos paroles, puis reprend presque gêné :

— Bon, heu... de toute façon on s'éloigne du sujet premier, là !

Merde, échec de la diversion...

— Ne cherche pas d'excuse, Cameron...

Il insiste volontairement sur mon prénom mais, sans le savoir, il touche un point sensible :

—... ce n'est pas parce que je t'appelle par ton prénom que tu ne veux pas que je monte dans cette voiture !

Il a parfaitement raison. Mince... Est-ce que je suis aussi limpide que ça, même aux yeux de quelqu'un qui ne me connaît absolument pas ?

Tout le monde dans l'atelier assiste à notre dispute, spectateurs impuissants, alors que Jules semble chercher un regard compatissant et surtout quelqu'un qui serait prêt à lui venir en aide dans ce combat inégal. Mais comme il se plait à le dire régulièrement, je suis la patronne. Et je crois qu'aujourd'hui, il a tendance à l'oublier.

Je trouve immédiatement une remarque cinglante pour lui faire comprendre que, quels que soient ses arguments, j'aurai toujours le dernier mot et je lui sors un mensonge éhonté tout en continuant à l'insulter, histoire qu'il ne devine pas le fond de ma pensée :

— T'as tout compris, ducon ! La vraie raison c'est que tu n'es pas assez bon pour prendre le départ de cette course !

— Quoi ? Non mais il faut que je te remette le chrono sous le nez ? Tu sais très bien que c'est faux ! Depuis que je suis arrivé, quel que soit le circuit, j'ai fait de meilleurs chronos que le vieux !

« Le vieux... »

Je rigole intérieurement. Sans le savoir il utilise l'un des sobriquets que j'ai moi aussi attribués à Johnston. Se pourrait-il que lui et moi soyons plus sur la même longueur d'ondes que ce que je pense ? Pourtant je ne peux pas lui donner mes réelles motivations. Ce serait me mettre à nu… et lui avouer, en même temps qu'à moi, que j'ai peur pour lui… Cette pensée me heurte brusquement de plein fouet.

Voilà, ça c'est fait ! Tu viens de réaliser que, pour une obscure raison qui t'échappe, quelque part tu t'es attachée à ce pauvre type avec qui tu passes le plus clair de ton temps à te disputer, ma grande !

Il est vrai que parfois je l'observe, j'écoute les discussions qu'il peut avoir avec les autres, en chope quelques bribes et il ne semble pas QUE désagréable. Il a l'air d'avoir aussi quelques côtés *fun* et très sympas. Serviables aussi.

Putain, c'est ballot, ça ! Tu commences à le kiffer plus que tu ne le voudrais alors que tu ne peux même pas le blairer en réalité, et qu'en plus c'est parfaitement réciproque ! T'as vraiment le don de te foutre dans la mouise, pauvre fille !

Tout à l'heure, pendant que Jules tournait aux essais, je tenais le chrono la peur au ventre, le voyant réduire le temps à chaque tour et j'ai cru que j'allais finir par me trouver mal, tellement je flippais. Je n'avais qu'une envie, c'était de lui hurler dans la radio de ramener la voiture au stand, sous un quelconque prétexte mécanique que je n'aurais absolument pas pu justifier, vu ses performances en constante progression à chaque tour.

Je hais cette course, je hais ce putain de circuit de Talladega. Le plus long de toute la *Cup*. 2,66 miles terrifiants. La piste qui a fait que la vie de toute ma famille a basculé il y a maintenant pratiquement six ans jour pour jour.

Je suis soudain assaillie par les souvenirs bruts de cette sombre journée d'avril 2013. C'est si loin, et à la fois si cruellement intact dans ma mémoire. Tristement, aucune seconde de ce terrible évènement ne s'efface, les images restent aussi nettes qu'au premier jour. Parfois j'aimerais me lever le matin en ayant tout oublié… Et à cet instant précis, tandis que je me dispute avec Jules, je comprends qu'il me faut partir d'ici car le flot de mes émotions cisaille mon estomac et menace de m'ensevelir d'une seconde à l'autre. Je sais que je suis sur le point de craquer, et il y a bien trop de spectateurs à mon goût... Alors je lui assène le coup de grâce avant de me retrancher dans ma caravane jusqu'au début de la course...

Je le regarde droit dans les yeux, mes pupilles se verrouillant aux siennes comme pour mieux asseoir la portée de mes mots. Et je prends sur moi comme jamais pour ne pas défaillir, alors que je lui lance du ton le plus sec que j'ai en stock à ce moment-là, en tentant de retenir les sanglots qui menacent :

— Écoute-moi bien, Chesneau... Je peux te promettre que moi vivante, tu ne remontras pas dans cette voiture sur ce circuit ce week-end !

Déjà Jules jure dans sa barbe et je lis l'incompréhension la plus totale dans ses yeux lorsqu'il plante ses magnifiques iris noisette dans les miens. Mais je ne tolère plus aucune répartie et lorsque je tourne les talons, je l'entends demander à Brent, qui n'a pas bougé le petit doigt depuis le départ :

— Mais qu'est-ce qui lui arrive aujourd'hui ? Elle est encore plus conne que d'habitude !

Gros con !

Mon ami hausse les épaules comme pour feindre lui aussi son incompréhension. Pourtant, Brent sait tout... Brent comprend, et Brent se tait... Parce que tous les ans, je suis dans le même état ce fameux week-end « anniversaire »...

Je cours m'enfermer dans mon bus histoire de m'isoler un peu et de me reprendre. Mais je sais que je dois trouver quelque chose d'autre, étayer mes arguments, car il est certain que Jules ne va pas laisser ça là. Surtout si l'autre bouffon de Johnston ne prend pas le départ.

Je me remémore alors cette fameuse légende de la piste de Talladega.

Le *Talladega Superspeedway* a la réputation d'être un circuit maudit à cause de plusieurs évènements dramatiques survenus tout au long des années. Les explications sur l'origine de cette malédiction divergent. Certains prétendent qu'un chef de tribu amérindien serait mort ici suite à une chute de cheval. D'autres que le site a été construit sur un cimetière indien. Une autre version, encore, prétend que le Chaman de la tribu locale aurait lancé la malédiction parce qu'ils auraient été chassés par des tribus Creeks après avoir collaboré avec l'armée conduite par Andrew Jackson pendant la *Creek War*…

Depuis la construction de la piste, de nombreux accidents extrêmement graves, voire mortels pour certains sont survenus ici.

En 1973, alors que le pilote Larry Smith décède suite à un accident survenu pendant la course, un autre concurrent, Bobby Isaac, abandonne après avoir entendu des voix. Il ne participera plus jamais à aucune course après ça, et jurera avoir senti ne pas avoir d'autre choix que celui d'obéir…

En 1974, un mécanicien, percuté dans les stands et coincé contre un mur perd l'usage d'une de ses jambes.

En 1975, le beau-frère de Richard Petty est tué dans l'explosion d'une bombonne d'air comprimé dans les stands.

En 1993, Davey Allison décède dans un accident d'hélicoptère dans l'enceinte du circuit…

Et la liste est encore longue… Bien trop longue à mon goût puisque ma famille n'a pas su y échapper…

Putain de malédiction ! Je me demande encore quand ils vont se décider à faire sauter cette étape de la *Cup*. Mais toujours est-il que cette succession d'évènements divers me sert sur un plateau d'argent une idée pour protéger Jules des dangers qu'il pourrait encourir ici, en plus des risques qu'il prend quotidiennement en étant derrière un volant à plus de deux cents miles à l'heure.

Je tourne en rond dans ma chambre jusqu'à trois heures du matin. Heure à laquelle je suis certaine que je devrais pouvoir mettre tranquillement mon plan à exécution. Pendant de longues minutes, la peur de m'endormir m'étreint mais je ne sais pas trop pourquoi je m'imagine que ça pourrait arriver. Je suis tellement nerveuse depuis que nous sommes ici que ça fait pratiquement une semaine que je n'ai fermé l'œil que par épisodes...

Je traverse discrètement le bus et sors à tâtons, histoire de ne pas réveiller Brent. Je partage les lieux avec lui depuis le départ et c'est un compagnon de vie des plus agréables. Il est un peu comme mon père de substitution et sait souvent me canaliser. Alors il ne manquerait plus qu'il m'entende sortir et demain il aurait forcément des doutes et risquerait de tout comprendre...

Je me hâte de parcourir les quelques centaines de mètres qui séparent le parking, sur lequel les *motor-homes* sont garés, des ateliers dans lesquels sont rangées les voitures. Dans la nuit noire, la tension qui m'habite ne fait que croitre. Seule la lune se joint à mes angoisses, même si sa compagnie ne m'empêche pas de frissonner.

Je hais cet endroit, je hais cette putain d'ambiance, je déteste la putain de détresse qui grève mon cœur depuis des jours... D'ordinaire la peur ne fait pas partie de mon répertoire. Pourtant depuis que j'ai pris ce job d'ingénieur chez *CD*, tous les ans lorsque nous sommes ici, je suis dans le même état. Je ne sais absolument pas comment gérer mes émotions, et la position de faiblesse dans laquelle tout ça me met. La faiblesse, pour moi, ça sent un peu trop le vécu et j'ai décidé que je ne serais plus une femme faible... Si au moins l'organisation pouvait décider de décaler la date de cette maudite course, histoire qu'elle ne tombe plus le mois de l'accident ! Mais c'est peine perdue, je crois. Ça n'a jamais été fait, alors je ne crois pas que ça le sera un jour.

Je pénètre dans les stands par l'arrière du bâtiment et je longe les murs le cœur battant. Je flippe à mort mais je fais tout ça pour la bonne cause alors je ne cesse de me le rabâcher, histoire de me donner du courage. Je pense à Jules, à son sourire de tombeur, à sa petite fossette dans le menton et mon cœur s'emballe davantage, mais plus de peur cette fois.

Purée, je ne suis quand même qu'une pauvre fille, j'en suis arrivée à mettre ma carrière professionnelle en danger parce que je commence à éprouver quelque chose de bizarre, je ne sais même pas trop quoi d'ailleurs, pour un mec avec qui je passe mon temps à m'engueuler ! Je crois que cet abruti de Freud disait que ce qu'on aime chez l'autre, c'est le regard qu'il nous renvoie de nous-mêmes... ou un truc à peu près ressemblant... Bah merde alors, je dois avoir une sacrée opinion de moi, pour triper sur un type qui me déteste ! Sans parler de ma précédente relation où j'ai été trompée et retrompée, mais où je pardonnais constamment ! Il faut croire que j'ai vraiment une piètre estime de moi-même et de mon potentiel affectif. Il faut vraiment que je change. Hors de question de prendre un abonnement spécial connard !

J'ai les mains moites et mes jambes peinent à me porter, vacillant à chaque pas. Je ne sais pas si c'est la trouille ou plutôt le manque de sommeil qui agit sur mon système nerveux. Je marche le plus vite possible pour mettre tout ça derrière moi rapidement, mais des bruits me parviennent, mettant à mal ma conviction que je dois aller jusqu'au bout, que les conséquences sur moi et mon boulot seraient toujours moins graves que le reste... Mon cœur bat à tout rompre, s'écrasant violemment contre mes côtes, battant jusque dans mes tempes. Je cherche à me rassurer en me rappelant que la seule personne que je pourrais croiser c'est Dan, le vigile, et je sais déjà ce que je lui raconterais. Ce ne sera pas la première fois qu'il me croise en pleine nuit, il n'est pas rare que je vienne bosser si j'ai des insomnies, alors...

J'avance toujours, mais ce soir, je ne sais pourquoi, j'ai comme l'impression que la distance à parcourir pour accéder au garage est interminable et mon cœur n'est pas décidé à ralentir. Et au moment où je passe l'angle du couloir, je bute dans un torse et pousse un cri effroyable sous la pression, tandis que l'homme face à moi en fait de même. C'est un véritable concert de hurlements et lorsque chacun de nous reconnait l'autre, le ridicule de la situation nous saute aux yeux :

— Putain, Mac, c'est toi ! J'ai flippé, bon sang !

— Salut Dan... tu m'as fait peur aussi, figure-toi ! Pourquoi t'as crié comme ça ?

— Désolé, c'est cette atmosphère qui règne ici... C'est glauque, je déteste, je te jure je me sens trop mal quand on est ici, tu ne t'imagines pas !

Je pince les lèvres alors que Dan réalise soudain qu'il a dit une connerie et s'en excuse immédiatement :

— Qu'est-ce que je peux être con, excuse-moi, Mac... Bien sûr que tu vois de quoi je parle... je... heu...

Il bafouille comme un con, gêné de l'impair qu'il vient de commettre et je décide d'abréger ses souffrances :

— C'est bon, Dan, t'inquiète...

Puis je cogite que je pourrais profiter de son émoi pour planter chez lui la graine d'un doute qui pourra m'être fort utile demain :

— Bon, je me dépêche, j'ai des papiers à récupérer dans mon bureau, je n'ai pas envie de trainer ici... Mais franchement, ça me rassurerait de savoir que tu restes dans le coin. J'ai entendu des bruits bizarres et depuis je n'arrête pas de repenser à tous ces trucs louches qui se sont déjà passés ici...

Je fais un signe au vigile et taille la route jusqu'à l'atelier sans me retourner, le laissant planté là comme le couillon qu'il est.

En 1974, lors d'une autre course que celle où le mécanicien avait été blessé, dix voitures parmi les onze meilleurs chronos s'étaient retrouvées sabotées...

Je crois que malheureusement, 2019 sera l'année d'un nouveau sabotage. Heureusement que j'ai confiance en l'équipe pour nous rattraper sur la suite du championnat...

Je ne perds pas une seconde et je fourre mon nez sous le capot direct. Bon, le gros problème avec ces putains de bagnoles, c'est que c'est fait à l'ancienne, y'a pas trop d'électronique, donc il va falloir que je sois suffisamment inventive pour que l'on mette du temps à découvrir qu'il y a eu sabotage et que la panne soit longue, mais alors hyper longue à réparer, de façon à ce que Jules ne puisse jamais prendre le départ…

Je jette mon dévolu sur quelques fils suffisamment enfouis sous le moteur pour qu'on ne les repère pas immédiatement et que le problème soit difficile à déceler. Par chance, ma petite corpulence me permet de les atteindre assez facilement, mais en même temps je réalise que je ferais une coupable toute désignée… Je me rassure comme je peux en me disant : « Qui va penser que je suis assez conne pour dégrader ma propre voiture ? » Après l'opération de la dernière chance, je retourne me coucher et, presque soulagée, je parviens enfin à dormir quelques heures.

Le lendemain matin, alors que tout le monde est à pied d'œuvre pour les derniers réglages avant la course, je n'ai aucune envie de me trouver dans les stands, mais je n'ai pas le choix que d'y être. J'ai besoin d'être aux premières loges pour savoir comment se déroule mon plan, et j'aurai surtout la possibilité de ralentir la découverte de mon sabotage au cas où…

Le gros con est visiblement vraiment malade. Il a dégobillé en plein milieu de l'atelier. Mais je soupçonne que ce soit plus la frousse qu'un réel virus qui l'ait fait gerber, et Del Valle, qui est venu pour le week-end, a pris la décision de mettre notre nouvelle recrue derrière le volant, comme je l'avais supposé.

Au moment où le *big boss* nous l'annonce, le sourire qui étire les lèvres de Jules me fend le cœur en même temps qu'il me réjouit. Je suis partagée parce que je lis le bonheur dans ses yeux, il arbore sa joie comme un étendard, mais elle va être de courte durée car je me suis arrangée pour tout gâcher.

Mais tout ça c'est pour son bien et heureusement il ne le saura certainement jamais. Je ne peux me résoudre à lui faire prendre un tel risque.

Il me défie du regard, semblant se rappeler mes dernières paroles à son encontre : *« Moi vivante, tu ne remontras pas dans cette voiture sur ce circuit ce week-end … »*

Il jubile très certainement intérieurement, et je fais mine d'être vexée par cette décision alors que j'attends juste que la pendule égrène lentement les minutes qui nous rapprochent du cataclysme mécanique que j'ai déclenché. Nous nous regardons en chiens de faïence et il se repaît de sa victoire, mais à ce moment-là je me fiche totalement qu'il croie avoir gagné. Ma victoire à moi est ailleurs et elle approche à grands pas. Tout ce qui compte pour moi, c'est qu'il soit en sécurité jusqu'à la fin de ce maudit week-end.

Savoure mon coco, délecte-toi, je n'ai pas dit mon dernier mot, même si j'ai dû la jouer en sous-marin !

La nouvelle de notre déconvenue fait rapidement le tour de toutes les *teams* et comme je l'avais bien évidemment escompté, les rumeurs de sabotage vont bon train, sur fond d'évocation de la malédiction. Les évènements de 1974 sont remis sur le tapis et tout le monde se laisse embarquer par les rumeurs mystiques... tous sauf Brent qui fronce continuellement les sourcils en me regardant.

Je flippe comme une malade. Il me connaît trop bien et, sur ce coup-là, j'ai bien peur que ça me desserve. De plus, le fait que seule notre voiture soit mise en cause doit lui paraître suspect, bien que personne ne semble y penser, bizarrement.

Chase s'évertue à tenter de démarrer la voiture tandis que je feins de chercher d'où peut provenir la panne, alors que Del Valle s'arrache les cheveux et que Jules se bouffe les ongles de rage, en usant ses semelles de godasse à force de faire les cent pas pendant que mon cœur s'allège. Enfin... très légèrement car je dois bien avouer que même si je suis allée jusqu'au bout de mon idée, je ne suis toujours pas complètement à l'aise dans mes baskets avec le fait d'être à l'origine de tout ça, même si mes intentions sont louables, au fond. Et quand le départ de l'épreuve est donné sans nous, je relâche tout et je réprime un sourire tandis que je sais que Brent me tient toujours à l'œil.

Je baisse enfin ma garde et libère toute la tension qui m'habitait depuis pratiquement une semaine, mais alors que je m'apprête à regagner mon bus, Brent décide de m'achever et j'ai comme l'impression que ce n'est pas anodin :

— Chesneau, va prendre tes affaires dans ton *motorhome* !

Jules blanchit, se demandant pourquoi Brent lui fait cette demande, tandis qu'il complète sans attendre, me foudroyant sur place :

— Pour le prochain voyage, tu partages le bus de Mac !

L'information peine à monter jusqu'à mon cerveau si bien que je reste interdite un petit moment avant de m'insurger :

— Quoi ? Non mais… pourquoi ? Mais… Mais tu peux pas me faire ça !? Toi et moi on a toujours partagé notre bus depuis le début ! Mais pourquoi tu me fais ça, Brent ?

Mais mon père de substitution reste inflexible et ne cède pas à mes suppliques :

— Tant que vous ne serez pas capables de vous entendre correctement, tous les deux, ça ne pourra jamais fonctionner ! Alors vous vous démerdez comme vous voulez, mais quand on arrive à Dover, je veux que ça puisse le faire, sinon je demande à Del Valle de vous virer tous les deux, compris ?

Merde, Brent ne rigole pas, cette fois !

Et j'ai beau le considérer comme ma famille, quand il trouve que je déconne il ne prend pas de gants pour me le faire comprendre ! Je suis persuadée qu'il a pigé que j'étais à l'origine du problème mécanique, mais qu'il a pensé que c'était ma haine pour Jules qui avait motivé mes actes.

Si tu savais, Brent… Si tu savais à quel point ce que tu fais ne me rend pas service, mais pas du tout dans le sens où tu peux le penser…

Chapitre 5

STITCHES

Talladega, Alabama
Avril 2019

Jules

Nous avons eu une pause de quinze jours pour Pâques. Une occasion pour moi de réaliser à quel point ma famille me manque. D'habitude, cette période est l'occasion d'un bon repas en famille, et surtout de m'extasier devant mes nièces et de les aider à chercher les chocolats dans le jardin…

Je me projette mentalement auprès de Jade et Lou, les adorables jumelles de ma sœur Laura. Il y a vraiment des moments où je donnerais tout pour être de nouveau aux côtés de ces terreurs qui ne ferment pratiquement jamais l'œil et tripotent tout sur leur passage, ne laissant aucun répit à qui se trouve à vingt mètres à la ronde. Cette année, pour la première fois depuis leur naissance, *Tonton Zul* n'est pas là pour participer à la chasse aux œufs tout en leur dérobant une partie de leur butin en cachette… Quant à ma sœur Margaux, bien que je sois souvent inquiet pour elle comme tout frère qui se veut protecteur, je sais qu'elle continue de mener sa vie de célibataire tambour battant pour profiter de chaque seconde. Elle me manque tellement, elle aussi ! Même si je suis heureux d'être ici et de ce que je fais aujourd'hui. J'ai quitté ceux que j'aimais pour vivre ma passion mais je me demande parfois si j'ai fait le bon choix. J'espère ne pas avoir fait de si lourds sacrifices inutilement…

Depuis que nous sommes arrivés sur ce circuit, j'ai comme l'impression que tout le monde est fébrile, tendu... Je sens un mal-être général et pas seulement chez CD. Il faut dire que Johnston semble malade. Il a dû foutre sa clim à fond et se choper une bonne crève qu'il a refilée à tout le monde, ce con ! Mais moi je pète la forme. Et j'explose les chronos. Je crois que je n'ai jamais été aussi performant et la voiture est parfaitement réglée.

Del Valle doit venir ce week-end et je n'espère qu'une chose, c'est qu'il décide de me faire rouler à la place du vieux crouton qui a l'air décidément mal en point. Cet abruti arpente le garage le teint vitreux, presque verdâtre, une main continuellement posée sur le bide, et il explique à qui veut l'entendre qu'il ne sait pas s'il sera remis d'ici ce week-end. Ses essais sont catastrophiques, on dirait presque qu'il a continuellement le pied sur la pédale de frein.

« Call me Mac » est à l'apogée de sa connerie. Elle m'énerve tellement que je m'imagine parfois avec les mains autour de son cou, cédant à une furieuse envie de le serrer très fort.

À moins que... heu... attends... Ce n'était pas tout à fait ça le contexte de la scène que je me suis imaginé, en fait...

J'ai saisi l'opportunité de me venger du coup du sandwich. Cette connasse va s'en souvenir et la prochaine fois qu'elle aura envie de me faire une crasse, elle y réfléchira à deux fois. Si jusqu'alors elle a martyrisé son petit monde à loisir, aujourd'hui elle a face à elle quelqu'un qui a du répondant et elle va le comprendre rapidement.

Toutes les semaines, l'équipe installe un semi derrière les stands. Elle y passe la majeure partie de son temps lorsqu'elle n'est pas à l'atelier. À l'intérieur de la remorque se trouve une grande partie de notre matériel, mais on lui a aussi aménagé une petite pièce plutôt cosy, créée juste pour elle... une sorte de QG pour travailler au calme. Son bureau, en quelque sorte. Elle y étale tout un tas de plans, bosse parfois sur son ordi et, dès que la voiture ne tourne pas comme elle le souhaite, elle s'y enferme pendant des heures… Lorsqu'elle en ressort, j'ai toujours l'impression que tout va mieux après. Je parle de la mécanique, pas de son humeur ou de nos relations !

Pour mettre mon plan machiavélique à exécution, j'ai fait appel à quelques conneries faites avec mes potes au lycée. L'année de terminale, nous avions comme qui dirait résolu un léger problème rencontré avec notre prof de physique-chimie. Et quelque part, ce dernier nous avait donné les clés pour arranger tout ça…

Monsieur Cadoret avait une fâcheuse tendance à… comme on dit grossièrement… puer de la gueule ! Oui, il faut appeler un chat, un chat ! Et pour mes potes et moi, assis au premier rang, cela s'avérait extrêmement désagréable, surtout de bon matin. Enfin non. Si je veux dire la vérité, c'était horrible de sentir son haleine fétide à une telle distance à n'importe quel moment de la journée. L'effet bouche d'égout après un raz de marée, ça va bien deux secondes, bordel !

Alors nous avions eu une idée pour le forcer à se laver les dents une bonne fois pour toutes : Des bonbons au bleu de méthylène, soigneusement remballés dans un papier tout à fait classique, et gentiment déposés sur le coin de son bureau… Imparable pour un effet colorant immédiat !

Avait-il compris ? Nous ne l'avions jamais su mais toujours est-il qu'il s'était ensuite abstenu de s'approcher trop près, nous épargnant ainsi définitivement le désagrément de son odeur pestilentielle.

Fort de cette vieille expérience, j'ai décidé d'agir sans attendre. La vengeance est un plat qui se mange froid, mais on peut également battre le fer pendant qu'il est chaud ! Les sponsors distribuant toujours aux *teams* tout un tas de goodies à leur effigie, j'ai ainsi pu mettre mon plan à exécution et pour l'heure, je suis certain que « *Mac la menace* » ne verra pas du tout le mal lorsqu'elle dégustera, comme à son habitude, l'un des bonbons *Monster Energy,* principal donateur de la *Cup,* qui traine sur son bureau…

Elle me pourrit littéralement ma semaine, ne sortant pratiquement jamais de son bureau sauf lorsque je tourne sur la piste. Autant d'ordinaire je parviens à m'amuser de nos joutes verbales, prenant un malin plaisir à lui répondre, autant cette semaine je la trouve franchement un cran plus désagréable que d'habitude, et je trouve ça hyper lourdingue. Surtout lorsque qu'elle s'oppose formellement à ce que je coure à la place de Johnston qui a décidé de déclarer forfait.

Je sais qu'elle me déteste, je ne viens pas d'en avoir la confirmation... Ça, je l'ai compris dès le premier jour. Mais que sa haine s'exprime à tel point que son comportement aille à l'encontre de l'intérêt de l'écurie me sidère. La meuf est quand même payée pour conduire l'équipe à la victoire ! Alors si elle passe son temps à freiner des deux pieds, juste parce qu'elle ne peut pas me saquer, ça va devenir très compliqué...

Je descends de la voiture après une dizaine de tours durant lesquels j'ai tout déchiré, et je me tourne dans sa direction en souriant, espérant la mettre enfin de bonne humeur, mais je réalise immédiatement que c'est peine perdue. D'ailleurs, comment puis-je croire un seul instant que je pourrais contribuer à un quelconque moment que ce soit, à la foutre de bon poil ?

Malgré tout, je ne peux m'empêcher de mettre mes performances en avant et je la supplie presque de me laisser prendre le volant ce week-end :

— Merde, Cameron ! Laisse-moi prendre le départ à la place de Johnston, bon sang ! Il ne veut pas rouler !

S'ensuit une altercation à consigner dans les annales où je comprends qu'elle tente habilement de masquer les vraies raisons de son refus de me permettre de participer à la course. Mais malgré toutes les diversions qu'elle peut bien tenter et tous les noms d'oiseau qu'elle peut me donner, je ne compte pas me laisser faire et je cherche à la mettre au pied du mur, devant témoins. Tout le monde dans l'atelier assiste à notre dispute, et je cherche vainement un soutien dans ce combat inégal.

Je bouillonne. Mais bien que je fasse tout pour le masquer, intérieurement je suis perdu, en proie à une totale incompréhension. Je crois que cette fille restera toujours pour moi un mystère. Et tandis qu'elle remet mes compétences en question, je croise furtivement le regard perplexe de Brent qui semble me conforter dans l'idée que cette nana a vraiment un truc qui cloche alors qu'elle se justifie :

— T'as tout compris, ducon ! La vraie raison c'est que tu n'es pas assez bon pour prendre le départ de cette course !

— Quoi ? Non mais il faut que je te remette le chrono sous le nez ? Tu sais très bien que c'est faux ! Depuis que je suis arrivé, quel que soit le circuit, j'ai fait de meilleurs temps que le vieux !

Ses yeux se plantent dans les miens et elle me toise avec un air de défi. Pourtant, l'espace d'un bref instant, il me semble y lire une angoisse muette et j'aurais presque l'impression que sa voix est prête à se briser lorsqu'elle me porte le coup de grâce :

— Écoute-moi bien, Chesneau… Je peux te promettre que moi vivante, tu ne remontras pas dans cette voiture sur ce circuit ce week-end !

Je soutiens son regard, mais elle rompt le contact avant que je parvienne à trouver quelque chose d'autre à rétorquer. Elle tourne les talons, faisant presque de la fumée en partant tandis que je suis inondé par une exaspération démesurée, et je ne peux m'empêcher de demander à Brent, comme s'il avait forcément la réponse à cette question :

— Mais qu'est-ce qu'elle a aujourd'hui ? Elle est encore plus conne que d'habitude !

Brent hausse les épaules en signe l'incompréhension. Pourtant je devine qu'il en sait bien plus qu'il ne veut le dire sur le comportement de Cameron. Je sais qu'il la connaît depuis de longues années et qu'elle le considère pratiquement comme un père. Mais alors que je suis prêt à aller l'interroger pour chercher à en savoir davantage, c'est Chase qui finalement, m'apporte bien plus d'informations que je n'en espérais à cet instant :

— Écoute, Jules... Je sais que tu n'aimes pas trop Mac et je sais aussi qu'elle n'est pas facile. Et... je ne cherche pas à excuser son comportement détestable vis-à-vis de toi mais... faut que tu saches un truc à son sujet...

J'arque un sourcil et j'offre toute mon attention à mon ami, tandis qu'il me révèle presque tout bas, comme s'il me mettait dans le secret des dieux :

— Le père de Mac était pilote. Il a eu un très grave accident ici même il y a six ans... alors quand on est ici, elle est toujours pire que d'habitude... C'est un anniversaire difficile à vivre pour elle.

Soudain choqué et attristé pour elle, je parviens à m'attendrir et à porter sur elle un regard différent, à la trouver plus humaine. La tension qui m'habite retombe et une dose de bons sentiments m'envahit. Immédiatement, je cherche à savoir :

— Est-ce que son père est... mort ?

— Non, il est vivant...

Nous sommes soudain interrompus par l'arrivée de Monsieur Del Valle.

Bon, alors ok, *Miss America* est mal dans sa peau parce que nous sommes dans un endroit qui lui rappelle de mauvais souvenirs. Ça, je peux comprendre, en revanche, le vieux croulant étant à l'article de la mort, je reste la meilleure chance de cette équipe de pouvoir briller ce week-end. D'ailleurs, peut-être pas uniquement ce week-end...

Et puis ils ne se rendent pas compte, tous ! Mais j'ai déjà vingt-cinq ans ! Alors même si c'est encore jeune, dans le domaine du sport de haut niveau et surtout de la course automobile, ça commence à faire, et je me dis que si ce n'est pas maintenant que je perce pour de bon, ce sera jamais ! Surtout que si je ne parviens pas à faire quelque chose de vraiment bien, mes parents auront fait tous ces sacrifices pour rien !

En plus, faut dire que je n'ai pas vraiment de plan B. Après mon bac, j'ai tenté de faire LEA mais je ne suis pas allé au bout. Contre l'avis de mes parents, qui, je le sais maintenant, ont toujours été de bon conseil, j'ai arrêté les cours avant de passer mon exam pour me consacrer pleinement à la course automobile. Donc en bref, aujourd'hui, je ne suis qu'une moitié de pilote sans aucun diplôme. Le seul truc positif à tout ça c'est mon niveau en langues étrangères...

Alors je n'ai donc pas l'intention de m'en laisser conter et me laisser ratatiner par la déesse Manga sans riposter. Et je compte bien utiliser la présence du *big boss* pour me glisser dans la brèche laissée béante par l'autre abruti. D'ailleurs, comme elle a préféré se retrancher dans son bus, j'ai tout le loisir d'œuvrer auprès de Del Valle sans qu'elle soit là pour me mettre des bâtons dans les roues, cette petite conne ! J'ai d'ailleurs le sentiment de le convaincre pratiquement sans aucune difficulté de me laisser monter dans la voiture pour cette manche. Il faut avouer que les piètres résultats de Johnston depuis le début de la saison appuient certainement mes arguments. Ça et le fait qu'il soit plus que mal en point pour prendre part à la course. Pour couronner le tout, cet idiot passe son temps à clamer haut et fort qu'il préférerait jeter l'éponge, ce qui ne peut que jouer en ma faveur et me donner un coup de pouce supplémentaire pour pouvoir faire enfin la seule chose que j'attends depuis que je suis arrivé ici : prendre le départ !

Le lendemain matin, lorsqu'elle se pointe enfin, je suis avec Del Valle et je savoure déjà ma première victoire lorsqu'il lui annonce que je prendrai le volant pour l'épreuve du jour. Le vieux machin est passé en mode vomito en plein milieu du garage. C'est dégueulasse, pour un peu ça me ferait gerber aussi !

Je distingue les mâchoires de Cameron se crisper de façon presque imperceptible, au moment où elle apprend la nouvelle, et j'avoue que sur l'instant je jubile. Mademoiselle a perdu. Sa défaite est cuisante et moi je savoure. Je suis tendu d'excitation, l'adrénaline se répandant déjà dans chaque particule de mon corps par anticipation.

Je défie la princesse du regard.

Alors comme ça, toi vivante, je ne devais pas remettre les mains sur le volant ici ? Eh bien tu as tourné le dos deux secondes de trop, j'en ai profité pour te planter un poignard dans le dos, ma belle ! T'as voulu jouer, t'as trouvé un adversaire à ta taille, il ne fallait pas me sous-estimer, pétasse !

Toute l'équipe est à pied d'œuvre pour les derniers réglages, et alors que je trépigne d'impatience, j'ai comme l'impression qu'il y a un problème avec la voiture. Les visages blanchissent et la pression semble monter d'un cran. Tous se regardent comme si le ciel leur tomber sur la tête et j'entends sans arrêt le même mot que je ne comprends que trop : *curse*[1]...

Je ne pige rien. La bagnole fonctionnait à la perfection hier. Tous les mécanos s'affairent à chercher ce qui peut déconner et je jette un rapide coup d'œil à Brent et Cameron, pour essayer de jauger la gravité de la situation, mais je crois qu'à cet instant, aucun des deux ne me voit. Je piétine. Ils semblent se livrer une sorte de combat silencieux avec leurs yeux pour seules armes, et j'avoue que je suis plongé dans une complète incertitude quant à la suite des évènements.

La nouvelle de notre panne inexpliquée se répand comme une trainée de poudre. Le mot « malédiction » revient un bon nombre de fois sur le tapis, et des rumeurs de sabotage entrent dans le vif du sujet. Notre voiture semble la seule de tout le parc NASCAR à avoir été visée, ce qui semble plus que curieux dans la mesure où notre équipe n'est une menace pour personne à ce stade du championnat.

Plusieurs techniciens évoquent des évènements similaires en 74, mais je n'écoute qu'à moitié leurs histoires, croisant les doigts pour que, quoi qu'il ait pu être fait sur cette satanée

---

[1] Malédiction

caisse, ce soit réparé avant le départ. Del Valle s'arrache les cheveux, Brent toise Cameron, semblant lui en vouloir de ne pas parvenir à trouver ce qui cloche, et moi je creuse un trou dans le sol à force de tourner en rond. Sous le coup du stress, je me ronge tellement les ongles que j'en arrive au sang. Chase s'évertue à essayer de démarrer la voiture, mais rien ne se passe. Et quand le départ de l'épreuve est donné sans nous, j'ai envie de hurler.

Ça aurait dû être mon moment, bordel ! Celui où j'aurais enfin pu montrer de quoi je suis capable autrement qu'en tournant tout seul comme un con sur un circuit ! J'ai tant attendu cet instant, j'ai fait tellement de sacrifices… Tout ça pour rien. Encore. Ce nouveau revers m'amène à réfléchir. Parfois j'ai le sentiment que je devrais tout abandonner, envisager une nouvelle orientation professionnelle… et puis à d'autres, je me dis que je dois continuer à me battre. Qu'un jour peut-être la bonne étoile en laquelle je crois me donnera le coup de pouce que j'espère. Mais pour l'heure, c'est plutôt la démoralisation qui prévaut et je suis certain que ça se voit à ma tête. Incapable de cacher ma déception, j'ose à peine lever les yeux de peur de croiser le regard certainement ravi de Cameron…

La fin de journée se passe dans une curieuse ambiance, mélange de cette tension toujours palpable et d'une curieuse réminiscence dont je ne saisis pas tous les fondements. La raison de la panne est découverte et met en évidence la confirmation d'un sabotage orchestré dans le but de nous empêcher de participer. La panne, sans être complexe à réparer, a été difficile à détecter. Et il apparaît évident que celui qui a fait ça savait parfaitement ce qu'il faisait.

Je suis clairement dégoûté. J'ai envie de balancer tout ce qui se trouve autour de moi mais je ne veux pas avoir l'air d'un sauvage ou pire, d'un aliéné. Alors je décide que je vais me retrancher dans mes quartiers histoire de me calmer. Mais tandis que je quitte les stands, rongé par la colère et la déception, Brent m'interpelle d'un ton qui se veut sans appel :

— Chesneau, va prendre tes affaires dans ton *motorhome* !

Mon sang se glace. Je pense que je dois ressembler à un cachet d'aspirine.

Merde ! Qu'est-ce que j'ai fait ? Il va me virer ? Super connasse a convaincu tout le monde de se débarrasser de moi ? Est-ce que ce soir je serai dans un avion direction Paris ?

Mes craintes sont de courte durée et lorsque le couperet tombe, il est loin de correspondre à ce à quoi je m'attendais :

— Pour le prochain voyage tu partages le bus de Mac !

Je suis atterré.

Non mais c'est quoi son délire ? Il veut qu'on s'entretue ou quoi ?

Je suis prêt à protester mais évidemment, la princesse s'insurge bien avant que j'aie le temps de le faire moi-même :

— Quoi ? Non mais… pourquoi ? Mais… Mais tu peux pas me faire ça !? Toi et moi on a toujours partagé notre bus depuis le début ! Mais pourquoi tu me fais ça, Brent ?

Malgré ses suppliques, Brent reste inflexible et nous pose même un ultimatum :

— Tant que vous ne serez pas capables de vous entendre correctement, tous les deux, ça ne pourra jamais marcher ! Alors vous vous démerdez comme vous voulez, mais quand on arrive à Dover, je veux que ça puisse le faire, sinon je demande à Del Valle de vous virer tous les deux, compris ?

Cendrillon se barre dans son carrosse, et moi je file la queue basse dans mon bus en soufflant déjà à Chase :

— Tu vas me manquer, mec…

Mais mon pote se veut encourageant :

— Allez, fais un effort. Apprends à la connaître, tu verras qu'elle peut être cool.

Je récupère mes affaires et rentre à tâtons dans le bus que Cameron partage habituellement avec le chef mécanicien. Les moyens financiers de Del Valle ne permettent certainement pas à la princesse d'avoir un bus pour elle seule, et je m'imagine que le choix de partage de ce logement est très certainement stratégique et judicieux. En plus d'être celui qui la connaît le mieux, et un des rares qui parvienne à la supporter aussi, Brent a l'âge d'être son père.

Bon, je sais, je ne devrais pas penser à ça à cet instant, mais malgré le fait que j'ai régulièrement envie de lui sauter à la gorge, cette fille est canon et je vois bien le regard que la plupart des types de l'équipe posent sur elle. Je pense qu'il serait pratiquement impossible pour elle de partager son bus avec quelqu'un d'autre, sous peine de subir des avances continuelles. Cela dit, peut-être que je me fais des idées, elle kiffe peut-être les vieux et s'éclate le soir avec Brent ? En proie aux préjugés, on est parfois surpris…

Ce *motor-home* a l'air aménagé différemment de celui que je partage avec Chase. Le coin télé est intégré à l'espace repas et la cuisine est plus petite.

Je fais le tour du propriétaire et j'installe mes effets personnels dans une cabine. Tout comme dans notre bus il y en a deux et l'une d'elles semble inoccupée, pourtant Brent a laissé quelques-unes de ses affaires alors je prends celle qui est libre. Je m'allonge sur la couchette en prenant soin de ne pas faire de bruit. Le dragon est certainement dans ses quartiers, je ne voudrais pas le réveiller et risquer de prendre un retour de flamme.

Je surfe sur le net depuis mon téléphone et décide d'essayer d'en savoir davantage sur ce que Chase m'a appris au sujet du père de Cameron. Je trouve rapidement toutes les informations que je recherche et même plus encore…

Cameron est la fille unique du célèbre pilote de NASCAR Joseph dit Joe Mc Intyre. Ce dernier ne court plus depuis un très grave accident survenu ici en 2013, à Talledega, comme me l'a raconté mon collègue… Je découvre avec horreur la légende liée à cette piste maudite et je comprends mieux le comportement de chacun et la tension constante de ces derniers jours. Et à mesure que je lis tous les faits atroces survenus ici, j'en viens même à supposer que la maladie de Johnston n'ait été plus psychosomatique, que due à un réel virus.

J'avance dans la lecture de l'article consacré à Cameron, puis j'en découvre tout un tas d'autres, ceux-là beaucoup plus « People » et accompagnés de photos… On y retrouve une Cameron brune, plus jeune… parfois souriante, d'autres fois beaucoup moins, accompagnée de Tyler Davenport, le cador de l'écurie *Sparkling Miracle*.

Alors c'était ça, la proximité que j'avais décelée entre eux ? Ils sont déjà sortis ensemble et ça avait l'air d'être plutôt sérieux. Visiblement ça a duré plusieurs années. Mais l'article fait état des nombreuses infidélités de Davenport et je comprends mieux les paroles de Cameron à son amie : « *...je suis la pauvre fille qui pardonne sans arrêt* ». Je constate avec effroi que des dizaines de tabloïds ont étalé pendant des mois les frasques du pilote, mettant à mal la crédibilité de ses sentiments pour la jeune femme. Il a été l'homme de sa vie. Ou tout du moins elle a dû le penser à l'époque…

J'en viendrais presque à la comprendre un peu mieux.

Je reste quelques minutes sur mon lit, réfléchissant davantage à tout ça et je me perds en conjectures. Je me dis que ce qui s'est passé le premier jour entre nous était peut-être simplement la simple expression de cette image qu'elle souhaite tenter de renvoyer aujourd'hui. Celle d'une femme forte, capable de mener une équipe d'hommes de main de maître et de parvenir à s'en faire respecter, même si elle évolue dans un monde où peu de femmes s'illustrent.

Et moi il faut dire que suite à cette entrée en matière plutôt musclée, je ne lui ai laissé aucune chance après ça. Enfin bon, bref… ni l'un ni l'autre n'y avons mis du nôtre et peut-être que c'est Brent qui a raison. Nous devons trouver le moyen de faire un pas l'un vers l'autre. Et visiblement, il va falloir que ce soit moi qui le fasse, car *Miss « Mes cheveux sont plus bleus que mes yeux »* est toujours enfermée dans sa piaule à faire la gueule.

Allez, Chesneau, prends tes couilles et monte au front, mon gars ! C'est juste une jolie poupée avec un caractère de merde que tu dois apprendre à amadouer ! La difficulté, ça te connaît, alors on y va !

Chapitre 6

SAY SO

Talladega, Alabama
Avril 2019

Jules

Je m'avance vers le fond du bus et fais face à une porte close. Aucun bruit ne passe et je n'ai aucune idée de ce qu'elle peut bien faire. J'espère qu'elle ne dort pas parce que si je la réveille, je vais encore la mettre de mauvaise humeur et me prendre une soufflante. Pour le coup je pense que ça ne servirait pas ma tentative de rapprochement et je pourrais repartir la queue entre les jambes deux fois plus vite que je suis arrivé.

Je frappe doucement et au moment où j'entends un faible « Entre », j'entrouvre très légèrement la porte en brandissant un t-shirt blanc en guise de drapeau.

Je pénètre doucement dans la pièce et je découvre qu'effectivement, ce bus n'est pas du tout agencé comme le nôtre. Ce qui chez nous est un coin salon avec canapé et télé est ici la chambre de Cameron. Un grand lit trône au centre de la pièce, j'avise une salle de bain et des toilettes privatives et même si le coin est petit, ça a le mérite d'exister. Tout a été pensé pour que la jeune femme garde une certaine intimité, même alors qu'elle partage cet endroit avec quelqu'un du sexe opposé.

Cameron se tient assise derrière un bureau, et lève les yeux de son ordinateur portable. Comme à chaque fois, nos yeux s'éperonnent automatiquement sans même le vouloir. Ou plutôt si. Je rêve ce contact, je le veux, je le cherche. J'adore plonger mon âme dans la profondeur de ses iris cobalt. Je pourrais m'y noyer sans même paniquer, englouti par un soudain sentiment de plénitude.

Ses cheveux sont relevés en un chignon que je devine fait à la va-vite et une mèche ondule, retombant sur son merveilleux visage. Et à cet instant je la trouve si sexy que j'aimerais m'en saisir et la repousser moi-même, caresser cette belle petite frimousse et bien plus encore.

Elle semble encore un peu tendue, mais sachant ce que je sais à présent, je choisis d'en faire fi alors qu'elle me demande sèchement, un sourcil arqué en lâchant un soupir :

— Qu'est-ce que tu veux ?

Je pince légèrement les lèvres en un demi-sourire pincé et j'ose :

— Faire la paix… c'est bien le but de la manœuvre de Brent, non ?

Elle étrécit les yeux, sceptique :

— C'est tout ?

— Comment ça, c'est tout ?

— Tu ne me prends pas la tête comme tu sais si bien le faire ?

D'un mouvement du menton, je désigne son travail :

— Non, je vois que t'es concentrée… Et toi tu ne me sautes pas à la gorge ?

Elle sourit en coin sans lâcher mes yeux et m'explique :

— J'ai promis à Brent qu'aucun de nous ne mourrait pendant le trajet.

Je lui souris en retour et elle va même jusqu'à plaisanter :

— J'avoue que je m'attendais à des insultes, je suis presque déçue…

Je ne peux m'empêcher d'ironiser à mon tour :

— Avoue que ce qui s'est passé aujourd'hui te réjouit ? T'as gagné. Quelle qu'en fût la raison, je ne suis pas remonté dans la voiture du week-end…

Mais alors que je pense qu'elle pourrait être heureuse d'être sortie victorieuse de notre affrontement, je décèle une ombre sur son visage. Je sais qu'elle est probablement hantée par les souvenirs de l'accident de son père, mais j'ai comme le sentiment qu'autre chose la mine. Et soudain, alors que je ne m'attendais pas du tout à ce geste, elle se saisit d'une de mes mains pour observer le sang séché au niveau de mes ongles rongés. À cet instant, je crois que je dois presque lui faire pitié et je hausse les épaules tout en me justifiant :

— Un peu trop stressante, cette fichue panne…

Cameron se reprend rapidement, masquant son trouble et me lance presque sympathiquement :

— Alors ok, Chesneau… Si t'es résolu à pas me faire chier, tu peux rester et essayer de m'aider à trouver ce qu'on peut faire de plus pour hisser cette putain de caisse sur le prochain podium !

Je réponds du tac au tac, audacieux comme jamais :

— Changer le type qui se trouve derrière le volant ?

L'éclat de rire qui la saisit soudain me transperce le cœur et envoie une décharge électrique le long de ma colonne. Jusqu'ici je ne l'ai vu rire qu'avec d'autres. Aucun ne m'a jamais été adressé sauf à mes dépens et j'avoue qu'à cet instant je me sens pousser des ailes. Surtout que finalement, elle m'avoue à demi-mot qu'elle est d'accord avec moi, arborant toujours ce sourire qui me transporte :

— Pas faux !

Nos yeux sont arrimés et pour moi, c'est comme si plus rien autour de nous n'existait. Je sens alors un renflement monter au niveau de mon entrejambe.

Merde, quel con ! Contrôle-toi, blaireau, parce que si elle te grille, tu vas voler de l'autre côté du bus en deux secondes !

Finalement, sans le savoir c'est ma mère qui m'apporte une aide providentielle en me passant un coup de fil. Ma virilité très nettement refroidie, je me lève alors lentement, tentant de masquer les restes de la réaction qu'elle a provoquée en moi pour ne pas trahir le désir que je viens de ressentir pour elle. Et je quitte la chambre en lui montrant mon portable :

— Excuse-moi…

Elle acquiesce d'un mouvement de paupières gracile et rapide, et je prends la communication :

— Salut maman…

Je parle avec ma famille pendant une bonne demi-heure. Tout le monde était présent chez mes parents ce dimanche midi et chacun a voulu me parler. Mes nièces maîtrisant parfaitement les nouvelles technologies, elles ont décidé de s'accaparer le téléphone et j'ai eu droit à un véritable concert de cris et de pleurs lorsque mon beau-frère est enfin parvenu à se saisir de nouveau de l'appareil. Pourtant, Lou jurait qu'elle avait encore une montagne de choses à me dire et je sais déjà que la prochaine fois, la conversation promet de durer des heures.

Je raccroche enfin et remarque par la porte de la chambre de Cameron, restée ouverte, que cette dernière m'observe avec attention. Nos yeux se croisent et comme prise en faute, elle détourne rapidement le regard. Je la rejoins sans tarder, l'air de rien, et ne relève pas. Les choses ont l'air de commencer à se tasser entre elle et moi, alors je ne voudrais pas relancer une dispute. Son animosité ne va certainement pas disparaître en une soirée, mais autant mettre toutes les chances de mon côté pour que ça se passe le mieux possible. Qui sait, petit à petit, nous allons peut-être parvenir à nous entendre juste assez pour pouvoir travailler correctement.

Je me rassois à ses côtés et je suis surpris lorsqu'elle me demande doucement :

— Ta famille doit beaucoup te manquer ?

— C'est vrai. Chaque jour j'aimerais qu'ils soient à mes côtés. Mais heureusement aujourd'hui c'est facile de communiquer même si ça n'efface pas la distance…

— Je comprends ce que tu veux dire…

Quelque part, je pense qu'elle le peut. Même si sa famille est dans le même pays, Cameron est constamment sur les routes et ne doit pas non plus la voir souvent. Nous sommes sur le ton de la confidence et j'aimerais profiter de cet instant pour l'aider à se livrer, la découvrir davantage. Et la question qui me taraude depuis le premier jour franchit la barrière de mes lèvres :

— Pourquoi tu n'es pas pilote pro ?

Ses yeux se voilent et un énorme soupire s'empare de sa poitrine. Elle pose son regard sur ses mains et me répond tête baissée :

— Je ne peux pas.

— Comment ça, tu ne peux pas ? Je t'ai vue rouler et je te jure que tu peux !

— C'est pas ça… Je… j'ai promis. J'ai promis à ma mère que je mènerai une vie tranquille. Elle n'a plus que moi, alors…

L'article ne fait pas mention du décès du père de Cameron alors j'essaie de creuser :

— C'est à cause de ce qui est arrivé à ton père ?

Elle redresse soudain la tête et me scrute avec ses grandes billes bleues écarquillées, tandis que je réponds déjà à la question qu'elle se pose sans l'avoir prononcée :

— On m'a raconté… Je sais que pour toi cette semaine a dû être très difficile à gérer…

Elle ne répond rien, pourtant je vois les larmes poindre à mesure que l'émotion la gagne. J'ai conscience que je devrais éviter d'évoquer tout ça, mais peut-être que ça peut aussi lui faire du bien d'en parler ? Je ne la connais pas suffisamment pour savoir quel genre de personne elle est. Et alors que je devrais cesser de remuer le couteau dans la plaie, je ressens le besoin d'éclaircir un point :

— Pourquoi dis-tu que ta mère n'a plus que toi ? Ton père est toujours…

J'hésite avant d'aller plus loin, mais Cameron me répond le regard dans le vague :

— Oui…

Elle relève alors la tête et son regard se fait presque suppliant tandis qu'elle me demande doucement :

— Est-ce qu'on pourrait parler d'autre chose, Jules, s'il te plait ?

Cette façon qu'elle a eue de prononcer mon prénom pour la toute première fois m'émeut, et je reporte mon attention sur l'ordi pour détourner la conversation vers quelque chose de sérieux, mais de bien plus léger :

— Alors, on en était où, déjà ?

Nous travaillons pendant deux bonnes heures, échangeant presque avec une facilité déconcertante, même lorsque nos points de vue divergent, et je me demande ce qu'il a pu advenir de mon ignoble patronne.

Mais alors que nous sommes réellement concentrés, nous sommes interrompus par quelqu'un qui frappe à l'extérieur. Et lorsque Cameron va ouvrir et que j'entends une voix masculine, je ne peux me retenir de tendre l'oreille et d'espionner un peu la conversation. Je sais, honte à moi, ma curiosité va finir par devenir malsaine.

Le visiteur inopportun est justement ce connard de Davenport. Je crois que vu ce que je viens d'apprendre sur son compte et sur ce qu'il a fait à Cameron, je peux l'insulter un tout petit peu… Et moi qui pensais qu'elle rêvait certainement de le récupérer, je suis quelque peu surpris du ton sur lequel elle s'adresse à lui.

Le type me voit dans l'embrasure de la porte et la questionne immédiatement :

— Qu'est-ce qu'il fout là, lui ?

— On bosse !

Un rire sardonique échappe à l'ex de Cameron :

— C'est ça… vous bossez…

Mais elle lui répond du tac au tac, amère, mais en abaissant la voix comme si elle ne voulait pas que j'entende :

— Je ne suis pas comme toi, moi ! Je n'ai pas besoin de mettre tout ce qui me passe sous la main dans mon lit ! Et je sais rester professionnelle…

Mais j'entends…

Et BIM ! Ça, c'est dit ! Tu peux continuer à fantasmer, Chesneau, mais les choses sont claires !

Davenport ne se laisse pas démonter et tente une autre manœuvre :

— Et avec Paulson, c'est resté professionnel également ?

Je crois que les choses vont finir par déraper. Ce type m'a vraiment l'air d'être une belle ordure, à lui faire des crises de jalousie alors qu'ils ne sont plus ensemble.

Mais Cameron n'a pas l'air décidée à se laisser emmerder et elle lui rit presque au nez :

— Tu es bien informé à ce que je vois… Mais sache que je fais ce que je veux, avec qui je veux et que je n'ai aucun compte à te rendre !

Quand j'entends les réparties de la jeune femme envers ce type, j'ai du mal à penser qu'il s'agisse bien de la même personne que celle dépeinte dans les articles que j'ai pu survoler. Celle dont on parlait partout il y a quelques années se laissait visiblement matraquer, esquinter, piétiner devant témoins. La furie que je connais aujourd'hui est une guerrière, une battante qui ne se laisse pas marcher sur les pieds… Elle s'est visiblement bien affirmée, endurcie…

Heureusement, Davenport reste peu de temps. J'ai un peu le sentiment, finalement, que Cameron souhaite qu'il prenne congé rapidement et n'a pas vraiment envie de lui parler. D'ailleurs, je ne saisis pas très bien quel était le but premier de sa venue… ou alors c'est ma présence ici qui a freiné ses premiers plans… Et après son départ, la belle ingénieure et moi reprenons là où nous en étions et notre séance de travail s'avère des plus productives.

Cette nuit-là, je ne parviens pas à m'endormir. Moi qui, d'ordinaire, ai un sommeil de plomb, je tourne et vire sans jamais le trouver et la promiscuité avec Cameron amène mon esprit à vagabonder vers des pensées indécentes.

Je réalise que cette nana bouleverse toutes mes certitudes. Depuis toujours je n'ai désiré physiquement que des filles avec

76

qui je m'entendais assez bien. Pas toujours hyper jolies, d'ailleurs. C'était parfois aussi la personnalité qui m'attirait, quand on creusait les relations. Mais avec Cameron, je suis perdu. Elle éveille en moi des sentiments bruts, violents, que je ne parviens ni à maîtriser, ni à analyser. Je la désire autant que je la déteste. Et c'est cette ambivalence qui me perturbe le plus. Le fait que ce soir les choses se soient relativement bien passées ne m'aide pas à voir plus clair dans tout ça, bien au contraire.

Je crève de chaud. Pourtant je ne suis vêtu que de mon caleçon. Voilà ce que c'est que de s'imaginer des scènes torrides avec un missile. J'ai besoin d'étancher ma soif et je décide d'aller me chercher une petite bouteille d'eau dans le réfrigérateur. Et histoire de ne pas agresser mes yeux, complètement brûlés par le manque de sommeil qui commence à se faire sentir, j'y vais à tâtons sans allumer la lumière. Nous n'avons pas baissé les stores et la lumière des spots à l'extérieur pénètre suffisamment pour que je parvienne à me diriger dans l'espace malgré la nuit. Mais alors que je retourne tranquillement de la même façon vers ma couchette, je bute sur la seule et unique personne que je puisse trouver dans cet endroit confiné à cette heure-ci : Celle qui hante justement mes nuits…

Un petit cri de surprise lui échappe et sa paume, posée contre mon torse échauffe davantage les réactions de mon corps. Mon cœur s'emballe, percute mes côtes violemment et je sais que sous la pulpe de ses doigts, elle doit le sentir. J'assimile que par réflexe, j'ai moi-même posé mes mains sur elle. Elle ne doit rien porter de plus qu'un simple t-shirt et une culotte et j'imprime déjà mentalement la carte de ses courbes délicieuses. Pourtant je prends conscience que je dois retirer mes mains de ses hanches rapidement, si je ne veux pas me faire encore insulter sous peu, et je fais diversion alors que je la lâche immédiatement :

— Je suis désolé, je t'ai réveillée.

Sa voix se fait basse et étonnamment douce :

— Non, ce n'est pas toi. Je dors toujours mal ici. Ça ira mieux quand on sera partis de ce trou à rats…

Elle marque une pause et même dans l'obscurité nos regards se harponnent. Sa langue tentatrice se faufile entre ses dents pour venir caresser ses lèvres rosées et pulpeuses, comme un appel inconscient et silencieux. Malgré le fait que j'ai ôté mes mains de ses hanches, nous sommes encore à une distance bien trop proche pour que je survive à tout ça. Sa voix chaude perce le silence et se casse :

— Toi non plus, tu n'arrives pas à dormir ?

Je peine à déglutir et un frisson me parcourt l'échine alors que je suis brûlant. Je parviens difficilement à répondre :

— J'ai trop chaud…

Des picotements m'envahissent soudain de la tête aux pieds et je tilte que sa main est restée sur ma poitrine. Mon rythme cardiaque s'accroît davantage alors que ses doigts fins descendent lentement, suivant la ligne de mes pectoraux. Nos souffles se mélangent, erratiques, et dans la pénombre je devine que Cameron se mord la lèvre inférieure.

Merde ! J'ai envie de cette nana comme jamais je n'ai désiré une femme auparavant.

À cet instant, le besoin de prendre possession de cette bouche me percute de plein fouet, la tentation de dévorer et vénérer ses lèvres s'instille en moi, laissant derrière elle la brûlure de l'insatisfaction, la frustration de laisser ce désir latent et inassouvi.

Mais je n'ai pas le temps de décider d'y céder que Cameron s'écarte vivement, comme foudroyée sur place par une révélation. Elle se saisit de ma bouteille d'eau sans que je réagisse, une lueur de provocation incandescente au fond de ses prunelles azur alors que nous y voyons à peine, me laissant là comme un con sur ces seules paroles :

— Moi aussi j'ai terriblement chaud… Bonne nuit.

Chapitre 7

SORRY

Talladega, Alabama
Avril 2019

Jules

Ce matin j'ai la tête dans le cul, comme on dit, et je suis d'une humeur de chien. Je n'ai pas dormi. Du tout. La rencontre fortuite de cette nuit avec Cameron a laissé des traces sur mon organisme mais aussi sur mes draps. Quand elle m'a planté dans le milieu de la cuisine, je suis resté paumé. Complètement paumé et au garde-à-vous.

Je me suis dressé si vite et si fort que c'en était douloureux. J'espère qu'elle n'a pas eu le temps de le sentir mais ce qui est certain c'est qu'elle n'a pas pu rater les battements frénétiques du petit organe qu'elle tenait sous sa paume. Je suis seulement parvenu à me rassurer sur cet état de fait en me disant que, de toute façon, vu le physique qu'elle a, elle a certainement conscience des réactions qu'elle déclenche sur la gent masculine. Alors pour elle, sans surprise, je ne suis sans doute que le énième type de l'équipe à qui elle doit faire cet effet.

J'ai passé ma nuit comme un lion en cage, avec cette envie dingue de me faire du bien en pensant à elle, torturé par le fait qu'elle était juste à côté. Ouais je sais, c'est dégueulasse ! Et tellement masculin. Je ne suis qu'un homme incapable de faire retomber ses pulsions sans une bonne petite branlette. Honte à moi.

Mais merde, aussi ! Brent a abusé ! Je sais que ce n'était probablement pas ce qu'il comptait me mettre en tête en me collant dans ce bus, mais je n'ai pas pu m'en empêcher. Putain ! Pourquoi faut-il que Cameron soit aussi canon ? Que ce soit une fille, peu importe… mais j'aurais préféré que ce soit un thon, ça aurait arrangé mes affaires et j'aurais pu penser uniquement au boulot, au lieu d'avoir les pensées qui dérivent sur les plaisirs de la chair !

Alors maintenant, après une journée où le stress était à son apogée et une nuit sans sommeil, je suis crevé. Heureusement qu'aujourd'hui nous devons passer la journée sur la route. Je garde le nez dans mon *mug* de café que j'ai préparé bien serré, et je me lamente sur mon sort. Comment vais-je faire pour la côtoyer chaque jour et résister à cette attraction qui me ronge ?

La caféine se répand dans mes veines et je sens déjà mon corps bénéficier du regain d'énergie procuré par le liquide noir. Dans ma grande bonté, j'en ai servi un à ma coloc du jour, j'ai toasté du pain de mie et versé deux verres de jus d'orange. Lorsque je distingue sa silhouette, sans lever les yeux, je lui dis simplement sans même un « Bonjour » :

— Je ne connais pas tes goûts, j'espère que le petit-déj te convient.

J'ose à peine la regarder, et de son côté, elle s'efforce d'agir comme si cette nuit nous n'avions pas été sujets à une tension sexuelle de malade. Ou alors je me fais des films et il n'y a que moi qui l'ai sentie.

Je la mate enfin par-dessus ma tasse fumante toujours portée à ma bouche et je remarque qu'au moins elle a la décence de ne pas m'allumer. Elle ne s'est pas pointée à moitié à poil et ne semble pas vouloir me torturer. Étrangement, je dirais même qu'elle paraît avoir enterré la hache de guerre et l'agneau avec lequel je cohabite me semble bien trop doux pour être réel. À mon avis j'ai tout intérêt à rester sur mes gardes, car le volcan n'est jamais complètement éteint.

— C'est très bien, je te remercie, je prends seulement un café, d'ordinaire.

Elle trempe ses lèvres dans celui que je lui ai servi et je l'entends pousser un gémissement que j'attribue à une certaine insatisfaction :

— Whaou ! Je l'aime fort, mais là... ! Tu veux réveiller les morts, ou quoi ? Ou tu cherches à me tuer, ça doit être ça...

Je grimace en pinçant les lèvres :

— Désolé, c'est vrai que j'ai un peu forcé mais j'avais besoin d'une bonne dose de caféine pour survivre, aujourd'hui...

Elle coupe le breuvage avec un mince filet d'eau et se saisit d'une tranche de pain qu'elle mord à pleines dents, semblant finalement apprécier :

— Puisque tu as eu la gentillesse de le préparer, je vais y faire honneur !

Merde ! Mais qui est cette fille ? Qu'avez-vous fait de ma princesse Na'vi ?

Ce matin Cameron est presque souriante et légère. Je ne l'ai pratiquement jamais vue ainsi. En tout cas pas lorsque je suis à proximité immédiate.

Soudain Tim, notre chauffeur, nous prévient :

— On va y aller, c'est bon pour vous ?

Cameron relève :

— J'ai quelques trucs à récupérer dans le bureau et c'est bon ! J'y vais tout de suite !

Elle sort du bus en vitesse et je réagis seulement à cet instant.

Merde ! Mes putains de bonbons !

Je viens tout juste de marquer quelques points avec *Miss Ocean Eyes*, alors je ne vais pas tout gâcher avec mes conneries maintenant ! Tant pis pour la vengeance. Si je peux améliorer mes relations avec elle, je prends !

Je quitte le bus à mon tour et je pars vers les bâtiments aussi vite que je le peux. Je cours comme un dératé et, de bon matin, mon corps encore sous-alimenté et peu reposé est clairement mis à mal. Je fais le tour par l'extérieur, mais, en courant, je serai indéniablement plus rapide ! La chaleur, déjà écrasante ce matin, me malmène davantage, mais j'arrive au garage en moins de deux. Et lorsque j'avise enfin la porte du bureau, entrouverte, je suis transcendé et au bord du malaise.

Bordel, qu'on m'y reprenne à faire ce genre de conneries !

Je tombe nez à nez avec une Cameron perplexe, les yeux ahuris et les sourcils relevés :

— Tu as besoin de quelque chose ?

Merde, mais comment c'est possible qu'elle soit arrivée avant moi ? J'ai couru comme un dingue, elle connaît des raccourcis ou quoi ?

Je tente de reprendre mon souffle pour lui répondre et je ne trouve rien d'autre qu'une piètre excuse :

— Non… je… heu… Je croyais avoir oublié un truc mais j'ai dû le laisser dans l'autre bus…

Pitoyable excuse en plus… Que pourrais-je bien avoir oublié dans SON bureau, alors je n'y mets pratiquement jamais les pieds !

Je jette un rapide coup d'œil au bureau par-dessus son épaule et constate que les bonbons n'y sont plus.

Voilà, c'est raté. Ou plutôt parfaitement réussi pour ce qui est de mon premier plan. Je crois que ce n'est pas tout de suite que nous fumerons le calumet de la paix.

Le voyage jusqu'à Dover se passe sans encombre, ainsi que le début de journée sur le circuit. Jusqu'au moment où je la vois s'éloigner en discutant avec Brent, tout sourire, les chicots aussi bleus que ses cheveux et que je vois ce dernier avoir un sursaut de recul, avant d'éclater d'un rire bien gras, certainement audible jusqu'en Alaska.

Chapitre 8

NOT GONNA CRY

Charlotte, Caroline du Nord
Mai 2019

Cameron

Nous restons à Charlotte pour plus de deux semaines. Les deux prochaines épreuves se déroulent ici. Si seulement le fait de rouler sur la même piste pouvait nous apporter un quelconque bénéfice !

Niveau boulot, j'approche de la catastrophe. Je suis régulièrement au bord de l'implosion. J'ai continuellement envie de tuer le vieux mais, comme je me retiens, je suis dans un état de nerf indescriptible. Heureusement avec Jules les choses se sont un peu détendues depuis que nous avons partagé le bus.

Brent est trop fier de son coup. S'il savait qu'il a arrangé certaines choses mais que, pour moi, il en a remué d'autres… Heureusement je sais rester professionnelle et que lorsque nous avons besoin de discuter technique, je parviens à faire abstraction de ce feu qu'il déclenche chez moi au moment où nos yeux se percutent, et où je crois que je pourrais me perdre dans ses iris noisette.

J'ai mis du temps mais j'ai réalisé que j'avais été une vraie garce avec lui. Une sacrée connasse même. Je ne lui ai laissé aucune chance. Dès le premier jour, j'ai voulu le mater, marteler dans sa petite tête qui était le patron. C'est d'ailleurs souvent ainsi qu'il me surnomme, lorsqu'il s'adresse à moi.

Malheureusement, je n'avais pas vraiment le choix. J'évolue dans un monde d'hommes, dominé par des hommes qui se vantent de leur écrasante supériorité. Alors je n'ai pas le droit de leur laisser penser qu'ils peuvent avoir le dessus sur moi. Je ne peux pas projeter l'image d'une faible femme qui se laisserait marcher sur les pieds. Surtout que ce qu'ils ont vu de ma vie privée a pu le leur laisser penser.

Je dois donc réussir à m'imposer dans ce milieu et, pour y parvenir, j'endosse mon rôle de salope à la cuirasse impossible à traverser. Quitte à paraître inhumaine et dénuée de sentiments. Parce que sinon ils m'écraseront.

Pourtant, moi je sais que, même sans avoir les mêmes atouts entre les jambes, je peux rivaliser avec eux, voire faire mieux. Mais je veux le leur prouver, à tous ces gros nazes prétentieux. Et si la vie ne m'a pas laissé la possibilité de les moucher sur une piste, je peux au moins essayer de le faire avec ma cervelle. Sois belle et tais-toi, très peu pour moi !

Papa passait son temps à me dire : *« Fais semblant ma poupée, fais semblant d'être juste une belle plante, ça te rendra service pour tous les surprendre ! »*

Il avait peut-être raison car pas évident de mettre son intelligence en avant quand la première chose qu'on regarde chez vous c'est votre joli minois. D'ailleurs mon ex s'est bien chargé de m'aider à façonner cette réputation de fille trop cruche et naïve pour s'apercevoir que son mec couchait avec la moitié du pays derrière son dos !

Mais ce qu'ils ne savent pas c'est que par amour pour lui, même si je savais, j'attendais simplement, je gardais espoir que pour moi, il change… et aussi parce que j'avais des choses bien plus importantes que ses infidélités à gérer. Pendant longtemps, elles n'ont pas été ma priorité.

Aujourd'hui je sais que j'ai moi-même contribué à cette réputation qu'on m'a forgée. Juste parce que j'ai laissé les choses trainer trop longtemps. Mais l'accident de papa et tout ce qui en a découlé, c'était plus que je ne pouvais gérer à cette époque.

Puis, un jour, je me suis réveillée en comprenant enfin que, même si je l'aimais, ce mec était comme un fil à ma patte, un fardeau, et que jamais il ne me rendrait heureuse. Alors je me suis jetée à corps perdu dans mes études, puis dans le boulot. J'ai enchaîné les jobs dans diverses équipes, mais être simplement la fille de Joe Mc Intyre ou l'ex-petite amie de Tyler Davenport n'était pas la raison que je souhaitais mettre en avant pour trouver un emploi. J'avais besoin d'un vrai défi, d'un réel challenge alors qu'on me proposait des ponts d'or pour travailler dans des équipes où pourtant, la victoire serait facile...

Alors quand Del Valle m'a proposé de partir de zéro pour fonder sa toute nouvelle écurie, j'ai vu là l'opportunité dont j'avais toujours rêvé. J'ai bondi sur l'occasion sans hésiter. Tout construire, de A jusqu'à Z... une occasion comme j'en avais toujours cherchée sans jamais oser la rêver...

C'est justement pour ça que ce fut si difficile de prendre la décision de saborder moi-même le fruit de tous ces efforts à Talladega. Et jusqu'à ce jour, je n'ai jamais regretté. Même s'il y a encore pas mal de détails à régler... en commençant par virer le mec qui relègue ma caisse au rang de vulgaire camionnette derrière les fusées des autres ! Alors certes, Jules a fait les frais de cette image de casse-couilles que je sers mais, visiblement, tout n'est pas perdu pour que nous puissions travailler en bonne entente.

Aujourd'hui, néanmoins, j'avoue que je suis de mauvais poil. Gabriella, la chargée de com de la *Team Yellow Bird* ne cesse de venir lui faire du rentre-dedans juste sous mes yeux. Et même s'il n'y a rien entre lui et moi, je suis jalouse et je le lui fais payer. Cette fille est jolie, plutôt sympa et ne demande qu'à faire plus ample connaissance avec Jules, voire plus si affinités. Quant à lui, il a bien quelques défauts, pas flagrants, mais son charisme fait qu'on les zappe en deux secondes. Le bout du nez légèrement retroussé ? Des dents peut-être un peu trop grandes ? Un menton que certaines trouveraient trop proéminent ? Qu'importe ! Toutes, moi y compris, semblent faire fi de ces quelques détails qui, dans leur ensemble, n'empêchent pas qu'il soit malgré tout canon. Alors nul doute que ce n'est qu'une question d'heures avant qu'ils ne finissent dans le même lit. J'en suis dépitée d'avance et je me projette déjà des images vulgaires de tout ça.

Ouais, je suis comme ça, j'aime bien me faire du mal !

Tout ça me ramène à mon histoire avec Ty et aux heures sombres de notre pseudo couple. Les pilotes ont ce pouvoir, ils dégagent cette aura particulière qui fait que toutes les filles sont attirées par eux comme les abeilles par un champ de fleurs. Ou je dirais bien autre chose mais ça deviendrait très vite impoli et je dis déjà bien assez de grossièretés comme ça dans une journée…

Ils n'ont même pas besoin de claquer des doigts que les petites culottes se baissent. Et, même si depuis deux mois que Jules est ici il n'a pas l'air d'avoir cédé à toutes les avances, je ne suis pas toujours derrière lui. Je ne sais pas ce qu'il fait de ses soirées ni avec qui. S'il n'a pas déjà de multiples conquêtes à son actif dans le pays, je pense que son tableau de chasse ne devrait pas tarder à s'agrandir.

J'observe le jeu de séduction de Gabriella, qui tente de masquer ses gros sabots en jouant les mijaurées, mais je ne tarde pas à devoir lâcher mon spectacle. Et ce qui m'y oblige va certainement me mettre encore plus de mauvaise humeur…

Tyler s'approche de sa démarche féline et assurée, son sourire Colgate toujours vissé, comme à chaque fois qu'il vient me voir. Malheureusement pour lui aujourd'hui, ce n'est franchement pas le jour où il va falloir qu'il me gonfle ! J'ai déjà bouffé ma dose d'hélium pour la journée et je risque d'exploser ! J'ai juste envie de lui décoller son putain de dentier, histoire qu'il arrête de sourire comme si la terre entière était assurée de tomber à ses pieds ! Alors qu'il se la pète exagérément, il semble prendre sa dose d'assurance, abaissant ses lunettes de soleil pour planter ses yeux verts dans ceux de plusieurs greluches, comme pour s'assurer que son charme fonctionne toujours.

T'as raison, vérifies que ça le fait toujours avec d'autres car avec moi, tu as beau tenter encore et encore, tu sais très bien que ton petit cinéma ne prend plus !

Passant sa main dans ses cheveux châtains en une attitude faussement désinvolte, il entame la conversation sans même me dire bonjour, mais reste à bonne distance, comme s'il sentait déjà qu'il valait mieux qu'il ne me colle pas trop. C'est pratiquement la même scène qui se joue à chaque fois. J'ai parfois l'impression que, dans sa tête, c'est comme si je l'avais quitté la veille...

— Tu te gâches, mon cœur.

— Pardon ?

J'écarquille les yeux, pensant qu'il m'a grillée à observer Jules, toutefois je dévie habilement la conversation en relevant ses paroles. Je ne suis pas d'humeur. Je vais lui faire ravaler cette attitude dégagée qu'il arbore toujours face à moi et qui me hérisse le poil :

— Je t'ai déjà dit d'arrêter de m'appeler mon cœur, tu as perdu ce droit le jour où je t'ai quitté.

Il ne fait pas cas de mes paroles et continue l'air de rien, comme si ces mots n'étaient pas sortis de ma bouche. Souvent il fait presque comme si nous étions encore ensemble :

— Quitte cette équipe de bras cassés, je t'en supplie !

— Je fais partie de cette équipe, je te signale. Donc quand tu les insultes, c'est moi que tu insultes avec eux.

Il grimace, mais ne lâche pas l'affaire :

— Écoute, chérie, tu n'as qu'un mot à dire et je te trouve une place dans mon équipe. Tu n'auras même pas à lever le petit doigt que tout le monde te déroulera le tapis rouge, toutes les portes s'ouvriront devant toi !

Effectivement, je crois que calme et sérénité ne seront pas mes alliés de la journée et je lui jette au visage d'un ton acerbe :

— Je n'ai jamais eu besoin de toi pour que les portes s'ouvrent devant moi. Mon nom suffisait pour ça. Tu as tendance à l'oublier. Et si j'avais eu envie d'être dans une équipe avec des types à l'ego aussi gonflé que leurs couilles, je serais restée où j'étais !

Il soupire, blasé, mais n'abandonne pas pour autant :

— Viens bosser chez *Sparkling Miracle*, on a cruellement besoin d'un bon ingénieur…

Je le coupe rapidement :

— À ce que je sais vous en avez déjà un…

— Je cherche à le remplacer.

— Humm. Il sera certainement ravi de savoir l'opinion que tu as de lui.

— Samuel est cool, mais il est un peu trop poilu à mon goût.

Son sourire carnassier ne quitte pas son visage et je sais que malheureusement, même s'il fait mine de plaisanter, ce qu'il suggère n'est que réalité. Si Ty a besoin de faire virer ou engager quelqu'un pour servir ses intérêts, il n'hésitera pas. Tout comme il l'a sous-entendu au début de notre conversation, il fait la pluie et le beau temps dans son équipe. Nul doute qu'il manipule tout le monde comme il le souhaite, et que rien n'arrive sans qu'il ne l'ait lui-même décidé.

Agacée, je décide de le provoquer et de lui rappeler que je ne suis pas dupe de sa façon de faire :

— Dommage. Je décline quand même, mais je n'ai aucun doute sur le fait que tu trouveras ton bonheur ailleurs.

Comme d'habitude, il arrive ce moment où son ton se fait suppliant et où il va tenter de m'amadouer :

— Allez mon cœur… viens bosser avec moi s'il te plait…

Il insiste encore sur le « mon cœur ».

Putain mais qu'il est con. Aucune connaissance de la psychologie féminine. S'il pense m'adoucir de nouveau comme ça, il n'a vraiment rien compris !

Il a vraiment besoin que je lui rafraichisse la mémoire et aujourd'hui, pas de bol pour lui, j'ai envie de le jeter encore plus rapidement que d'habitude :

— Déjà que lorsque nous étions encore ensemble, je n'avais pas envie de bosser avec toi, alors encore moins maintenant !

À présent, il tente ses petits yeux de cocker :

— Ce sera un bon moyen de nous rapprocher... comme avant...

— J'ai plus envie de ça avec toi, tu le sais très bien. Tu as eu ta chance et tu l'as gâchée.

— Je sais bébé, je sais que j'ai fait le con ! Mais tu ne m'as jamais laissé l'occasion de me faire pardonner...

Le « bébé » exagérément appuyé m'horripile, mais je pouffe de rire. Parce qu'à ce stade je préfère en rire que de continuer à m'apitoyer sur les cendres d'une relation qui était finalement à sens unique :

— Chaque jour que j'ai passé avec toi a été une occasion de te faire pardonner. Tu ne l'as jamais saisie, c'est tout. La réalité c'est que tu n'as pas envie de changer. Et le jour où je l'ai réalisé, je me suis barrée !

Il réduit alors la distance entre lui et moi et me prend les mains, implorant mon pardon comme il l'a déjà si souvent fait, cherchant à justifier et à minimiser ses actes, alors que je les retire aussi rapidement qu'il s'en soit saisi :

— Toutes ces pétasses, je m'en fous et tu le sais ! Elles n'ont rien à voir avec toi. C'est seulement pour le cul, parce que c'est facile avec elles ! Elles m'adulent et elles écartent les pattes sans que je ne demande rien. Je suis juste un mec, j'peux pas dire non !

— Très classe ! Mais le fait que tu m'aimais aurait dû te suffire pour dire non. J'aurais dû te suffire !

Je passe sous silence le doute qui s'instille en moi que, peut-être, je n'étais pas sexuellement à la hauteur alors qu'il ajoute :

— Et je t'aime encore, tu ne le comprends pas ?

Je ris tout en plantant mes yeux dans les siens, alors que ses mains retrouvent les miennes sans que j'aie le temps de réagir et que leur contact m'indispose :

— Le pire c'est que je parviendrais presque à te croire ! Mais ta conception de l'amour est bien différente de la mienne. Moi je vois ça comme un engagement entre deux personnes, uniquement deux, les seules qu'on pourrait y ajouter ce seraient des enfants, tu vois… Un concept complètement vieillot et désuet, je sais tu me croyais moderne, mais en fait je suis clairement conservatrice !

— Mais si je t'aime et que toi tu m'aimes, où est le problème ? Je ne comprends pas !

— Effectivement, tu ne comprends rien ! Tu m'aimes peut-être encore, certes, mais pas moi. Pour moi tout est définitivement terminé.

— Mais je me souviens très bien, le jour où tu m'as quitté, tu m'as dit que tu m'aimais encore…

— Oui, à ce moment-là c'était le cas, mais c'était il y a quatre ans... Maintenant c'est fini. Et tu vois, l'amour n'a pas suffi à me retenir auprès de toi.

— Mais bordel, Cameron ! Tout le monde trompe sa femme ou son mari, aujourd'hui dans ce monde ! C'est pas grave ! L'essentiel c'est que ce soit toi que je retrouve en rentrant le soir, que ce soit toi avec qui je fais ma vie, que ce soit toi que j'épouse, que tu sois la mère de mes enfants !

Il s'est mis à crier en disant cela et soudain, il dégaine son arme secrète :

— Épouse-moi, Cameron !

Celle-ci il ne me l'avait encore jamais faite ! Je crois défaillir, mais finalement, passées les premières secondes de surprise, je repars d'un rire bien sonore :

— Tu es pathétique ! Depuis tout ce temps, tu n'en as toujours pas trouvé une autre sur laquelle jeter ton dévolu ? Je sais, la fille Mc Intyre, ça faisait prestigieux sur le CV ! Mais pour ma part, notre relation a un peu trop servi à faire parler de toi, mais pas pour les bonnes raisons ! Et puis je t'ai dit que je ne t'aimais plus ! Je sais que je vaux mieux que ça, Ty. Ce que tu voudrais de moi c'est un certain asservissement. Je l'ai compris il y a bien longtemps. Mais j'en ai assez de me déprécier, je ne serai plus jamais la femme trompée dont les journaux se moquent !

Mais je sors soudain de cette bulle de souvenirs dans laquelle Tyler m'a plongée et je remarque que, si tout le monde vaque à ses occupations autour de nous, Jules, lui, nous observe. Et je sens qu'il a beau feindre un certain désintérêt, il aimerait certainement savoir ce qui se trame entre Tyler et moi.

Je ne sais pas s'il sait ce qu'il y a eu entre nous. Mais tout ce que je sais à cet instant, c'est que de loin cette scène peut prêter à confusion. J'essaie de sauver les apparences en gardant le sourire, j'ai l'air de rire avec lui, personne ne sait que je ris à ses dépens... Peut-être même que tous pensent que nous allons remettre le couvert. Peut-être que Jules pense qu'il y a ce truc spécial entre Tyler et moi. Et quelque part, ça me dérange.

Je sais, je suis ridicule. Parce qu'entre Jules et moi il n'y a que dalle, même si je me surprends à imaginer ses mains sur moi plus souvent que de raison.

Barbie Gaby minaude et roule des hanches et Jules lui sourit, reportant son attention sur elle à nouveau. Tout ce schéma m'agace. Tout serait tellement plus simple si Jules et moi ne travaillions pas ensemble, et s'il n'était pas ce qu'il est. Un pilote. Un aimant à pétasses. Le profil idéal pour me rendre lui aussi malheureuse.

Tout ça c'en est trop pour aujourd'hui. Ma patience limitée atteint le paroxysme de ce qu'elle peut supporter. Et j'entrevois un peu plus loin, dans un autre stand, ma bouée de sauvetage : Gabe Jackson, le mécano de la *team* Oméga, qui me fait un timide signe de la main.

Je plante Tyler sans préavis, le laissant bouche bée alors que tout comme Jules, il me suit du regard :

— Je te laisse, j'ai quelqu'un à voir ! Salut !

Chapitre 9

BREATHE

Charlotte, Caroline du Nord
Mai 2019

Jules

Je suis vert ! Je viens d'accepter un rendez-vous avec Gabriella ce soir, et une sortie cet aprèm avec toute la *team* au *Carowinds*, un *Resort* avec parc aquatique et attractions. Pourtant je ne suis motivé par rien de tout ça.

Je suis pire qu'un gamin. La scène à laquelle je viens d'assister entre Cameron et Davenport m'a laissé un goût amer dans la bouche. Je ne sais pas lequel des deux tente de reconquérir l'autre, mais j'ai bien repéré le petit jeu de *Miss Blue Eyes* qui a tenté de rendre jaloux son ex en allant se pavaner auprès d'un des ingénieurs de l'équipe Oméga.

Et moi, comme un con, je tente de m'ajouter dans cette équation déjà bien assez complexe, en faisant la même chose dans l'espoir de piquer son ego. Mais qu'est-ce que je crois, au juste ? Que si elle me voit avec une fille, elle va soudain réaliser qu'elle me kiffe ?

Piètre manœuvre digne d'un lycéen, voire d'un collégien. Le pauvre type qui se dit qu'il va peut-être attirer l'attention de la fille qui lui plait en sortant avec une autre ! N'importe quoi ! Je ne suis même pas celui qu'elle a choisi pour agacer la star des circuits.

Putain, Chesneau, t'es vraiment qu'un naze ! La plupart des pilotes se tapent des meufs par dizaines, parfois dans une même soirée, et toi tu n'en veux qu'une seule, et tu n'es même pas foutu de le lui faire comprendre. Merde, heureusement que t'es meilleur avec un volant ! Et encore, ça aussi va falloir parvenir à le prouver, et pour l'instant, ce n'est pas comme si t'en avais vachement l'occasion…

Bref, je déprime et je commence à me dire que la sortie prévue avec toute l'équipe n'est peut-être pas une si mauvaise chose. Ça aura certainement le mérite de booster mon humeur. Sauf que je surprends encore une conversation qui m'intéresse entre deux techniciens, mais qui a le don de me foutre davantage le moral dans les chaussettes…

— Ça fait un bout de temps qu'il lui tourne autour, elle a fini par craquer.

— Putain, elle ne veut pas finir par craquer pour moi ?

— C'est mort, mec, rêve pas. Elle ne se tapera jamais un type avec qui elle bosse ! En plus t'es carrément pas son style !

Rires.

— Pourquoi tu dis ça, d'abord, connard ? Tu crois que c'est quoi son style ?

— Bah prends le pas mal mais c'est pas toi, mec ! Si vraiment elle devait se taper un gars de l'équipe, je pense que son style, ce serait plutôt le nouveau.

Je serais presque rasséréné si la conversation avait seulement pu s'arrêter maintenant. Malheureusement il y a une suite, que je ne vais pas apprécier. Et je suis toujours aussi dépité alors que les deux techniciens continuent :

— Ouais, c'est vrai. Le genre pilote arrogant qui se la pète, imbu de sa personne et sûr de lui, c'est complètement son genre !

— Arrête, Chesneau n'est carrément pas comme ça. T'es juste jaloux parce que le mec c'est un aimant à gonzesse !

— Pfff, en tout cas, ce qui est certain, c'est que même si elle voulait sortir avec quelqu'un avec qui elle bosse, lui, elle ne se le taperait jamais !

— C'est clair, putain ! Elle ne peut vraiment pas le saquer ! Elle n'a jamais eu un caractère facile, mais celui-là, je sais pas pourquoi, elle ne peut vraiment pas le blairer !

— Bah écoute, en tout cas, à nous, ça nous promet du beau spectacle à chaque fois qu'elle va lui faire la misère !

Je m'éloigne, en proie à des pensées négatives.

Hey les mecs, vous n'avez pas remarqué que les relations se sont améliorées entre nous ? Ça fait au moins une semaine qu'on ne s'est pas sauté à la gorge !

Merde, je commence à croire que j'ai juste pris mes rêves pour une réalité. Elle donne juste le change pour le boulot, histoire que Brent ne la fasse pas chier et ne nous oblige pas encore à partager le bus. Et moi comme un con, j'ai cru qu'il avait suffi de 24 heures pour enrayer des semaines d'animosité. Elle ne s'est pas mise à me servir de grands sourires à tout bout de champ, non plus ! Quel crétin je fais ! Je suis la naïveté faite homme, vraiment ! Le fait qu'elle ne se venge pas après le coup des bonbons m'avait laissé penser qu'elle souhaitait que l'on enterre la hache de guerre. Je me suis, semble-t-il, fourvoyé. J'ai simplement pris mes désirs pour une réalité.

L'après-midi avec les mecs est fun et sympathique, mais je peine à y trouver un quelconque intérêt, mes pensées bifurquant ailleurs. Et la soirée avec Gabriella est tristement du même acabit. Je n'ai pas envie d'être là avec elle…

Elle a beau déployer des trésors d'ingéniosité et mettre en avant son décolleté avantageux en enroulant une mèche de ses cheveux blonds le long de son index, je m'ennuie profondément. Elle passe plusieurs fois sa langue sur ses lèvres, joue de cet atout sur la paille qu'elle tourne dans son cocktail, mais elle n'éveille rien chez moi. Elle tente plusieurs fois de ficher ses yeux gris dans les miens mais ce ne sont pas dans ses pupilles à elle que j'aimerais me noyer. Leur couleur me paraît insipide en comparaison avec le turquoise des iris auxquels je pense. Son sourire sincère ne me fait pas vibrer, la petite étincelle que j'aimerais ressentir, les papillons que j'aimerais sentir virevolter dans mon estomac sont comme éteints, endormis.

La seule chose qui s'y passe c'est une bonne indigestion. Je noie ma déception dans mon assiette de frites que j'arrose de bien trop de ketchup, parce qu'ici la mayo ce n'est pas trop leur truc et je peine à en trouver. J'épargnerai au moins un peu de gras à mon foie.

Gabriella me raconte son enfance dans une petite bourgade d'Alabama, ses études de communication, ses quelques années de carrière dans l'antre des loups, où, trop naïve et novice, elle n'a jamais réussi à percer, atterrissant finalement dans le *Daily News* de sa petite ville natale... Retour à la case départ. Un véritable échec, selon elle, après avoir connu l'effervescence de la ville et l'émulation transmise par les jeunes requins assoiffés de réussite.

Puis, alors qu'elle n'espérait plus rien d'autre que de finir ses jours au fin fond de la campagne, peut-être mariée à un type qu'elle aurait connu au lycée et qui l'aurait tout juste marquée à l'époque, elle avait par hasard rencontré le propriétaire de l'écurie *Yellow Bird* au café du coin. Tombé en panne de voiture, il attendait que le garagiste lui fasse signe. Ils avaient entamé la discussion, et une chose en entraînant une autre, il lui avait proposé ce job de chargée de com' et elle avait accepté sans se poser de question, quittant le *Daily News* sans se retourner pour un changement de vie radical, à passer son temps sur les routes ou sur les circuits NASCAR.

Son histoire pourrait presque être divertissante, si seulement je n'avais pas l'esprit ailleurs. Cette fille est plutôt agréable, pas ennuyeuse, ni même relou. C'est juste moi qui ne suis pas réceptif. Peut-être qu'à un autre moment de ma vie, j'aurais été tout à fait heureux de l'intérêt qu'elle me porte...

Au lieu de ça, je me demande si ce Jackson est un type bien. Il a l'air tellement quelconque, à côté de Davenport, que je n'ai aucun doute sur le fait que Cameron l'utilise. J'aimerais presque être celui dont elle se serait servie pour satisfaire ses plans machiavéliques dans la reconquête de son amour perdu.

Je me demande si, tout comme moi en ce moment, elle s'ennuie en compagnie de ce type. Est-ce que lui aussi lui fait le déballage de sa vie ? Est-ce qu'il va la conduire dans un bouge dégueulasse, ou la traiter comme la princesse qu'elle est en réalité, sous ses faux airs de garçon manqué ? Est-ce qu'il va manœuvrer pour tenter un rapprochement, et est-ce qu'elle va pousser le vice jusqu'au bout et se laisser faire ? Va-t-il tenter de l'embrasser, et va-t-elle répondre favorablement à un baiser ? Est-ce qu'ils vont faire ça dans une voiture, comme des animaux, trop pressés de conclure pour lui et d'en finir pour elle ? Est-ce que…

— Jules ? J'ai l'impression que tu n'es pas complètement avec moi…

Eh merde ! Je suis grillé.

Je n'ai qu'une envie, c'est d'écourter cette putain de soirée et j'espère secrètement que Gabriella va comprendre que ce n'est pas la peine d'insister :

— Je ne me sens pas trop bien, j'avoue, y'a un truc qui ne passe pas, visiblement… Je suis un peu nauséeux…

En soi, je ne lui mens pas complètement, mais elle semble vexée. C'est vrai que ça fait quand même deux fois que je botte en touche. C'est une femme intelligente, je pense qu'elle a pigé que je n'étais pas plus intéressé que ça.

Cette fois-ci, c'est moi qui conduis. L'écurie met quelques voitures de location à notre disposition, histoire de nous balader un peu de temps en temps, alors j'ai joué au parfait chevalier servant. Enfin « parfait » n'est pas tout à fait le terme approprié.

Yellow Bird est une écurie qui doit avoir les moyens, ou certainement plus de sponsors, car leur *team* dort à l'hôtel, et non pas dans des *motor-homes* comme nous. Mais je trouve qu'on n'est quand même pas à plaindre chez *CD Racing*. Je pense que Del Valle a fait des choix d'investissements judicieux et, finalement, c'est certainement plus agréable de dormir tous les soirs dans le même lit, même si on est un peu plus à l'étroit.

Lorsque je dépose Gabriella, contre toute attente elle n'a même pas la rage. Je vois bien qu'elle est un peu déçue, mais elle se montre compréhensive :

— J'imagine que ce serait inutile de te proposer de nous revoir…

— Tout dépend ce que tu as à l'esprit.

Elle baisse les yeux dans un soupir, puis relève la tête pour planter ses billes acier dans les miennes en m'avouant :

— Ne sois pas désolé de ne pas en avoir envie… Tu sais, je préfère ça plutôt que tu me sautes et que tu me jettes demain…

Je lui sers un sourire qui ressemblerait presque à une grimace et je lui avoue quand même, pour ne pas lui laisser l'impression que je suis un véritable goujat :

— J'ai passé un agréable moment Gaby. Je sais que ça ne sautait pas aux yeux, mais c'est la vérité. Et si ça te dit, une petite soirée sans arrière-pensée de temps en temps, alors je serai ravi de te revoir.

Un mince sourire se dessine sur ses lèvres mais je préfère ne pas faire n'importe quoi. Elle a raison. Ça pourrait être tellement facile de faire ma petite affaire avec elle, tout en pensant à une autre.

Le lendemain, je surprends un nouvel échange entre Cameron et sa copine. Même endroit que la dernière fois. Décidément je vais me poster ici plus souvent. C'est vraiment « The place to be ». Au pire, si ne je fais pas carrière en tant que pilote, je pourrai me recycler comme détective, je commence à avoir une certaine expérience.

Je prends le truc en cours de route mais je comprends qu'il s'agit bel et bien de la soirée de la veille. Pile poil ce qui m'intéresse, justement, mais j'ai presque peur de trop en apprendre et ne de pas le supporter. Je ne sais pas si je serais capable d'être le témoin de l'ébauche d'une histoire où elle finirait par se marier et avoir beaucoup d'enfants avec un des types que je croise au quotidien…

Putain, Chesneau, heureusement que t'as une belle gueule et que ce sont souvent les filles qui viennent vers toi, parce que sinon comment tu ferais !?

J'entends alors la voix de Cameron, sourde et éraillée, pourtant je comprends ce qu'elle dit très distinctement :

— J'ai l'impression que ma vie n'est qu'une succession de mauvais choix, j'ai le sentiment de toujours prendre les mauvaises décisions, encore et encore…

— Cameron, toute ta vie ne se résume pas à tes relations amoureuses. Tu traverses une mauvaise passe en ce moment, tu broies du noir parce que tu ne trouves pas ce que tu cherches, mais tu es une jeune femme brillante, pétillante, pleine de vie, tu vas rebondir ! Cette expérience t'a endurcie. Aujourd'hui tu as du caractère, de la poigne, tu sais où tu veux aller, tu sais ce que tu veux et ça les mecs, ça leur fait peur ! Mais tu trouveras celui qui saura gérer ta personnalité, celui qui t'aimera ainsi et qui ne cherchera pas à te dominer à tout prix ! Fais-moi confiance !

— Ouais, tu as sans doute raison, mais en attendant, je suis sortie avec Jackson pour de mauvaises raisons…

— Qui sont ?

— Me sortir quelqu'un d'autre de la tête…

— Ok, alors maintenant, arrête de te morfondre inutilement ! Tu sais parfaitement que tu as pris la bonne décision quand tu l'as quitté. Il aurait continué de te rendre malheureuse et ça, tu le sais très bien ! Aucune femme ne mérite de vivre ce qu'il te faisait subir ! Personne ne devrait jamais accepter ça !

— Souvent si on le fait c'est parce qu'on a espoir qu'un jour les choses changent…

— Ouais, elles ont changé ! Tu t'es barrée et tu sais que plus jamais tu ne te feras prendre pour une idiote par un connard !

Cameron pousse comme un soupir de soulagement :

— Au moins, cette fois, j'ai pas couché, j'ai tiré des leçons de mes récentes erreurs !

Elles rient toutes les deux, mais je ne suis pas certaine que pour Cameron, le cœur y soit… Et moi je suis soulagé de savoir que Jackson n'a pas posé ses sales pattes sur son corps de déesse. Pourtant, je devine que je ne suis pas près d'avoir ma chance.

Je la soupçonne d'être encore amoureuse de ce connard qui l'a tant fait souffrir et de d'utiliser d'autres mecs comme remède palliatif à tous ses maux.

C'est vrai, on oublie rarement son premier amour, surtout lorsqu'on l'a connu aussi jeune. Dommage pour moi. J'arrive certainement un peu trop tôt… ou trop tard…

Chapitre 10

HEAVEN KNOWS

Charlotte, Caroline du Nord
Mai 2019

Cameron

Ma soirée avec Jackson s'est bien passée. Ce mec est super sympa, galant, charmant, drôle, adorable, charmeur, intéressant…

Bon, ok, j'essaie de me convaincre que je devrais le revoir. C'est vrai qu'il a toutes les qualités que l'on peut attendre d'un homme. Et, pour ne rien gâcher, il est sacrément beau gosse. Un grand métis baraqué, le style joueur de Football américain avec un sourire à désintégrer les petites culottes sur son passage.

Mais, je ne sais pas… il est un peu trop beau pour être vrai. Pourtant c'est juste un ingénieur dans une équipe NASCAR, ce n'est pas non plus une vedette de ciné ou une star du rock. Mais justement, moi je ne demande que ça un type normal qui ne verrait pas que sa carrière ou son propre plaisir. Mon rêve à moi c'est un mec qui se satisferait de la vie que nous aurions ensemble… Malgré tout je ne saurais expliquer pourquoi, il me manque ce petit truc en plus, le petit « je ne sais quoi » qui ferait que je pourrais avoir envie d'aller plus loin.

Ça faisait un moment qu'il me proposait de sortir. Mais j'avais toujours décliné. Pourtant, hier, poussée par le vent de la provocation et par ma jalousie de voir Jules avec Gabriella, j'ai cédé à cette pulsion débile qui me poussait à le faire enrager moi aussi et je suis allée, sous les yeux de mon coéquipier, proposer à Jackson de nous voir le soir même. Ce qui était complètement débile car je pense que même si j'attire Jules physiquement, le sentiment qui prévaut à mon égard pour lui c'est la haine. Il n'en a probablement rien à foutre que je sorte avec quelqu'un. Tout ce qu'il pourrait y avoir entre nous n'existe que dans mes rêves.

Je sais que j'ai fait n'importe quoi. J'ai répondu aux avances de Jackson pour de mauvaises raisons.

En tout cas, je donne visiblement si bien le change que même Jenna a pensé que celui que je voulais oublier, c'était Ty… et je n'ai pas osé la dissuader. Je préfère garder pour moi que le type qui hante mes pensées, qui habite mes nuits et peuple mes songes, celui auquel j'aimerais ne pas penser aujourd'hui. C'est Jules…

Del Valle est présent ce week-end et nous convoque, Brent et moi pour faire le point sur les résultats. Nous le suivons dans ce qui me sert de bureau pour une discussion à huis clos, et lorsque je referme la porte derrière moi, je devine déjà à quel point il est tendu.

Il n'y va pas par quatre chemins. Les résultats sont clairement insatisfaisants, médiocres… Il nous faudrait des sponsors mais, pour avoir la chance d'être arrosés de pognon par une grande marque, il faut déjà avoir fait ses preuves. Ce qui est loin d'être notre cas.

Del Valle a déjà investi un beau paxon de son blé personnel et le puits n'est pas sans fond. Il faut dire qu'il paie si cher ce gros con ridé tout juste capable de se pavaner dans les stands, que forcément le magot s'amenuise ! Assis sur sa gloire passée, il est tout juste capable de faire parler de nous de temps en temps, lors des reportages sur les vétérans du milieu encore présents aujourd'hui. Deux minutes supplémentaires de notoriété pour dépoussiérer un peu les étagères sur lesquelles ses trophées trônent depuis la fin des années 80.

Je comprends la stratégie de départ du *big boss*. Effectivement, prendre un pilote reconnu dans le milieu pouvait faire parler un peu de nous au lancement de l'écurie. Mais ce que je comprends moins, c'est son entêtement à vouloir laisser dans les stands quelqu'un qui explose tous les chronos pour lui préférer un type fini, dont tout le monde se fout aujourd'hui et qui n'apporte rien à l'équipe, si ce n'est la tirer vers le bas et vider la manne financière prometteuse des débuts. Tout ça parce qu'apparemment, ils sont amis de longue date, et que Johnston serait intervenu pour aider notre patron dans l'acquisition de la vigne qui a justement fait sa fortune... D'après ce que j'ai entendu dire, les terres étaient plus ou moins promises à un autre investisseur, mais le vieux avait alors fait jouer ses relations pour aider Del Valle à finaliser la transaction. Une histoire un peu nébuleuse pour moi, je dois bien l'avouer, mais qui suffit aujourd'hui à ce que le *boss* soit loyal au-delà de l'entendement vis-à-vis de son croulant de pilote.

Peu importe que Jules soit un petit con arrogant et que je le déteste...

Je le déteste ? Ah oui, c'est vrai, son comportement et sa répartie m'insupportent !

Sur le papier, les résultats sont là. Bluffants. Sous les yeux de Del Valle, qui s'évertue à rester hermétique, aveugle. Au volant de la voiture, Jules est une bombe, un missile. Il n'est pas encore le meilleur du circuit, au regard de ce que font les actuels leaders, mais nul doute qu'il pourrait rivaliser sans avoir à rougir, si on lui en donnait l'occasion.

La conversation devient houleuse, surtout au moment où Del Valle se met à me faire des reproches, comme pour chercher un motif d'échec là où tout va parfaitement bien.

Pas de bol pour lui, en plus d'avoir un caractère de merde même quand tout est idéal, je ne supporte pas l'injustice. Et en parlant d'injustice, le mauvais tour que j'ai joué à Talladega me revient à l'esprit de plein fouet. Le souvenir du visage de Jules, tour à tour lumineux puis dépité, résolu, percute mes neurones à la vitesse d'un convoi lancé à pleine vitesse, et décape le vernis que j'avais posé sur ma culpabilité depuis ce fameux week-end.

Un relent de bile remonte jusque dans ma gorge, laissant un goût amer dans ma bouche, et l'absurdité de mes actes passés me vrille l'estomac. La honte souille mon âme tandis que les battements de mon cœur pulsent violemment jusque dans mes tempes, tant la colère reflue en moi, acide et sournoise. Je suis en colère contre le patron mais je suis surtout en colère contre moi-même. Malgré le fait que mon intention ait été de protéger Jules, j'ai conscience d'avoir surréagi à cause de ce qui est arrivé à mon père sur ce circuit et, aujourd'hui, lorsque je vois le sourire de Jules derrière mes paupières closes, je réalise que je dois tout faire pour l'aider à rattraper l'occasion que je lui ai fait perdre.

Pourtant j'avais l'impression que le mouchoir que j'avais déposé sur tout ça masquait suffisamment mes erreurs pour que je parvienne à les occulter rapidement. Mais j'ai eu beau tenter de ne plus y penser, de les oublier tout simplement, aujourd'hui le boomerang me revient en pleine tête.

Jules est un jeune pilote talentueux, et j'ai freiné sa progression avec mes conneries pseudo-protectrices. Ce que je lui ai fait, c'était vraiment une putain de crasse pour sa carrière professionnelle.

Del Valle continue son discours, d'ailleurs jusqu'à présent c'est plus un monologue qu'un véritable échange. Brent et moi restons plutôt silencieux, n'ayant que peu de pouvoir sur celui qui allonge la maille et qui, finalement, reste le seul maître à bord lorsqu'il ne veut pas entendre ou suivre le seul conseil que nous puissions encore lui donner à ce stade…

— Si à la fin de la saison on ne décroche pas un contrat, on met la clé sous la porte et vous irez pointer au chômage ! Alors arrêtez de me parler de celui qui est derrière le volant et débouillez-vous comme vous voulez mais hissez-moi cette voiture dans les treize premières du classement ! Il vous reste la moitié des courses de sélection pour ça.

Les paroles du patron me tortillent les boyaux, heurtent mon ego, murmurent des mots doux à ma rage, déchaînent l'ouragan de ma personnalité déjà si caractérielle comme pour justifier son droit de s'exprimer, sa véritable raison d'être. Et soudain sans que moi-même je ne l'aie vu venir, j'explose, impatiente, les mots agressant mes lèvres, grossiers, comme je me permets rarement de l'être face à celui grâce à qui je touche un salaire tous les mois :

— Mais putain, va falloir vous le dire combien de fois et dans combien de langues différentes pour que vous parveniez à intégrer les choses ?

Brent me fusille du regard. Je suis agressive avec mon patron, ça sent le roussi pour moi, et surtout le renvoi imminent sans préavis. Pourtant je m'en fous royalement. Maintenant ou dans six mois, si je dois me retrouver sans boulot, peu importe. De toute façon ça ne m'inquiète même pas, je sais que si je veux, demain j'ai un autre travail. Même si en réalité quitter *CD* n'est pas ce que je souhaite.

Mais sur le moment, tout ça je m'en cogne. Le vent de la rédemption souffle sur moi, il me susurre à l'oreille qu'il n'est jamais trop tard et je crache davantage au nez du *boss* :

— Notre job à nous, il est fait ! C'est pas la voiture le problème ! Si vous voulez vous qualifier, foutez le vieux au placard et mettez Chesneau derrière le volant, bordel !

Mes poings sont serrés comme si j'entrais dans une arène, prête à en découdre avec la terre entière. Je pue la fureur et l'exaspération, et les gros yeux de Brent ne m'ont pas arrêtée. Je suis essoufflée d'avoir vociféré, déjà passablement usée par mes vaines tentatives de persuasion, régulières depuis des mois. Car je n'ai pas attendu que le petit *Frenchy* déboule dans l'ovale pour dire ce que j'avais à dire. J'étais partie en croisade bien avant l'arrivée de Jules dans l'équipe.

Del Valle semble accuser le coup de mes paroles, réfléchir plus sérieusement que de coutume. Brent, lui, sort de sa torpeur et se décide enfin à me donner un coup de main, car il sait que j'ai raison. Jules est la seule chance de cette équipe de ne pas continuer à boire la tasse et se faire ridiculiser.

La mâchoire du patron se crispe, il semble évaluer les tenants et les aboutissants d'une telle prise de décision, réfléchit à leur poids. Il entrouvre la bouche, puis se ravise, en proie semble-t-il à une totale indécision. Il mesure sans doute les conséquences. Le propre des hommes d'affaires avisés, qui prennent des risques mais ne le font pas forcément sans en mesurer l'ampleur. Le moins que l'on puisse dire, c'est que Ricardo Del Valle n'est pas du style à foncer tête baissée. Alors je lui glisse de nouveau sous les yeux mon meilleur argument : la feuille des chronos.

— Vous ne pouvez pas nier que ceux de Chesneau sont nettement meilleurs.

— C'est vrai, mais ça ne lui donnera jamais autant d'expérience que Johnston en course.

— Alors pourquoi vous l'avez engagé, dans ce cas ? m'insurgé-je. Si Chesneau passe son temps à tourner tout seul sur le circuit, comment voulez-vous qu'il la forge, sa putain d'expérience ?

J'hésite un court instant avant d'ajouter :

— Je sais que Johnston est votre ami et que prendre la décision de le remplacer n'est pas évident pour vous… mais vous devez faire des choix pour cette écurie. Même s'ils sont difficiles.

Je sais que je fais preuve d'une certaine audace en lui suggérant les dispositions qu'il doit prendre. Malgré tout, je ne regrette rien, je ne lui ai dit que la vérité et j'espère cette fois l'avoir aidé à ouvrir les yeux. C'est alors que j'ajoute, sur un ton empli de conviction histoire d'enfoncer le clou :

— Tout le monde doit bien se lancer un jour… Offrez sa chance à Chesneau, il ne vous décevra pas. J'en suis certaine !

Et les derniers mots qui sortent de la bouche du patron sont :

— Est-ce qu'il serait prêt pour demain, au moins ?

Je réponds de mon ton le plus acéré, déterminée :

— Il l'est !

Le patron étrécit les yeux, semblant de nouveau se plonger dans sa bulle, activant des rouages dont j'ignore le mécanisme, parce que je ne comprends toujours pas ce qui le fait hésiter et je ne veux même pas le savoir. Brent et moi ne semblons plus exister et nous nous lançons un regard entendu, comprenant que nous pouvons disposer. C'est peut-être d'ailleurs même mieux que nous ne soyons plus là, histoire qu'il puisse se projeter tranquillement. Notre présence pourrait court-circuiter sa réflexion, le perturber.

Je crois que Del Valle ne remarque même pas que nous quittons la pièce. Et lorsque nous sortons, tous les regards se tournent vers nous. Mince, je crois que j'ai dû crier un peu trop fort. Ça va, la pièce est bien insonorisée et le camion un peu en retrait, mais j'espère que personne ne sera passé un peu trop près et n'aura entendu le moment gênant où j'ai prôné les mérites de Jules...

Jules...

Lorsque nous regagnons l'atelier, comme aimantés, nos regards se harponnent sans vraiment se chercher. Je feins la plus complète indifférence et tente de rester impassible face à ses yeux inquisiteurs. Je sais ce qu'il doit penser. La dernière fois que Del Valle est venue, c'était à Talladega et j'avais descendu ses compétences, ouvertement, devant toute l'équipe. Alors aujourd'hui il doit penser que j'en ai fait de même auprès du *big boss*. C'est de bonne guerre qu'il pense ça. Ce n'est pas comme si j'étais du genre à l'encenser et à saluer ses performances, d'habitude.

La porte s'ouvre dans un grand fracas derrière moi. Del Valle déboule dans l'atelier et hurle :

— Johnston, Chesneau ! J'ai besoin de m'entretenir avec vous ! Maintenant !

Mes yeux n'ont pas quitté ceux de Jules un seul instant. Sauf qu'une donnée a changé. En plus de ce que j'y lisais il y a quelques secondes encore, à présent son regard se fait inquiet, presque perdu.

Mais moi je ne suis pas anxieuse comme il peut l'être. Parce que je sais ce qui vient de se passer à l'intérieur de ce même bureau. Et lorsqu'il passe devant Brent et moi pour répondre à sa sommation, mon ami tente d'afficher un sourire qui se veut rassurant, tandis que celui que je parviens tout juste à masquer doit lui apparaître comme carnassier.

Attends, Jules. Ne t'en fais pas, d'ici quelques secondes tu seras fixé, tu ne m'en voudras pas d'avoir laissé flotter sur toi cette douce inquiétude et d'avoir semé la graine du doute en toi. Pourtant moi je sais déjà. Je sais déjà que toi et moi, nous allons tout déchirer et que d'ici peu de temps, notre voiture brillera sur cette putain de piste !

Chapitre 11

I HATE YOU, I LOVE YOU

Charlotte, Caroline du Nord
Mai 2019

Jules

Quand je sors du bureau après mon entrevue avec Del Valle et Johnston, j'ai la tête qui tourne.

Merde, en fait je ne m'attendais pas du tout à ça !

Le petit sourire en coin de *Miss Blue Lagoon* ne présageait rien de bon. Il faut dire que depuis le début, elle a été plutôt contre moi qu'avec moi. Alors le fait qu'elle arbore ce rictus victorieux au moment où je l'avais frôlée en passant me perturbe encore.

Serait-ce possible que, cette fois, elle m'ait appuyé au lieu de m'enfoncer ?

Je suis complètement paumé, j'avoue. Je n'ai pas encore vraiment réalisé tout ce qui vient de se passer. Ça n'a pas duré longtemps. Del Valle a été tranchant, incisif. Le vieux con ne l'a pas entendu de cette oreille, bien sûr. Et je ressors encore un peu sonné, tandis qu'il morigène toujours sur le *big boss* au nom d'un contrat qui les lie.

Je referme la porte alors que j'entends encore Johnston menacer Del Valle d'un procès, tandis que ce dernier lui rappelle simplement la clause de résultat, que l'ancien avait oubliée comme par magie…

Je jette un rapide regard partout dans l'atelier. Tout le monde semble avoir compris ce qui vient de se jouer et Chase se précipite vers moi :

— Alors, mec ? Ça y est ? Il vire le vieux ? Tu prends la place ?

Comme pour répondre à sa question, Johnston ouvre la porte qui mène au bureau sans ménagement, celle-ci cognant dans le mur dans un fracas assourdissant. Ses yeux lancent des flammes et trouvent les miens en une fraction de seconde et déjà son index pointe sous mon nez :

— Toi, espèce de petit con inexpérimenté…

Mais il suspend soudain sa phrase avant de reprendre pour toute l'assemblée présente, le doigt toujours levé :

— Allez tous vous faire foutre ! Vous ne savez pas quelle erreur vous commettez !

Il insulte tout le monde copieusement avant de quitter l'atelier, et, le premier choc passé, je réagis enfin. Mais seulement intérieurement, toujours incapable de prononcer le moindre mot.

Je ne sais pas vraiment si c'est une erreur de te virer, Duschmol, mais moi ça fait mes affaires. Ça me fout un peu la pression, mais je positive. Parce que je me dis que, de toute façon, je ne peux pas faire pire que toi !

Chase me tend la main et je la lui serre alors qu'il a une tape amicale sur mon épaule.

— Félicitations, mon gars ! Tu le mérites ! Tu vas voir, on va faire du bon boulot !

Je devrais être heureux comme un pape fraichement élu. Mais tout juste sorti du conclave, je cherche le cardinal dont le vote semble avoir fait pencher la balance. En réalité, je le suis, heureux. Je n'attendais qu'une chose depuis mon arrivée ici, c'était celle-ci, et mon rêve se réalise enfin. Après ma prise de volant avortée à Talladega, ça y est, je deviens enfin le pilote titulaire de *CD Racing*, et cette fois-ci pour de bon. Pas d'histoire de remplacement juste sur forfait médical, non. Je deviens officiellement le numéro un.

Le reste de la journée se passe à toute vitesse. Ricardo Del Valle tient une conférence de presse pour divulguer la nouvelle. Je suis propulsé sous le feu des projecteurs et... waouh ! Les flashs qui crépitent, les questions des journalistes par dizaines, le poids des attentes que je sens déjà peser sur mes frêles épaules de tout jeune pilote... J'ai tout juste vingt-cinq ans et j'ai le sentiment d'être jeté dans la fosse aux lions, d'un coup.

Pourtant c'est ce que je voulais, mais là, tout de suite, je paniquerais presque. J'ai juste besoin que l'effervescence se calme, envie de retrouver mes repères, mon point d'ancrage, quelque chose de familier, histoire de ne pas perdre pied, entraîné par la puissance et le tumulte du gigantisme américain.

Ma famille me manque. J'aimerais partager ça avec eux. Mes repères dans la vie, ce sont eux qui me les ont donnés. Ils sont la base de tout, un soutien indéfectible. Alors j'ai besoin de leur parler...

J'ai de la chance, le décalage horaire est favorable et, même si mes parents sont au boulot, maman décroche immédiatement dès qu'elle voit mon nom s'afficher sur son écran. Dès qu'elle prend l'appel, je crois qu'elle panique. Ma voix est mal assurée, mais c'est le bonheur qui la fait vaciller. Elle me demande précipitamment sans même me dire bonjour :

— Juju chéri, tout va bien ?

— Tout va pour le mieux, maman ! Ça y est ! Je suis titularisé ! Alors branchez-vous sur le câble demain, parce que vous verrez votre fils déposer sa gomme sur le *Charlotte Motor Speedway* !

Au téléphone avec ma mère, je laisse enfin exploser ma joie et arbore le sourire de circonstance. Nous parlons peu de temps, mais l'essentiel est dit, je voulais les prévenir sans attendre.

Je parcours toujours le garage des yeux mais depuis l'annonce de ma nomination, j'ai vu tout le monde sauf celle que je cherche vraiment. Pourtant, vu sa couleur de cheveux je devrais la trouver rapidement si elle était dans les parages !

Les choses se sont un peu calmées dans l'atelier qui est maintenant pratiquement désert. La tranquillité somme toute relative du garage me fait un peu de bien. J'entends seulement le bruit de boulons que l'on visse, un peu plus loin.

Un sacré mal de tête est en train de monter subrepticement et de vriller mon crâne. Mes tympans bourdonnent et je me frotte les tempes un bref instant pour essayer de soulager la douleur. La voiture est sur le pont, légèrement surélevée. C'est parfois nécessaire de passer en dessous pour atteindre certaines parties mécaniques et en NASCAR, les carénages sont si près du sol qu'il est impossible pour quelqu'un de s'y glisser. Heureusement, chaque stand est équipé d'un pont hydraulique qui permet de travailler parfaitement debout sous la voiture, sans même se fatiguer.

Enfin visiblement, à cet instant, personne ne fait quoi que ce soit sur le bolide car elle est seulement à une quarantaine de centimètres du sol. Je m'adosse à la calandre, retrouvant ce qui donne du sens à ma vie. Cette caisse est désormais ce qui va la rythmer, tout va tourner autour d'elle. Je lâche un soupir et détends enfin mes épaules, savourant ces quelques secondes de répit, les premières de cette journée de taré.

Mais soudain, j'entends quelque chose rouler sous la voiture, et comme par enchantement, Cameron en sort, sourire aux lèvres, un sourcil relevé de façon suggestive. Pris par surprise, j'ai sursauté et écarté les jambes et elle vient tout juste de saisir l'occasion de s'y glisser.

— Hummm… presque une vision de rêve !

Elle me mate sans aucun complexe, mais je commence à la connaître, je sais qu'elle cherche à me tromper avec cet intérêt feint et qu'elle n'attend qu'une seule occasion : celle que je lui offre de m'écraser, de se moquer de moi. Je ne relève pas et fais mine de ne pas être tenté par son physique à tomber.

Manquerait plus qu'elle comprenne qu'elle me plait, cette garce, et c'en serait fini de moi. Déjà que j'ai du mal à ne pas me laisser bouffer par elle au quotidien !

Parfois, bien que les choses se soient un peu calmées récemment, nos joutes verbales m'épuisent. C'est presque un combat de tous les instants. Alors je lui demande simplement entre mes dents serrées :

— Putain, Cameron ! Qu'est-ce que tu fous là-dessous ! T'as failli me provoquer une crise cardiaque !

Elle sourit plus largement, malicieusement même.

— On a remplacé un vieux par un exemplaire au cœur fragile ? Bordel de merde, on s'est fait berner sur la marchandise !

Eh BAM ! Je savais bien qu'elle n'attendait que ça, de me casser !

— J'adore ça, rester ici quand il n'y a plus personne… tout comme j'adore me glisser là-dessous quand personne ne sait que j'y suis… observer, écouter….

C'est bon à savoir ça !

Finalement il n'y a peut-être pas que moi qui parviens à surprendre des conversations intéressantes. Soudain, je panique. Je me demande depuis combien de temps exactement elle est ici et ce que j'ai pu dire… Je décide de ne pas me laisser trop perturber par ce fait et j'emboîte sur le sujet qui me titille depuis le début de la journée tandis qu'elle se relève. Mais je choisis une approche à la Cameron, histoire de jouer avec elle comme elle le fait régulièrement avec moi :

— Alors ? Pas trop vexée que Del Valle aille à l'encontre de ton avis ?

Elle arque un sourcil parfait et je jurerais que, même si elle ne veut pas le montrer, elle perd un peu de sa superbe et se trouve gênée :

— C'est vraiment ce que tu penses ? Que je ne veux pas de toi comme pilote ?

— Si je le pense ? Je te rappelle que tu l'as dit ouvertement, tout simplement, je n'ai pas inventé !

Elle pince les lèvres et regarde le sol un bref instant, ses yeux semblant tout à coup plongés dans ses souvenirs.

— C'est vrai…

Elle relève finalement la tête pour ancrer son regard au mien :

— Et... il ne t'est pas venu à l'esprit que je parlais uniquement de Talladega ?

Elle a presque insisté sur ce mot. Uniquement.

Soudain, toute cette histoire de malédiction et l'accident de son père sur cette piste me reviennent à l'esprit. Et je me demande s'il est possible que j'aie mal interprété sa réaction ce jour-là. Qu'elle ait en fait juste cherché à être certaine qu'il ne m'arrive rien. À cet instant, je suis troublé, parce que cette simple pensée me fait quelque chose. Ça me remue plus que je ne saurais le dire. C'est comme si j'avais une révélation.

Mais Cameron n'est pas du style à s'émouvoir et botte en touche rapidement :

— Enfin peu importe... Sache que si vraiment je n'avais pas envie que tu sois là où tu es maintenant, tout ça n'arriverait jamais !

Tiens, ça faisait longtemps que la princesse n'avait pas fait étalage de son pouvoir et de sa suprématie ! Ça ne m'avait pas manqué et si, deux minutes plus tôt, mon cœur s'était presque attendri à la simple pensée qu'elle aurait pu chercher à me protéger d'un risque trop grand à son goût, je redescends de mon petit nuage en prenant une douche froide.

La princesse Neytiri me trompe constamment avec ses orbes envoûtants, mais en fait c'est pour mieux se foutre de ma gueule et je ne dois pas perdre de vue que ce n'est qu'une emmerdeuse qui me cassera les couilles dès qu'elle en aura l'occasion.

Mais ok, la miss, tu veux fighter, eh bien fightons ! Je vais finir par aimer ça ! Et qui sait, je pourrais parvenir à gagner quelques rounds ?

Je lève les yeux au ciel et lui lance, blasé :

— Ah, ok, je vois ! Madame se la joue bon seigneur ! Donc, si je te suis, je te dois tout !

Et avant de quitter les lieux, elle me jette froidement sa dernière réplique au visage, aussi acide qu'elle sait l'être :

— N'allons pas jusque-là, Chesneau. Tes chronos ont suffi à convaincre le *boss*, mais maintenant tu as tout à prouver au milieu de la meute. Et crois-moi, ça n'a rien à voir avec le fait de tourner tout seul comme un con sur ce putain d'ovale. Alors te plante pas, sinon tu pourrais repartir en France aussi vite que t'es arrivé !

Malheureusement, les mises en garde de Cameron s'avèrent justifiées...

La première épreuve sur le circuit de Charlotte est une catastrophe. Je me fais malmener de tous les côtés et, finalement, je fais pire que le vieux. Je foire tout ce que je tente. D'ailleurs, je ne tente pas tant que ça, en fait, si j'analyse ma course avec lucidité. J'ai peur d'abîmer la voiture et je n'ose pas me faufiler. Lorsque, comme par miracle, j'ai des ouvertures, j'hésite, je ne mets pas le pied dedans, ce qui fait le régal de mes adversaires qui pourraient presque me remercier de les laisser si gentiment me passer devant. Quel nul ! Je ne me reconnais plus, on dirait que toute mon expérience s'est carapatée de l'autre côté de la planète et pour un peu, je deviendrais presque compréhensif vis-à-vis des contre-performances de celui que je remplace. Pire ! Si je me remémore mon semblant de carrière, je crois que jamais jusqu'alors je n'avais connu l'hésitation. J'ai toujours tout donné jusqu'à la limite de l'inconscience pour prouver que j'avais ma place ! Alors pourquoi aujourd'hui je me fais l'effet d'une mauviette ? Si je continue comme ça, ils vont tous finir par se demander ce que je fous là et si j'étais réellement pilote, à la base. Du coup, je me fais défoncer par le *team manager,* mais le plus rageant c'est que les précautions que je crois utiles de prendre ne changent rien et, à la fin de la course, il n'y a pas un centimètre de taule qui ne soit pas à redresser ! Quant à Cameron, elle ne se gêne absolument pas pour me démonter devant tout le monde ! Elle y prend même un malin plaisir, évidemment.

On se dispute comme des chiffonniers, nous donnant en spectacle devant toute l'équipe qui se délecte de nos altercations tout en restant à bonne distance, au cas où l'un de nous se mette à jeter quelque chose au visage de l'autre. J'avise un balai posé dans un coin. Puis je me ravise. Avec elle mieux vaudrait un bon coup de pelle, histoire qu'elle ne parvienne pas à se relever !

Miss Blue Bell est toujours aussi polie :

— On s'en fout de la taule, bordel ! Impose-toi ! Ne flippe pas pour cette fichue voiture, on la redressera, mais fourre-moi ton putain de cul dans cette brèche, ou je te jure que je prends le volant !

— Bah vas-y, te gêne pas ! Mademoiselle a une grande gueule mais à ce que je sache, t'es pas pilote ?!

Nos regards se cherchent, se trouvent, ses yeux me lancent des flammes :

— C'est petit ça, bien bas comme réflexion ! Je ne sais pas pourquoi, ça ne m'étonne même pas de toi !

— Bordel, Cameron, j'ai de l'expérience dans d'autres disciplines automobiles, j'suis pas un débutant. Alors laisse-moi juste prendre mes marques, essayer des trucs, sois patiente !

— La patience n'a jamais été mon fort !

— Ça m'aurait étonné, aussi !

— On a perdu assez de temps comme ça avec le croulant, alors démerde-toi comme tu veux mais à la prochaine, t'es devant !

Putain, elle ne plaisante pas !

La semaine suivante, nous sommes encore sur le circuit de Charlotte. La tension est à son comble sur la piste. Mais aussi entre Cameron et moi. Comment pourrait-il en être autrement alors qu'elle passe son temps à me crier dessus sans véritable motif ?

Je fais un meilleur résultat que la semaine précédente mais la patronne n'est toujours pas satisfaite et ne se gêne pas pour le dire haut et fort. À la fin de la course, je suis exténué et j'en ai assez de me faire traiter comme une sous-merde et ridiculiser par un petit bout de femme qui a l'air tout droit débarquée d'une lointaine galaxie. Alors, hors de question de me laisser faire !

Le général Esdeath a encore montré les crocs, mais... Fais gaffe, princesse, moi aussi je peux mordre ! Et cette fois, beauté, tu ne t'y attends peut-être pas mais tu as trouvé un adversaire à ta taille. Et je peux te jurer que ça risque d'être intéressant !

Elle entame les hostilités aussi élégamment et poliment que d'habitude :

— Putain mais tu vas arrêter de martyriser cette putain de voiture et tu vas faire ce que je te demande pour une fois, putain ?

— T'as réussi à dire putain trois fois dans la même phrase ! Je ne sais même pas comment tu parviens à réaliser une telle prouesse alors que tu n'arrives même pas à me fournir une bagnole qui fonctionne correctement !

— Va te faire foutre, sale con ! Cette putain de bagnole, elle fonctionnerait correctement si tu faisais ce que j'attends de toi et si t'étais capable de me dire ce que j'ai besoin de savoir pour la régler au mieux ! Mais t'es tellement arrogant !

— Je ne suis pas arrogant, bordel ! C'est toi ! T'es qu'une pétasse qui croit toujours tout savoir mieux que les autres !

Je ne sais pas lequel de nous deux est le plus hors de lui et tous les coups sont bons. Si ça continue il n'y aura plus de règle, plus de filet... C'est mon tour d'essuyer une nouvelle attaque :

— C'est quoi ton problème, en fait ? Ça te fait chier d'être sous les ordres d'une femme ? C'est ça ? T'es un putain de misogyne ?

— Non mais là, tu dérailles, ma pauvre fille ! Si c'était ça je me serais barré à la minute où j'ai su que le chef ingénieur était une nana !

— Alors va te faire voir ! T'es qu'un crétin ! T'es même pas foutu de me guider pour qu'on puisse faire ce qu'il faut !

— Bah prends le bolide toi-même, alors ! Puisque t'es si forte !

— Tu sais très bien que ça ne marche pas comme ça ! Et je ne suis pas pilote pro, tu le sais, tu me l'as d'ailleurs bien fait remarquer !

— Oui, donc en gros t'as besoin de moi ! Alors rabaisse un peu ton caquet !

Mais bien sûr, au lieu de se la fermer, elle crie encore plus fort :

— Si au moins t'étais capable de me donner des informations simples pour qu'on fasse les bons réglages ! Ne viens pas me sortir que c'est moi le problème !

— Je te les donne les infos, mais tu n'écoutes rien, apparemment !

Je la sens vraiment furax et je pense que si nous étions seuls, elle pourrait m'étrangler bien volontiers. Je crois que je l'ai tellement énervée qu'elle finit par préférer se retrancher dans son bureau. Mais pour moi, c'est mort ! Je ne compte pas laisser ça là. Il faut crever l'abcès une bonne fois pour toutes.

Je la suis comme son ombre, tout aussi échauffé qu'elle :

— Ne te barre pas comme ça, Cameron ! On n'a pas fini !

— Je n'ai plus rien à te dire !

— Moi, si !

Je ferme la porte d'un grand coup de pied alors qu'elle me fait face, les poings serrés, finalement toujours prête à en découdre.

Fais gaffe, Chesneau, la grenade est dégoupillée, prête à exploser et tu vas en faire les frais ! Si tu t'approches trop prêt, ça va te péter à la gueule sans que t'aies le temps de le voir venir !

Un duel silencieux s'engage entre nous, tandis que nos regards se harponnent. Mais ça ne dure qu'un instant, car elle relance rapidement :

— Tu te fiches de moi, ou quoi ?

Je me moque un peu :

— Je n'oserais jamais, voyons ! Mais explique-moi pourquoi à chaque fois que je te dis quelque chose, la fois suivante c'est pire, si t'as fait ce que je t'ai suggéré sur la voiture ?

— J'en sais rien, moi ! Peut-être que je pige que dalle à ce que tu m'expliques ?

Je ne sais plus comment faire ni quoi dire pour parvenir à me faire entendre d'elle. Toute communication entre nous semble impossible, nous parlons visiblement un langage différent. Pourtant mes pensées s'évadent, l'espace d'un instant, contre ma volonté.

Elle porte encore et toujours cette combinaison. En course, elle comme tous les autres techniciens portent la même combinaison que moi. Le modèle ignifugé. Question de sécurité. Comme d'habitude, ses cheveux sont relevés, elle les a attachés n'importe comment et les quelques mèches qui retombent autour de son visage accentuent son air de Barbie des temps modernes. Barbie rebelle. Barbie pilote. Barbie mécano… Je voudrais juste pouvoir être aussi parfait que Ken. Être parfaitement assorti avec elle…

Elle doit saisir une nuance dans mon regard, remarquer que quelque chose change, que je l'observe différemment car elle arque un sourcil et me demande sèchement :

— Quoi ? Qu'est-ce qu'il y a ?

Comme d'habitude, elle a noué les manches de sa combi autour de sa taille, comme d'habitude elle porte un putain de marcel qui colle à ses formes. Cette fois-ci il est noir, pas blanc. Son teint d'opale et ses cheveux bleus n'en ressortent que davantage. Mais j'essaie de couper ces maudites pensées qui ne servent à rien. Le fait qu'elle m'attire n'est absolument pas constructif pour la suite de notre échange ni pour la suite de nos relations professionnelles. Et je tente alors plus calmement :

— C'est vraiment un dialogue de sourds entre nous. J'ai toujours l'impression de faire face à un mur. Je ne sais pas comment m'y prendre avec toi, Cameron. J'arrive pas à te parler, tu me…

J'ai l'air de l'agacer encore plus car elle me coupe :

— Je te quoi ? Accouche, bon sang !

— Tu m'énerves, putain ! Tu m'agaces tellement, tu n'as même pas idée !

Ce n'est pas ce que j'avais prévu de dire mais je n'ai pas pu me retenir de partir au quart de tour, laissant le calme relatif de ma réplique précédente au placard. Je n'arrive pas à canaliser ma colère, ni les sentiments contradictoires qui se mêlent à tout ça à cet instant précis. Je baisse les yeux, marque une pause et reprends sans la regarder :

— Et puis... tu m'impressionnes aussi, si tu veux savoir !

J'ose enfin relever la tête. Je dois assumer mes paroles. Parce que c'est certain qu'elle ne va pas laisser ça là. Elle va vouloir savoir ce que j'ai voulu dire. Et si possible me piétiner derrière...

— Je t'impressionne ? Eh ben ! Si j'avais pensé qu'une telle chose était possible !

Évidemment qu'elle prend un malin plaisir à me torturer ! Alors je dois rester fort, je ne dois pas me la jouer chiffe molle, parce que sinon elle va sentir ma faiblesse et en profiter pour m'écraser comme un vulgaire moustique ! Mais je lui avoue simplement, sans fioriture, espérant la calmer pour faciliter le dialogue alors qu'elle semble étonnée :

— Oui, parce que je sais très bien que quoi que je dise, quoi je fasse, ça ne te conviendra jamais ! Tu cherches toujours à me donner l'impression que je ne suis pas à la hauteur !

— C'est peut-être parce que justement, tu ne l'es pas ?

Aïe ! Encore un coup ! Putain je ramasse. Mais je me relève. Encore. Ce qui ne nous tue pas nous rend plus forts... Je me *rebooste* et reprends finalement un ton aussi sec que le sien. La méthode douce ne fonctionne pas alors tant pis. On recommence comme avant. Je ne suis pas KO, je remonte sur le ring, j'ai juste été projeté contre le filet mais je reviens au centre du tapis, plus combatif que jamais.

Mon cœur frappe contre mes côtes. Plus fort encore que les coups de poings imaginaires que je viens de me bouffer. Je suis tendu comme un arc et je me rapproche dangereusement d'elle alors que nous argumentons l'un et l'autre à tour de rôle. C'est à celui qui criera le plus fort, c'est à celui qui sortira vainqueur de cet affrontement. Mais je ne dois pas vraiment l'effrayer, car elle est loin de reculer. Bien au contraire, j'ai l'impression qu'elle se rapproche elle aussi. J'ai la sensation qu'elle espérait cette confrontation depuis tellement longtemps qu'elle compte s'en délecter jusqu'à plus soif.

Je riposte :

— Arrête d'essayer de me rabaisser constamment, je ne suis pas un de tes larbins ! Peut-être qu'avec les autres ça fonctionne, ils aiment certainement que tu les traites comme des petits chiens mais pas moi !

— Dommage, ça pourrait me rendre service si t'étais docile et que tu fermais ta grande gueule, parfois ! Les seuls moments où j'aimerais que tu t'exprimes, c'est pour m'aider à régler cette satanée caisse, et là, je n'arrive jamais à comprendre ce que tu veux me dire !

Uppercut.

— C'est bien ça le problème ! Mais peut-être que si tu ne partais pas systématiquement du principe que tout ce qui sort de ma bouche c'est de la merde, on pourrait communiquer correctement ? Je te rappelle que tu n'es pas ma patronne en réalité et que je ne suis pas sous tes ordres ! On doit travailler main dans la main. Peut-être que quand t'auras intégré ça, ça se passera beaucoup mieux entre nous ?

Crochet du droit. Elle encaisse comme une chef, elle aussi. Je marque une pause puis reprends :

— Si au moins tu n'étais pas aussi bornée et que t'écoutais vraiment ce que je te dis, au lieu de penser que tu as forcément raison !

Je sais que je ne vais pas avoir le dernier mot aussi facilement que je l'espère. Elle aurait peut-être dû pratiquer un sport de combat, je suis certain qu'elle aurait brillé. Elle a cette combativité innée qui transpire d'elle dans chacun des mots qu'elle emploie. C'est une guerrière, un gladiateur, une conquérante.

Mais celui qui est clairement conquis, ici, alors qu'il ne le faudrait pas, c'est moi. Elle enchaîne :

— Alors prouve-moi que ce que tu me dis peut fonctionner !

— Alors toi, écoute ce que je te dis !

— C'est bien ce que je dis ! C'est vraiment un dialogue de sourds !

— C'est moi qui l'ai dit le premier !

— Espèce de gamin ! On s'en fout de qui a dit quoi le premier !

— Putain, Cameron, mais comment tu fais pour être aussi agaçante ?

Elle me lance ce petit sourire perfide que j'aimerais si souvent lui ôter du visage, si seulement il ne me plaisait pas bien plus que de raison et ironise :

— C'est inné, en partie, et après ça m'a demandé des années d'entrainement !

— Merde, princesse, c'est toujours si compliqué avec toi ? Pourquoi j'ai l'impression que tes relations avec les autres sont plus faciles et qu'il n'y a qu'avec moi que ça coince ?

Elle hausse les épaules alors que je pousse un soupir de soulagement intérieur.

Elle n'a pas relevé le « Princesse »...

— Ça ne s'explique pas, c'est physique !

Bam ! Un autre coup que je n'ai pas vu venir. Mais merde, pourquoi elle dit ça ?

La flamme qui brûle dans ses yeux m'hypnotise et j'ai soudain le sentiment de me faire berner. Ses paroles ne coïncident pourtant pas avec le regard qu'elle me lance, troublant. Sa tactique est imparable, et les battements de mon cœur s'accélèrent alors, comme sous le poids d'un effort violent. Je sens qu'il cogne comme jamais auparavant dans ma poitrine, qui me semble soudain trop petite pour le laisser s'exprimer. Je ressens les pulsations monter jusque dans mes tempes et ma respiration se fait saccadée, toujours sous le coup de la colère. Ou sous le coup d'autre chose que je maîtrise encore moins.

Des étincelles de fureur semblent animer ses yeux et ses prunelles flamboyantes me captent, m'absorbent, m'avalent complètement tandis qu'elle n'hésite pas à me provoquer, une nouvelle fois :

— Alors c'est quoi le fond du problème pour qu'on parvienne à se comprendre ? Tu n'as pas assez de vocabulaire en stock pour m'expliquer les choses correctement ? C'est la barrière de la langue qui te pose problème ?

Ma gorge se serre et j'ai soudain l'impression que je ne peux plus parler. Je cède alors à cette pulsion débordante, violente, à cette envie que j'ai de dévorer ses lèvres depuis le premier jour, et je lâche avant de fondre sur elle, sans même chercher à savoir si elle va me repousser :

— Putain, tu vas voir si je ne sais pas m'en servir de ma langue !

Je réduis la distance qui nous sépare encore en moins de deux, et ma bouche percute la sienne violemment. Ma langue trouve son chemin sans peine. Sous le coup de la surprise, elle n'a pas cherché à barrer son passage. Mais la surprise est finalement des deux côtés. Car elle semble répondre à ce baiser bien plus qu'elle ne le devrait. Je cours un risque, je sais. Celui qu'elle m'éjecte sans attendre, qu'elle me gifle peut-être, même. Je ne peux pas dire que ma langue caresse la sienne avec douceur. Ce serait mentir. Notre baiser n'a rien de doux, ni de sensuel. Il transpire plutôt la rage, mais aussi un désir à peine voilé et difficilement contenu.

Sa main s'est glissée derrière ma nuque sans même que je le réalise et j'enlace sa taille si fine avec force, passant mon bras tout autour d'elle. Je prends conscience de son corps si menu, et finalement d'une étonnante fragilité sous cette carapace endurcie. Entre mes bras, là, comme ça, elle n'est qu'un petit bout de femme. Une poupée au caractère bien trempé, certes, mais une petite poupée quand même et je savoure le fait de la tenir enfin tout contre moi. Je réalise que j'en mourrais d'envie depuis le premier jour. Bien que j'aie aussi eu envie de la tuer la plupart du temps.

Ni elle ni moi n'avons encore rompu cet échange et tout en dévorant ses lèvres comme un affamé, je l'oblige à reculer lentement jusqu'à son bureau. Tout en caressant sa langue de la mienne avec une avidité à peine retenue, je dénoue les manches de sa combi d'un geste vif et pressé.

Je me décide finalement à me détacher d'elle pour baisser son vêtement d'un mouvement rapide. Puis je balaie tout ce qui se trouve sur le bureau et la saisis par la taille pour l'y asseoir. J'ai toujours rêvé de faire ça. Un vrai fantasme ! Le type qui vire tous les papelards en s'en foutant royalement et qui ensuite, donne du plaisir à la fille, offerte, sur ce même bureau. Sauf que je ne suis pas dans un film et que la fille, je ne sais pas encore si elle va vraiment s'offrir, d'autant plus qu'elle repart pour un tour.

— Putain, mon boulot !

Oups, je vais vraiment me faire virer ! Heureusement qu'il n'y avait pas l'ordi, là-dessus.

Mais je décide de faire fi de sa réflexion. Sans attendre et surtout sans me poser la moindre question, je capture de nouveau ses lèvres pour la faire taire et je me penche en avant pour qu'elle suive le mouvement. Elle s'allonge et je glisse ma main sous son t-shirt, impatient, remontant doucement le tissu au passage pour accéder à sa poitrine.

Pourtant une certaine timidité s'empare de moi et je ne me risque pas à la toucher davantage. Je laisse mes doigts sur son sous-vêtement, n'osant pas en franchir la barrière sacrée. Ma confiance vacille, faisant osciller mon assurance avec elle. Je suis soudain troublé par la pensée que peut-être elle ne souhaite pas que j'aille plus loin, alors qu'elle ne m'a pas repoussé… Je m'écarte d'elle et soudain, je suis frappé par la vision qui s'offre à moi.

Je prends conscience que Cameron est la fille de mes rêves, celle avec laquelle je me suis toujours imaginé finir mes jours. Ses courbes sont parfaites, harmonieuses. Elle est juste merveilleuse et je reste là comme un con à l'admirer, presque paralysé devant tant de beauté. Sa respiration erratique soulève sa poitrine dans un rythme saccadé, agitant sous mes yeux l'objet de ma convoitise et ses yeux, plantés dans les miens semblent me sonder, poser une question silencieuse que je n'ose entendre.

Captivante, énigmatique, insaisissable, secrète, ensorcelante, irrésistible, impénétrable (sans vouloir faire de mauvais jeu de mots !) Cameron est là face à moi, pratiquement dans son plus simple appareil. Les quelques morceaux de tissu qui la couvrent encore laissent peu de place à l'imagination et je remarque que déjà, elle est terriblement essoufflée par notre baiser, et par cette envie visible qu'elle a de moi et qu'elle ne parvient plus à me cacher.

Un certain soulagement me saisit, sans que j'ose me l'avouer. J'ai l'impression que nous allons faire n'importe quoi, dans la précipitation, sous prétexte de passer nos nerfs l'un sur l'autre, mais au moins, cette connerie-là, nous avons l'air d'avoir envie de la faire tous les deux…

Nos regards se croisent, se sondent, mais Cameron happe de nouveau mon esprit avec ses paroles abruptes, impatientes :

— Qu'est-ce que tu attends ? Ne me regarde pas comme ça, bon sang !

La réalité semble vouloir me percuter de nouveau, reprendre ses droits, me rappeler à elle en me ramenant à l'instant présent. Pourtant elle ressemble à tous mes songes. Je n'ose croire à ce qui se déroule à ce moment-là. Je l'ai tant rêvé sans jamais oser espérer que tout cela puisse réellement se produire. Je crois qu'à cet instant précis, toutes les pensées cohérentes dont j'aurais pu être capable en temps normal ont déserté mon cerveau. Elles se sont visiblement barrées vers cet endroit précis de mon anatomie avec lequel il est bien connu que tous les mecs pensent. Et le seul truc que je parviens à dire sur le moment est un truc parfaitement stupide, idiot :

— Putain de merde !

Sous le coup de la surprise, j'ai réveillé la bête qui sommeillait à peine :

— Quoi ? Qu'est-ce que t'as ?

Et je lui sors une vérité brute. Pas que je la trouve belle, non, même si je pourrais... et que ça me donnerait peut-être un peu plus de prestance à ses yeux... non ! Moi je trouve le moyen de dire un truc naze sans intérêt pour la suite des évènements, si ce n'est celui de me faire passer davantage pour un sombre imbécile :

— Bah je m'attendais plutôt à trouver une culotte en coton là-dessous, pas de la dentelle !

Je reste là à l'admirer, de nouveau sans voix. Son petit ventre musclé arbore un piercing au niveau du nombril, un diamant aussi bleu et brut que ses yeux... et ses sous-vêtements sont clairement un appel à la luxure. Mais Cameron s'agrippe alors à mon t-shirt pour se redresser. De nouveau assise face à moi, elle capture ma bouche, encore et encore. Elle dévore mes lèvres fiévreusement, me coupant pratiquement le souffle et entre deux baisers me gratifie de sa célèbre délicatesse :

— Putain, baise-moi connard, au lieu de t'extasier sur ma lingerie !

Non mais je rêve ou elle m'a réellement demandé ça ? Est-elle vraiment en train de me supplier de le faire ?

Ses paroles crues m'attisent, m'excitent et je ne parviens plus du tout à résister à l'envie folle d'être en elle, là maintenant, tout de suite.

Pourtant je prends le temps de lui murmurer doucement, tout contre sa bouche :

— À vos ordres, patronne...

Je sens son sourire sur mes lèvres :

— Finalement j'apprécie assez quand tu m'appelles patronne...

— Savoure, ça n'arrivera plus jamais !

Mais elle n'a plus envie de rire et laisse de nouveau s'exprimer son impatience :

— Putain, déshabille-toi maintenant au lieu de perdre du temps !

— Arrête de jurer sinon je te promets que je vais te *driver* aussi brutalement que la voiture…

— Tu ne vois pas que j'attends que ça !

Sans plus attendre, je m'exécute à la vitesse de la lumière. J'ôte simplement mon t-shirt tandis que ses doigts se faufilent sous ma ceinture et que de mon côté, je descends fiévreusement sa culotte. Je m'empresse alors de trouver mon chemin vers elle en ayant tout juste abaissé légèrement mon caleçon. Sa main s'empare de moi pour me guider, et d'une poussée du bassin, je m'insère entre ses jambes. Dans un gémissement sourd, elle m'accueille tout entier, plus que prête.

Et bon sang, que c'est bon. Je crois que je n'ai jamais rien connu de tel. Je pourrais fondre en elle indéfiniment, m'y perdre jusqu'à la fin de mes jours. Je m'écarte très légèrement pour tenter de l'admirer alors qu'elle est collée à moi, et tout en essayant d'aller lentement, d'être doux, j'accroche mes doigts dans ses cheveux à l'odeur vanillée. Mais elle m'encourage dans le sens inverse et ses paroles accroissent encore mon état.

— Vas-y plus fort ! Putain !

Mes doigts s'enfoncent dans la chair de ses hanches, je m'agrippe à sa peau comme à ma propre vie et je glisse en elle un peu plus profondément à chaque coup de reins, je me sens gonfler encore, l'afflux sanguin dirigé vers cet endroit béni de mon corps, toujours lui, toujours le même... et qui à cet instant n'est clairement pas mon cerveau. Ses parois chaudes se resserrent autour de moi, et je me gorge du spectacle qu'elle m'offre.

Emportée par le plaisir, elle jette sa tête en arrière et se cambre jusqu'à pratiquement s'allonger de nouveau. Elle passe sa main derrière ma nuque pour m'attirer et je suis le mouvement, reprenant position sur elle, mon torse collé tout contre sa poitrine toujours couverte. Cédant à sa supplique, je ne l'ai même pas déshabillée entièrement et je n'ai même pas eu le plaisir de goûter à ses seins.

J'accélère la cadence, encore, emportant Cameron avec moi dans un concert de gémissements étouffés, ma tête nichée dans son cou, la sienne sur mon épaule, mordillant ma peau sans douceur. Ses ongles sont plantés dans mes fesses, remontent en me lacérant le dos et j'oublie tout. J'oublie que dehors plus personne ne doit nous entendre nous aboyer dessus. Au contraire, celui qui passerait à proximité comprendrait très exactement ce que nous faisons. Pire encore, j'oublie que cette satanée porte n'est même pas verrouillée.

Je la sens proche de l'implosion, à mesure que ses doigts s'enfoncent davantage dans mon épiderme, que son souffle s'accélère. Je comprends qu'elle cherche à retrouver mes lèvres, et je les lui offre avec grand plaisir. Je savoure alors la douceur des siennes, tandis qu'elle s'amuse à les sucer et à les mordiller tour à tour. Sa main agrippe mes cheveux et elle m'attire un peu plus, nos langues toujours plus avides de leurs caresses, nos corps nimbés de sueur, glissant l'un contre l'autre, jusqu'à ce moment qui nous emporte tous les deux vers cette étrange béatitude, ce nirvana inexplicable que jamais on ne ressent autrement.

Toutes mes sensations convergent vers un même point et j'arrive à ce stade où l'épuisement propage en moi une onde de choc qui m'envahit, monte en moi tel un tsunami emportant tout sur son passage… et Cameron m'y accompagne presque simultanément, rendant enfin les armes. Quand on y pense, c'est curieux comme mécanisme. Étrange comme la stimulation d'une toute petite partie de notre être peut nous emporter si loin, peut provoquer un bien-être incommensurable, même indescriptible.

Elle enserre ma taille de ses jambes un peu plus fort comme pour répercuter chez moi le plaisir qu'elle vient de prendre et me le faire ressentir. Je donne un dernier mouvement de reins, j'appuie encore, alors que je la sens toujours pulser autour de moi, contractée mais abandonnée. Je retrouve lentement une respiration normale, moins hachurée. Et je reste encore un moment lové contre elle.

Je n'ose plus l'embrasser. Mais je ne peux pas rester dans ses bras plus longtemps, allongé sur ce putain de bureau pour l'éternité. Je me résous enfin à m'écarter et la regarde presque gêné.

Quel imbécile ! Dis quelque chose, n'importe quoi !

Cameron, elle, ne se laisse pas décontenancer. Visiblement elle assume tout ça sans aucune honte et arbore son assurance légendaire alors qu'elle se rhabille sans attendre. Je baisse la tête pour en faire de même et j'évite de croiser ses pupilles limpides, mais le son de sa voix brise soudain ce silence tendu :

— Bon, évidemment, on est d'accord que c'est arrivé sous le coup de la colère et que ça ne se reproduira plus jamais ?

Je serre les dents et je réponds sans attendre à contrecœur :
— On est d'accord !

Ça aurait pu se terminer aussi facilement… on aurait pu repartir chacun de notre côté, comme ça, comme si de rien n'était… Mais Cameron se sent obligée de rajouter cette petite phrase fatale à notre expérience surréaliste, mais pourtant pour moi inoubliable en lançant :

— Putain j'espère que t'es *safe* au moins, on a complètement déconné, on ne s'est même pas protégés…

Alors évidemment, comme le gros con vexé que je suis, je réponds sans même réfléchir :

— Ce serait plutôt à moi de m'inquiéter, tu m'as l'air d'avoir sacrément le feu au cul !

Putain mais quel con ! Pourquoi j'ai dit ça ? Pourquoi j'ai dit ça ?

Ses yeux me lancent des flèches empoisonnées et elle me jette les dents serrées :

— J'aurais dû m'en douter que tu trouverais le moyen de foutre en l'air un moment qui aurait presque pu faire partie d'un souvenir sympa pour mes vieux jours !

La colère lui va si bien. Pourtant je regrette déjà mes paroles, je regrette déjà son sourire.

Je ne suis qu'un stupide abruti fini, sans tact ni deux sous de jugeote. Aucune psychologie féminine, le gars ! Et je suis désormais semble-t-il condamné à être détesté par la plus belle des créatures qu'il soit. Tout ça parce que je n'ai pas été capable de tourner ma langue sept fois dans sa bouche avant de parler.

Oui, je sais, ce n'est pas exactement ça, l'expression...

Et le pire, c'est que malgré le fait que j'ai déjà sacrément cassé l'ambiance, je ne peux soudain m'empêcher de chercher à savoir :

— Et est-ce que tu prends la pilule ? T'as un implant ou autre chose ? Parce que ce serait con que...

— T'inquiète pas, ducon, me coupe-t-elle. Pour ça au moins on est tranquilles. En revanche, dès demain matin, toi et moi c'est direction le labo, histoire de se rassurer et de mettre une bonne fois pour toutes cette erreur monumentale derrière nous. Il ne manquerait plus qu'on soit obligés d'en reparler !

Ou de passer notre vie sous médocs, juste parce qu'on n'aura pensé à rien d'autre qu'à satisfaire cette attraction dévorante qui a clairement pris le contrôle de nos putains de neurones, pourrais-je ajouter si je voulais m'enfoncer davantage. Mais je préfère me taire tandis qu'elle me tourne le dos, furieuse, me laissant là, tout juste rhabillé. Elle ne manque évidemment pas de claquer la porte en partant.

Imbécile, idiot, abruti...

Si ça ce n'est pas ce qui s'appelle faire un pas en avant pour en refaire deux en arrière...

Chapitre 12

CIRCLES

Cameron

Putain mais qu'est ce qui vient de se passer ? Bordel je ne comprends rien. Ou plutôt si, je ne comprends que trop, mais…

La première fois que ses yeux ont croisé les miens, j'ai su que quelque chose se passait. Il y a des fois, comme ça où la Terre s'arrête de tourner, où on capte direct qu'il se passe quelque chose de différent. Et le jour où il est arrivé, c'est ce qui s'est produit. J'ai senti cette espèce de connexion, ce petit truc à part, un lien bizarroïde qui se créait sans que je parvienne à l'en empêcher entre ses pupilles noisette et mon petit cœur à la dérive. Et j'ai compris que de son côté c'était pareil.

Comment je l'ai su ? En fait je n'en sais rien, finalement. Il y a parfois une alchimie inexplicable, que nous-mêmes on ne comprend pas… Et les pépites dorées de Jules plongées dans les miennes, la première fois, furent de ces expériences-là. Un instant qui n'arrive peut-être qu'une seule fois dans toute une vie.

Pourtant, je n'ai pas voulu y accorder d'importance particulière. L'attirance physique est une chose mais ça ne peut pas et ça ne doit pas définir les bases d'une relation avec quelqu'un.

Et puis… il faut dire que j'ai clairement rejeté l'idée que le type attisait en moi un brasier au repos depuis très longtemps. Parce que nous travaillons ensemble. Et parce qu'il est pilote. Tout simplement. Je n'ai donc laissé aucune chance à cette petite flamme qui s'est allumée dans mon ventre ce jour-là de devenir un feu ardent. Enfin, c'est ce que je pensais jusqu'à aujourd'hui.

Malgré tout, j'aimerais pouvoir faire taire cette petite voix à l'intérieur de moi, ce petit démon qui me souffle à l'oreille que, putain, c'était... merde... pas de mot... ou peut-être justement... indescriptible, ineffable... d'une intensité jamais atteinte...

Bordel ! C'est quoi ce délire ? Du sexe, c'est que du sexe ! C'est juste du sexe ! Ok, d'un mec à un autre, le plaisir peut varier. J'admets. Un type peut trouver comment te faire vibrer un peu plus rapidement, un peu plus intensément qu'un autre, d'accord... Mais là, on est bien loin de tout ça et ça me perturbe plus que je ne saurais l'avouer. Ça fait déjà plusieurs jours que tout ça s'est passé, et je ne pense encore qu'à ça. Bon, le fait qu'on ait dû passer par la case « prise de sang » n'est pas non plus fait pour aider à oublier, mais c'est comme si, à présent, tout était défini par rapport à ça. Que désormais, je ne pourrai plus faire autrement que de me référer à CE truc-là ! Non mais ça va pas ou quoi ? Cameron Mc Intyre ne va pas prendre un tournant dans sa vie et revoir toute sa façon d'être pour une partie de jambe en l'air mémorable avec un emmerdeur ! Parce que si, encore, on pouvait se blairer... peut-être que le fait que je ne parvienne pas à oublier pourrait se justifier, mais là...

Bah oui, il y a ça aussi ! L'attirance physique, ok, le concept est établi, plus besoin de s'attarder dessus ! Mais il faut bien se rappeler que le reste ne suit pas ! Jules et moi ne partageons rien d'autre. Alors y'a pas de quoi rester émoustillée pendant trois jours ! Ce n'est pas un truc auquel je peux repenser en mode midinette du style (Attention, là on prend sa voix de pétasse bien exagérée, surtout !) : « Ooooh en plus c'était trop romantique ! Haaannn ! Non mais le mec, il s'est trop déchiré pour me séduire et tout et tout ! »

Cameron, putain, tu fais trop de peine... ça fait bien trop longtemps que t'enchaînes les mauvais coups, alors tu focalises !

La nuit qui a suivi, je n'ai pas dormi. Ni la nuit d'après. Ni celle encore après. En fait ça fait trois jours que je ne dors plus et que je m'évertue à éviter Jules. Assez compliqué lorsqu'on travaille ensemble de ne pas adresser la parole à quelqu'un... Mais j'use de tous les subterfuges. Tous les prétextes sont bons pour ça. Je n'ose plus croiser son regard, parce que je sais que si je rencontre ses pupilles dorés, je ne parviendrai pas à cacher mon trouble.

Je sens encore ses mains brûlantes sur moi, je ressens encore chaque caresse qui a effleuré ma peau et cette sensation d'embrasement qu'il m'a fait ressentir se saisit de nouveau de moi dès que je l'aperçois, même au loin. Le simple fait de le voir de dos me déclenche encore des spasmes à l'entrejambe et mon estomac se soulève comme dans des montagnes russes au souvenir de ce que nous avons vécu dans mon bureau.

Je suis complètement paumée. Je me comporte comme une idiote, bien loin d'assumer mes actes, et surtout à des années-lumière de l'image de la femme forte que je voudrais paraître. J'aimerais que le temps passe un peu plus vite, que nous puissions oublier, nous croiser sans y repenser. Peut-être d'ailleurs que lui n'y pense déjà plus. Certainement même ! Mais moi j'ai besoin de me confier, d'en parler à quelqu'un.

J'envoie un message à Jenna :

« Dispo pour un café ? »
« Yep, dans 5 minutes au bar ? »
« Ça marche à tout de suite ! »

Il y a peu de femmes dans le monde de la course automobile. Et pas seulement en tant que pilote mais dans toute la sphère professionnelle. Danica a pris sa retraite sportive l'an dernier. Elle anime désormais des émissions sur ESPN et suit son compagnon, Aaron Rodgers, le *Quaterback* des *Packers* de *Green Bay* dans la plupart de ses déplacements. Aujourd'hui elle approche de la quarantaine à pas de géant, elle pense peut-être à fonder une famille.

Elle était pour moi une véritable amie et son retrait de la compétition a été un crève-cœur. Nous restons en contact, bien sûr. Mais comme dit le proverbe, loin des yeux loin du cœur, alors ce n'est plus comme quand on se voyait tous les jours. Heureusement, il me reste Jenna.

Jenna Sörenberg. Épouse du grand Will Sörenberg, pilote déjà deux fois titré. Lorsque Danica faisait encore partie du circuit il n'était pas rare que nous passions des soirées toutes les trois, à refaire le monde en l'imaginant de façon très épurée, une version où les femmes domineraient les hommes de leur écrasante perfection. Quelle utopie, mais combien de fois avons-nous rigolé à nous en déglinguer les abdos ?!

Jenna est ce genre de nana qu'on aime avoir comme amie. Répondant toujours présente, à l'écoute quoi qu'il advienne, jamais moralisatrice, un sourire toujours vissé à ses lèvres... Elle sait me parler, elle sait comment me prendre, elle sait comment me brusquer, elle sait si elle va trop loin dans ses propos... Jenna et moi on se complète plutôt bien et je l'adore. Je ne sais pas vraiment ce que je ferais si je ne l'avais plus. À part Danica et elle, je n'ai jamais eu de véritables amies.

Il faut dire que j'ai passé mon temps sur les circuits derrière le cul de mon père. Mes meilleurs potes sont des mecs. Certaines de mes relations amicales, je le réalise aujourd'hui, étaient très certainement ambiguës. Mais je n'ai jamais passé beaucoup de temps dans les magasins avec les filles de mon âge, à faire du shopping, ou derrière un miroir à me maquiller, ou à retrouver d'autres filles pour parler du garçon qui nous plaisait...

Mais attention, ce n'est pas pour autant que je ne prends pas soin de moi et que je ne fais pas attention à mon look. Non. Mes cheveux bleus attestent de ce style un peu à part que je ressens le besoin d'arborer. J'aime être différente, me démarquer... C'est juste que le matin, je ne fais pas une priorité de l'allure que j'ai. Un peu de maquillage, oui, mais perdre deux heures de sommeil pour s'étaler du fond de teint et appliquer du mascara à outrance, très peu pour moi ! Alors je compte simplement sur mon rayonnement naturel ! Et pour l'instant à vingt-six ans je peux encore. On verra quand je commencerai à avoir des rides marquées partout sur la tronche. À ce moment-là, je reverrai peut-être ma position sur les artifices qui permettent de camoufler les stigmates d'une vie un peu trop trépidante ! Mais pour l'instant, j'avoue me reposer principalement sur les atouts que la nature m'a offerts. Je suis jolie, je le sais. Je vois les regards que les hommes me portent. J'en ai toujours eu conscience, je ne me suis jamais voilée la face sur la lubricité de certains coups d'œil jetés vers moi. Alors pour le moment, pas besoin de trop en faire.

J'arrive la première et je m'installe en attendant ma copine. Je commande déjà nos deux cafés, je sais ce qu'elle prend toujours et elle ne va pas tarder... Grand *Caramel Macchiato* avec une pointe de cannelle pour elle et café noir sans sucre pour moi.

Dès les premières secondes, Jenna devine que quelque chose m'ennuie :

— Putain, c'est quoi cette gueule que tu tires ?

Elle me connaît par cœur. Elle va certainement même en deviner bien plus que ce que je vais lui dire. Je me force à lui sourire en lui demandant :

— Hey, baby ! Tu vas bien ?

Elle me répond du tac au tac :

— Bah moi, ça va, mais toi, ça n'a pas l'air d'être la grande forme !

Je soupire lourdement :

— Jenna, j'ai besoin d'un conseil...

Elle affiche une mine presque inquiète :

— Je t'écoute, ma belle, je serais ravie de pouvoir t'aider.

— J'ai couché avec quelqu'un...

Elle fronce les sourcils, ne voyant certainement pas le problème :

— Et c'était si nul que ça pour que tu fasses cette tronche ? Finalement Paulson n'a pas la palme du plus mauvais coup ?

— Non, c'est pas ça... avoué-je tête baissée.

Puis elle semble soudain réfléchir, entortillant ses longs cheveux blonds autour de son index et capte :

— Mais attends... tu ne m'avais pas dit que t'avais rendez-vous avec un mec ? À moins que...

Je la coupe sans attendre :

— C'est parce qu'on n'avait pas rendez-vous… On a juste couché…

Et là, l'ouragan Jenna se déchaîne et je sais déjà que je vais difficilement le freiner :

— Putain, t'as couché avec Chesneau !

— Quoi ? Mais pourquoi tu penses à lui tout de suite ?

— Parce que ma grande, si j'étais à ta place, je ne me priverais pas de le faire !

— Mais enfin, tu sais très bien que j'ai dit que je voulais plus me taper de pilote !

Elle grimace et ne se démonte pas. Elle me donne son avis bien arrêté et cherche à gratter tout ce qu'elle peut pour tout savoir le plus vite possible :

— Vas-y, arrête avec tes principes pourris, si c'est juste pour coucher tu t'en fous de toute façon ? Alors, alors, alors ? Dis-moi ? C'est Chesneau ? Vas-y ! Dis-moi que c'est lui ! Laisse-moi vivre ça par procuration !

J'ouvre de grands yeux terrifiés alors que je prends conscience que mon amie n'est absolument pas surprise. Pire, elle s'attendait à ce que ça arrive ! Je tente alors une diversion, histoire de couper court à ses élucubrations qui finalement n'en sont plus :

— Jenna, putain arrête de fantasmer sur lui ! T'es mariée, bon sang !

— Mais je t'ai déjà dit plein de fois, c'est comme au restau ! Même si on bave sur tous les plats de la carte, ce n'est pas pour ça qu'on les goûte tous !

— T'es incorrigible !

— Ouais, je sais. Allez, vas-y, vends-moi du rêve ! C'était lui ?

Je baisse les yeux, honteuse, presque prise en faute d'avouer que j'ai fait ce que j'avais juré mordicus que je ne ferais plus :

— Oui c'était lui…

Jenna s'extasie et tout le bar se retourne à son cri :

— Oh putain ! Je le savais ! C'est génial ! Le feu et la glace, le volcan et la lave qui entrent en fusion…

J'aimerais qu'elle se calme, qu'elle soit plus discrète car tout le monde semble se demander de quoi nous parlons. Mais visiblement, elle ne retrouvera sa réserve que plus tard :

— Mais t'es complètement tarée ma pauvre !

— Je suis sûre que c'était géant ! Dis-moi que t'as pris ton pied comme jamais !

Voilà, c'est bien ce que je disais. On ne l'arrête plus !

— Putain, mais arrête, Jenna !

Bizarrement elle se tait enfin et me regarde du coin de l'œil alors je lui avoue enfin :

— Ouais… j'ai pris mon pied comme jamais…

Elle se remet à crier et déjà je regrette d'avoir dit ça. Je savais bien que ça relancerait le bourricot !

— Je le savais ! Ce mec le porte sur lui que c'est une bombe sexuelle, putain ! Oh là là, profite Cameron, éclate-toi !

Mais je ne peux m'empêcher de la ramener dans ma réalité :

— Attends, t'emballe pas, Jenna. C'est arrivé juste une fois, mais c'était la fois de trop ! Certes c'était cool… mais lui et moi on se voit tous les jours et on passe notre temps à s'engueuler. On a juste évacué notre rage avec un petit trempage de biscuit, c'est tout, ça s'arrête là ! Pas besoin d'en parler pendant des heures !

— Bah alors pourquoi on en parle, justement ? Et puis je ne vois pas pourquoi tu te prends la tête ! Peu importe que vous vous entendiez bien ou pas, si sur l'oreiller ça fonctionne !

— Je ne veux pas de ce genre de relation, j'suis pas une salope !

— Non mais c'est quoi ces clichés arriérés ? Y'a pas de mal à se faire du bien. On est en 2019. Tu peux te faire un type sans lui promettre le mariage non plus !

Je fais une moue désapprobatrice, mais j'argumente :

— Je sais tout ça, mais tu sais très bien ce que ça a donné chaque fois que j'ai essayé ! Regarde le fiasco avec Paulson !

C'était nul, j'ai pas du tout accroché. Pourtant ce n'est pas faute d'avoir tout tenté, tu le sais ! Et malgré tout ça, j'ai culpabilisé comme une malade et j'ai mis des jours avant de parvenir à rompre alors qu'on n'était même pas vraiment ensemble. Alors pour vivre la vie d'une fille libérée de 2019, on repassera !

— Ouais, ok... d'accord... C'est vrai que niveau cul, toi, tu ne vis pas vraiment avec ton temps... Finalement, toi, t'aurais dû naître au Moyen Âge ! Ou alors ce sont les restes d'une autre vie qui sont encore ancrés trop profondément en toi !

— Pfff t'es grave, quand tu t'y mets ! Sérieusement Jenna... Je sais que je devrais essayer de prendre certaines choses avec plus de légèreté, mais je n'y parviens pas... J'ai beau essayer, je n'arrive pas m'amuser sans me prendre la tête. Et puis moi mon problème c'est qu'au bout de deux jours avec un mec, je suis déjà capable de m'envisager mariée avec deux mouflets alors...

— Je ne désespère pas de réussir à te convaincre à un moment ou à un autre... D'ailleurs, Chesneau est le parfait spécimen pour t'entrainer à t'amuser sans arrière-pensée !

— Absolument pas... et il est bien là le problème ! Même si je parvenais à me libérer enfin, lui et moi, ce serait parfaitement impossible ! On ne peut pas se saquer, je te rappelle !

— C'est que tu ne dois pas le détester tant que ça !

— Grrr, j'ai envie de m'arracher les cheveux ! C'est pour ça que je voulais t'en parler mais visiblement toi, ton avis sur la question est déjà fait...

Ma copine arque un sourcil :

— Qu'est-ce qui te perturbe ma grande ? Dis-moi !

Je prends ma tête dans mes mains et je couine d'un ton plaintif :

— Je n'arrête pas de penser à lui, putain ! Et je voudrais que ça s'arrête, bon sang !

Jenna me remonte le moral :

— Vous êtes dans la merde, toi et ton petit cœur en chamallow... Surtout s'il t'a laissé un souvenir impérissable, je sens que t'es en passe de tomber amoureuse, toi !

Je savais bien que je pouvais compter sur son soutien sans faille (C'est ironique, hein !) et je tente de protester :

— Arrête tes conneries ! Je ne tombe pas amoureuse aussi facilement, non plus !

Ma copine fait la moue en guise de désapprobation :

— C'est pas toi qui chialais y'a deux secondes que tu te verrais mariée au bout du deuxième rancard ?

— Oui bah j'ai exagéré ce passage ! Je ne suis tombée amoureuse qu'une seule fois dans ma vie, je te rappelle !

— Ouais, et d'un connard en plus !

— Bah justement, ce n'est pas pour recommencer !

Mais Jenna relève :

— Chesneau n'est pas un connard ! C'est juste que vous avez du mal à communiquer tous les deux, mais ce type est cool, je t'assure !

J'écarquille les yeux et lui demande d'un ton plus sec que je ne le voulais :

— Qu'est-ce que t'en sais, toi d'abord ?

— Parce qu'il vient souvent discuter avec Will... et que moi aussi j'échange de temps en temps avec lui. Je vois également comment il se comporte avec les nanas qui lui tournent autour.

— Pfff, tu m'énerves, tu le kiffes de toute façon alors t'es forcément de son côté !

Heureusement, mon amie n'est pas du genre à se vexer et elle continue à essayer de me rassurer :

— Je ne suis pas de SON côté, je suis du tiens, toujours ! Et je ne vois pas pourquoi ils ne pourraient pas former un seul et même côté ?

Je lâche de nouveau le regard de Jenna et baisse la tête, une sensation de froid s'emparant soudain de ma poitrine :

— J'ai peur Jenna. J'ai été tellement déçue, tellement abusée, tellement malmenée... Je ne veux plus de relation sans lendemain… J'ai essayé mais c'est vraiment pas mon truc, je ne sais pas faire… Mais je ne sais pas si je pourrai un jour m'investir de nouveau vraiment, m'engager avec quelqu'un. Ce n'est peut-être pas Jules le problème, c'est moi.

Je relève les yeux et les plante tout droit dans ceux de mon amie, tandis que celle-ci me couve de son regard bienveillant et cherche à me remonter le moral :

— Alors puisque tu voulais un conseil, voici celui que je pourrais te donner : Prends ton temps, apprends à le connaître ce mec, pourquoi pas. Couche encore avec, si tu en as envie… Attends de voir ce dont lui a envie aussi. Et si c'est pas lui, ce sera certainement un autre, un peu plus tard…

Mais je me lamente encore et toujours, incapable à présent de trouver un point positif dans tout ça :

— Jenna, ça fait quatre ans que j'ai quitté Ty, tu ne trouves pas que j'ai assez pris mon temps comme ça ?

— Hey baby ! On trouve rarement l'homme de sa vie du premier coup ! Et tu n'as encore que vingt-six ans !

Mes pensées se court-circuitent et j'avoue à Jenna, bien que je doive évoquer des faits dont il m'est difficile de parler :

— L'accident de papa m'a fait réaliser tellement de choses… J'ai la sensation de perdre mon temps à attendre, comme ça, de croiser la bonne personne, celle qui aura envie des mêmes choses que moi. Je sais très exactement ce que je veux. Je veux vivre à 100 à l'heure, la vie est tellement courte que je ne veux pas gâcher un seul instant ! Et j'ai envie de partager tout ça avec quelqu'un qui veut la vivre aussi intensément que moi, tu comprends ?

— Alors je sais pas… Laisse-toi une chance avec le petit *Frenchy* ?

— Me laisser une chance avec un type que j'ai juste envie de tuer, ce n'est pas forcément le concept que j'attendais que tu me proposes. Mais je sais que tu as certainement raison. Je devrais en profiter pour m'amuser, me faire plaisir… mais je sais pas faire ça, moi ! Je me connais, bordel ! En fait je n'exagérais pas tant que ça. Je vais m'attacher en deux secondes si je couche régulièrement avec le même mec ! Regarde ! Je n'ai couché avec lui qu'une seule fois et j'ai déjà du mal à m'en remettre. Je me fatigue toute seule !

— C'est vrai que quand tu t'attaches, tu ne fais pas semblant, toi !

— J'suis complètement paumée, Jenna. Je sais que si je m'aventure dans une relation régulière, même si elle est censée être sans engagement, y'aura forcément un moment où j'en attendrai plus... Je n'ai pas envie d'être la seule à penser qu'un truc chouette puisse arriver et de me retrouver déçue parce que le mec, ce n'est pas ce qu'il souhaitait, tu comprends ?

— Évidemment, mais ça tu ne peux pas le savoir avant de commencer ! Tu ne peux pas déjà dire au type après votre première fois que toi, ton plus grand rêve c'est de te caser, sinon tu vas le faire fuir à coup sûr !

— Je sais... t'as raison... Pourtant il doit bien y avoir quelque part un type qui aura envie de ça aussi, avec moi ?

— Bien sûr ! Mais tu sais bien que les mecs souvent, faut pas les brusquer ! Révéler leurs sentiments ça s'avère souvent compliqué...

— Je ne sais pas s'il n'y a que pour les mecs que c'est dur ! Plus ça va, plus j'ai l'impression d'être moi aussi devenue comme ça...

— En tout cas, dis-toi bien que le grand amour, ça ne débute pas forcément sur un coup de foudre, parfois un amour profond et sincère ça prend du temps à se développer...

Je grimace :

— Et... tu crois qu'on peut avoir une sorte de coup de foudre pour quelqu'un mais le détester, en définitive ?

Mon amie louche dans une grimace qui se veut moqueuse :

— Oui, si l'intensité du courant électrique t'a grillé trois-quatre neurones au passage !

Elle ajoute, soudain d'une voix qui se veut plus douce :

— Es-tu certaine de vraiment le détester ?

Je cille, fronce les sourcils, faisant mine de chercher une réponse à cette question pourtant simple dont je n'ignore absolument pas la réponse. J'ai conscience de chercher à me voiler la face et de me protéger des signes avant-coureurs d'un désastre annoncé.

Jenna rit et cherche à relativiser :

— Bah au moins, le point positif dans tout ça, c'est que t'es guérie cet imbécile de Tyler !

J'acquiesce, mais j'affiche malgré tout une mine triste, bien malgré moi :

— Pour sûr je suis guérie de lui, mais il n'en reste pas moins que je traine les stigmates de ce qu'il m'a fait dans ma putain de carcasse. Je ne sais pas si je pourrai refaire confiance à un homme. Et Chesneau… Chesneau c'est typiquement le profil de mec qui a des dizaines de plans cul à portée de main. Pourquoi il se satisferait d'une seule, en l'occurrence moi, une espèce de connasse qui lui pourrit la vie, alors qu'il peut avoir tout un tas de poupées gonflables qui, elles, ne le font pas chier à longueur de temps ?

Jenna semble chercher une réponse satisfaisante, plaçant son index sous son menton et levant exagérément les yeux au ciel :

— La facilité avec une fille insipide, contre les emmerdements avec toi ? Hummm… Chesneau a l'air d'un mec qui aime prendre des risques, alors je ne sais pas…

Je m'arrache de nouveau les cheveux :

— Merde, Jenna je suis perdue… Pourquoi il ne nous a pas trouvé un moche, Del Valle ?

— Quoi ? T'as envie de te taper des moches, maintenant ?

Je crie à mon tour :

— Nooooonnnn !

— Bah alors !

Je pleurniche en me cachant le visage et j'avoue soudain, honteuse :

— Putain, je l'ai supplié de me baiser, Jenna... Et je lui ai demandé tel quel, sans détour ! Ça ne me ressemble tellement pas !

— Ah ouais, quand même !? Tu m'avais caché qu'il te faisait cet effet-là !?

— Bah, écoute, visiblement il a l'air de te faire le même !? Tenté-je pour détourner son attention.

— Hey, doucement ! Je suis une femme mariée et respectable, moi, je te signale !

Mon amie éclate de rire à nouveau et je me joins à elle.

— Tu vois, finalement tu n'étais pas si loin de la version de la femme moderne que je te suggérais de devenir ! Il ne te manque plus qu'à te débarrasser de ta culpabilité... ou d'endurcir encore la guimauve qui te sert de cœur, au choix !

Alors qu'elle tente de plaisanter, ses paroles ont finalement un tout autre effet. J'ai soudain honte de moi, de mon comportement, autant que j'ai peur de ce que je pourrais ressentir si je me laissais aller et je lui avoue :

— Au final je suis comme toutes les autres, j'ai cédé à une gueule d'ange et à l'appel de la chair. Je ne vaux pas mieux que toutes les pétasses que se tapait Tyler !

— Ne sois pas si dur avec toi-même...

Elle tente de me rassurer encore de longues minutes et finalement je parviens à me libérer un peu du poids que je traine depuis plusieurs jours et ça me fait du bien.

— Tu sais Cameron, refaire confiance à un homme, lâcher prise, retomber amoureuse... ce n'est pas perdre ton temps, te gâcher, t'effacer ou t'oublier... Il faut juste que tu sois patiente. Celui que tu attends existe, quelque part...

Heureusement que j'ai Jenna. Je savais bien que ça me soulagerait un peu de discuter de tout ça avec elle. Même si ce n'est en aucun cas un remède miracle qui va arranger toutes mes affaires en deux secondes, j'en ai bien conscience. Mais je repars de cette entrevue avec mon amie le cœur somme toute un peu plus léger qu'en arrivant.

Chapitre 13

I FEEL IT COMING

Long Pond, Pennsylvanie
Juin 2019

Jules

Cette semaine nous sommes sur le *Pocono Raceway*, en Pennsylvanie. Et le ciel est presque aussi gris que mon cœur. J'ai le sentiment que rien ne va.

Ça fait quinze jours que j'ai pris la place de Johnston et pour le moment on ne peut pas dire que je brille par mon pilotage en course. J'espère faire mieux ce week-end que les deux précédents, parce que sinon Del Valle va me remplacer, moi aussi.

Et puis, il n'y a pas que ça qui me mine, même si mes résultats devraient être mon unique préoccupation et la seule chose qui devrait importer... Mais ce n'est pas le cas, et je ne parviens pas à chasser de mon esprit certaines images...

Ça fait déjà quelques jours que ça s'est passé. Cette scène étrange, surréaliste entre Cameron et moi. Et depuis, c'est silence radio. Pire, elle m'évite, elle me fuit ! Pourtant je pensais qu'elle en avait dans le froc, cette fille ! Bien plus que la plupart des mecs, d'ailleurs. Mais visiblement je me suis complètement gouré. Elle n'assume pas du tout ce qui s'est passé dans son putain de bureau. Et je suis certain qu'elle croule sous la honte et les regrets. Pourtant j'entends encore ses paroles directives me quémandant d'y aller sans hésiter, me demandant d'aller encore plus loin, encore plus fort... Bordel !

Rien qu'à ce souvenir, un frisson me traverse des pieds à la tête.

Mais ce qui me fait le plus chier c'est ce manque de dialogue entre elle et moi depuis que c'est arrivé. Bon, ce n'est pas qu'on avait une relation épanouie où on prônait la discussion avant ça, soyons lucides… et ce n'est pas que je comptais que ce truc-là change tout comme par enchantement, non… mais partager un orgasme, ça aurait peut-être pu nous rapprocher un tout petit peu, non ? Donner un truc du style : « Salut Cameron, tu vas bien ? » « Ouais je vais nickel et toi ? »

Pfff, mais dans quel monde je vis, moi ?

La seule chose pour laquelle on s'est reparlé depuis, c'est pour aller au labo et nous communiquer le résultat de nos tests. Le pied ! Une vraie conversation des plus épanouies qui donnait un truc du genre :

— File-moi tes résultats que je regarde, je ne te fais pas confiance !

— Je te fais bien confiance, moi, quand tu me dis que tu prends un contraceptif !

— Donne-moi cette feuille et ferme là, c'est tout ce que je te demande !

Visiblement encore plus sur les nerfs que d'habitude, je crois qu'elle avait oublié le « connard » en fin de phrase… Pourtant même si nous sommes à présent tous les deux rassurés sur le fait que notre négligence n'aura pas de lourdes conséquences sur notre vie, j'ai besoin de faire le point sur tout ça parce que je sens bien qu'un malaise persiste. Sinon pourquoi chercherait-elle à m'éviter à tout prix ? D'ailleurs, elle tente tellement de ne pas me voir que j'ai entendu par inadvertance que cette semaine, elle ne dormait pas dans l'enceinte de la piste.

Non mais c'est quoi cette blague ? Elle dort où, au juste ? Et ça n'a l'air d'étonner personne, en plus, c'est ça le pire ! Bordel, c'est le trou du cul du monde ici, je ne suis même pas certain qu'il y ait un hôtel dans le coin, alors où est-ce qu'elle peut bien crécher ? Et puis quand même ! Ne pas dormir dans son *motor-home* juste pour être le plus loin possible de moi, ce n'est pas un peu exagéré ? Elle est complètement dans l'abus cette fille, sérieux ! Ou alors elle a un mec dans le coin et elle s'envoie en l'air tous les soirs, c'est pas possible ?!

Putain, Chesneau, tu psychotes ! Tu l'as déjà dans la peau, c'est malin, et la jalousie te pousse à t'imaginer des trucs de fou !

J'ai l'impression d'avoir fait quelque chose de terriblement mal, même si elle était consentante et qu'elle avait l'air d'en avoir autant envie que moi. Et ça instille d'autant plus chez moi une impression de mal-être.

Lundi, alors qu'elle discutait avec Brent, j'ai tenté une approche sans la brusquer :

— Est-ce qu'on peut discuter ?

Mais sans même un regard, elle m'a lancé un « Plus tard » et a tourné les talons sans se retourner.

Mardi, j'ai essayé de nouveau de l'approcher discrètement alors qu'elle était seule dans un coin de l'atelier :

— Cameron, j'aimerais beaucoup qu'on reparle de ce qui s'est passé…

Mais à cet instant, Chase lui a fait signe de venir et elle s'est éclipsée rapidement, presque pas désolée en me regardant à peine, une fois encore :

— Excuse-moi. On verra ça à un autre moment, si tu veux bien…

Et désormais, chaque fois qu'elle s'adresse à moi, son ton sec et tranchant vrille mes entrailles et lacère mon abdomen comme des dizaines de lames acérées.

Putain, t'es malin maintenant ! Il y a encore moins d'une semaine ça ne te faisait pas flipper de juste lui parler ! Et tu t'en foutais qu'elle te parle mal ! Limite tu en rêvais pour pouvoir mieux l'envoyer bouler ! Et voilà que maintenant que tu t'es fourré entre ses jambes, tout a changé…

Tout ça me perturbe et me ronge, et depuis le début de la semaine même mes chronos sont mauvais. J'ai l'impression de ne plus mériter ma place ici. Pourtant je n'ai pas grand-chose à faire à part appuyer sur la pédale d'accélérateur. Mais même ça je ne suis plus foutu de le faire correctement !

J'appelle ma mère qui devine immédiatement au son de ma voix que le moral n'est pas au beau fixe. Et, heureusement, elle sait comment faire pour le remonter, me racontant toujours les dernières sottises de mes deux énergumènes de nièces, par exemple. À chaque appel, elle a toujours quelque chose de drôle à me raconter à leur sujet, ce qui a au moins le mérite de me faire rire. J'ai aussi droit aux dernières maladresses de mon père, cet incroyable gaffeur en série. Cette fois-ci il a demandé à la voisine comment allait son mari… Sachant que ledit mari l'avait quittée il y a plusieurs mois, évidemment la question est mal passée, mais ça a énormément amusé maman, habituée aux bourdes incessantes de mon paternel. En bref, un moment agréable qui me remet un peu de baume au cœur et fait fonctionner mes zygomatiques, trop peu sollicités ces derniers temps.

Mais mercredi, je décide que la mascarade a assez duré et que Cameron n'échappera plus à cette discussion que nous devons avoir. Et alors que je la vois pénétrer dans son bureau, je la suis et m'y engouffre, fermant la porte à clé derrière moi pour qu'elle ne m'échappe pas, cette fois-ci.

Elle sursaute en entendant la porte se refermer et fronce déjà les sourcils en me voyant, alors que je n'attends pas davantage pour entrer dans le vif du sujet :

— Cameron, nous devons…

Elle me coupe sans attendre :

— Je sais, je sais, nous devons parler…

Elle soupire et se passe les mains sur le visage alors qu'elle pince les lèvres. Finalement, elle se décide à reprendre :

— Écoute… on a pris notre pied, c'était bien. Ce n'était pas mémorable non plus. On a fait une grosse connerie, ça aussi on le sait. Heureusement, maintenant on n'a plus à s'inquiéter d'avoir été aussi inconscients, alors on peut tourner la page ? On n'a pas besoin de s'étaler davantage sur le sujet, non ?

Mais je m'énerve immédiatement :

— Toi, tu n'as peut-être pas envie d'en rediscuter mais moi si !

Elle s'agace, comme elle sait si bien le faire. Qu'est-ce que je croyais ? Que la discussion allait être sympa et détendue ?

— Oh merde ! Écoute Chesneau, c'est quand même pas la première fois que tu sautes une gonzesse sans que ça devienne ta meuf ?

— Bah… si en fait…

Elle écarquille les yeux exagérément pour se moquer :

— Quoi ? Sérieux ? Moi qui te voyais comme un gros queutard, me serais-je trompée ?

J'étrécis les yeux tout en serrant les dents :

— Apparemment oui !

Bordel, mais c'est quoi cette tournure que notre conversation est encore en train de prendre ? On n'est pas censé essayer d'apaiser les tensions, là ? Mais si ça continue comme ça, dans deux secondes j'aurai encore envie de l'assassiner. Ou de l'embrasser. Au choix…

— Bon alors, je m'excuse si tu as cru qu'un acte comme celui-ci pourrait porter à conséquence entre nous !

La cocotte-minute qu'est devenu mon cerveau est complètement sous pression et je ne parviens plus à me contenir. Soudain j'explose :

— Mais t'es vraiment une belle salope, en fait !

À cet instant j'ai juste envie de la blesser comme elle me blesse. C'est vrai, je ne lui ai pas demandé qu'on se mette en couple, non plus, mais un peu de respect ça ne fait pas de mal ! Le pire c'est qu'elle me répond l'air de rien :

— Faut croire. Excuse-moi si tu as pu penser que j'étais une fille bien ! Maintenant tu m'excuseras, mais j'ai un truc à faire ! Allez à plus !

Elle se casse en me laissant planté là, encore une fois, complètement abasourdi.

Merde, je croyais qu'après cette discussion, tout aurait été mis à plat et qu'on pourrait repartir enfin du bon pied. Mais en fait c'est tout le contraire et c'est même encore pire qu'avant entre nous. Je fulmine. Il est hors de question pour moi de laisser les choses comme ça !

Je sors du bureau et je la cherche partout du regard. Ne la voyant pas, j'interroge tout le monde :

— Quelqu'un sait où est Cameron ?

— Mac ? Ouais elle vient de partir en ville !

Quoi ? Merde ! Hors de question qu'elle s'en tire aussi facilement !

Je mets trois plombes à trouver les clés d'une des voitures mises à dispo, et au passage je me renseigne sur celle qu'elle a prise. Bah oui, si je veux pouvoir la retrouver, faut quand même que je sache ce qu'elle conduit comme bagnole !

Je quitte l'enceinte du circuit à toute vitesse comme le pilote que je suis.

Là, Chesneau, il ne vaut mieux pas que tu croises la police parce qu'ici aux États-Unis, ils ne plaisantent pas avec les gros excès de vitesse. Manquerait plus que tu finisses en taule. Pour le coup, ta carrière pourrait s'arrêter prématurément !

Je suis la route qui mène en ville depuis plusieurs miles mais toujours personne à l'horizon. Pas un chat, pas un véhicule. Juste des pins à perte de vue et les Appalaches en toile de fond. Je désespère…

J'appuie davantage sur le champignon, malmenant quelque peu le moteur de la voiture de loc', oubliant un instant que ce n'est pas une voiture de course. Et puis ils saoulent ces Ricains à conduire que des boites auto. Ce n'est pas de la conduite, ça ! Je passe en séquentiel et je parviens malgré tout à faire hurler la machine. À défaut de hurler moi-même dans l'habitacle, la voiture le fait pour moi.

Soudain, je repère un gros 4x4 GMC au bout de la ligne droite bordée par cette interminable forêt. Et mon cœur bat un peu plus vite. J'espère juste que c'est elle…

J'accélère encore, jusqu'à rattraper le véhicule devant moi. Maintenant je lui colle aux basques mais bizarrement, j'ai comme l'impression que le conducteur tente de me semer, imprimant la certitude que c'est bien celle que je cherche.

Bon sang ! Si elle croit qu'elle va m'esquiver comme ça, elle se trompe complètement !

Nous traversons le centre de ce que je qualifierais de bourgade, comparé au gigantisme de ce que j'ai pu voir jusqu'à maintenant depuis mon arrivée aux États-Unis. Le bled est si petit que nous le traversons en deux minutes à peine. Même pas un feu pour nous arrêter ! Puis, à la sortie de la ville, la route se transforme en une série de lacets et le trajet prend des allures de course poursuite jusqu'à ce que le véhicule s'engouffre dans la forêt pour suivre un chemin.

Non mais, où est-ce qu'elle s'en va, là ? Pourquoi est-ce qu'elle s'enfonce bien profondément dans un bois ? C'est quoi son plan ? Se débarrasser de moi au fin fond de ce trou à rats ? Remarque y'a aucun témoin et personne ne sait où je suis parti réellement... Ce serait le crime parfait, l'endroit idéal, le moment rêvé... Après il ne lui resterait plus qu'à creuser un trou et on ne retrouverait jamais mon corps, c'est certain ! J'espère juste qu'elle sera combative parce que je ne compte pas me laisser faire comme ça !

Putain mais tu t'entends, mec ? Ton cerveau est complètement déglingué ! T'as trop regardé leurs putains de séries blindées de serial killers !

Enfin, ce qui me rassure c'est que dans ces fameuses séries, bien souvent on retrouve le meurtrier.

Après avoir roulé encore au moins un bon mile dans la fameuse forêt de l'horreur, je distingue enfin un peu plus loin ce qu'elle est venue chercher ici. Coupant court à mes pérégrinations au fin fond de l'État de Pennsylvanie, la voiture s'immobilise finalement devant un immense chalet. La maison est magnifique, et presque aussi énorme que pratiquement tout ce qu'on peut voir dans ce pays. Elle s'arrête au pied des marches qui conduisent à l'entrée, alors que toute la propriété est bordée par un grand balcon en faisant très probablement tout le tour…

Comme je l'avais supposé, Cameron descend du 4x4 furax, en claquant la portière :

— Putain, Chesneau, qu'est-ce que tu fous là ? Je rêve ou tu me suis, bordel ?

Je l'imite, tentant de faire encore plus de bruit pour lui montrer à quel point je suis en colère :

— Tu vas arrêter de te casser comme ça quand je te parle, bordel ?

— Putain, mais je t'ai dit ce que j'avais à te dire ! On avait terminé !

Je m'approche d'elle dangereusement, les poings et les mâchoires serrés :

— Toi t'avais terminé ! Pas moi !

— Qu'est-ce que tu pourrais bien avoir à me dire, encore ?

Nous sommes nez à nez. Je suis si proche d'elle que je peux sentir son souffle chaud sur ma bouche et… Merde ! Ça ravive chez moi le brasier qu'elle seule sait constamment allumer. Mais mince, je ne peux quand même pas lui dire ça ? D'ailleurs, qu'est-ce que je comptais lui dire d'autre ?

Je l'ai poursuivie instinctivement, pratiquement sans y réfléchir, parce que je ne supporte pas cette façon qu'elle a de me balancer sa sauce et de me planter ensuite sans que je puisse rétorquer quoi que ce soit. Je ne supporte pas qu'elle ait toujours le dernier mot. Par principe je ne veux pas la laisser gagner le combat. Mais en réalité, qu'est-ce que je voudrais lui dire ?

Que je l'aime bien, finalement ? Autant que je la déteste ? Que cette personnalité de garce qu'elle se traine m'excite à fond ? Qu'elle est si énigmatique que j'aimerais la découvrir davantage, que je ne rêve que d'une chose, c'est de découvrir ce qui se cache sous cette carapace d'enquiquineuse aux yeux envoûtants ?

Mais alors que je suis prêt à en découdre encore et que je tergiverse intérieurement sur ce que je vais bien pouvoir trouver à lui dire pour apaiser les tensions, nous sommes interrompus par une femme qui sort précipitamment du chalet. Elle se tapit dans une sorte de châle et, du haut des marches qui mènent à la maison, elle s'adresse à ma collègue :

— Tout va bien, Cameron ? Il y a un problème ?

La femme qui habite ici connaît Cameron. Première information que j'intègre. Elle a dû nous entendre crier et semble inquiète. Cameron la rassure immédiatement :

— Ça va, maman, ne t'inquiète pas, tout va bien.

Maman... J'observe davantage la femme et, effectivement, je trouve la ressemblance entre elles frappante. Je ne sais pas comment j'ai fait pour ne pas deviner... Grande, brune, menue, de grands yeux bleus et plutôt jolie... Si cette femme avait les cheveux bleus, ce serait sans doute son portrait craché en version un peu plus âgée... Elle est tout aussi magnifique que celle qui se tient face à moi.

— Tu connais ce garçon ?

— Oui, je le connais...

— Parfait ! Alors invite-le à dîner avec nous au lieu de lui crier dessus !

La mère de Cameron rentre chez elle sans plus attendre, et cette dernière me lance un regard chargé de flammes. Ces flammes qui attisent quelque chose d'indescriptible chez moi, celles qui me font me consumer de l'intérieur sans que je ne maîtrise quoi que ce soit.

— Putain, tu fais chier... Tu ne pouvais pas rester où t'étais ? J'avais pas forcément envie de me coltiner ta présence encore toute une soirée... Maintenant, si tu te casses, ma mère va me faire la morale !

À cet instant, je ne mesure pas encore que la soirée que je vais passer ici va tout changer. Tout ce que je vois c'est sa colère, habituelle. Je ne vois pas que son masque s'effrite, imperceptiblement...

Elle grimpe les marches qui mènent au chalet et je la suis sans piper mot. C'est à peine si je réalise que je vais passer ma soirée ici, avec celle qui ensorcelle mes nuits et m'empêche de trouver le sommeil lorsque j'ai le malheur de penser à elle… Lorsque nous passons le pas de la porte, j'observe un peu la pièce autour de moi mais Cameron crie déjà à l'attention de sa mère qui doit se trouver dans une autre pièce :

— Maman ! Je vais dire bonjour à papa !

Sans se retourner, elle avance dans cette grande maison et m'invite à la suivre :

— Viens, je vais te le présenter.

Nous traversons un immense salon, cosy, chaleureux. Évidemment comme dans tout chalet, le bois et les pierres apportent une sensation de chaleur à la décoration. De gros tapis duveteux sont disposés par terre un peu partout. Le canapé recouvert de gros coussins et de plaids est une invitation à s'avachir dedans pendant les longues soirées d'hiver.

Je repère la cuisine, où j'entends des bruits de casseroles. Nous pénétrons dans une gigantesque véranda, avec une vue sur un immense lac, niché au cœur de la forêt. L'eau est recouverte de centaines de nénuphars et j'ai soudain l'impression d'être dans un décor féérique. L'endroit est magnifique, époustouflant et je suis complètement subjugué par les lieux. Le constat est sans appel, je pourrais facilement passer toute une vie ici…

Mais à cet instant, ce qui tourne en boucle sous mon crâne, c'est que je vais rencontrer Joe Mc Intyre, une légende de la NASCAR… Bordel, ça me fout une pression de dingue !

J'avise immédiatement un homme, de dos, un peu plus loin, assis dans un fauteuil roulant, tourné vers le lac, les yeux probablement rivés à ce spectacle d'une beauté sans pareille. Cameron s'approche de lui, l'embrasse sur le front et lui dit simplement :

— Salut papa ! Je te présente Jules Chesneau, le nouveau pilote CD. Tu te rappelles, je t'en ai parlé… Il remplace Johnston…

Une pensée lourde de sens s'immisce dans ma tête et dans mon cœur. Elle a parlé de moi à son père... Je m'avance alors et je tente :

— Bonjour Monsieur Mc Intyre, je suis ravi de vous rencontrer enfin, j'ai tellement entendu parler de vous...

Cameron s'est assise sur un petit tabouret qui trônait là et elle est penchée vers lui. Je m'avance encore, tendant la main à l'ancien pilote... et je me retrouve alors face à lui. Je n'ai pas remarqué que l'ambiance avait changé, que Cameron avait laissé sa colère au placard et qu'elle couve à présent son père d'un regard doux et tendre. Jusqu'au moment où l'évidence me frappe de plein fouet...

Ma main tendue vers lui reste désespérément vide, il ne s'en saisit pas. Aucun « bonjour » ne fait écho à mes paroles, ni même à celles de sa fille. Joe Mc Intyre est là, devant ce lac, le regard dans le vide, prisonnier de son propre corps... enfermé à jamais dans une carcasse qui visiblement ne répond plus...

Je suis sous le choc. Je baisse lentement ma main tendue sans même le réaliser, et je me remémore tous ces articles que j'ai lus sur lui et sur son accident. Je me souviens soudain des mots de Cameron : « Ma mère n'a plus que moi... non il n'est pas mort »... Pourtant, là, face à moi, est-il encore vraiment vivant ? Certes il respire, certes il est présent, du moins physiquement, mais est-il réellement avec nous ?

Mes pensées tourbillonnent, s'entrechoquent, pour s'entremêler à un sentiment de mal-être persistant. Ma perception de Cameron est soudain différente, elle s'adoucit subrepticement et je darde sur elle un regard bien plus tendre que je ne le voudrais, alors qu'il y a encore cinq minutes à peine, j'avais envie de lui sauter à la gorge.

J'ai sous les yeux une jeune femme aux allures de petite fille. Douce, aimante, son assurance se fendille sous mon regard et son sourire prend une tout autre dimension. Alors qu'elle parle à son père, comme si de rien n'était, comme s'il était capable de s'intéresser à ce qu'elle dit, je lis dans ses yeux une tristesse que je n'avais jusqu'alors jamais surprise. Et en la voyant, là, comme ça, c'est comme si une lame acérée tailladait mes entrailles et mon cœur.

Je ne sais pas vraiment si c'est à cet instant que je comprends que je pourrais tomber amoureux d'elle. Ou peut-être est-ce déjà arrivé ce soir-là dans le bus ? Quand nos corps se sont percutés dans la nuit ? Ou quand nous avons baisé comme des sauvages il y a seulement quelques jours ? Peut-être le suis-je depuis le premier jour, depuis l'instant même où ses yeux et les miens se sont croisés, lorsqu'elle est descendue de cette voiture et qu'elle a ôté son casque ? Je ne sais pas exactement quand elle a ravi mon cœur, mais je comprends à ce moment très précis que désormais, même si mes sentiments ne sont jamais partagés, je suis prêt à lui appartenir corps et âme…

Chesneau, t'es dans la merde bonhomme ! Parce que j'ai comme l'impression que tu vas devoir t'armer de patience jusqu'à ce qu'elle soit dans de meilleures dispositions avec toi !

Tout à coup, alors que je suis plongé dans mes pensées, prostré à côté d'elle et de son père, elle se lève et me dit sur un ton presque enjoué :

— Je vais aider maman à la cuisine. Je vous laisse entre hommes !

Elle sourit doucement puis me prévient :

— N'en profite pas pour dire des trucs horribles sur moi ! Même si papa sera certainement d'accord avec toi sur mon sale caractère, ça reste mon père ! Il sera toujours de mon côté !

Elle me fait un rapide clin d'œil et tourne déjà les talons. Pourtant je l'entends me dire, alors qu'elle s'éloigne :

— Raconte-lui tes dernières performances, je suis certaine que ça le fera bien marrer !

Je reste là, avec cet homme recroquevillé dans son fauteuil, tandis qu'il semble plongé dans des pensées qu'il ne pourra plus jamais communiquer. J'ai subitement mal. Mal pour lui, mal pour sa famille. Je peux à peine me projeter dans la souffrance que ça doit être pour eux de l'avoir comme ça, à leurs côtés. Il est là sans l'être, il est vivant tout en ne l'étant plus tout à fait…

Et la seule chose que je trouve à faire, c'est lui parler, comme Cameron l'a fait il y a quelques minutes à peine, comme s'il était capable de me répondre. Pourtant, est-il seulement apte à m'entendre ? Les personnes dans le coma ont cet état de conscience qui perdure, alors peut-être qu'effectivement, je peux lui parler comme à n'importe qui d'autre, même s'il ne répond jamais…

Alors c'est ce que je fais. Je lui raconte un peu mon parcours. Je lui explique d'où je viens, comment je suis arrivé là, faisant les questions et les réponses… J'y mets de la joie et de l'entrain. Parce que, s'il est réellement encore ici, captif de son enveloppe charnelle, alors il a certainement besoin que les gens autour de lui soient gais. Nulle nécessité de le déprimer, le pauvre !

Cameron revient un petit quart d'heure plus tard :

— Le dîner est prêt !

J'ai le sourire aux lèvres alors que je raconte à Joseph Mc Intyre ma petite vengeance sur sa fille à coup de bonbons bleus, après l'histoire du sandwich bien trop épicé.

Dès son arrivée, celle-ci semble s'extasier :

— Eh bah voilà ! Je vous laisse dix minutes tous les deux, et vous vous entendez comme larrons en foire ! Je vous préviens, ne vous liguez pas contre moi parce que ça va pas le faire !

Je souris plus largement, emporté par l'ambiance détendue que Cameron tente d'instaurer malgré le côté dramatique de la situation. De toute façon, que leur reste-t-il, à part essayer de faire comme si de rien n'était ? De faire comme si tout était encore comme avant, alors que ça fait 6 ans qu'il est comme ça ?

Nous passons à table et là encore, je prends une claque. Alors que nous faisons face à un sauté de veau accompagné de purée et d'haricots verts, Cameron installe une sonde gastrique à son père et l'alimente patiemment d'une espèce de bouillie à l'air infâme qu'elle injecte dans le tube à l'aide d'une seringue. Et j'imagine que son alimentation n'est pas la seule chose à se passer ainsi... C'est un peu dégueulasse de penser à ça pendant que nous sommes à table, mais la réalité me percute de nouveau brutalement.

Une douleur lancinante me traverse la poitrine de part et d'autre, comme si des dizaines de lames me transperçaient alors que j'observe Cameron nourrir son père avec amour.

À table, nous parlons NASCAR, évidemment, mais il est aussi question des séances de kiné quotidiennes et de l'état de santé du père de Cameron. Je n'ose poser aucune question et je me contente d'écouter, poliment. La mère de Cameron, Moïra, m'a très vite mis à l'aise. Malgré le fait que son mari soit dans cet état à cause de ce sport, elle s'intéresse et ça me surprend, je l'avoue. Pourtant plusieurs fois, toute cette situation me met mal à l'aise. Et le temps s'étire alors que les discussions ont l'air presque normales autour de ce repas... Je pense alors à mes parents. Ils ne m'ont jamais autant manqué qu'à cet instant.

L'heure de partir a sonné et je prends congé de la mère de Cameron, tout en la remerciant de son hospitalité. Je ne manque pas de saluer son père également...

Cameron m'interpelle alors que je quitte le chalet :

— Attends, Jules, je te raccompagne à ta voiture !

Évidemment, cette nuit encore, elle reste dormir ici.

Nous descendons lentement les marches et lorsque nous atteignons ma voiture, elle ressent le besoin de m'expliquer à voix basse :

— Presque personne ne sait pour papa, alors...

Je la coupe immédiatement, comprenant très exactement là où elle veut en venir :

— Ne t'inquiète pas, je ne dirai rien...

Elle pince légèrement les lèvres et sans me regarder, un filet de voix en franchit encore la barrière :

— Merci...

Elle soupire puis se justifie presque pour me rassurer :

— Je vois peu mes parents, alors quand on est ici j'en profite... Mais je serai sur le circuit demain matin dès la première heure.

Une pensée qui me rassérène se glisse subitement en moi, vicieuse, réconfortante : Cameron ne cherchait pas seulement à m'éviter...

Puis les yeux baissés, elle ajoute simplement :

— J'aurais tellement voulu qu'il soit fier de moi.

Je passe un doigt sous son menton pour que ses yeux trouvent les miens et, lorsqu'ils s'y plantent, je la conforte d'une voix douce :

— Il l'est sans nul doute, même s'il ne peut pas te le dire...

Chapitre 14

HEAVY CROWN

Long Pond, Pennsylvanie
Juin 2019

Cameron

Mes yeux sont plantés dans ceux de Jules. Je bats des paupières rapidement, sous l'effet de ses paroles et de cette tendresse qui me surprend.

Sa proximité me trouble, pourtant je ne veux pas m'abandonner, je ne veux pas apprécier cette douceur dont il fait preuve. Parce que, quand on recommencera à se battre comme des chiffonniers, ça me fera trop mal de repenser que ce mec parvient à faire battre mon cœur comme personne n'a su le faire jusqu'à aujourd'hui. J'ai beau afficher dédain et désintérêt face à lui, même après ce qui s'est passé entre nous (Oui, je tente d'entrer dans la peau de cette fille qui sait s'éclater au lit avec un mec sans attendre quoi que ce soit derrière), en réalité je ne suis pas aussi détachée que je le laisse paraître. Seul le côté houleux de notre relation me permet de ne pas déjà commencer à me projeter trop loin et de façon totalement disproportionnée à ce stade de notre « rapprochement ».

Je pose doucement ma main sur son bras pour le repousser, sans geste brusque. Comme pour savourer son contact jusqu'au bout. Et je murmure tout bas :

— Tu devrais y aller, maintenant. Tu dois être en forme pour ce week-end…

Il acquiesce d'un léger mouvement de tête et me dit simplement :

— Merci de m'avoir laissé entrer dans l'intimité de ta famille…

Ses paroles semblent sincères. J'ai l'impression qu'il est touché. Même si rien de tout ça n'était prémédité. Il monte dans sa voiture et je le regarde s'éloigner, plantée dans l'allée le cœur serré. Pourtant je vais le revoir, je le sais. Nous serons ensemble dès demain. Mais cet après-midi, ici, nous étions comme dans une bulle, en dehors de la réalité. Et je sais déjà que nous ne serons plus jamais si proches que nous avons pu l'être aujourd'hui, enfermés dans la sphère de mes secrets. Là où je ne laisse jamais personne entrer.

Je débarrasse la table tandis que papa est devant la télé, puis je retrouve maman dans la cuisine. Elle est debout devant l'évier, s'évertuant à gratter une poêle sur laquelle le repas a un peu accroché. Dès qu'elle m'entend derrière elle, elle se retourne et entame le sujet qui, je le sais, lui brûle les lèvres depuis le début de la soirée.

— Ce garçon te dévore des yeux.

Mon cœur tressaute dans ma poitrine à l'évocation de Jules.

— Je sais maman.

— Il a l'air de te plaire aussi… qu'est-ce qui te retient ?

Je baisse la tête pour échapper à ce qu'elle pourrait lire dans mes yeux. Mais ma mère me connaît par cœur, alors je ne saurais lui mentir et je lui révèle ce qu'elle sait déjà :

— Il me plait beaucoup, oui… mais lui et moi ça ne pourra jamais coller…

— Pourquoi tu dis ça ?

— Nous sommes trop différents…

Je relève la tête et croise ses pupilles aussi bleues que les miennes tandis qu'elle arque déjà un sourcil :

— Ou peut-être trop identiques ?

Je soupire :

— Je n'en sais rien... Tout ce que je sais c'est qu'on n'arrive pas à se parler tous les deux, on est juste capables de s'engueuler ! Et ça, crois-moi, on le fait parfaitement bien !

Ma mère me conseille avec sa tendresse habituelle :

— Tu sais ma chérie, pour qu'un couple fonctionne, il faut que chacun soit prêt à faire des concessions.

— Je sais maman... mais est-ce qu'il est prêt à en faire ? Et surtout, est-ce que moi j'y suis prête ? Est-ce que je suis prête à me lancer dans une nouvelle histoire au risque d'être encore déçue ?

Cette nuit-là, une fois encore, je dors peu. Je suis sans cesse hantée par les images de ses mains sur moi et je revis chaque caresse comme si je l'avais sentie hier... Jules me plait, c'est indéniable. Il me plait tellement que je ne cherche même pas à le nier auprès de ma mère et que j'ai ressenti le besoin d'en parler à ma meilleure amie.

Je sais que maman et Jenna ont raison, que je pourrais mettre au placard mon sale caractère si je le voulais vraiment. Que je pourrais essayer de vivre quelque chose avec quelqu'un comme lui. Me libérer de ce carcan invisible que je me traine... À ne pas vouloir m'en séparer, je crains de m'avouer que, finalement, je me complais dans cette situation alors que pourtant je m'en plains continuellement. J'ai l'impression que jamais je ne parviendrai à avancer.

Ce connard de Tyler a marqué ma vie bien plus que je ne le voudrais. Et j'ai beau ne plus rien ressentir pour lui et me targuer d'être une femme forte, je n'arrive pas à me libérer complètement avec un mec, et je ne sais pas si je pourrai faire confiance à nouveau... Du coup je me freine toute seule et je m'enferme dans cette spirale de déception. Et à l'heure qu'il est, je ne sais pas comment faire pour en sortir.

Je suis sortie avec Ty pendant 6 ans. Six longues années. Les deux dernières, plus par dépit et par habitude que par présence de sentiments. J'ai réalisé bien trop tard que je ne l'aimais plus depuis longtemps... Mais après l'accident de papa j'avais besoin de quelqu'un, il me fallait un soutien, alors je ne me sentais pas la force de rompre. Je l'ai donc utilisé en quelque sorte. Mais je savais qu'il y trouvait également son compte. Ça faisait toujours mieux d'avoir une meuf officielle que de se trainer uniquement sa réputation de coureur.

Malgré tout, ce mec a compté pour moi. Sinon aujourd'hui je n'en serais pas là. Je serais parvenue à gommer mon chagrin avec un autre rapidement. Au lieu de ça, je ne parviens pas à passer outre le fait qu'il a été mon premier, et pour le moment mon unique amour et qu'il a fait n'importe quoi d'une si belle histoire que la nôtre. Enfin belle... avec le recul je me dis qu'elle aurait certainement pu l'être, s'il n'avait pas tout gâché pratiquement dès le départ, même si je ne l'ai su que bien plus tard...

J'ai menti pour être avec lui. Nous avons enfreint la loi pour être ensemble. Nous nous sommes cachés pendant deux longues années pour nous voir. Parce que j'avais 16 ans et que lui en avait alors 26. Déjà le scandale lui pendait au nez. Et je ne comprenais pas pourquoi papa ne l'appréciait pas plus que ça et qu'il me mettait constamment en garde contre lui, sans savoir que j'étais déjà dans son lit... J'ai déçu mon père pour lui. Et quand j'ai compris ce que papa avait toujours voulu me dire il était déjà trop tard. Tyler avait déjà trainé ma réputation dans la boue.

Alors certes, il y a toujours pire comme réputation que d'être la gamine trop vite séduite, puis la femme trompée... Mais j'ai persévéré bien trop longtemps pour que la presse n'en fasse pas ses choux gras. J'ai pardonné, attendu qu'il arrête. Espéré que son amour pour moi soit assez fort, suffisant pour qu'il se contente de moi et de moi seule... Mais ce n'est jamais arrivé.

Et aujourd'hui je souffre d'une carence de confiance envers toute la gent masculine. Déjà que même avant mes histoires avec Ty j'avais du mal à supporter certains comportements, maintenant c'est pire. Certains jours, si je le pouvais, je les écraserais tous, tous ces mecs avec leurs remarques sexistes ou leurs réflexions qui se veulent sympas sur les tenues qu'on arbore ! Non mais est-ce que, eux, entre gars, ils se complimentent tous les matins les uns les autres sur le t-shirt qu'ils portent ?

Lorsque j'arrive dans l'atelier le lendemain, je ne peux me retenir de chercher Jules du regard. Mais je repère rapidement que la voiture n'est pas dans le garage et j'entends le son si caractéristique du moteur qui vrombit sur la piste. Il tourne. Lui et d'autres pilotes sont déjà sur l'ovale.

Je rejoins Brent sur le bord du circuit alors qu'il chronomètre les tours et je demande :

— Alors ? Ça donne quoi ce matin ?

Brent me rassure :

— Il est bon. Excellent même ! S'il ne flippe pas pour la bagnole dans la meute, il peut faire un truc bien ce week-end.

— J'espère que ce sera le cas... Il a le potentiel pour ça, faut juste qu'il ait le déclic.

Brent tourne la tête vers moi en arquant un sourcil, surpris :

— Est-ce que tu lui as déjà dit ça, à lui ?

Tout aussi étonnée que lui, je plante mes yeux dans les siens, dans l'incompréhension la plus totale :

— C'est quoi cette question ?

— Il a besoin d'encouragements pour y arriver. Et je pense que les tiens seraient les bienvenus !

Je grince des dents :

— Putain, Brent, tu ne vas pas recommencer avec tes leçons de morale ?

— Tu veux que l'équipe cartonne ou pas ?

— Ouais, c'est bon, c'est bon... je m'arrangerai pour lui dire un truc sympa avant le départ !

Brent semble se détendre un peu puis me demande plus calmement :

— Comment vont tes parents ?

Ça fait six ans que papa est dans cet état végétatif permanent. Pratiquement personne ne sait qu'il est comme ça depuis son accident. Seuls quelques amis proches sont dans la confidence. Ainsi que Brent, Jenna, Tyler, et maintenant Jules… Officiellement il a pris sa retraite. Et lorsque ses anciens potes pilotes lui passent un coup de fil histoire de prendre de ses nouvelles, nous n'avons aucun mal à esquiver les conversations.

Papa est à la pêche… Il est occupé dans son garage à bricoler une voiture… il est parti en ville en oubliant son portable… Sa vie de retraité forcé est *overbookée* et, petit à petit, les appels ont fini par s'espacer…

Je réponds enfin, la gorge serrée :

— Comme d'habitude… maman est un roc, fidèle à elle-même. Et papa… c'est stationnaire.

Jules boucle encore plusieurs tours. J'ai comme le sentiment qu'on ne l'arrête plus. Ou peut-être que cette fois c'est lui qui me fuit. La révélation d'hier est peut-être trop lourde à porter pour lui, le secret trop dur à garder.

Pourtant, quand il descend de la voiture et que ses yeux croisent les miens, son regard sur moi est différent. Quelque chose entre nous a changé. Nous partageons désormais autre chose qu'un monceau de disputes et une partie de jambes en l'air…

La fin de la semaine et les préparatifs de la course se passent dans l'effervescence habituelle. Et sur les conseils de Brent, juste avant le départ, je vais toucher deux mots à Jules.

La voiture est toujours devant les stands, le moteur gronde déjà, prêt à partir se placer sur la ligne de départ. Lorsque je me penche à la fenêtre, Jules, qui ne s'attendait pas du tout à me voir débarquer, sursaute. Et, gênée de ma démarche, je ne traine pas plus que de raison. Je le motive comme je peux, cherchant mes mots :

— Bon… écoute… Tu as signé un des meilleurs chronos du week-end aux essais, alors… y'a pas à chier, ça va le faire ! Ça doit passer, putain ! J'ai confiance en toi, tu peux y arriver…

J'ai soudain l'impression qu'il tombe des nues. Sous son casque, ses yeux se fichent dans les miens, pourtant aucun son ne franchit ses lèvres que je ne peux pas voir, planquées sous cette coque de fibres de carbone. Heureusement peut-être, car je ne saurais certainement pas m'empêcher de les regarder...

J'ajoute simplement, avant de prendre mes jambes à mon cou et que lui ne dise quelque chose qui pourrait faire basculer ce moment dans une dispute et détruire sa concentration :

— Nique-les tous, ces bâtards !

Je me casse à toute vitesse et je me lamente sur mon sort :

Putain, Cameron, c'est quoi cette phrase d'encouragement à deux balles ?! Il va peut-être falloir que tu songes un jour à devenir polie...

Je regagne les stands en courant, alors que les voitures entrent enfin en piste pour le tour de chauffe. Je visse mes oreillettes, la radio sera à partir de maintenant notre meilleure et principale alliée pour conseiller Jules dans sa stratégie, et gérer le ravitaillement et les problèmes mécaniques pendant toute la course.

Elle n'a pas encore débuté, mais tout le monde est déjà à pied d'œuvre autour de moi, prêt pour son premier arrêt, les pneus parés à être dégainés, les visseuses armées pour surgir.

Le rugissement féroce des moteurs se diffuse déjà dans mes veines, dressant chacun des poils de mes avant-bras. L'adrénaline se distille en moi, j'en ressens les effets au plus profond de mes boyaux, comme si j'étais moi-même derrière le volant. Mon estomac se tord déjà de stress, comme à chaque course, et je sais qu'il ne se dénouera qu'une fois le dernier tour bouclé. Et surtout le pilote revenu entier, quel que soit le résultat de la course.

La peur se greffait déjà à mes entrailles quand papa roulait. Je la ressentais aussi pour Tyler, à l'époque où nous étions ensemble. J'ai appris à gérer cette inquiétude persistante, latente. Je l'ai toujours connue, je la maîtrise. Ce que je maîtrise moins en revanche, ce à quoi je ne parviens pas à me faire, c'est d'avoir peur pour un mec qui n'est pour moi qu'un simple collègue... à m'inquiéter pour lui au point que je pourrais rendre mon déjeuner, là, devant tout le monde.

Chapitre 15

TOO CLOSE

Long Pond, Pennsylvanie
Juin 2019

Jules

Les cris des spectateurs montent dans les tribunes, se muant pour moi en une sorte d'onde sonore quelque peu étrange, comme si un essaim d'abeilles stagnait à proximité de nous sans pour autant nous rejoindre. Les fans scandent des slogans, entonnent des chansons de leur cru pour encourager leur pilote favori, vivant l'évènement à fond par anticipation, alors qu'aucune voiture ne s'est encore élancée.

Mais moi je ne les entends déjà plus. Je suis dans ma bulle. La seule chose qui se glisse dans mon oreille et qui peut monter jusqu'à mon cerveau, c'est le bruit du moteur, pour l'instant encore au ralenti, et les paroles des membres du *team* manager. Pour ça, mon cerveau est clairement réceptif. Pour le reste, pour tout ce qui n'a pas attrait à la course, ma tête reste parfaitement hermétique, ma concentration reste la seule maîtresse de mes émotions, souveraine aux commandes de la moindre de mes réactions, à la tête de n'importe lequel de mes gestes.

Mes doigts sont crispés sur le volant et je sens une goutte de sueur perler sur mon front. Il fait une chaleur à crever et mon équipement, ajouté au stress et à la pression que je ressens juste avant le départ, ne m'aide pas à supporter la moiteur ambiante. Le temps se joue de nous depuis plusieurs jours, apportant son lot d'orages.

Cet après-midi il fait 82 Degrés Fahrenheit, ce qui équivaut à 28 degrés Celsius. Pourtant le ciel est gris, mais je me sens oppressé, comme sous une chape de plomb, et les nuages menacent de déverser leur humidité à tout moment. L'air est saturé d'odeurs d'essence, d'huile, et de tous ces effluves que j'affectionne particulièrement d'ordinaire.

Pourtant aujourd'hui ma poitrine est lestée par quelque chose que je ne sentais pas il y a quelques jours encore, et ma respiration se fait difficile. À mesure que l'heure avance, que le moment du départ se rapproche, mes pensées tournoient, lourdes et chargées de sens. Jamais jusqu'alors je n'ai pris le départ d'une course dans de telles dispositions mentales.

Ma rencontre avec le père de Cameron a tout bousculé et j'ai clairement basculé depuis lors. Ce serait mentir de dire que j'ai pris conscience des risques que j'encoure au volant de ma voiture il y a seulement deux jours. Non. La lumière ne vient pas de s'allumer. Mais j'ai eu comme un électrochoc. Un méchant rappel de ce qui peut m'arriver. C'est comme si à vivre tout ça de trop près tous les jours, à côtoyer le risque non-stop, je ne le voyais même plus. Je réalise que je prends le volant de cette voiture en toute insouciance, comme je conduis mon caddie au supermarché. Sans me souvenir que tout peut basculer en un instant, en une fraction de seconde.

Cameron est venue pour m'encourager juste avant que nous entrions en piste. Évidemment c'était des encouragements à sa façon. Rien de trop pompeux, rien de larmoyant, rien de trop exagéré ni de trop gentillet, surtout ! C'était plutôt un ramassis de bons sentiments déguisés en chapelet d'insultes. Complètement elle. Mais je n'aurais pas voulu autre chose. Rien qu'en repensant à son « *Nique-les tous, ces bâtards* » j'éclate encore de rire et des papillons s'envolent au creux de mon estomac.

Et au moment où je prends de la vitesse pour le tour de formation, je n'ai plus qu'une chose en tête : aujourd'hui, Cameron, je roule pour toi, et je roule pour ton père…

Ma voiture avale les tours sans que je les voie passer et j'évolue sur le circuit avec aisance, me faufilant entre les concurrents pour grappiller les places une à une. Je me sens bien, en confiance pour la suite des évènements. Je ne suis plus qu'à 6 voitures du pilote de tête et Brent m'abreuve de conseils et de consignes rassurantes, tandis que Cameron reste étrangement silencieuse.

Mais tout est certainement bien trop facile pour que ça puisse durer ainsi… Il faut bien qu'il y ait un grain de sable dans l'engrenage, ou un trou dans le carter d'huile comme on peut dire dans le jargon… sinon ce ne serait pas drôle. Et chacun sait qu'on mesure la valeur du vainqueur au lot de difficultés qu'il a surmontées et aux épreuves qu'il a eu à endurer…

Le ciel s'obscurcit tout à coup, donnant cette impression que la nuit va s'abattre sans préavis, et au loin, un violent orage semble soudain éclater et s'approcher dangereusement. On dirait que le vent va se lever. Mais seuls les éclairs se montrent tandis que Brent me prévient dans la radio :

— Chesneau, il risque de pleuvoir ! La course pourrait bien être arrêtée !

Je me remémore alors le règlement NASCAR. Bien différent de ce que nous connaissons dans la plupart des autres disciplines automobiles. Dans tout ce que j'ai connu jusqu'à présent, sauf cas exceptionnel, la pluie n'est pas un élément suffisant pour arrêter une épreuve. Pourtant, en stock-car, ce sont bien ces conditions qui s'appliquent. La course est momentanément reportée, et si les conditions ne s'améliorent pas et que plus de la moitié de l'épreuve a été courue, le résultat reste figé et est officialisé.

Mais cela reste à la marge. Le championnat NASCAR se passe sous des cieux cléments, dans des villes au climat chaud ou tout du moins à des périodes de l'année peu propices aux précipitations.

Bizarrement les deux voitures juste devant moi ralentissent très nettement. Brent me hurle dans les oreilles de faire attention alors que tout le monde autour de lui se tait. Des sueurs, froides cette fois-ci, me coulent dans le dos. Je suis tendu au possible. Mais j'en profite pour me glisser entre elles et ravir leurs places respectives, gommant l'avance du trio de tête.

Aucun des deux pilotes que je viens de dépasser n'a cherché à m'en empêcher. Malgré tout je n'ai pas gagné du terrain sans mal, car j'ai eu plusieurs fois l'impression que ma voiture allait décoller. À présent, je peux concéder que j'ai bien flippé au moment où je suis passé entre les deux, la peur de me retrouver pris en sandwich me tortillant seulement les boyaux maintenant, en mesurant le danger après coup.

Trois heures que nous roulons. Et il ne reste plus que trois tours à présent. Trois malheureux tours sur les cent soixante que comptait l'épreuve. Quatre cents miles. Et trois voitures encore devant moi… Je suis quatrième.

Je gomme de ma tête tout ce qui peut encore rester de réflexion et de lucidité pour ne plus devenir que célérité. J'appuie davantage sur l'accélérateur, jouant de mes pieds sur la pédale et agrippant le pommeau de la boite de vitesse pour changer les rapports et être le plus efficient possible.

La fin de la course me paraît soudain interminable. Je suis toujours à ma place de quatrième. La place du con. Celle dont personne ne veut. Celle juste à côté du podium, mais pas sur la boite. Celle où, lors de la remise des récompenses, tu n'as pas besoin de venir de toute façon, il n'y a rien pour toi. Toi tu regardes juste les autres, de loin, en te disant qu'il s'en est fallu de peu pour que tu sois dessus avec eux. Et tu pestes, tu rages, tu te demandes ce qu'il t'a manqué, tu t'interroges sur ce que tu aurais pu faire de plus pour dégommer ce poil de cul qui te gênait encore pour aller encore plus vite, encore plus haut, toujours plus loin…

Pourtant ma réflexion est débile et clairement motivée par la force de l'habitude, car en NASCAR seul le vainqueur est récompensé. Il n'y a pas de réel podium comme on le voit habituellement. Encore une différence avec d'autres disciplines de la course automobile. Alors deuxième, troisième, quatrième... peu importe niveau récompense, seuls les points sont finalement importants.

Mais aujourd'hui encore plus que les autres jours, je n'en veux pas de cette place-là. Je me suis promis que je donnerai tout. Pour Joe Mc Intyre. Pour Cameron...

Allez ! Bientôt plus que deux tours. Et bordel de merde (Cameron, sors de ce corps !) Je n'ai jamais autant flippé ! Mes yeux me brûlent tant la concentration dont j'ai besoin les tiraille après plus de trois heures passées à tourner. Et le temps qui semble s'être soudain arrêté me flingue.

Soudain, la voiture devant moi glisse et manque de valser dans le décor. Pourtant le pilote parvient à la garder sur la piste. Mais je me saisis de cette opportunité pour tenter un dépassement.

Je n'entends même pas le tonnerre gronder, tout ce que j'entends, c'est cette petite voix qui me dit que peut-être s'il a glissé, c'est que ses pneus sont davantage usés que les miens et que ça pourrait jouer en ma faveur ? Peut-être que c'est le moment pour moi ? On ne sait jamais, je dois tout tenter, c'est maintenant ou jamais !

Je crois que Brent hurle dans mes oreilles mais je n'entends rien, tant le bruit du tonnerre gronde dans l'habitacle, presque plus fort que le bruit du moteur et cogne dans mes tempes. J'accélère encore et, l'espace d'un instant, je distingue que mon capot passe devant celui de l'autre voiture. Mais je ne parviens pas à la distancer pour de bon, je reste désespérément à ses côtés alors que j'entends toujours les cris de mon mécano dans la radio. Nous entrons dans le dernier tour...

Plus qu'un seul tour, je peux encore y arriver. J'ai encore deux miles et demi, quatre kilomètres pour y arriver !

Je suis soudain aux prises avec une fatigue nerveuse qui se répercute au plus profond de mes entrailles. J'ai la boule au ventre comme jamais. Je crois que si ça continue je vais me gerber dessus avant la fin de la course. Je me fais honte, je ne suis qu'un merdeux incapable de gérer ses émotions. Un petit coup de pression et hop ! Plus personne !

Soudain des pluies torrentielles s'abattent brutalement sur l'ovale du *Pocono Raceway*, malmenant clairement les voitures. Le drapeau rouge se hisse, indiquant l'arrêt de la course, à un tour seulement de la fin. Je suis dégoûté... Les conditions météorologiques, soudain catastrophiques font appel à un pilotage expert pour ramener les voitures au stand. Le bruit assourdissant de la pluie qui se déverse, dru sur le pare-brise, envahit l'habitacle et les essuie-glace peinent à dégager ma visibilité. Ce son me pète le crâne et vrille mes tympans.

Merde, j'y étais presque... il me restait un tour...

Je rentre au stand la mort dans l'âme, avec un immense poids sur la poitrine. J'ai failli à cette promesse que je m'étais faite. J'aurais tellement aimé pouvoir dédier cette course au père de Cameron...

Je me gare devant les membres de ma *team*, tous trempés jusqu'aux os, et je sors sans motivation et exténué de la bagnole. Pourtant je ne comprends rien. Ils ont tous le sourire aux lèvres et dès que je pose le pied par terre, tous me sautent dessus en me félicitant et déjà, je me retrouve hissé sur les épaules de techniciens qui me font bondir.

Je cherche les regards de Brent, de Cameron ou de Chase autour de moi et d'un seul coup je comprends... Les quelques centimètres que j'ai pris à la voiture devant moi ont suffi, car c'est pile à ce moment-là que nous avons franchi la ligne de l'avant-dernier tour. Celui qui scelle le résultat puisque le dernier tour ne sera jamais couru. Sous le déluge je ne l'ai même pas réalisé, mais je ne suis pas quatrième mais troisième !

J'ai réussi ce pari fou ! J'y croyais et je l'ai fait ! Je demande à ce qu'on me repose à terre. Je tombe sur Chase, qui me gratifie d'une franche accolade et de son loyal sourire... Et moi, je peine encore à réaliser, je suis complètement éberlué, hors du temps. Je trouve enfin Brent qui me félicite et m'explique qu'il me hurlait dans la radio de faire attention mais que j'y étais... Je n'ai rien entendu de tout ça. Puis dans l'allégresse générale, me retrouvant tour à tour dans les bras de tout le monde pour les félicitations de rigueur, j'enserre soudain un tout petit corps, tout contre moi...

Je ne réalise pas tout de suite que c'est elle, parce qu'il faut dire que je subis du « câlin » à tour de bras, depuis que je suis descendu de ma caisse, et que j'ai à peine l'occasion de voir qui m'attrape. Mais quand son doux parfum vanillé arrive jusqu'à mes narines, m'envoûtant et me ramenant au souvenir de notre étreinte passionnée sur son bureau, la sensation de bien-être que j'éprouve est indescriptible. À cet instant, je n'entends plus rien ni personne autour. Le temps s'arrête, avec elle nichée au creux de mes bras...

Pourtant je n'ai pas le temps de savourer le moment. Déjà elle s'écarte vivement, comme brûlée, et ses deux billes bleues aux reflets céruléens me scrutent. D'autres bras m'enserrent, m'entraînant de nouveau dans le tourbillon de joie que toute l'équipe laisse éclater, mais la seule étreinte que je retiens c'est la sienne. Les seuls bras dans lesquels j'aurais aimé rester, ce sont ceux de mon ange bleu...

La suite de la journée se passe tout aussi vite que cette fichue course, entre les interviews et tous les gens que je croise et qui m'abreuvent de félicitations pour ma performance, et je ne recroise plus le regard de celle qui me fait vibrer, à mon plus grand désespoir. Cette joie-là, indescriptible, c'est avec elle que j'ai envie de la partager. Le soleil fait son retour après l'orage, comme si de rien n'était, radieux. Mais, pour moi, le soleil ne peut venir que d'ailleurs. Et alors que le temps s'étire, faisant de cette journée la plus longue de toute mon existence, j'attends le moment de pouvoir la retrouver.

Je trouve un bref instant pour appeler mes parents qui étaient devant la télé. La fierté dans leur voix me booste encore davantage pour la suite, et j'ai enfin ce sentiment qu'ils n'ont pas fait tous ces sacrifices pour rien. J'espère que ce n'est encore que le début d'une longue série de résultats, peut-être même prochainement meilleurs.

Puis d'un coup, plus rien. Plus personne. Le calme autour de moi. Je me retrouve seul face à moi-même, face aux souvenirs des évènements de cette journée et le contraste avec ce tourbillon des heures précédentes me saisit... Mais je n'attendais que ça.

Je m'arrange pour récupérer un magnum de champ' et cours jusqu'au bus de Cameron, la bouteille à la main, la secouant en tous sens au passage. Quand j'arrive à la porte je frappe comme un taré et Brent vient m'ouvrir presque immédiatement. À peine essoufflé, sous les effets de l'adrénaline encore bouillonnante dans mes veines, je lui demande simplement :

— Excuse-moi de t'ennuyer... Cameron est là ?

J'ai l'air d'un con, je le sais. Je suis certain que ça se voit sur ma gueule que je désespère de la retrouver. Je dois avoir l'air du type qui adore se faire du mal, à chercher ainsi mon petit bourreau aux cheveux bleus. Mais Brent ne met pas fin à mon calvaire pour autant :

— Désolé, gamin, elle n'est pas là. Mais tu devrais peut-être retourner au garage, elle aime bien y rester quand les lieux sont désertés...

Je me souviens alors de ses paroles : « J'adore ça, rester ici quand il n'y a plus personne... »

Je remercie Brent et file tout aussi vite que je suis arrivé dans l'autre sens, reprenant le chemin des stands le cœur battant comme un ado qui se rend à son premier rancard avec cette fille qu'il a mis si longtemps à oser inviter.

Cheneau, t'as vingt-cinq ans, mec ! Tu fais pitié !

Quand j'arrive enfin dans l'atelier et que je la distingue, là, dans la pénombre, appuyée à la calandre de la voiture, moulée dans un jean bleu et son célèbre marcel qu'on croirait cousu sur elle, mon cœur s'arrête. Juste la vision de cette fille est pratiquement capable de me tuer.

D'ailleurs, elle n'a aucune conscience de l'effet qu'elle me fait, mais si elle continue comme ça, à malmener ainsi ce petit muscle blotti au creux de ma poitrine, alors que je pose juste mes yeux sur elle, je ne vais pas passer l'année, c'est certain.

Je réprime un frisson d'envie et je m'avance vers elle lentement, un léger sourire aux lèvres. Elle ne m'a pas encore vu, il n'y a que quelques spots allumés et je m'attends à me faire insulter d'une minute à l'autre si je la surprends. Autant que je m'y prépare, les attaques pourraient fuser.

Je m'approche encore, petit à petit, et soudain son regard s'ancre au mien, comme si nos yeux n'étaient que deux aimants destinés à se retrouver invariablement. Mon souffle se fait plus court à mesure que les pensées se bousculent dans ma tête et que mon corps réagit déjà à sa proximité.

Et maintenant, Chesneau ? Qu'est-ce que tu fais ?

Chapitre 16

WE GOT LOVE

Long Pond, Pennsylvanie
Juin 2019

Cameron

Appuyée à la calandre de la voiture encore chaude, je me remémore cette journée de folie. Jules nous a enfin décroché une place de choix, la place que mérite notre équipe. Un podium. Certes pas la première place, mais il est allé le chercher au prix d'une course difficile et mémorable. Et, pour moi, le reste n'est qu'une question de temps. Il parviendra un jour à décrocher la place ultime, je n'ai aucun doute là-dessus.

N'oublions pas qu'il débute dans la discipline. La NASCAR, c'est loin d'être la même chose que ce qu'il avait l'habitude de pratiquer chez lui, en France. Et le vainqueur du jour, Kyle Bush, est loin d'être un guignol de foire.

Jules...

Sa stupeur lorsqu'il est descendu de la voiture m'a émue comme je ne saurais me l'expliquer. Puis son sourire, quand il a enfin réalisé qu'il avait franchi la ligne à la troisième place, m'aurait presque arraché des larmes de joie. Mais je les ai réprimées car je ne voulais surtout pas qu'il sache à quel point son bonheur m'importait à cet instant précis.

Toutefois, ce que je ne suis pas parvenue à retenir, c'est l'envolée de papillons dans mon estomac lorsqu'il m'a pris dans ses bras. Mon ventre s'est soulevé et cette étreinte qu'il n'a pas réussi à contenir nous a finalement gênés tous les deux.

Pourtant ce moment ressemblait à toutes les accolades qu'il se donnait avec les autres membres de l'équipe... Sauf que pour moi, secrètement, elle a eu un effet bien plus important que ce que j'escomptais.

Le souvenir de cet instant magique me fait quelque chose, bien au-delà de ce que j'aimerais, et, seule dans cet atelier, je cherche à chasser ces pensées incontrôlables qui convergent toutes vers lui, bien que j'aimerais pouvoir ignorer ce feu qu'il déclenche en moi.

J'entends soudain des bruits de pas qui s'approchent lentement et j'avoue que ça me fait légèrement flipper sur le coup. Je me rassure en me disant que c'est sans doute Dan, le vigile qui fait sa ronde, bien que je trouve qu'il soit encore tôt.

Puis une voix. Cette voix rauque que je reconnais maintenant entre mille. Cette voix qui allume toujours un brasier ardent au creux de mon ventre :

— Je savais que je te trouverais ici...

Jules...

Je sursaute et me sens obligée d'employer un ton agressif, comme pour me protéger des pensées que j'avais encore il y a à peine dix secondes :

— Tu n'es pas parti faire la fête avec tes potes et une horde de gonzesses accrochée à toi ?

Et sa voix se fait encore un peu plus basse, presque murmure :

— La seule gonzesse avec qui j'ai envie de faire la fête ce soir, c'est celle qui a fait que tout ça soit possible...

BOUM BOUM... BOUM BOUM...

Il a vraiment dit ça ? Il préfère être avec moi qu'avec les autres ? Ne te fais pas de film Cameron, c'est professionnel, tout ça bien sûr...

Il louvoie dans l'obscurité à peine trahie par les quelques ampoules qui illuminent toujours les lieux, s'approche de moi tel un loup narguant sa proie. Mais je réalise qu'à cet instant, j'aimerais être celle qu'il chasse, qu'il convoite. Sous le sceau de la peur, je sens une goutte de sueur me parcourir l'échine, et descendre lentement ma colonne. Mais ce qui me fait peur, ce n'est pas qu'il s'approche… c'est au contraire d'en avoir si envie que je pourrais en crever s'il ne le faisait pas.

Ma respiration s'accélère et ma cage thoracique peine à se soulever. Mon désir de lui est déjà si lourd, tellement pesant. J'ai soudain le sentiment que ce que je ressens est bien trop difficile à porter… Je ne fais pas un geste, incapable de prononcer le moindre mot sous le flot de pensées qui se percutent silencieusement dans ma tête.

Jules se plante devant moi et ses yeux s'ancrent aux miens dans la pénombre du garage. Seuls quelques spots sont restés allumés, conférant presque à l'endroit un contexte intime.

Putain Cameron, tu délires là. Nous sommes juste dans un atelier, en compagnie d'une bagnole de NASCAR, à quelques heures seulement de la fin d'une course d'anthologie…

J'avise une bouteille de champagne dans sa main et sa voix brise soudain le silence qui vient de s'installer entre nous, alors que nous nous regardons sans mot dire depuis plusieurs secondes.

Subitement, tout en se rapprochant toujours plus dangereusement, il débouche le magnum. Sauf qu'il est bien trop près pour que cela n'ait aucune conséquence et je me retrouve éclaboussée de partout par le liquide mousseux qui gicle allègrement de la bouteille.

Sans surprise, ma réaction est d'une vivacité et d'une grossièreté peu étonnante pour celui qui me connaît :

— Putain mais t'es con ou quoi ? Je suis trempée maintenant ! Et en plus je vais être toute collante avec cette merde !

Je commence à tirer comme une perdue sur mon marcel, luttant contre la désagréable sensation du tissu qui adhère à ma peau à outrance et je sens déjà que, quand l'alcool va sécher, ça va être le carnage. Jules est là, face à moi, moulé dans un jean et un t-shirt noir, arborant un sourire mutin et espiègle alors que, moi, j'ai juste envie de le tuer et surtout d'aller me doucher.

177

J'ai toujours détesté ce moment après la victoire où les pilotes arrosent la foule de leur crémant. Même si cette odeur de vinasse est à associer à un moment de joie et d'allégresse, me retrouver dans cet état ne me fait pas du tout triper. Fêter la victoire, ok, mais pas dans n'importe quelle condition ! Le champagne, c'est dans ma bouche que je le préfère, pas sur mes vêtements !

Mais je n'ai pas plus l'occasion de protester, car au moment où j'ouvre ma goule pour pousser une petite gueulante supplémentaire, Jules se colle à moi, me paralysant de surprise. Je sens déjà son désir poindre tout contre moi et je reste sans voix alors qu'une boule s'est formée dans ma gorge, ma propre envie de lui m'étouffant bien plus que je ne le voudrais. Il pose la bouteille de champagne au sol et se redresse rapidement.

Je reste incapable de prononcer la moindre parole. Ce qui pour moi est un véritable exploit. Ce mec parvient à me couper la chique pratiquement sans rien faire, juste en me regardant dans les yeux. Je ne respire plus, trop accaparée par la vision de ses lèvres si proches des miennes, et je les vois s'entrouvrir pour me dire tout bas :

— T'as raison, ce n'est vraiment pas bon de rester avec des vêtements mouillés…

Je reste figée. Mon souffle se coupe de surprise et d'anticipation alors que ses mains se glissent sous mon t-shirt pour me le retirer. Un frisson me parcourt alors que le tissu se détache de ma peau, laissant s'exprimer l'envie brute que j'ai de lui, la chaleur de mon corps en pleine contradiction avec la température de la pièce. Et je le laisse faire, alors que mes yeux naviguent de sa bouche à ses iris brillant de lubricité.

Son pouce trace lentement le contour de mes lèvres puis me laisse sans préavis, un peu trop vite à mon goût alors que je suis déjà pantelante, face à lui. Il enserre alors ma taille de ses mains puissantes et m'assoit sur le capot de la voiture. Je retiens un hoquet de stupeur tandis qu'il me dévore des yeux, arborant toujours ce sourire obsédant.

Il m'allonge complètement. Le moteur, certainement encore brûlant, diffuse sa chaleur sous mon dos nu. Mais cette pensée me quitte au moment où Jules fourre sa tête entre mes seins, libérant ma poitrine du tissu qui la retient encore. Il lèche ma peau, se délectant de la saveur du liquide doré, érigeant la pointe de mes seins en réaction aux caresses de sa langue. Un gémissement que je ne parviens pas à retenir franchit ma gorge, et je me cambre automatiquement sous la pression de ses doigts plantés au creux de mes reins.

Soudain, sa langue quitte ma peau, me laissant en manque, avide de son contact et il relève la tête vers moi pour planter ses yeux noisette dans les miens. Sa voix m'interpelle, suave et sexy :

— Je crois qu'il n'y a pas de meilleure façon d'arroser ça...

Il reprend la bouteille qu'il avait déposée par terre et avant que j'aie le temps de dire quoi que ce soit, d'émettre une quelconque protestation, il m'inonde encore du liquide alcoolisé, vidant la bouteille sur mon corps déjà en manque du sien. Ses yeux ne me lâchent plus et déjà, j'attends qu'il revienne sur moi, avare de son toucher.

Mais il a visiblement décidé de jouer avec mes nerfs et à cet instant précis, je crois que notre désir mutuel envahit la pièce. Il absorbe même tout l'oxygène disponible et je suis comme étreinte par une impression de suffoquer. Il retire lentement ses propres vêtements, puis mes baskets rejoignent le tout sur le sol lui aussi inondé de son délire festif. Jules semble éprouver quelques difficultés à faire descendre mon pantalon, visiblement fusionné à mes jambes comme une seconde peau et je choisis de m'en amuser, alors qu'au fond de moi j'aimerais déjà ne plus rien porter.

Tu t'es pris à ton propre jeu... mais dépêche-toi s'il te plait, je n'en peux plus d'attendre !

Je le reluque sans complexe, mate son torse musclé, son sexe que je devine tendu au possible dans ce caleçon dont il ne s'est toujours pas débarrassé, tandis qu'il en arrive enfin à ce moment où il va retirer tout ce qu'il me reste et tomber ma petite culotte. Ma respiration s'hachure encore un peu plus au moment où ses doigts passent sous la dentelle pour la faire descendre. Et je l'entends murmurer dans un souffle :

— Et ces putains de sous-vêtements méritaient bien qu'on leur fasse la fête à eux aussi !

Je sens mon cœur palpiter jusque dans mon entrejambe pourtant je ne peux m'empêcher de relever :

— Jules… On a déjà déconné une fois. On a dit que ça ne devait pas se reproduire, qu'on ne commettrait pas deux fois cette erreur, tu te souviens ?

—J'ai pris une capote cette fois, plaisante-t-il.

—Je ne parle pas de ça ! Même si ça aussi c'était une boulette monumentale.

Il arque un sourcil et ses billes plantées dans les miennes, il me glisse tout bas un peu plus sérieusement :

— Toi t'as dit ça… moi j'ai juste acquiescé…

— Et sinon, dis-moi, tenté-je désespérément pour essayer de me sortir de ce guêpier, tu as pris un préservatif avant de venir parce que tu penses que j'en aurais forcément envie ? Que ton charme est si irrésistible que je ne parviendrais pas à te résister ?

— Non mais… dis-moi que tu n'en as pas envie, dans ce cas… C'est aussi simple que ça, je t'assure.

Je déglutis avec peine tandis qu'il marque une pause puis reprend, me mettant au défi :

— Dis-moi non tout de suite… Demande-moi d'arrêter, là, maintenant, si c'est vraiment ce que tu souhaites et je le ferai.

Ma gorge se serre, parce que j'ai parfaitement conscience de n'en avoir absolument aucune envie. Je sais déjà que je vais finir par rendre les armes. Soyons lucides, je suis déjà nue… Jules parvient à défoncer presque sans mal les murailles que j'avais érigées autour de mon cœur. Je sens ses battements anarchiques jusque dans mon entrejambe et les muscles de mon ventre se contractent déjà si fort de désir que c'en est affreusement douloureux. Et évidemment, aucun mot ne franchit la barrière de mes lèvres. Surtout pas un mot qui pourrait lui suggérer que je voudrais que ça s'arrête.

— N'y songe même pas…

Visiblement trop heureux de m'obéir, il laisse ses doigts descendre fébrilement sur ma gorge, ses dents aguicher les bouts sensibles de mes tétons, mais il s'évertue à embrasser seulement des parties de moi bien trop loin de mon visage… Il délaisse ma bouche pour se cantonner à déposer des baisers uniquement sur ma poitrine, sur mon ventre, tandis que ses lèvres n'ont pas encore trouvé le chemin des miennes alors que je n'attends que ça, que j'en meurs presque d'envie.

Et comme une idiote, je ne parviens pas à me retenir de quémander :

— Embrasse-moi, Jules…

Son prénom sur mes lèvres n'est qu'un souffle chaud et j'ai honte d'avoir réclamé, mon ton se faisant presque suppliant. Mais j'ai besoin de ça. Parce que pour moi un baiser veut dire tellement de choses, même si pour lui cet acte ne sera certainement rien de plus que tout le reste dans le coït qui suivra…

Pourtant, alors que je pense qu'il va capturer mes lèvres avec rage, les dévorer comme la dernière fois, il ancre ses yeux aux miens puis s'approche avec une douceur qui m'étonne, prenant enfin ma bouche d'assaut avec une lenteur infinie. Sa langue trouve la mienne délicatement et la caresse presque tendrement. Son baiser est si agréable que j'en lâche une nouvelle complainte.

J'arrime mes yeux aux siens et je glisse ma main entre nous, la passant à l'intérieur de son caleçon pour le caresser enfin. Je lui arrache un gémissement rauque de plaisir mais je ne tiens plus, j'ai besoin de le sentir en moi tout de suite.

—Viens, maintenant, lui soufflé-je haletante.

Il s'écarte pour baisser complètement son caleçon et enfiler rapidement le préservatif, et tandis qu'il revient sur moi, avec une impatience tout juste contenue, je le guide vers l'entrée de mon temple, ma respiration chaotique ne parvenant plus du tout à se réguler. Cette attente me tue mais je pense qu'il le comprend, ou qu'il est aussi pressé que moi d'aller plus loin. Il donne un premier coup de reins, puis un second, puis un autre, doucement, lentement, et ses prunelles assombries se voilent davantage alors qu'il me pénètre enfin. D'abord en partie, puis jusqu'à la garde. Et je pourrais mourir de le sentir en moi …

Un vertige s'empare de moi et me fait chavirer lentement, alors qu'il comble le vide intersidéral que je ressens depuis si longtemps. Et il m'emplit complètement, encore et encore. Inlassablement. Ma tête bascule en arrière et je perds mon souffle sous ses caresses. Il imprime ses doigts sur mes hanches, je tatoue mes dents sur ses lèvres, m'agrippant à ses épaules avec force, mes ongles plantés tels des griffes dans sa peau. Je ne veux plus le laisser partir et je lui demande dans un souffle :

— N'arrête pas s'il te plait, je t'en supplie…

Je le sens sourire tout contre ma bouche tandis qu'il se moque entre deux va-et-vient :

— J'aime quand tu me supplies…

Ses coups de reins se font plus rapides, à mesure que je glisse sur le capot de la voiture encore chaude mais maintenant mouillée. Je lacère son dos de mes ongles, remonte jusqu'à ses cheveux, les agrippe, y fourrage. Je suis au bord de l'implosion. Nos souffles se confondent, nos langues s'entremêlent, nos fluides se mélangent et le temps s'arrête. Jusqu'à ce point de non-retour, celui où nos corps s'unissent dans un même plaisir, celui où nos âmes se rejoignent sans même le réaliser vraiment, celui où nos sensations et nos perceptions sont exactement les mêmes. Plus rien d'autre ne compte sauf le bien-être, la plénitude que nous échangeons alors que nos regards se harponnent dans une même sensation d'abandon…

Puis le vide de nouveau. Total, au moment où il se retire et qu'un élancement brûlant reste le seul témoignage de sa présence en moi il y a à peine encore quelques secondes. Pourtant il ne s'écarte pas de moi aussi vite que la dernière fois, il me garde dans ses bras encore un instant avant de mettre fin à nos ébats, avant de me quitter, de me laisser livrée à cette solitude qu'il vient pourtant de m'aider à combler l'espace d'un instant…

Lorsqu'il se sépare de moi pour de bon, cette fois, m'abandonnant à bout de souffle et que nos regards bouleversés se croisent, c'est comme si l'un et l'autre réalisions que nous avons encore fait quelque chose que nous allions forcément regretter. Nous avons cédé à une pulsion, un désir animal, mais une fois l'acte terminé, le plaisir atteint, que reste-t-il entre nous si ce n'est une vive animosité, de nombreux désaccords et des disputes ? Loin de se relâcher, la tension qui m'habitait reprend déjà possession de moi.

Cette sourde angoisse qui m'accompagne depuis si longtemps maintenant, m'étreint comme jamais, durcissant sa prise sur mon cœur, déployant ses griffes acérées, et un énorme poids grève soudain mon estomac. Alors je fais la seule chose que je sais faire. Je me renfrogne, je m'enferme à nouveau dans cette carapace, je me cache derrière ces murs que j'ai érigés. Hors de question de dévoiler davantage mon âme, je ne lui ai que bien trop montré ma vulnérabilité et ma fragilité, et je crois qu'il a su en profiter. Et je dis le premier truc qui me passe par la tête pour faire comme si ce que nous venions de vivre ne représentait rien pour moi, comme si je regrettais :

— J'avais juré qu'on ne m'y reprendrait jamais…

Il lève le regard vers moi tout en se rhabillant et arque un sourcil, surpris :

— Alors quoi ? Tu vas prôner l'abstinence jusqu'à la fin de tes jours ?

— Imbécile ! Je parlais de toi, précisément !

Il hausse les épaules et ajoute, taquin :

— Tu n'avais pas l'air d'avoir envie de me repousser…

183

Je lève les yeux au ciel et je ramasse mes vêtements au sol comme pour échapper à ses yeux perçants. Je me sens soudain obligée de me justifier :

— Ce n'est pas le sexe, le problème avec toi… c'est le reste. Et ce n'est pas comme si le cul pouvait régir une relation de A jusqu'à Z !

Plaisantin, il ajoute encore :

— Ah bon ? Ça ne peut pas ?

Je ris doucement avec lui, pourtant j'aimerais que nous puissions discuter plus sérieusement…

— Sans rire, Jules… C'était bien mais ce n'est pas la question. On ne peut pas continuer à céder à nos pulsions comme ça. Ça ne règlera jamais nos problèmes de communication, il faut en avoir conscience.

Mais il ajoute, en me laissant prise de stupeur :

— Moi je trouve au contraire que ça a tendance à tout arranger…

Il lève la main pour me faire signe et ajoute simplement avant de me quitter :

— À méditer, Beauté !

Et il me laisse plantée là, seule, aux prises avec cette anxiété tenace qui me tiraille constamment, dans ce garage où je réalise que n'importe qui aurait pu surgir et nous surprendre à tout moment… Je me perds dans ses paroles, encore brûlante du contact de son corps tout contre le mien, mon entrejambe palpitant toujours du vide qu'il a laissé en moi. Car même quand le sexe est intense, si le type se taille, il ne reste plus que ça.

Chapitre 17

RIGHT HERE

Daytona, Floride
Juillet 2019

Jules

On aurait pu croire qu'après le podium à Long Pond la roue avait enfin tourné du bon côté, mais c'était sans compter mon manque d'expérience en NASCAR et le destin qui, visiblement, a décidé que ce serait trop facile si on ne jouait pas un peu de malchance régulièrement...

Michigan, Sonoma, Chicago... Le mois de juin s'égrène aussi rapidement que roule ma voiture mais les résultats sont en dent de scie. Et notre humeur aussi... Mais j'essaie de positiver. Ce week-end, pour la première fois de ma carrière, je vais courir sur le mythique circuit de Daytona.

À chaque fois que les performances ne sont pas au rendez-vous, la déesse manga et moi nous disputons. Elle semble toujours autant adorer passer ses nerfs sur moi et ressentir le besoin de me faire payer notre malchance sur la piste. Parce qu'on en est là. La fatalité se plait à me piéger de toutes les façons possibles et imaginables. Parfois en ramassant sur mon passage divers concurrents accidentés, d'autres fois en faisant éclater un de mes pneus pour une raison encore indéterminée, alors que je repartais tout juste des stands... Fort heureusement, cela n'était pas arrivé alors que la voiture était lancée à plus de 200 miles à l'heure, parce que ce jour-là, j'aurais pu tout simplement y perdre la vie...

Les faits de course ne jouent pas non plus en ma faveur, la plupart du temps. Et dans ces cas-là, lorsque la beauté bleue laisse exploser sa rage face à notre déconvenue, j'avoue ne pas être suffisamment d'humeur à le supporter et je rue dans les brancards pour lui faire comprendre que cette situation m'irrite autant qu'elle.

Toutes ces fois où elle me crache sa colère au visage, je la rembarre de la même façon, n'hésitant pas à être aussi blessant que possible, comme pour essayer d'oublier qu'en fait, ce que j'aimerais faire avec elle c'est l'amour, et non la guerre. Et toutes ces mêmes fois, selon Brent, le remède miracle, c'est de nous coller dans le même bus histoire de nous « réconcilier ».

Sauf que la réconciliation est loin d'avoir lieu sur l'oreiller. Il ne s'est rien passé de nouveau depuis *Pocono*, et cette fois-ci je n'ai pas cherché à en reparler avec elle. Pas besoin d'amener un sujet d'engueulade supplémentaire !

Souvent, ça se finit encore plus mal. Une véritable escalade, à celui qui insultera le plus l'autre. Et il y en a toujours un de nous deux qui part en lui claquant la porte au nez. Au final, la plupart du temps, nous nous isolons chacun de notre côté sans même aplanir nos discordes, comme si le fait de nous confronter l'un à l'autre dans un environnement où nous sommes seuls, juste elle et moi, nous faisait peur. Comme si nous savions déjà qu'aucun de nous ne parviendrait à se retenir de se jeter sur l'autre dans un élan inconsidéré de fureur, ou une vulgaire poussée hormonale, tels deux ados incapables de résister à leurs pulsions primaires.

Pourtant je sais que ça nous ferait certainement du bien à tous les deux, d'extérioriser cette colère que nous transposons l'un sur l'autre. Mais parfois je me dis que c'est mieux ainsi. Que je fais bien de rester éloigné d'elle parce que, chaque jour qui passe, je sens bien que je m'attache à elle plus que je ne le voudrais. J'imagine sans peine que s'il m'arrivait encore d'avoir le bonheur de poser mes mains ou ma bouche sur elle, je pourrais y prendre goût davantage. Et je sais que ce n'est pas bon... Mes sentiments et mes réactions commencent même à me faire peur.

En plein milieu de semaine, un type en costard que je n'ai encore jamais vu jusqu'alors se pointe. Beaucoup de monde semble le connaître, et être le seul à ne pas savoir qui il est accroît ma curiosité et fait naître chez moi un certain malaise. Assez âgé pour être le père de Cameron, elle ne semble pas surprise de sa venue, comme si elle l'attendait. L'homme semble avoir tout un tas de choses à lui dire. Des choses du genre sérieux. Qui nécessitent de s'éloigner du groupe pour parler sans être entendus... et qui méritent sa main sur son épaule et ses yeux plantés dans ceux de mon ingénieure préférée avec un grand sourire. Déjà, sans vraiment pouvoir me l'expliquer, je hais cet homme, j'ai envie de le défoncer.

Du calme, Jules, tu deviens ridicule ! Et surtout jaloux ! Ta possessivité est mal placée. Elle te bouffe de l'intérieur à tel point que dès qu'un gars s'approche d'elle, ça te ronge. Même si le type en question n'est pas tout jeune... Après tout, Davenport avait dix ans de plus, elle préfère certainement les hommes matures. Et toi, pauvre gamin que tu es, tu ne fais pas le poids face à quelqu'un d'expérience, qui a visiblement une belle situation. De celles qui lui permettent d'arborer un costard à 10 000 dollars, d'en imposer, pas comme un minot qui a encore tout à prouver.

Je ne sais absolument pas de quoi il en retourne et je cherche à me convaincre, pour bâillonner la contrariété qui m'étreint brusquement alors qu'une bile acide s'infiltre dans ma gorge nouée. C'est probablement un sponsor... Mais cette façon qu'il a de lui sourire tout en arborant un rictus mystérieux, comme s'il se sentait tout puissant vis-à-vis d'elle, me met mal à l'aise. Quoi qu'il ait à lui offrir, il s'en réjouit et porte sa satisfaction sur son visage, la brandit en étendard. Et sans vraiment réfléchir, je questionne Chase :

— Qui c'est ce bonhomme avec Cameron ?

— Lui ? Ah ! C'est Eliott Metzger.

Comme si je devais forcément savoir de qui il s'agit et que sa présence était tout à fait normale ici, mon pote ne va pas plus loin, ce qui a tendance à légèrement accentuer mon état de nervosité. Agacé, mon ton est plus sec que je ne le voudrais et je tente de l'inciter à parler de façon un peu abrupte, une grimace au coin des lèvres :

— Mais encore ?

Chase est vraiment un mec adorable. Ne faisant pas cas de mon humeur plus que visiblement irritée, il complète, comme je le souhaite. Je devrais d'ailleurs maîtriser mieux que ça mes petites humeurs et mes élans de jalousie qui n'ont, aux yeux des autres, pas lieu d'être. Sinon il va finir par se douter qu'il y a eu quelque chose entre Cameron et moi.

— C'est un vieil ami de son père... Il a longtemps été ingénieur dans l'équipe de Mc Intyre. Il me semble que maintenant il bosse pour un constructeur, dans la Silicon Valley...

Les paroles de mon ami me rassurent légèrement, sur le coup. Pourtant, sans vraiment savoir pourquoi, j'aimerais que le type dégage et la laisse tranquille. J'ignore pourquoi mais je ressens une impression de malaise, un truc que je ne sens pas vis-à-vis de ce type. D'autant plus qu'à l'expression qui défigure le visage de mon petit despote bleu, je ne suis pas certain qu'elle soit si ravie que ça de le voir... Ou alors je me fais des idées, parce que ça me plairait qu'elle n'ait de contact avec aucun autre homme que moi. Dans un monde irréel complètement absurde, cela pourrait être possible.

Le côté déraisonnable et aberrant de mes pensées me frappe soudain. J'éprouve pour cette fille des sentiments bien plus forts que je n'ose me l'avouer. Leur intensité me dévore, j'ai ce bref instinct de protection qui me balance à la gueule que si je ne prends pas mes jambes à mon cou vite fait, que je ne bride pas mon cœur tout de suite, je vais y laisser de plumes, me consumer d'amour pour elle, en souffrir, tout perdre jusqu'à me perdre moi-même. Je sais que je me voile la face, mais si je laisse cet éclair de lucidité faire son chemin jusqu'à mes neurones à vif, je dois faire face à cette réalité que j'essaie d'enfouir depuis des semaines... depuis des mois... depuis le jour de notre rencontre. J'aimerais qu'elle soit avec moi. Tout simplement. Sans concession ni faux semblant. Réellement. Pour de bon. Pas juste pour un plaisir éphémère, le temps d'atteindre le nirvana, nos deux corps imbriqués dans une étreinte intense mais furtive...

Pourtant, à force de repenser à tout ça encore et encore, de retourner la situation dans ma tête maintes et maintes fois, j'ai compris qu'il n'y aurait jamais rien d'autre que du sexe entre elle et moi. Ce qui pour moi pourrait être sujet à entamer une tout autre sorte de relation, ne représente visiblement pour elle qu'un moyen de se faire du bien et d'extérioriser tout ce qu'elle renferme en elle de colère. De colère contre les hommes qui l'ont fait souffrir, de colère contre la vie qui a été si injuste avec sa famille...

Certes, je pourrais accepter un temps d'être son défouloir, mais je sais déjà que je finirais par attendre tout autre chose... Alors j'essaie de résister encore et encore à ses yeux océan et à ce sourire de diablesse et, les soirs où je partage son *motor-home*, je m'efforce de rester le plus loin possible d'elle pour mon propre salut.

Et cette semaine, je ne sais pas si c'est parce que je me mets une pression de dingue sur les épaules ou si c'est parce qu'elle-même a quelque chose qui la défrise, mais nous nous engueulons encore plus que d'habitude, ce qui est difficile à concevoir même pour moi ! Pour le coup, Brent nous a « punis » pour tout le temps que nous passerons en Floride. Colocs obligés. Je me demande parfois s'il ne cherche pas justement à nous pousser dans les bras l'un de l'autre. Ou alors je me fais des films et il n'a aucune arrière-pensée. Il se dit peut-être que nous imposer de passer du temps ensemble est le meilleur moyen de nous obliger à communiquer...

S'il savait que les seules fois où nous y sommes parvenus c'est en nous montant l'un sur l'autre ! Aucun dialogue nécessaire. Au mieux, juste des cris, encore !

Ce soir, juste après avoir bouclé les derniers essais, je monte dans le bus d'un peu meilleure humeur que ces derniers jours, résolu à faire un effort. Je concède que je pourrais lui concocter un petit plat, plutôt qu'elle ne mange encore sa malbouffe habituelle... Pour un Français, manger des burgers à tous les repas relève pratiquement d'un véritable calvaire et nécessite un certain entrainement. Et j'avoue que si au début je pouvais trouver ça sympa, bouffer un steak arrosé de ketchup au milieu de deux bouts de pain tous les jours, ça devient lassant.

Heureusement que la cuisine du bus est équipée. Je m'arrange pour avoir toujours des légumes et des fruits à portée de main afin de conserver une hygiène de vie correcte. Surtout que, quand on est sportif de haut niveau, la mauvaise alimentation et le surpoids compliquent les choses. Je pense d'ailleurs que ma façon de vivre ne déplait pas à tout le monde. Chase, mon coloc habituel, semble avoir perdu quelques kilos depuis mon arrivée et a l'air d'en être plutôt ravi !

Je reviens justement du supermarché du coin avec mes provisions. Ce soir, je compte cuisiner du poulet aux oignons et aux poivrons, mariné dans une petite sauce soja. Je croise déjà les doigts pour que Cameron apprécie ce que j'ai choisi de lui préparer pour le dîner.

Je ferme doucement la porte et pose mes achats sur la table. Aucun bruit ne sort de l'appart, je pense que ma poupée bleue n'est pas là mais la porte de sa chambre est fermée alors j'essaie de ne pas faire trop de bruit. On ne sait jamais, elle est finalement peut-être ici, assoupie sur son lit. Les journées sont longues et harassantes, ce ne serait pas étonnant qu'elle sombre sans le vouloir, d'autant plus qu'elle m'a déjà confié souvent peiner à trouver le sommeil...

Pourtant, quelques minutes seulement après mon retour, alors que je commence ma recette, j'entends une voix à l'autre bout du bus, du côté de la chambre de Cameron. Je m'approche discrètement, sur la pointe des pieds. Je sais, ce n'est pas bien d'espionner... Je ne sais pas ce que je pense surprendre. Ou plutôt si, j'ai peur de la trouver avec un mec. Et mon cœur bat si vite à cette simple idée qu'il percute mes côtes. Je manque presque de me trouver mal. Je réalise que, bien que nous ne soyons pas ensemble et que nous ayons couché ensemble seulement deux fois, je ne sais pas si je me remettrais de la savoir avec un autre.

Ce qui ne s'apparentait au départ qu'à une histoire de cul, ce qui à première vue ne devait être qu'un petit coup vite fait sous l'emprise de la colère, s'est finalement transformé en tout autre chose pour moi. Mais seulement pour moi... et c'est ça le problème.

Je sais que je dois prendre sur moi et que je dois m'éloigner d'elle. Mais comment faire, puisque nous bossons ensemble quotidiennement ? J'ai déjà tout mis en œuvre pour essayer d'oublier ce petit corps sous le mien, ses lèvres si douces sur les miennes, sa langue me caressant... et même si cela fait des semaines que je ne l'ai plus touchée, c'est si difficile de résister aux pensées qui m'envahissent lorsque son sourire me percute ou qu'elle agite son popotin devant moi.

Je sais qu'elle ne m'allume pas sciemment, pourtant je jurerais presque qu'elle prend son pied rien qu'en passant sa langue sur sa bouche lorsqu'elle m'explique les derniers détails techniques, ou qu'elle place une mèche de cheveux derrière son oreille, tout en me faisant le rapport de course... la fixant juste à cet endroit que j'ai éprouvé tant de plaisir à suçoter... Bosser avec elle se révèle être un véritable calvaire. Les souvenirs de nos étreintes m'assaillent constamment et ma concentration est régulièrement mise à mal. D'ailleurs, je pense que si ça continue, je n'aurai aucun mal à oublier Cameron parce que Del Valle va finir par me payer un billet d'avion pour Nice...

Je tends un peu plus l'oreille et comprends immédiatement, à mon plus grand soulagement qu'elle est au téléphone. Pourtant, loin de me rassurer complètement, la conversation semble douloureuse pour elle et j'entends les sanglots qu'elle tente de retenir dans sa voix :

— Je comprends, maman… oui… Je te promets de venir dès que la course sera passée… Si, je t'assure… Je veux être là… Ils se débrouilleront sans moi, ne t'inquiète pas… J'arrive lundi à la première heure… Oui… Moi aussi je t'aime, et dis à papa que je l'aime aussi…

Puis plus rien. Je comprends qu'elle a raccroché, surtout lorsque j'entends qu'elle lâche tout ce qu'elle retenait devant sa mère et qu'elle pleure…

Je ne sais pas quoi faire. J'ai envie d'aller la voir, de savoir ce qui ne va pas, bien que je me doute que c'est en rapport avec son père… J'ai envie d'essayer de la rassurer, de lui dire que je suis là pour elle, si elle a besoin… mais en même temps je n'aurais jamais dû entendre quoi que ce soit, si je n'avais pas fait mon curieux.

Je tergiverse comme un con derrière cette putain de porte, mais lorsque la puissance de ses pleurs redouble, je n'hésite plus. Je frappe doucement contre le bois, tout en m'adressant à elle derrière la porte close :

— Cameron ?

Je ne lui demande pas si ça va, ce serait stupide de ma part. Elle pleure alors évidemment qu'elle ne va pas bien ! J'entrouvre la porte et je passe doucement la tête dans l'entrebâillement. Mais la réaction dont elle fait preuve est loin d'être celle à laquelle je m'attendais.

Sa voix fuse soudain, agressive, colérique :

— Dégage ! C'est pas le moment !

J'ouvre un peu plus grand et tente simplement de la calmer :

— Je voulais juste m'assurer que tu allais bien…

J'essaie de trouver le chemin vers ses yeux, mais elle a volontairement baissé la tête, comme pour me cacher ses larmes :

— Je n'ai pas besoin de toi ! Je n'ai besoin de personne !

J'aimerais parvenir à la comprendre, à me contenir, mais je réagis en miroir à son agressivité et, sans réfléchir, vexé comme un pou, je lui réponds aussi durement qu'elle vient de le faire :

— Ok, démerde-toi princesse ! Garde-le, ton sale caractère ! Reste toute seule alors que tu as quelqu'un qui est prêt à t'aider à portée de main !

Je claque la porte plus qu'énervé, mais au moment où j'entends le son de sa voix, soudain presque triste et suppliante, j'ai presque des remords :

— Attends Jules. Excuse-moi !

Mais j'en ai plus qu'assez de faire les frais des humeurs de madame. Même si pour l'heure elle est certainement très malheureuse. Moi je ne demandais qu'à l'aider, alors me faire envoyer chier comme ça, merde, y'en a marre ! Je ne dors pratiquement pas de la nuit, torturé entre mon amour-propre et mes regrets de ne pas avoir su prendre sur moi, alors qu'elle avait certainement besoin de quelqu'un à qui parler. Je suis trop con. Elle avait sans doute simplement envie de rester seule, ou elle attendait quelqu'un qui saurait encaisser son caractère de merde… Et moi, j'ai juste passé ma nuit avec l'envie d'aller la rejoindre pour m'excuser, sans jamais le faire…

Chesneau, t'aurais pu être celui dont elle avait besoin... Il était peut-être là, ton créneau ? Mais ça tu ne le sauras jamais, gros bouffon !

Ce matin pour venir en ajouter à ma frustration, je paie mon manque de sommeil. Je suis de mauvais poil, d'autant plus que j'ai passé la nuit à me dire que ma réaction d'hier soir a été démesurée… Je sais qu'elle ne m'a pas envoyé bouler délibérément cette fois-ci, que ce n'était pas comme d'habitude, qu'elle n'a pas mesuré ses paroles parce qu'elle était bouleversée… mais j'ai du mal à me mettre dans de bonnes dispositions matinales.

Je prépare le petit déj', presque comme tous les matins. Si je ne le fais pas, elle n'ingurgite qu'un café noir. Et c'est important qu'elle mange. Le petit déjeuner est le repas le plus important de la journée... Vu les journées de fou qu'on a, autant prendre des forces !

Je suis dans le milieu du salon, simplement vêtu de mon caleçon. J'imagine que je ne verrai pas Cameron sortir de sa chambre avant un bon moment, alors je n'ai même pas pris la peine de mettre quoi que ce soit d'autre sur moi. Et puis en plus, à quoi bon ? Elle a déjà vu l'intégralité de ma personne, alors... J'ai donc fait au plus rapide, parce qu'en plus il faut dire que j'ai grave la tête dans le cul !

Pourtant, soudain, alors que je ne m'y attendais pas, Cameron sort de sa chambre. Bordel, mais pourquoi elle fait ça ? Et surtout, pourquoi elle ne porte qu'un putain de t-shirt et une culotte ? Bah, peut-être pour les mêmes raisons que moi, en fait... Elle a dû se dire qu'elle ne me croiserait pas, ou alors que tout ce qu'il y a là-dessous, je connais déjà... Mais merde, là, je crois que je vais mourir ! Ou alors elle le fait exprès pour se venger de l'avoir plantée hier soir ?!

Quelle conne ! Vraiment !

Sans même dire bonjour, j'entends sa voix encore un peu enrouée, peut-être plus par les pleurs que par le sommeil :

— Hummm... tu m'attendais ?

Alors que je crois qu'elle parle du petit déjeuner, je tourne la tête vers elle. Elle a les yeux bouffis et cernés, mais ce n'est pas ce qui m'interpelle le plus à cet instant. Je remarque qu'elle a le regard baissé sur mon entrejambe et qu'elle lève un sourcil appréciateur. Mais ma fierté mal placée a très envie de s'exprimer et de lui faire sentir que son rejet d'hier soir n'est toujours pas passé. Et je lui lance sèchement :

— Tu n'es certainement pas sans savoir que c'est une réaction normale chez tous les hommes le matin...

Bon en fait, là, j'étais levé depuis un moment donc je n'étais plus au garde à vous pour cette raison, mais je ne veux surtout pas qu'elle sache que c'est bien elle qui déclenche mon émoi, alors je mens de façon éhontée, utilisant les réflexes masculins matinaux comme excuse. Et finalement, vu sa réaction, je me dis que j'aurais tort de lui laisser deviner la vérité :

— Vas-y, calme-toi Don Juan, je rigolais ! Qu'est-ce que tu crois ? Que j'en aurais eu envie ?

J'étrécis les yeux parce que je sens qu'elle ment, mais je ne céderai pas, parce que moi-même j'ai bien trop envie d'elle à cet instant pour que ça n'ait aucune incidence sur mon petit cœur de lover. Je me désespère moi-même. Les mecs normalement c'est dur ! Nous, on est censés être des rocs, des connards, des salauds avec les meufs... pas se faire mener par le bout du nez par une paire d'orbes d'un bleu azuré qui surmonte une bouche à se damner !

Mais je réponds, toujours plus sèchement :

— Évidemment que non ! Je ne me fais aucune illusion ! Tu dois probablement tellement regretter que ça soit déjà arrivé... Je ne suis certainement pas assez connu pour toi...

Je ne sais même pas pourquoi j'ai dit ça, Cameron n'a pas l'air de courir après tous les pilotes du circuit. Depuis que je suis arrivé, elle n'est sortie qu'avec des journalistes et des ingénieurs. Peut-être qu'inconsciemment j'avais envie de mettre Davenport sur le tapis, pour susciter chez elle une réaction, essayer de savoir ce qu'elle pense de lui aujourd'hui, plusieurs années après leur rupture... Mais elle ne relève absolument pas et s'approche de moi tel un félin, de sa démarche sexy et chaloupée.

Putain, ça ne va pas arranger mes affaires, tout ça...

D'autant plus que ce matin, Cameron n'est plus la même qu'hier soir. Elle semble avoir décidé de se changer les idées et elle est d'humeur très joueuse, apparemment... Elle se colle pratiquement à moi mais s'arrange pour ne pas me toucher malgré tout, et je crois que l'expectative de son contact m'excite encore plus, surtout lorsqu'elle s'approche de mon oreille pour susurrer :

— Peu importe la raison de cet engouement, je suis persuadée que tu ne serais pas contre une petite partie de jambes en l'air ce matin... Je pourrais peut-être réviser ma

position   sur   le   sujet…
Je déglutis avec peine et pousse un étrange soupir avant de fermer les yeux pour me soustraire à la vision de son petit corps dont les souvenirs m'assaillent régulièrement. J'aimerais ne pas avoir envie d'elle, j'aimerais que ces pensées quittent mon cerveau une bonne fois pour toutes. Et je me dis qu'il ne faut pas que je désespère, ça finira bien par arriver. Il y aura bien un matin où je me lèverai et où elle ne me fera plus aucun effet ? Non ?

Je serre les dents et rouvre les yeux rapidement pour qu'elle ne saisisse pas mon trouble. J'ai compris son petit manège. Elle veut se servir du sexe pour se changer les idées, et pour ça elle veut m'utiliser. Et, s'il y a encore quelque temps, j'aurais pu accepter d'être son esclave sexuel, aujourd'hui je ne m'en sens pas capable sans y laisser des plumes.

Ça fait des semaines que nous avons couché ensemble et… J'ai l'impression que depuis notre accord tacite pour ne plus recommencer, elle fait tout pour m'allumer.

Si je ne la connaissais pas, je croirais que ça l'ennuie que je ne tente plus rien. Pourtant elle peut avoir qui elle veut à ses pieds, rien qu'en claquant des doigts. C'est ça qui m'attriste, en fait. Parce que, ce que moi je lui refuse, de toute façon un autre le lui donnera…

Mais je ne veux surtout pas qu'elle sache que ça me tue de lui résister, alors je joue avec les mêmes armes qu'elle. Je pose mes mains sur ses cuisses nues, et dans une lente caresse, je remonte jusqu'à ses hanches. J'effleure sa peau douce de la pulpe de mes doigts tout en lui balançant, de la façon la plus tranchante possible :

— Eh bien, tu te trompes figure-toi ! Et sache que je ne suis pas ton exutoire, encore moins ton défouloir. Si tu pensais que je serais à ta disposition pour soulager ta colère lorsque tu me siffles, tu t'es plantée ! C'était hier soir que j'avais envie de t'aider.

À cet instant, j'ai parfaitement conscience de faire figure de connard égoïste en lui disant cela, mais une fois encore, vexé comme un pou, je n'ai pas réfléchi avant de parler. Qu'est-ce que je peux être con, parfois ! Le ton sec de ma voix contraste avec la douceur de mes gestes. Je crois qu'elle parvient difficilement à avaler sa salive et je vois dans ses yeux que même si elle ne veut rien laisser paraître, je la trouble. Et je quitte soudain la pièce, la laissant plantée là, alors que moi, je file directement prendre une bonne douche froide. Sous laquelle je ne peux me retenir de m'astiquer un peu le manche pour diluer ma frustration et tenter de bâillonner cette inépuisable concupiscence qui m'envahit dès que je suis proche d'elle.

Chapitre 18

Sparta, Kentucky
Juillet 2019

Cameron

Ces derniers jours, plus rien ne va. Papa vient d'être hospitalisé pour une embolie pulmonaire et, même si le temps passe, il s'affaiblit et son état se dégrade de jour en jour.

J'ai du mal à sourire, je parviens difficilement à faire comme si de rien n'était, à ne pas laisser paraître l'inquiétude qui me ronge. J'ai pris quelques jours pour être auprès de lui et de maman, mais je ne peux pas m'absenter indéfiniment. D'autant plus que cela pourrait amener mes collègues à se poser et à ME poser des questions auxquelles je n'ai pas forcément envie de répondre.

J'ai mis Brent au courant de l'état de santé de papa, et je crois que, sans l'avoir cherché, par la force des choses, Jules l'est aussi. Mais, comme une conne, alors que son soutien aurait pu m'être si précieux, j'ai surréagi et je l'ai envoyé chier. J'ai immédiatement regretté de l'avoir fait, mais je crois que pour lui c'était la fois de trop.

Le pauvre ! Il cherchait juste à m'aider, à s'assurer que j'allais bien, et moi je l'ai rejeté bien plus vivement que je n'aurais dû. Une fois passé le choc de la mauvaise nouvelle, j'ai essayé de revenir vers lui… à ma façon… Mais cette fois-ci c'est lui qui m'a renvoyée dans mes filets, sans doute plus que vexé par mon rejet de la veille. Cette fois, son approche et le contexte étaient différents, mais mon renvoi aussi. Et c'est peut-être là tout le cœur du problème. Mon incapacité à m'investir dans une nouvelle relation. Quelle qu'elle soit. Alors que si je le laissais faire, nous pourrions être copains, ou tout du moins simplement nous tolérer...

J'ai réalisé à quel point j'avais été bête beaucoup trop tard. Je crois que Jules est finalement quelqu'un de bien et qu'il voulait simplement prendre soin de moi, sans arrière-pensée. Et moi, je me suis montrée froide, égoïste, presque manipulatrice. Parce que oui, je lui ai laissé le sentiment que je voulais l'utiliser. Utiliser le sexe comme échappatoire, pour oublier, pour me sentir bien. Pourtant, bien que les apparences aient été trompeuses, ce n'était pas exactement mon but...

Je crois que je l'ai un peu trop vite catalogué, je l'ai rangé dans la mauvaise case. Alors peut-être qu'il est vraiment ce profil de mec que je veux fuir... le pilote charismatique qui accroche toutes les filles qui passent d'un simple regard... Et qui pourrait lui en vouloir, avec sa gueule d'ange, de ne pas profiter de la vie et de faire des rencontres pendant qu'il est jeune ? Mais je me suis peut-être gourée sur le reste et il n'est peut-être pas en prime un connard égoïste comme Tyler. Enfin, ça fait beaucoup de peut-être, tout ça...

Toujours est-il qu'avec mes conneries, j'ai tout gagné. Le soir où maman m'a appelée ça m'aurait certainement fait beaucoup de bien d'avoir quelqu'un à qui me confier. D'autant plus que Jules connaît la situation et qu'il a eu la délicatesse de ne jamais évoquer de nouveau ce sujet douloureux, depuis cette fameuse soirée chez mes parents.

Quand j'y repense, nous avions finalement passé une plutôt bonne soirée et je l'avais alors vu sous un jour nouveau. Pendant toute cette semaine passée loin de lui, j'ai réalisé que bien que je m'en défende, je le trouve de plus en plus sympa. Et cela n'a aucun rapport avec ce que nous avons pu faire les deux fois où nos corps se sont emboités comme s'ils avaient été créés l'un pour l'autre.

Chaque fois que Brent nous a obligés à partager le bus, comme deux gros gamins, nous nous sommes efforcés de rester loin et de nous faire la gueule. Mais nous n'avons pas pu nous éviter constamment et je dois bien avouer que les rares moments que j'ai dû partager avec lui m'ont quand même semblé agréables, contre toute attente. Que je me suis sentie bien comme cela ne m'était plus arrivé depuis longtemps.

C'est terriblement perturbant, finalement, de m'avouer que bien que je veuille détester ce mec de toutes mes forces, en fait je n'y parviens pas. J'ai beau essayer de le repousser le plus loin possible de mon cœur, il revient comme un boomerang et semble réveiller en moi des choses que j'avais enfouies au plus profond de mon être. Du moins je le pensais... Alors je commence à me dire que je pourrais peut-être essayer de rattraper le coup, que nous pourrions sans doute devenir amis ?

De toute façon, l'amitié, avec lui, c'est la seule possibilité que je puisse envisager. Parce que je ne suis toujours pas décidée à être de nouveau « femme de pilote ». Hors de question. La presse ne pourrait certainement pas s'empêcher de remettre ma relation précédente sur le tapis et je vivrais dans la peur d'être de nouveau dans le même schéma qu'avec Ty. Et ça, pour moi, c'est clairement quelque chose que je ne pourrais plus supporter. Mon cœur se serre encore au souvenir de ce que j'ai pu vivre pendant des mois et de la honte que j'ai pu en retirer...

Et puis pourquoi Jules se caserait, quand il peut simplement s'amuser ? Surtout avec une chieuse de première qui lui pourrit ses journées !? C'est vrai ça. En plus, c'est le propre des femmes ça, passé 25 ans d'avoir envie de se caser et de fonder une famille. Ça doit être hormonal, je ne sais pas, comme si on était préprogrammées, nous... Alors que les mecs, eux, les envies de mioches, tout ça, ça vient bien plus tard ! Et souvent parce que ce sont leurs nanas qui en ont envie... Bon, certes on n'est pas toutes comme ça, certaines ont l'horloge interne qui se réveille un peu plus tard... ou jamais ! Mais chez moi, malheureusement, elle commence à faire tic-tac et vu que je n'ai toujours pas trouvé le futur père de mes enfants, j'ai le sentiment que ça pue pour que mon idéal familial puisse un jour exister.

Je sais, j'ai seulement 26 ans, pas du tout de quoi désespérer ! Loin de là ! Mais trouver l'homme de ma vie, celui avec qui je pourrais tout partager, celui qui me comprendrait mieux que personne, qui saurait supporter mon caractère de merde et qui aurait envie de me faire plein de mini-moi tout aussi chienlits que leur mère… bah je ne sais pas pourquoi, mais ça me remue déjà les tripes, à moi ! Est-ce que c'est grave docteur ?

Je suis donc de retour au circuit ce matin, après une semaine en Pennsylvanie, et j'ai décidé que je devais vraiment m'excuser auprès de Jules, tenter de lui expliquer… Mais lorsque j'arrive, je le trouve plus que bien entouré. Des journalistes sportifs, bizarrement uniquement des femmes, sont agglutinées autour de lui, l'abrutissant de questions tout en minaudant. Elles le caressent pompeusement dans le sens du poil, évidemment, en le présentant comme le nouveau prodige de la NASCAR, la révélation de l'année…

Jules a encore terminé troisième à Daytona, sur la piste mythique. Un exploit pour un pilote si fraîchement débarqué dans la *Cup Series*. Il déjoue tous les pronostics, se frayant petit à petit une place parmi les plus grands, jusqu'à présent presque sans bruit. Mais apparemment ça risque de ne pas durer. Et, même si ça me déplait profondément de voir toutes ces pétasses autour de lui, c'est un mal pour un bien. Parce que nous avons cruellement besoin de sponsors, sinon Del Valle a été clair : à la fin de la saison, *CD Racing* risque de ne pas survivre. Si nous ne trouvons pas de soutien financier, le « *Child Dream* » de Ricardo Del Valle vivra ses derniers jours avant d'accéder aux *play-offs*.

Mais pour l'heure je garde espoir, parce que Jules ouvre la voie pour que la *Team* puisse subsister. Même s'il joue régulièrement de malchance et ne marque pas autant de points qu'il le devrait, il remonte au classement, et la seizième place tant convoitée pour décrocher le sésame vers les phases finales du championnat se rapproche malgré tout.

Pourtant je ne peux m'empêcher de repenser à la façon dont nous avions arrosé le podium précédent. Si papa n'avait pas été aussi mal, si je n'étais pas partie si précipitamment après la course, aurions-nous une fois encore célébré sa performance d'une façon qui me fait encore frissonner lorsque j'y repense, lorsque je ne parviens pas à trouver le sommeil ?

Je remballe ma jalousie et je ravale cette boule qui m'entrave la gorge quand je le vois si bien escorté.

Mon expérience avec Tyler obscurcit mon jugement, mais il s'avère que je sais de source plus que sûre que plusieurs journalistes avaient obtenu ses interviews sur l'oreiller. Notamment une certaine Juliana Soares, une beauté exotique d'origine brésilienne, qui avait justement intitulé son article « *Une nuit avec Davenport* ».

Si à ce moment-là je n'étais pas encore totalement la risée de toute l'Amérique, ce torchon m'avait achevée. Certes, après ça, cette garce avait été virée manu militari. Certainement plus à cause du procès que Tyler lui avait collé au cul qu'à cause de la gifle monumentale que je lui avais collée devant tout le monde en plein milieu d'une conférence de presse... Mais pour moi le mal était fait, et le pire c'est que finalement, le scandale avait boosté sa carrière, à cette salope !

Pourtant à cet instant, lorsque mes yeux croisent ceux de Jules, j'ai beau tenter de chasser mes mauvais souvenirs, essayer de me dire que de toute façon nous ne sommes pas ensemble... la vérité c'est que je réalise que je suis jalouse. Et je n'y peux rien, je ne parviens pas du tout à maîtriser ce sentiment. Mais je préfère laisser prendre le dessus à ma colère et à mon énervement, parce que c'est toujours mieux que d'être déçue ou triste.

Je suis d'une stupidité sans borne. Ça me fout les boules de le voir se faire draguer sous mes yeux, mais je rejette ce mec continuellement alors que pourtant, il me fait grimper aux rideaux comme ça ne m'est jamais arrivé auparavant.

Et alors que je le regarde, en retrait, j'ouvre les yeux : Quand on ne se dispute pas comme des chiffonniers je me sens bien avec lui, comme apaisée. Je ne peux pas me voiler la face indéfiniment ! Si je suis honnête avec moi-même, je dois bien m'avouer qu'il parvient à alléger mon cœur amoché. Quand je suis dans ses bras je me sens tellement bien ! Même quand je n'y suis pas d'ailleurs. Parce qu'il n'y a pas que le sexe en fait qui soit intéressant avec lui.

Son pragmatisme et le mien se heurtent sur l'autel de nos désaccords, me poussant à réfléchir, à me remettre en question. Et nous avons fini par travailler de concert, main dans la main, pour chercher des solutions, et j'ai trouvé ça... exaltant ! Sa façon de voir certaines choses, différemment de moi, m'a conduite à envisager mon travail autrement. Et c'est peut-être ce qui nous a permis d'avancer, ensemble... comme une équipe. Une équipe qui veut gagner.

Malgré tout je continue de mettre des barrières à une éventuelle relation, alors que pourtant ça me bouffe de le voir juste discuter avec d'autres et leur sourire. Je m'énerve toute seule ! Je tergiverse mentalement comme une conne. Ou plutôt non, même pas. Je ne tergiverse pas du tout car depuis le départ j'ai décidé que je ne lui laisserai aucune chance et je suis tellement bornée qu'il est impossible que je change d'avis.

J'ai cédé à l'appel de la chair... parce que c'est facile, parce que ça ne demande pas de s'investir... Mais une vraie relation c'est autre chose, alors pour ça c'est non...

Mon père me reprochait souvent d'être têtue. Moi j'ai toujours pensé que c'était une force de caractère. Aujourd'hui je me demande si je ne devrais pas reconsidérer les choses et me remettre en question, finalement ...

Au moment où mon regard croise celui de Jules, entêtant, envoûtant, je réalise que ses yeux mordorés m'ont manqué plus que je ne l'aurais cru. Et je plonge avec délectation dans cet abîme qui m'attire si profondément et de façon si puissante que je crois que je pourrais me perdre pour toujours dans ses deux billes rieuses. Mais, comme souvent, je referme cette parenthèse de douceur avec une rapidité effarante et je claque la porte du coffre-fort que j'ai dans la poitrine aussi vite que je l'ai ouverte.

Jules semble égaré. À la fois heureux et perdu, pourtant ce que je détache avant tout de la façon dont il me scrute, c'est ce qu'il reste de nos derniers échanges : de la colère, de la rancœur, peut-être même de la déception. Et je préfère alors lui renvoyer la dureté de son regard que de persister dans la voie que j'avais choisi de prendre en revenant ce matin.

Mon portable sonne. Eh merde ! Metzger... Il commence à me faire chier, lui aussi, avec ses histoires ! C'est limite du harcèlement ! Il n'a pas compris que je n'avais pas la tête à penser à tout ça ? Je refuse l'appel, jette un dernier regard à l'attroupement autour de notre star de pilote, et décide d'appeler Jenna pour savoir si une rencontre la tenterait, histoire de discuter un peu. Je suis certaine que la voir me fera le plus grand bien. Elle me remonte souvent le moral comme personne.

Chapitre 19

HOUSE OF CARDS

Loudon, New Hampshire
Juillet 2019

Jules

Je viens de m'immiscer entre Logano et Harvick et je ne compte pas m'en satisfaire. Je me glisse derrière Hamlin, prends l'aspiration et au moment que je trouve opportun, je déboite pour le doubler lui aussi.

Ça a l'air facile comme ça, juste en le disant… mais les mecs ne se laissent pas faire, ce sont des cadors, des experts du *Stock Car*. Ils courent le championnat depuis des années et ils n'ont pas l'intention de laisser « le petit nouveau » leur mettre la misère. Faudrait pas déconner non plus ! Leur réputation ne s'est pas faite sur un malentendu !

J'essaie de dépasser Davenport. Mais ce connard fait exprès de zigzaguer pour m'en empêcher. Bon, en même temps il n'est pas censé me laisser le devancer… Mais pire encore ! Alors que finalement je parviens à sa hauteur, il donne plusieurs coups de volant pour me projeter contre le mur, me prenant en sandwich avec sa voiture. Si j'étais parano, j'aurais presque l'impression qu'il veut que je valdingue dans le décor ! Mais cet imbécile a beau tout tenter pour contenir mes assauts, je parviens malgré tout à passer…

Il reste encore plusieurs tours et j'ai du mal à contenir mes assaillants. J'ai l'œil rivé à mon rétro aussi bien que devant moi. Et aujourd'hui, je ne sais pas pourquoi, la course me semble interminable. J'aimerais tellement faire mieux que cette troisième place à laquelle je semble abonné ! Pourtant être parvenu à me hisser sur un podium en si peu de temps, c'est déjà extraordinaire, alors je ne devrais pas me plaindre !

À Daytona, après une incroyable course, durant laquelle j'ai joué des coudes avec les plus grands, j'ai de nouveau arraché un podium contre toute attente, prouvant que désormais, il faut compter sur moi dans le rétroviseur. Et peut-être plus tard, qui sait, sur le devant de la scène. Et pourquoi pas pour d'autres podiums encore.

Alors pour le moment ce serait présomptueux de ma part de penser que je vais forcément tout déchirer. Je pense que j'ai encore beaucoup à apprendre et ma marge de progression est sans doute énorme, même si tout va de mieux en mieux… Les résultats sont encourageants et la voiture fonctionne parfaitement. Pour le moment je positive, je ne demande rien de plus. Enfin presque…

Ce jour-là, Cameron était encore partie juste après que j'aie franchi la ligne. Et elle n'était malheureusement déjà plus là pour fêter nos résultats. Je n'avais pas cherché à creuser le pourquoi du comment. J'avais parfaitement compris que quelque chose clochait avec son père. Et comme elle m'avait précisé que pratiquement personne ne savait dans quel état il était, je n'avais pu obtenir aucune info fiable sur son état de santé.

Comme on s'entend comme chien et chat, nous n'avons jamais échangé nos numéros. J'avais réalisé que je ne pouvais même pas l'appeler ou lui envoyer un message pour prendre de ses nouvelles… Mais aurait-ce vraiment été une bonne idée de le faire ? Vu ce que ça avait donné la dernière fois que j'avais tenté de la réconforter, j'avais pris conscience qu'il valait peut-être mieux que je reste à ma place et que je la laisse tranquille lorsqu'elle a un problème.

Depuis, je me suis quelque peu calmé vis-à-vis de sa réaction. J'ai compris qu'elle avait mal et qu'elle n'avait pas réfléchi. Mais tout ça m'a fait réagir sur le fait que je ne dois plus rien espérer avec elle, même si, quand je la vois, mon cœur tressaute. Je dois m'efforcer de penser à elle simplement comme une collègue de travail. Une emmerdeuse et merveilleusement hypnotique collègue de travail... que j'ai déjà hâte de retrouver en descendant de cette voiture pour fêter, je l'espère, un autre succès.

Alors, concernant mes performances en course, on pourrait dire que « petit à petit l'oiseau fait son nid », ou que « tout vient à point à qui sait attendre » et tout un tas d'autres conneries du genre. Mais moi j'ai toujours été impatient. J'ai toujours voulu tout, et tout de suite, et je me suis toujours donné les moyens d'obtenir ce que je voulais. Alors pas de raison que je change maintenant. Ma fougue et mon impétuosité sont ce qui fait que j'avance, que je progresse... et je compte encore aujourd'hui tout tenter pour faire encore mieux que les fois précédentes.

Je « mange » Truex Jr au tour suivant, et mon cœur s'accélère un peu plus encore, je crois qu'il va finir par céder. Je suis désormais deuxième derrière Kyle Bush. Heureusement que je porte des gants parce que je crois que mes mains sont tellement moites qu'elles glisseraient sur ce putain de volant !

BOUM BOUM ! BOUM BOUM ! BOUM BOUM !

Putain je vais mourir ! Si ma voiture roule à 200 mph, mon cœur, lui bat à un millier. Je crois qu'il va finir par se décrocher de ma poitrine. Je le sens battre jusque dans mes tempes, j'ai pour ainsi dire l'impression que ma tête va exploser. Mais je m'en fous, l'adrénaline s'infuse en moi, et à cet instant je crois que je pourrais tout réussir. Je gère le *banking* comme un pro maintenant. Et je ne sais pas pourquoi, dans un excès de confiance, j'entreprends de doubler Bush par l'extérieur.

Bordel ! Pourquoi j'ai fait ça ? Le mur est si près, sur ma droite. Et sa bagnole, sur ma gauche... Merde ! Merde ! Merde ! Je suis complètement taré, je n'aurai jamais la place de passer là !

Pourtant je passe...

Je suis soudain en tête de cette putain d'épreuve du New Hampshire et il reste encore un putain de tour à boucler !

Je serre le cul. Mes muscles n'ont jamais été aussi contractés, tendus à l'extrême. Je suis déjà épuisé nerveusement. Il va bien m'arriver un truc de merde avant la fin, ce n'est pas possible que je gagne « aussi facilement » !

Pourtant je gagne…

Je descends de la voiture dans une liesse générale. Si, lors de mes podiums précédents, j'avais été accueilli en héros à la sortie de la voiture, aujourd'hui j'ai l'impression étrange d'être devenu un surhomme ! Plus qu'agréable, comme sensation, bien qu'un peu perturbant…

Je cherche des yeux ma poupée bleue et Brent, dans tout ce bordel. Mais quand je les trouve enfin, mon cœur s'arrête. Cameron est blottie dans les bras de ce dernier et pleure à chaudes larmes. Ils semblent tous les deux comme hors du temps, dans une autre réalité. J'essaie de garder le sourire alors que tout le monde m'empoigne pour me féliciter, mais j'ai un mal fou à ne pas envoyer bouler tout le monde pour partir vers eux en courant et demander ce qui se passe. Car il est plus qu'évident que les larmes de Cameron ne sont pas des larmes de joie.

Puis comme à chaque fois, comme après chaque course, tout se passe trop vite et j'ai à peine une seconde à moi. Quand je croise enfin Brent, Cameron n'est plus avec lui et je lui demande, inquiet :

— Où est Cameron ? Qu'est-ce qui se passe ?

Il pose doucement sa main sur mon épaule, se voulant rassurant. Et avec un léger sourire, que je sais sincère parce que sans nul doute il est heureux de cette victoire, il me dit gentiment :

— Savoure cette victoire mon garçon. Profite de ton moment, vis-le à fond ! Une première victoire on n'en vit qu'une seule…

Mais j'ai du mal à suivre son conseil. Et lorsque je reviens de la conférence de presse, où les éternelles questions des journalistes semblent s'éterniser, je tombe sur un des écrans télé qui fleurissent un peu partout sur le site. Les infos tournent boucle, et la nouvelle tombe comme un couperet :

Décès de la légende NASCAR Joe Mc Intyre à l'âge de 54 ans.

Alors que j'ai franchi la ligne d'arrivée en tête, il en a fait de même... il a juste franchi une ligne bien différente de la mienne. Il a couru sa dernière course, rendu son dernier souffle...

Et mon esprit s'évade avec Cameron...

Nous nous rendons tous à ses obsèques, la semaine suivante. Hasard du calendrier, comme un hommage, la prochaine course se tient chez lui, à Pocono...

Le jour de l'enterrement, le soleil est radieux, presque éclatant, même si par moments un léger vent doux se glisse dans les feuillages des érables sycomores. Il s'engouffre inlassablement, jouant un bruissement presque continu comme une douce musique se répandant dans le cimetière. Je trouve le contraste saisissant avec la tristesse de cette journée. Mais je me plais à penser que c'est un signe de là-haut. Que Joseph Mc Intyre veut envoyer un message à sa famille, leur dire qu'il part en paix. Qu'il est bien, là où il est maintenant...

Je reste à distance de Cameron et de sa maman. Pourtant j'aimerais courir vers elle, la prendre dans mes bras, la réconforter, lui dire des mots tendres pour essayer d'apaiser un peu sa douleur. Mais elle n'a visiblement pas besoin de moi. Davenport est là, lui aussi, mais à une place de choix, pour prendre soin d'elle.

Elle arbore des cheveux désormais noir corbeau. Elle a troqué son bleu exubérant contre une couleur de circonstance qui rehausse son teint d'opale malgré la tristesse de ses traits. Elle est si belle. Tout de sombre vêtue, ses yeux océans pourraient me transpercer, si au moins elle daignait me regarder. Mais ce que je remarque par-dessus tout, c'est que son chemisier et son pantalon sont bien trop grands pour elle. Elle était déjà si mince à l'origine... Et aujourd'hui elle a l'air si fragile, là, comme ça. Je m'inquiète, je crains qu'elle ne mange pas, qu'elle se laisse aller à son chagrin et qu'elle ne dépérisse à vue d'œil. Et je voudrais tellement la serrer tout contre moi. Mais à cet instant c'est contre le torse d'un autre qu'elle s'appuie…

Chaque fois que je vois ce connard de Davenport poser ses bras autour d'elle et l'enlacer dans un geste de réconfort, mon cœur explose. Je sais ce qu'il lui a fait, je sais comment s'est terminée leur relation, j'ai lu les articles sur le net… Et aujourd'hui cet enfoiré profite de la situation pour se rapprocher d'elle à nouveau. Et visiblement ça fonctionne… Lovée au creux de ses bras, en larmes pendant toute la cérémonie, je ne croise jamais le regard de Cameron.

Je parviens toutefois à croiser sa maman et à lui présenter toutes mes condoléances. Je suis tellement désolé pour elle. C'est une femme si gentille. Et encore si jeune. Se retrouver veuve si tôt, après avoir consacré six années à s'occuper de son mari laissé dans un état lamentable après un terrible accident… Je me dis qu'elle a été admirable de courage mais qu'il va lui en falloir tellement encore. Et je réalise à quel point la vie peut-être une chienne, parfois, avec des gens qui ne le méritent absolument pas…

Je gagne l'épreuve de Watkins Glen, début août. Tout comme celle de Sonoma en juin, elle se déroule sur un circuit routier avec de nombreux virages. Ça ressemble un peu plus à ce que je connaissais en Europe alors, bien que je sois désormais à l'aise, lancé à pleine vitesse sur une piste ovale, je retrouve d'anciennes sensations et je cartonne.

Et puis j'ai à cœur que l'équipe déchire tout en l'absence de Cameron. Déjà deux semaines que son père est parti. Deux longues semaines qu'elle n'est plus là. Deux horribles semaines durant lesquelles je me retourne dans mon lit toutes les nuits, en me demandant comment elle va. Et autant de temps pendant lequel je n'ose demander son numéro à personne, alors que j'aimerais pouvoir prendre de ses nouvelles, savoir comment elle s'en sort, comment elle affronte tout ça, si elle parvient à gérer son deuil… J'ai peur de commettre un impair. Je sais qu'elle ne va pas bien, mais si elle me déteste vraiment elle ne doit pas avoir besoin que je vienne l'emmerder.

Un bonheur n'arrive jamais seul, comme on dit. Alors mes récentes performances nous valent de décrocher enfin les sponsors tant espérés pour garder l'équipe à flot et pouvoir être encore sur les circuits la saison prochaine. La voiture revêt alors les couleurs de quelques marques alimentaires américaines et se fait un nouveau look. Je crois bien avoir vu une vache, quelque part dans un coin de la carrosserie, mais je m'en fiche un peu. Du moment que je parviens à courir l'an prochain, même si ma bagnole devait courir avec un éléphant sur son capot, ça m'irait. D'autant plus s'il était bleu…

Oui, je sais, ça existe déjà, pour laver les voitures. Mais mon affection très récente pour cette couleur n'a aucun rapport avec toutes ces conneries !

Nous revenons dans le Michigan pour la deuxième fois de l'année. Nous avons déjà couru sur le *Michigan International Speedway* début juin. C'est une piste éprouvante, exigeante, qui ne pardonne aucune erreur… Un ovale en D de 2 miles, à l'inclinaison faible, ce qui en fait l'une des pistes les plus rapides et donc les plus dangereuses du championnat. C'est la petite sœur du *Texas Motor Speedway*.

Les virages sont larges et relevés et les longues lignes droites qui les précèdent nous permettent de prendre une vitesse phénoménale. Ici on aborde les courbes à une vitesse dépassant les trois cents kilomètres par heure !

C'est une piste sur laquelle on ne ralentit que très rarement par rapport aux autres circuits. Et je sais que plusieurs pilotes sont décédés ou ont été très grièvement blessés ici. Parfois je devrais peut-être ne pas trop me renseigner, mais je ne peux pas m'en empêcher. Ainsi, Rick Baldwin est devenu tétraplégique avec de graves lésions cérébrales en 1986… Il n'est décédé que 11 ans plus tard. Le cas du père de Cameron n'est malheureusement pas isolé… Clifford Allison y a perdu la vie en 1992... Ernie Irvan en réchappât de peu, en 1994 et Emerson Fittipaldi se fractura lui aussi plusieurs vertèbres en 1996...

Mais je cherche à me rassurer. Depuis, des aménagements considérables et coûteux ont été réalisés et, aujourd'hui, ce circuit est réputé comme l'un des plus sûrs aux États-Unis. Et quand, quelques minutes seulement avant le départ, je vois une épaisse chevelure foncée au fond des stands, mon cœur s'allège soudain, malgré la tristesse que je lis encore sur son doux visage...

Ma princesse est revenue, mais je vais encore courir pour elle, pour son père et pour tous ces pilotes qui n'ont plus la chance de pouvoir le faire...

Poupée, cette course est pour toi... Regarde-la bien...

Les jours passent et se ressemblent. Les performances sont au rendez-vous, mais le cœur n'y est pas. Cameron tente de faire bonne figure, mais évidemment elle n'est pas elle-même. Elle n'aboie sur personne, elle ne me gueule même pas dessus, c'est pour dire... Et ça, c'est mon baromètre en quelque sorte. Je sais que le jour où elle recommencera, c'est qu'elle ira déjà mieux...

Ça me rend affreusement triste de la voir si malheureuse mais je suis comme un gamin. J'ose à peine m'adresser à elle et, quand je le fais, je la regarde tout juste, parce que je ne suis pas certain de parvenir à me maîtriser et ne pas la prendre dans mes bras.

Mais la voir ainsi n'est pas la seule raison à mon mal-être. Si je suis tellement mal c'est aussi parce que, depuis le décès de son père, elle a renoué des liens avec son ex. Je comprends que ce gros con a saisi l'occasion de se rapprocher d'elle, et mine de rien je pense que la renaissance de leur couple était inévitable. Davenport et elle ne cessaient de se tourner encore continuellement autour, même avant la disparition de Joseph Mc Intyre.

Alors cette épreuve dans la vie de Cameron a sans doute été l'occasion pour elle de réaliser que l'on a qu'une seule vie.

Autant ne pas la passer sur des rancœurs et essayer de pardonner... Et peut-être aussi que ce bouffon infidèle a réalisé qu'il allait perdre la femme de sa vie pour toujours et qu'il a décidé que, maintenant, il allait se tenir à carreau...

Toujours est-il que le voir constamment débarquer dans nos stands pour venir la câliner sous mes yeux me fait grincer des dents. Heureusement, jamais ils ne s'embrassent devant moi, Cameron a au moins la décence de s'en retenir. Mais les fois où je croise ses yeux turquoise, et que j'y lis ce je ne sais trop quoi de gêne, je tourne la tête le plus rapidement possible. Je ne veux surtout pas qu'elle trouve dans mon regard cet indice que je dois laisser transparaître de façon trop évidente, ce truc qui doit transpirer de tout mon être et qui crie que oui, moi j'ai cru comme un abruti qu'un jour, elle et moi, peut-être, on pourrait aller plus loin qu'une petite vulgaire coucherie sur un capot.

Chesneau, t'es qu'un incorrigible romantique, t'aurais dû naître à une autre époque. Aujourd'hui les nanas, ça couche sans scrupules, sans sentiments, et ça assume ! On est au vingt-et-unième siècle, c'est une nouvelle ère.

Après l'épreuve du 17 août à Bristol, nous avons une trêve de quinze jours pour les vacances d'été. Reprise le 1er septembre à Darlington.

Mes parents traversent l'Atlantique et passent ces deux semaines avec moi. Ça me fait un bien fou de les retrouver, et de m'éloigner de Cameron. Je parviens presque à berner ma mère sur mon moral. Mais il ne lui faut pas plus de deux jours pour voir que quelque chose me tracasse... J'ai toujours été persuadé que l'instinct maternel était un truc de fou. Toutefois je ne m'étale pas trop sur le sujet. À quoi bon expliquer à maman que je suis amoureux fou d'une barre de dynamite qui m'explose à la gueule encore et encore. Normalement, ces choses-là, ça explose une fois et après on répare les dégâts. Alors que là, je crois que je pourrais sans arrêt chercher à reconstruire les fondations d'une relation bancale depuis le début, l'édifice ne tiendrait jamais...

Pourtant, pendant ces deux semaines de pause, je ne pense encore qu'à elle.

Chapitre 20

SIGN OF THE TIME

Brooklyn, Michigan
Août 2019

Cameron

Déjà deux semaines que papa nous a quittés. Deux longues semaines que je masque mon chagrin pour soutenir maman. Pourtant à l'intérieur c'est la décrépitude totale. Si ma déchéance reste intérieure, elle est réelle, elle me fait peur. D'ailleurs c'est ridicule d'essayer de faire comme si tout allait bien. Tout le monde sait que j'adorais mon père. Depuis mon plus jeune âge je trainais mes guêtres derrière lui sur les circuits, préférant être avec lui sur les courses que de me faire des amis…

Papa n'aurait pas voulu que je me morfonde, je le sais. Et j'ai déjà vécu ça, après son accident. Ce gouffre abyssal, ce vide, ce néant, cette noirceur à l'intérieur de moi… Alors je sais qu'il y aura forcément ce moment où je vais toucher le fond… mais que c'est exactement à cet instant que je devrai donner le coup de talon qui me fera remonter à la surface.

Jules est venu à l'enterrement avec toute l'équipe. Et j'aurais donné n'importe quoi pour qu'il vienne me prendre dans ses bras. Mais il ne l'a jamais fait. Tout ça à cause du comportement que j'ai sans cesse avec lui. Ça et... certainement le fait que Ty m'a collée comme mon ombre pendant toute la cérémonie...

Jules n'est même pas venu me voir. Je n'ai jamais réussi à croiser son regard même lorsqu'il est venu nous présenter ses condoléances, à maman et moi, accompagné de tout le reste de l'équipe. Je suis persuadée qu'il a tout fait pour l'éviter. Nous nous sommes quittés sur une dispute, et c'est uniquement de ma faute. Et si au départ mon amour-propre m'a incitée à partir tête haute et à faire comme si cette distance qui se creusait de nouveau entre nous ne me pesait pas, aujourd'hui je m'avoue enfin que j'ai besoin de lui.

La mort de papa me fait réaliser que ma fierté est bien trop souvent mal placée et que la vie est trop courte pour la gâcher. Je me sens bien avec Jules, même si je ne sais pas ce que ça pourrait donner, tout ça, même si j'ignore si lui et moi, on pourrait prendre le même chemin, avoir envie de la même chose... Mais si je n'essaie pas d'aller vers lui un minimum, je ne le saurai jamais...

Certes, le sexe est une chose à dissocier des sentiments, ça ne conduit pas toujours forcément à une relation amoureuse, mais c'est toujours un bon début, alors on ne sait jamais. Si on ne tente pas, comment savoir où ça peut mener ?

Et tout ce que je sais à présent, c'est que j'ai besoin de sa présence, à défaut d'autre chose. Il me fait du bien et aujourd'hui j'ai besoin de m'entourer de personnes comme lui, qui m'aident à avancer, à devenir une meilleure personne, à me remettre en question. Parce qu'à chaque fois qu'il rue dans les brancards pour me remettre à ma place, je sais que j'ai déconné et que je dois mettre de l'eau dans mon vin. Il m'aide à prendre conscience que les autres ne sont pas toujours le problème, et que mon côté caractériel prend bien trop souvent le dessus.

Si papa avait eu la chance de connaître Jules, il l'aurait très certainement adoré. Un mec qui ose me tenir tête et me rembarrer aurait certainement eu toute son admiration. Je regrette vraiment qu'ils n'aient pas eu l'occasion de se rencontrer avant...

Mais ce que je sais, c'est que je vais devoir prendre sur moi encore une fois et ranger mon sale caractère et mon orgueil à deux balles au placard. Parce qu'il faut que j'aille lui parler... mais parler c'est tellement difficile pour moi.

Coller des mots sur ce que je ressens me semble si compliqué... Souvent je suis maladroite ou blessante, alors que je n'ai pas voulu l'être. Je suis un peu comme un éléphant dans un magasin de porcelaine, brute de décoffrage, sans filtre. Sauf que parfois, même quand je veux dire un truc sympa, ça sonne comme une critique, alors... Sachant que j'ai autant de mal à communiquer, eh bien la plupart du temps je me dégonfle.

Je ne sais pas comment faire pour revenir vers Jules, mais il va bien falloir que j'y parvienne, parce que cette distance entre nous me désole et je ne veux pas qu'elle perdure. Plus maintenant... toutefois je passe une semaine supplémentaire à déprimer et à me torturer le cerveau, tout en essayant d'accompagner maman autant moralement que dans toutes les démarches administratives.

Je reprends le boulot pour la course du Michigan, alors que ça fait déjà trois semaines que j'ai quitté les abords des circuits. Je sais que Jules a tout déchiré en mon absence. J'ai suivi les courses à la télé et chaque fois il m'a fait vibrer. Pourtant, depuis mon retour, je ne parviens pas à faire ce que je m'étais juré de faire. Ce que j'ai simplement ENVIE de faire...

Nous nous parlons à peine ou, si nous le faisons, nos discussions sont uniquement d'ordre professionnel et nos yeux ne se croisent plus jamais. Ils se fuient, même... Je n'arrive pas à retourner vers lui. Et je ne sais pas si cette situation entre nous lui convient mieux que la précédente. Je n'arrive pas à lire en lui, je ne décèle rien dans son comportement... Parfois j'ai l'impression qu'il ne sait pas non plus comment faire, d'autres fois j'ai le sentiment que de toute façon il s'en moque d'avoir une quelconque relation avec moi...

Je crois que le drame dans tout ça, c'est que la mort de papa a fait de moi une véritable chiffe molle. Je me remets tellement en question, dans cette phase de deuil et de déprime intense, que je crois que ma confiance naturelle s'est carapatée à l'autre bout de la planète... Mais il va sérieusement falloir que je fasse quelque chose pour redevenir un peu moi-même. Enfin, la version améliorée de moi, hein, pas la version gueularde qui fait chier tout le monde tout le temps ! Parce qu'il y a quand même plusieurs choses que je dois régler dans ma vie...

Arranger ma relation avec Jules reste ma priorité, bien sûr, quoique... collé à mes basques, vraiment pas loin derrière, dans les trucs urgents à gérer, il y a quand même cet abruti de Tyler ! Parce que ça fait trois semaines, trois longues, que dis-je, trois interminables semaines que Tyler est sur moi comme la misère sur le pauvre monde. Et ça, je ne le supporte plus ! Après les câlins en veux-tu en voilà le jour des obsèques de papa, il y a eu les multiples coups de fil, tous les jours, voire toutes les heures. Bon, c'est vrai, j'étais anéantie, j'avais besoin de quelqu'un et lui était là... Mais évidemment qu'il était là, bordel ! Il n'allait pas rater une occasion en or comme celle-là de redorer son blason en jouant le mec bien !

Comme je l'ai laissé faire alors et que je n'ai pas su le repousser à ce moment-là, depuis que je suis de retour au boulot, il me colle encore et encore. Je sais, je suis dégueulasse de dire ça, je vais encore passer pour une pétasse sans cœur. À première vue, il essaie juste d'être présent pour moi, de me remonter le moral, mais je ne suis pas dupe, moi ! Je le vois son petit manège ! Je sais très bien que sa démarche est purement intéressée et je devine parfaitement ce qu'il a derrière la tête. Mais s'il croit que la perte de papa va changer quelque chose à mes sentiments pour lui et me radoucir vis-à-vis de ce qu'il m'a fait vivre, il se fourvoie complètement !

D'ailleurs ce qui m'énerve encore plus dans cette histoire, c'est que si ça continue comme ça, les gens vont penser qu'on a fini par se remettre ensemble ! Et si depuis le décès de mon père je n'ai pas eu la force de l'envoyer paitre, maintenant que j'ai repris du poil de la bête, je vais devoir le remettre au diapason. Parce que faut pas déconner, quand même ! Profiter d'une période de faiblesse extrême pour tenter de me la refaire à l'envers, alors que je lui ai dit maintes et maintes fois qu'il n'y aurait plus jamais rien d'ordre amoureux entre nous, c'est quand même culotté !

Enfin bref ! Tout ça pour dire que la prochaine fois que je le croise, celui-là, je vais lui dire ses quatre vérités ! Bon ok, je vais quand même le remercier de sa présence et de son soutien. J'ai dit que la nouvelle moi allait arrondir les angles et être un peu moins brute de décoffrage, alors… c'est l'occasion de me faire la main avec un spécimen qui, quoi qu'il en soit, essaiera certainement encore pendant un moment de jeter de nouveau son dévolu sur moi, quel que soit ce que je dirai ou ferai…

Nous avons quinze jours de pause, pour les vacances d'été. La course de Bristol du 17 août marque une trêve, nous reprendrons seulement début septembre… Quinze jours où je retourne à Long Pond avec maman… quinze jours de plus sans Jules, sans nouvelles de lui, à me morfondre de ne pas avoir réussi à lui parler, à m'excuser… Quinze jours où Ty m'assaille de coups de fil.

Je lui dis ce que j'ai à lui dire. Gentiment. Il ne veut pas l'entendre et il débarque à la maison. Alors pour le coup, la guerrière un peu connasse ressurgit et les mots dépassent ma pensée. Je suis dure avec lui et je m'en veux. Cette fois-ci il ne l'a pas mérité, mais je me conforte en me disant que c'est pour toutes les fois où j'ai été bien trop gentille alors que j'aurais dû lui passer une bonne soufflante !

Ces deux semaines supplémentaires sont pour moi l'occasion de cogiter davantage, et je décide que je me suis assez dégonflée comme ça. Finies les conneries, Cameron ! La guerrière doit faire son grand retour ! Bon… je n'ai toujours pas trouvé les mots... J'ai eu beau répéter mon texte encore et encore dans ma tête, tout ce que j'ai prévu de dire à Jules n'a jamais l'air assez bien. Alors tant pis. Je vais tenter une autre approche, celle que je maîtrise le mieux... Ce sera déjà un début. Et après... bah on verra pour la suite !

J'ai réfléchi à cette scène des milliers de fois, je me la suis imaginée des soirées durant, j'ai médité sur toutes les situations possibles et imaginables, sur toutes les réactions que Jules pourrait avoir... jusqu'à ce que je me sente prête à improviser, au cas où ça ne se passe pas comme je l'avais prévu... Et aujourd'hui, je crois que je me sens capable d'y arriver... Enfin j'espère, parce qu'une fois mon plan lancé, il sera trop tard pour reculer.

Genre compte à rebours enclenché, mise à exécution obligatoire !

Deux jours avant la course à Darlington, je rejoins l'équipe. Et j'essaie d'aborder la situation avec un moral de vainqueur.

Allez, on y va, Cameron, l'étape une n'est pas la plus difficile, au contraire, c'est celle à laquelle tu vas prendre le plus de plaisir... C'est la suite qui te demandera un peu plus d'effort... Celle où tu devras essayer de lui dire que tu l'aimes bien, finalement, et que tu as envie de partager des choses avec lui...

Vais-je seulement y arriver ? Est-ce que je n'ai pas placé la barre un peu trop haut tout de suite ?

Je traverse l'atelier d'un pas décidé en criant à qui veut l'entendre :

— Le prochain qui voit Chesneau me l'envoie dans mon bureau !

J'entends des « ok » un peu partout, en réponse à l'ordre quasi militaire que je viens de lancer, presque comme d'habitude... comme avant.

Mais la Cameron d'avant, elle, elle aurait attendu de pied ferme, sans crainte, que le mec arrive... sauf que la Cameron d'aujourd'hui, elle, elle attend impatiente, les mains moites et le cœur battant que le type franchisse cette porte.

BOUM… BOUM… BOUM… BOUM… BOUM…

Je crois que mon cœur résonne si fort que je l'entends de l'extérieur et… je réalise que j'ai peur. Je ne suis pas habituée, c'est la première fois que je ressens ça et que le doute s'insinue en moi de cette façon. D'habitude je suis sûre de moi et de mon pouvoir de séduction. Je sais que je vais parvenir à mes fins. Avec Jules, je ne maîtrise rien. Et cette part d'inconnu dans une relation me bouleverse plus que je ne saurais le dire.

Puis trois coups sur la porte :

— Cameron, c'est Jules…

BOUM BOUM… BOUM BOUM…

— Vas-y, entre !

BOUM BOUM… BOUM BOUM…

Chapitre 21

STRANGERS

Darlington, Caroline du Sud
Septembre 2019

Jules

Quand j'arrive dans l'atelier, tout le monde m'alpague de concert :

— Chesneau, Mac veut te voir, elle t'attend dans son bureau !

Merde ! Qu'est-ce que j'ai encore fait ?

Si seulement elle daignait me hurler dessus, au moins je pourrais me dire qu'elle va mieux. J'espère presque qu'elle va le faire.

Je frappe trois coups à la porte :

— Cameron, c'est Jules...

Le cœur battant, j'attends sa réponse qui ne tarde pas :

— Vas-y, entre !

Je ne parviens pas à analyser le ton de sa voix, pour savoir à quelle sauce je vais être mangé et dans quelles dispositions je vais la trouver, et je n'en ai d'ailleurs pas le temps. À peine passée la porte, je crois que je vais défaillir. Je ne m'attendais pas un seul instant à ce qui m'arrive, mais je crois que les évènements n'ont absolument rien pour me déplaire.

Cameron me saute dessus et ses lèvres chaudes capturent les miennes tandis qu'elle verrouille l'accès à la pièce derrière moi tout en me plaquant contre le battant. Ma poitrine se soulève rapidement, ma respiration devenue soudain erratique sous le coup de la surprise et du baiser, et je parviens difficilement à souffler quelques mots :

— Putain, Cameron, tu veux me tuer ?

Elle s'écarte doucement en arquant un sourcil, et dans un sourire mutin me demande en plaisantant :

— Vraiment ? Il suffisait de ça pour que je parvienne à me débarrasser de toi ?

Elle sourit plus largement et reprend :

— Si j'avais su… j'aurais tout donné bien avant !

Sa langue se niche sous mon oreille et alors qu'elle titille cette partie si sensible de mon anatomie, je peine déjà à retenir la réaction immédiate de mon entrejambe. Pourtant à cet instant, alors que je pourrais m'abandonner complètement à ces sensations dont je n'ai fait que rêver des semaines durant, j'ai comme un électrochoc. Je repense à Davenport, et je lui demande soudain :

— Qu'est-ce que tu fais, Cameron ?

Elle ne cesse pas ses baisers, faisant descendre la fermeture de ma combinaison pour m'en débarrasser, tout en me questionnant à son tour :

— Comment ça, qu'est-ce que je fais ? Tu le vois bien, non ?

Essoufflé, je parviens à expliquer le fond de ma pensée :

— Je veux dire… tu ne t'es pas remise avec ton ex ?

Elle part soudain d'un rire limpide qui sonnerait presque comme une douce mélodie à mes oreilles s'il ne me laissait pas aussi perplexe mais elle me jette rapidement, l'air de rien :

— Quoi ? Ça va pas, non ? Jamais de la vie ! Déshabille-moi au lieu de raconter des conneries !

Je reste presque scotché par sa réponse, mais, alors que je n'ose pas bouger davantage, finalement elle garde le pouvoir. Cameron ôte nos fringues à une vitesse fulgurante, mais elle décide de conserver ses sous-vêtements, comme si elle voulait me faire plaisir car elle sait qu'ils me font un effet de dingue. Sous la dentelle blanche, légèrement transparente, je devine l'objet de tous mes désirs. Elle dépose un chapelet de baisers le long de mon torse et déjà je n'en peux plus, je crois que je vais mourir sous ses lèvres. Et alors que je suis encore adossé à la porte, elle continue de descendre le long de mon corps pour finir par se baisser devant moi et me prendre dans sa bouche.

C'est si délicieux, si inattendu que je crois que je vais exploser en un rien de temps. Je peine à retenir mes gémissements, à mesure que ses lèvres de déesse glissent sur moi en un lent va-et-vient. Je passe ma main dans ses cheveux désormais bruns et j'ose à peine baisser la tête pour la contempler, de peur de réaliser que tout ça n'est qu'un rêve. Pourtant, lorsque je me décide à le faire enfin, et que nos yeux se croisent, la flamme intense que j'y trouve me fait perdre tout ce qu'il me reste de self-control et je murmure dans l'urgence à son attention :

— Cameron... il faut que tu t'écartes... je ne vais plus tenir longtemps...

Impétueuse et fougueuse, rebelle comme à son habitude, elle sonde mon regard alors que sa langue caresse toujours la partie le plus sensible de mon anatomie et je croise dans ses yeux une lueur de défi. L'espace d'un instant, je crois qu'il est trop tard... Mais elle se relève enfin et m'attire avec elle jusqu'au canapé qui trône un peu plus loin dans la pièce.

Ses lèvres percutent de nouveau les miennes, nos souffles s'entremêlent et nos langues savourent leurs retrouvailles. Mais tout à coup, alors que je suis déjà transporté ailleurs, elle s'écarte et me scrute, comme en proie à une sorte d'incertitude qui viendrait la frapper, violemment, subrepticement. Son index trace les contours de mes lèvres, gonflées de ses baisers brûlants puis sinue jusqu'à ma poitrine, traçant un sillon de ses ongles vernis de noir. Dans un murmure, son souffle si près du mien, ses yeux plantés dans mes iris probablement dilatés, perdus, elle prononce doucement ces mots :

— Je m'étais pourtant promis que plus jamais...

Mes pupilles dévorent ses prunelles bleues et s'y perdent avec délectation, et j'ai envie de jouer moi aussi lorsque je lui réponds :

— Tu sais ce qu'on dit, il ne faut jamais dire jamais...

— En plus je me suis juré que le prochain qui m'ôterait ma petite culotte, ce serait pour me faire l'amour, pas pour me baiser...

Soudain empreint d'une certaine audace, je lui demande, un sourcil arqué :

— Alors qu'est-ce que tu préfères ? Que je te la laisse ou que je la retire ?

Elle ne répond rien, tandis que naît déjà en moi un flot de questions qui resteront sans doute sans réponse, parce que je crois comprendre certaines choses dans ce qu'elle vient de dire...

Je glisse ma main sous le tissu, et alors que j'insinue un doigt entre ses jambes, lui arrachant un son rauque de la gorge, j'ajoute pour la provoquer, mais sans qu'elle n'en sache rien, avec une once de vérité :

— Alors je vais te faire l'amour comme jamais personne ne l'a fait jusqu'à maintenant. Et, lorsque j'aurai terminé, tu me supplieras de recommencer...

Je la sens clairement troublée par mes paroles, pourtant elle sourit et ne peut s'empêcher d'ajouter en haussant les sourcils, comme pour repousser une angoisse sous-jacente que je viendrais de réveiller en elle :

— Vraiment ? Je pensais que la dernière fois, t'étais au max de tes capacités !

Je ris doucement alors que mes doigts la pénètrent davantage, se meuvent en elle jusqu'à lui soutirer un halètement :

— Ne m'oblige pas à te montrer que j'en ai encore sous la pédale...

— Désolée, mais je crois que t'as pété une durite. Jamais je ne te supplierai !

Je retire mes doigts, la laissant pantelante de désir, créant le manque, cherchant justement à provoquer ses suppliques :

— Tu en es certaine ? Il me semble que tu l'as pourtant déjà fait...

Mais ce soir elle est joueuse, et elle ajoute encore, alors que ses lèvres s'étirent davantage, mais qu'elle se saisit de mon érection tout en entamant une lente et douce caresse pour m'aguicher à son tour :

— Regarde bien le mouvement de mes lèvres : plus J-A-M-A-I-S.

Dans un sursaut d'amour-propre, désespéré, je tente :

— Sans vouloir t'offenser, ce n'est pas ce que tu as dit la fois d'avant... et la fois encore avant ?

— Ta gueule !

Ses lèvres fondent alors de nouveau sur les miennes et les capturent avec une impatience à peine contenue. Et je l'allonge sur le canapé, aussi avide qu'elle.

Je retire la fameuse culotte, comme pour lui envoyer un message. Et ce qui suit est lent et étonnamment doux. Je me perds en elle, encore et encore. Je me perds dans cette contemplation de ce corps que j'ai si ardemment désiré des nuits durant, pensant ne plus jamais le toucher. Je perds la tête et je susurre son prénom tout en l'embrassant. Jusqu'au moment où nous nous perdons ensemble dans cet endroit où nous avons conduit nos âmes de concert, dans un ultime gémissement étouffé et retenu.

Ses bras sont comme gelés, alors que pourtant il fait une chaleur torride, au sens propre comme au figuré. La pièce doit probablement puer le sexe et le taux d'hormones environnant doit dépasser le seuil tolérable. Quiconque rentrera ici dans l'heure sera certainement pris d'un désir animal de copulation.

Nous sommes encore allongés sur le canapé, son dos collé tout contre mon torse, nichée au creux de mes bras pour ce que nous n'avons jamais fait auparavant : un câlin. Nous partageons enfin un moment de quelque chose qui s'apparente à de la tendresse, sans nous agresser verbalement et ça, ça met mon petit cœur dans tous ses états. J'attrape un plaid qui traine là pour le jeter par-dessus nous, histoire qu'elle ne prenne pas froid, et je caresse tendrement son épaule, tandis qu'elle effleure doucement ma main de ses doigts fins, le regard dans le vide, porté au loin… Puis le son de sa voix brise le silence et ce calme inhabituel entre nous :

— Jules ?

— Hummm ?

— Dis-le encore…

— Quoi ?

— Mon prénom…

Je me souviens soudain du jour de notre première rencontre. Et le fait qu'elle me demande de le dire encore, pour moi ça veut dire quelque chose. Je sais, je crois voir des signes là où il n'y en a certainement pas… Je suis un pauvre type perdu dans un dédale de sentiments, je fais honte à la gent masculine tout entière. Parce que sous mes airs de mec à l'assurance sans faille se cache un vrai cœur d'artichaut. Une pauvre merde pour les autres mecs qui se foutent régulièrement de ma gueule.

J'ai toujours cru au grand amour. Tout ça à cause de mes parents. Mon modèle de l'amour c'est eux. Leur vie de couple, leur famille, la solidité de leurs liens…

Et quand je cède à sa demande et que je souffle son nom au creux de son oreille, je sens un frisson la parcourir et je réalise que l'attraction qu'elle exerce sur moi est peut-être réciproque…

Ses cheveux bruns s'étalent devant moi et j'y plonge pour me délecter de leur odeur vanillée qui m'avait tellement manquée. Je décide alors de profiter de ce moment de sérénité et de cette soudaine intimité pour savourer le contact de son petit corps contre le mien. Subitement, alors que je pensais que je disposerais encore de quelques minutes avant qu'elle ne se rhabille et s'enfuie, elle casse encore le silence qui s'est installé entre nous et je crains que la magie ne soit brisée, cette fois :

— Pourquoi t'as pensé que j'avais renoué avec Tyler ?

Je hausse les épaules alors qu'elle ne le voit pas :

— Bah je ne sais pas…

J'hésite mais j'ose malgré tout :

— Ces derniers temps, vous vous revoyez beaucoup... Il est tout le temps fourré ici, à te prendre dans ses bras...

Elle se tourne alors vivement vers moi et plante ses yeux dans les miens. Et tandis que je pense que je vais encore avoir déclenché les foudres de l'enfer, contre toute attente son regard se fait doux comme jamais auparavant, et j'y lis une sincérité désarmante :

— C'est juste que... il sait que je vais mal depuis la perte de papa, c'est tout. Il a su se montrer là au moment j'avais besoin...

J'accuse le coup des paroles, car moi je n'étais pas présent, justement car je me disais qu'elle l'avait déjà lui... Et il est plus qu'évident que le mec, s'il veut la récupérer marque des points auprès d'elle sur ce coup. Pourtant, alors que je suis déjà plongé dans mes sombres pensées, Cameron continue :

— ... mais jamais je ne pourrai me remettre avec lui.

Quelque peu estomaqué par cet aveu qui va à l'encontre de tout ce que j'avais envisagé, je la questionne :

— Pourquoi ça ?

— Parce que je ne pourrai plus jamais avoir confiance... J'ai aimé ce type comme une dingue, et il en a profité pour abuser... Le succès, les filles qui lui tournaient autour à la fin de chaque course, les fêtes... il me trompait à tout va. J'ai essayé de fermer les yeux, de me dire que, par amour pour moi, il finirait par se calmer... mais ce n'est jamais arrivé.

Ses yeux quittent les miens pour se poser sur mes lèvres mais elle semble ne pas vraiment les voir, soudain plongée dans ses souvenirs :

— Lorsque les journaux à scandales ont commencé à publier des photos, et que même une journaliste a écrit un torchon où elle étalait sa nuit avec lui, en plus d'être malheureuse, je me suis sentie humiliée...

Je crois qu'à cet instant, si j'avais ce type sous la main, je pourrais le tuer. Mais c'est Cameron qui est là, face à moi, malheureuse d'évoquer cette époque de sa vie. Je passe mon pouce sous son menton pour l'obliger à relever la tête vers moi, et je dépose un doux baiser sur ses lèvres.

Elle ferme alors les yeux et s'y abandonne. Et mon cœur tressaute davantage dans ma poitrine. Cette fille a un pouvoir sur moi que je ne saurais décrire. Je crois que je pourrais rester allongé à ses côtés toute ma vie, juste à la contempler... Elle soupire et rouvre soudain ses grandes billes cobalt et me demande dans un murmure :

— Et toi ? Tu pourrais avoir tellement de filles ? Tu n'as pas l'air de mener ce genre de vie, ça m'épate je dois dire...

— Ça ne m'intéresse pas.

Elle écarquille les yeux, étonnée, et je précise :

— Je ne vais pas dire que je n'ai jamais dédaigné une jolie fille qui souhaitait s'offrir à moi... Le sexe facile et sans engagement, c'est souvent tentant... mais...

— Mais ?

Mes yeux harponnent les siens et je lui dis sans détour ce que j'ai sur le cœur :

— Je ne ressens pas le besoin de plaire à tout prix et de collectionner les conquêtes, bien au contraire...

Elle semble troublée par ce que je lui avoue, mais c'est bien moins que tout ce que j'aimerais lui dire. À cet instant, j'aimerais être capable de lui souffler que la seule dont j'ai envie, depuis que l'azur de ses yeux a percuté mon cœur, la seule dont j'ai besoin, c'est elle. Personne d'autre.

Je soupire à mon tour, le cœur soudain plus lourd. Parce que j'ai peur de lui avouer que je suis complètement fou d'elle, alors que pour elle, tout ça, ce n'est probablement qu'un moyen de prendre du bon temps.

Bien qu'au départ, j'ai maladroitement sous-entendu qu'elle semblait elle aussi multiplier les relations, j'ai compris à présent que ce n'était pas le cas. Tout ce qu'elle fait, c'est chercher une relation agréable, dans laquelle elle se sentirait heureuse, épanouie. Mais ce que j'ai aussi compris à mes dépens : déçue, pour le moment, elle préfère ne pas se caser...

Alors pourquoi je prendrais le risque de tout gâcher, de lui avouer que je ressens pour elle déjà bien plus que cette attirance bestiale ? Au risque de la voir prendre peur, se refermer comme une huitre et me reprendre le peu qu'elle veut bien me donner ? Alors je ferme ma gueule et continue de caresser ce corps frêle collé au mien… et je savoure l'instant, parce qu'il n'y en aura peut-être pas d'autres après ça, il faut bien que je le réalise.

Soudain, Cameron me tire une nouvelle fois de mes pensées :

— Parle-moi en français, j'adore t'entendre parler dans ta langue…

— Tu comprends le français ?

Elle rit :

— Pas un traitre mot, mais quand tu le fais je te trouve terriblement sexy !

BOUM BOUM… BOUM BOUM…

Mon cœur s'affole encore et je la serre un peu plus dans mes bras, tandis que je lui murmure en français au creux de l'oreille :

— *Tu me rends dingue, et si seulement tu voulais me laisser faire, je prendrais soin de toi et je ferais tout mon possible pour que tu sois la plus heureuse des femmes sur cette terre…*

Mon cœur se serre sous le poids de ces paroles qu'elle ne comprend pas, alors que ses yeux capturent les miens encore et encore. Mais si elle n'en saisit pas le sens, elle en capte peut-être l'essence, et nous faisons l'amour encore une fois, lentement, tendrement…

Mais le lendemain matin, alors que j'arrive dans le garage le cœur léger, son humeur semble avoir changé du tout au tout car j'ai à peine le temps de la voir qu'elle quitte l'atelier en furie, vociférant dans tous les sens :

— Putain mais ils ne peuvent pas se mêler de leur cul et me foutra la paix, à la fin ?

Elle est déjà partie, mais lorsque je tombe sur un journal déposé là, comme ça, sur un établi, je comprends ce qui l'a mise dans une telle rage. L'article titre :

Davenport et Mc Intyre ont remis le couvert.

Et je parcours l'article qui se moque d'elle le cœur battant.

Cameron Mc Intyre, la fille la plus cocue du continent, pardonne... Nous lui souhaitons tout le courage, heu non, tout bonheur du monde ! Merci à toutes celles qui partageront désormais la couche du beau Tyler Davenport de ne pas trop l'ébruiter, histoire de préserver le cœur de la belle naïve.

Je fulmine. De rage. Et aussi de jalousie. Parce que je voudrais pouvoir crier au monde entier que Cameron n'est plus cette fille qui se laisse berner par ce connard arrogant. Et que celui dont elle partageait le lit, hier encore, c'était moi...

Chapitre 22

WAKING UP IN VEGAS

Las Vegas, Nevada
Septembre 2019

Jules

Las Vegas, la fabuleuse, l'exubérante, la superbe... La ville lumière, là où tous les excès sont autorisés et où il est même pratiquement obligatoire d'en commettre, sous peine d'être qualifié de type coincé... Je n'ai jamais été un gros fêtard et, depuis que nous sommes ici, nous vivons la nuit. J'ai un peu de mal à suivre le rythme, je l'avoue.

Ah... mais sinon... J'ai quand même oublié de préciser que si nous sommes ici, c'est parce qu'au terme de la course d'Indianapolis, mémorable, sur une piste qui l'est tout autant, j'ai décroché ma place pour les *Play-offs*, la phase finale où seulement les seize meilleurs pilotes de la NASCAR *Cup Series* peuvent rouler. Ce qui s'appelait encore l'an dernier « *The Chase for the cup* ». La chasse... Et ce week-end, la première des dix épreuves se déroulera ici, par une chaleur à crever.

Ça n'a pas été facile, évidemment. J'ai payé mon manque d'expérience en *Stock-Car* au départ, et aussi les résultats catastrophiques de mon prédécesseur. Et je passe de justesse... Mais je passe quand même ! Arriver à ce stade dès ma première saison est même carrément inespéré ! Et je me dis déjà que j'essaierai de faire mieux l'an prochain... si Del Valle me garde. Mais vu mes résultats prometteurs, il n'y a pas de raison.

Il a bien gardé le vieux crouton pendant plus de deux ans, alors...

Depuis le week-end à Darlington, l'humeur de Cameron alterne entre la rage et le désespoir. La presse s'est encore mêlée de sa vie plus qu'elle ne l'aurait dû et je comprends que tout ça, cumulé à la perte de son père encore récente, c'est difficile pour elle. Alors j'essaie de la laisser un peu tranquille, le temps qu'elle se retrouve. Mais aussi de lui montrer que s'il le faut, je suis là, juste à côté... Nous n'avons pas recouché ensemble mais j'ai comme le sentiment que nous avons passé un cap, franchi une barrière invisible, et que notre relation peut maintenant s'épanouir autrement.

Alors lorsque je sens qu'elle ne va pas bien mais qu'elle tente de le cacher par tous les moyens, je lui glisse discrètement lorsque personne n'écoute que si elle a besoin de parler, je suis là pour l'écouter. La prenant doucement dans mes bras lorsque je sens qu'elle va me laisser faire, et que je sais qu'il n'y aura pas de témoins de nos gestes tendres.

Le lendemain de l'article, elle est revenue avec des cheveux blond platine. Choqué, je n'ai pu m'empêcher de m'écrier :

— Putain ! Mais qu'est-ce t'as fait à tes cheveux ?

Et elle m'a simplement répondu, encore sous le coup de la colère :

— Puisqu'ils veulent parler de moi, autant qu'ils le fassent pour une vraie raison ! Et puis comme ça, je me fondrai peut-être dans la masse de toutes ces pétasses que Tyler semble vouloir collectionner. Apparemment maintenant, il préfère les blondes ! Je ferai peut-être moins la une des tabloïds, s'ils ne me distinguent plus parmi toutes les autres !?

J'ai grincé des dents et juste relevé, comme pour moi-même :

— Je préfère le bleu... ou le noir...

Bien que n'importe quelle couleur lui sied au teint, je dois le concéder... mais ma préférence est clairement établie depuis le début ! Et désormais, quand elle arpente la pièce dans laquelle je me trouve, j'ai comme un air d'une vieille chanson d'INXS qui me trotte dans la tête. Je la connais presque par cœur bien que je sois né plusieurs années après sa sortie. Mais j'ai grandi au son des best of des années 90 que ma mère écoutait à longueur de journée, alors c'est un peu le berceau de mon enfance, ce titre... Toutefois, je ne peux pas dire que je n'ai pas hâte que la période de protestation capillaire se termine !

Ce soir, justement, toute l'équipe doit sortir sur Fremont Street, dans le vieux Vegas. Apparemment c'est « *The Place to be* » ici le soir, si on ne va pas au casino. Nous nous sommes donné rendez-vous sur le parking de l'hôtel où nous dormons exceptionnellement toute la semaine et, comme d'habitude, des véhicules de location ont été mis à dispo pour nos virées. Comme pour le *motor-home,* je partage mes quartiers avec Chase. On ne change pas une équipe qui gagne. Nous sommes descendus au Luxor aux frais d'un sponsor et je dois bien avouer qu'on se croirait presque en Égypte, s'il n'y avait pas juste à côté d'autres hôtels à l'effigie des plus beaux endroits sur cette Terre.

L'hôtel est en forme de pyramide, bien entendu, et un Sphinx gigantesque trône à ses côtés, entouré de palmiers et d'une piscine aux airs d'oasis. L'effet depuis l'intérieur de la chambre est ahurissant. Du fait de la conception du bâtiment, les fenêtres sont inclinées, ce qui laisse une drôle d'impression...

Nous attendons dans la bonne humeur à côté des 4x4 que tout le monde arrive pour pouvoir partir, et les discussions vont bon train. Chacun y va de sa petite histoire sur ce qu'il a pu vivre à Vegas et tente de me convaincre de faire tout un tas de choses plus délurées les unes que les autres. Mais je n'écoute qu'à moitié, car celle que j'espère voir arriver n'est toujours pas là.

Mais lorsqu'elle arrive, mon souffle se coupe. Pourtant, rien d'exceptionnel ni d'extravagant... rien qui justifie son retard. Elle ne porte qu'un jean noir et un marcel de la même couleur... LE marcel qui fait sa marque de fabrique... ça et... ses cheveux bleus !

Pour l'occasion, comme pour être dans la norme de l'endroit, ma poupée a retrouvé sa chevelure bleutée et j'ai comme le sentiment de rentrer un peu à la maison. Je sais, elle n'est pas vraiment à moi, mais mon cœur, lui, fait comme si... C'est dangereux, j'en conviens, le jour où elle se trouvera un vrai mec et où je comprendrai que plus jamais je ne poserai mes mains sur elle, ça fera d'autant plus mal... La chute sera rude. Mais pour l'instant je ne veux pas encore y penser.

Nous partons dans trois véhicules et, dès que nous arrivons sur place, je comprends que ce sera effectivement la soirée de tous les excès. Nous écumons les bars et nous mangeons peu, finalement. Et si moi je reste sobre, tournant au coca ou aux cocktails sans alcool, parce que je me vois mal au volant de ma bagnole à trois cents kilomètres à l'heure avec une gueule de bois aussi mémorable que cette ville ou que cette soirée, Cameron, elle, semble avoir besoin de noyer son chagrin dans la boisson...

Ces derniers jours, elle était comme éteinte, mais ce soir, dans la chaleur de la nuit et poussée par l'ambiance festive, elle a visiblement envie de s'amuser. Le mec qui a trouvé le slogan « Sans alcool, la fête est plus folle » peut aller se rhabiller ce soir. Car la princesse de Pandora n'a plus été aussi enjouée depuis un bon moment, alors si pour ça elle doit boire un peu, eh bien tant pis...

Le taux d'alcoolémie ambiant est clairement monté d'un cran et cette soirée va finir par puer la dépravation. Chacun y va de sa proposition pour les heures à venir et les blagues vaseuses reviennent comme une putain de rengaine. Surtout qu'elles prennent souvent pour cible Cameron qui, sous le coup de ses états d'âme éthyliques, semble bizarrement d'humeur à faire comme si elle ne les entendait pas, prenant soin de n'en relever aucune.

Ma jambe gesticule nerveusement sous la table, exprimant silencieusement mon agacement et mon poing se serre sur mon genou. J'en ai marre d'être là avec eux, à les écouter débiter des conneries de soulauds. En plus, vinassés comme ils sont, ils n'articulent même plus quand ils parlent et je ne comprends pas le quart de leurs paroles…

La moitié de ces types sont des connards et je ne peux pas les saquer. Je fais genre parce que pour la cohésion de l'équipe, il faut bien… d'autant plus que je suis le dernier arrivé, alors je ne peux pas avoir la prétention de bouleverser l'ordre établi. Mais j'avoue que parfois, je cafterais bien comme un gros gamin et, j'irais bien raconter au *big boss* comment ses employés parlent de la patronne dans son dos, sans respect.

Pour l'heure, il est question de bar à strip-tease et d'aller se « *vider les couilles dans la première pétasse consentante venue* », histoire de ne pas claquer plus d'argent que nécessaire. Très classe. Ça ne m'étonne même pas de la plupart d'entre eux. Leurs voix imbibées de picole m'agressent les tympans et refluent par mes trous de nez. Et je céderai presque à l'envie d'anesthésier, moi aussi, mon cerveau dans l'alcool plutôt que de devoir les entendre encore déblatérer leurs conneries. Si je m'écoutais, je me ferais la malle sur le champ et je les planterais tous là, ces poivrots. De toute façon, ils sont saouls comme des cochons, ils ne remarqueraient même pas ma fuite. Sauf que si je suis là, ce n'est pas pour eux…

La soirée prend un tournant inattendu lorsque tout le monde décide d'aller flamber au casino, mais que notre reine de beauté proteste en argumentant qu'elle a encore envie de s'amuser. S'en suit une discussion aux allures houleuses où tout le monde donne son point de vue, mais où personne ne tombe jamais d'accord sur la suite du programme. Et moi j'aimerais bien rentrer me coucher, mais Cameron a picolé plus que de raison et je ne veux pas la laisser toute seule avec ces branquignoles qui ne pensent finalement qu'à lui sauter dessus à la moindre occasion, alors finalement je propose :

— Bon ok, les gars, allez perdre tout votre pognon, moi je reste surveiller la patronne !

La discussion devient graveleuse, je dois être le seul encore sobre de la bande :

— Bah, tiens, comme par hasard le mec se dévoue !

— Si tu crois que tu vas pécho parce qu'on n'est pas là, tu rêves mec !

— Il est pas encore né le mec qui va serrer la patronne un soir de beuverie !

— T'en sais quelque chose, hein !? C'est pas faute d'avoir essayé, abruti ! Mais tu ne t'en vantes pas, hein ?!

Les rires fusent et je crois que ça va dégénérer. D'ailleurs je leur collerais bien volontiers mon poing dans la gueule à tous sur le champ, rien qu'à l'idée que l'un d'entre eux a déjà essayé de poser ses grosses paluches sur ma poupée manga. Mais je me ravise et je ne dis rien. De plus, si je me tais on ne sait jamais, je pourrais peut-être finir par apprendre des choses intéressantes ? J'ai toujours su que la plupart des gars bavaient sur elle. Mais soudain le son de la voix de Cameron se fait de nouveau entendre :

— Allez tous vous faire foutre, bande de connards ! Faut toujours que vos conversations bifurquent vers moi dans un lit avec quelqu'un ! Vous n'êtes que des gros cons sexistes, alors ne vous demandez pas pourquoi je vous fais ramasser après ça !

Eh BAM ! Bien fait pour vous ! Espèces d'abrutis finis !

Si en début de soirée elle avait choisi de se taire, elle semble à présent dans de nouvelles dispositions. Et visiblement, même si habituellement elle n'a déjà pas sa langue dans sa poche, l'alcool annihile soudain toute retenue sur ses pensées. Il est vrai que toutes les réflexions sur elle dans l'équipe doivent finir par lui peser, même si elle essaie certainement de ne pas en faire cas. Et encore ! Elle n'en entend certainement pas le quart !

Cameron se lève et je la sens agripper ma manche et m'entrainer à sa suite tout en saluant le groupe :

— Bon allez, à demain bande de nazes. Ne perdez pas tout votre blé !

Et alors que nous nous éloignons, je les entends encore :

— Vous en faites pas les gars ! Celui-là elle aura plutôt envie de le tuer que de le baiser !

— Tu crois qu'on risque de le retrouver mort au fond d'une ruelle demain matin ? Ou desséché dans le désert ? Ouais, dans la vallée de la Mort, tiens !

— Ce serait con pour notre championnat !

Leurs rires gras montent encore dans le bar. Ils sont bourrés comme des cantines, et je crois que l'alcool appuie sur certains traits de caractère chez eux aussi, mais pas les meilleurs. Et je ne suis pas certain que j'aie envie que l'un d'eux touche à ma caisse demain. Je n'ai pas envie de voir le mur de trop près sur une défaillance technique, moi !

Pourtant, alors que nous nous éloignons, j'arbore un léger sourire au bras de ma princesse aux cheveux assortis au bleu de ses yeux.

Riez les gars. Mais si vous saviez que, parfois, elle n'a pas toujours envie de me tuer !

Cameron est déchaînée. La voir aussi délurée m'amuse beaucoup. Elle embrasse tous les Elvis qu'elle croise, c'est dire le nombre de types qu'elle bécote dans sa soirée. Et si je ne la freinais pas un peu, elle boirait encore. Cette fille a la descente d'un camionneur russe quand elle s'y met, et si j'avais bu ne serait-ce que la moitié de ce qu'elle a pu avaler, je serais déjà en train de rouler par terre.

S'en suit un passage où elle décide d'apprendre la langue de Molière. Avec ce qu'elle a bu, c'est aussi facile que ne rien casser dans un magasin de porcelaine pour un éléphant ! Mais la façon qu'elle a de prononcer mon prénom avec ce petit accent à tomber pourrait faire s'arrêter mon cœur sans préavis.

Elle parvient à me convaincre de survoler Fremont Street à plus de trente-quatre mètres de haut et c'est ainsi que je me retrouve harnaché à hauteur de l'équivalent d'un immeuble de onze étages pour une traversée en tyrolienne, à plat ventre tel un superhéros. Ils ont appelé ce truc *Slotzilla* ! Non mais sérieux, ils sont oufs ces Ricains ! Lorsque nous sortons de l'immense machine à sous au-dessus de cette foule qui nous remarque à peine, tant la musique en bas est forte et que des sons différents sortent d'un peu partout, j'ai un peu l'impression que nous sommes Quatre et Triss, survolant la ville, dans notre bulle, comme seuls au monde.

À cet instant, pour moi, plus rien n'existe sauf elle, alors que pourtant, tout autour de nous, le quartier rugit. Son rire, son sourire, alors qu'elle s'amuse un peu, ce soir, gomme tout ce qui se passe autour et rien n'est plus beau pour moi. Même cette ville paraît fade à côté d'elle... Jusqu'à ce moment où, retrouvant la terre ferme, elle me dit dans un souffle :

— Je crois que je vais vomir...

Le lendemain matin, le réveil est difficile. Enfin, ce n'est pas pour moi que c'est le plus dur...

Cameron est au creux de mes bras et dort d'un sommeil paisible. Enfin, paisible, j'espère qu'il l'a été ! Mais à défaut, elle au moins, elle a dormi ! Parce que pour moi, avec ses ronflements alcoolisés en fond sonore, ça a été une autre paire de manche et le mythe de la princesse pourrait presque s'écrouler, si mon cœur ne palpitait pas si fort à son contact ! Pourtant, là, tout contre moi, elle est encore habillée...

Contrairement au *motor-home* qu'elle partage avec Brent, cette semaine elle dispose d'une chambre seule, et lorsque je l'ai raccompagnée, elle m'a suppliée de rester. Comme un con, je ne m'y attendais tellement pas que je n'ai même pas immortalisé l'instant. Dommage parce que j'aurais pu lui balancer la vidéo encore et encore en mode : « Ah ouais ?! Alors comme ça tu ne me supplieras plus jamais ?! »

Évidemment je ne me suis pas fait prier et j'ai partagé son lit, mais en tout bien tout honneur. Contrairement à ce que tout le monde pourrait s'imaginer, nous n'avons rien fait. D'abord je ne suis pas ce genre de mec qui profite d'une nana qui a bu et ensuite, je suis assez imbu de mes performances pour avoir envie que la fille en question s'en souvienne. Et là, j'ai un doute sur le fait que Cameron se rappelle de sa soirée...

Bon, il faut dire aussi que déjà, elle a trébuché en retirant ses chaussures, et que lorsqu'elle a voulu se rendre aux toilettes, j'ai dû la surveiller discrètement en écoutant derrière la porte, pour être certain qu'elle n'en tombe pas. Ça m'aurait ennuyé qu'elle se blesse aussi bêtement, quand même ! Au lieu de ça, je l'ai entendue se marrer et baragouiner je ne sais trop quoi toute seule pendant un bon quart d'heure ! Puis en sortant de la salle de bain, elle s'est avachie en travers du lit et s'est endormie en deux secondes.

J'ai eu un mal fou à la déplacer pour la mettre au moins sous les draps et me faire une petite place à côté d'elle. C'est d'ailleurs hallucinant à quel point une petite nénette comme ça peut être chiante à faire bouger lorsqu'elle est en mode « poids mort » !

Alors que je me remémore les moments les plus intéressants de la veille, je sens qu'elle commence à bouger doucement. Elle ne devrait pas tarder à se réveiller. Mais soudain, elle a comme un sursaut et s'assoit dans le lit comme si elle n'était pas encore en plein sommeil la minute précédente :

— Putain mais qu'est-ce que tu fous là ?

Je souris doucement :

— Moi aussi je suis ravi de me réveiller à tes côtés, princesse…

Puis elle s'écrie alors qu'elle nous observe :

— Ouf, putain… au moins j'ai toujours mes vêtements !

Je me moque d'elle gentiment avec un haussement de sourcil :

— Tu ne dis pas toujours ça…

— Mais… pourquoi j'ai les miens mais pas toi ? Qu'est-ce que je t'ai fait ?

Devant son air horrifié, j'ai envie de jouer. Pour changer, c'est moi qui vais la martyriser, tiens ! Et je compte bien exagérer quand je lui laisse penser que des évènements qui n'ont jamais eu lieu se sont produits :

— Rien que tu n'aies jamais eu envie de me faire, je te rassure !

Elle ouvre soudain de grandes billes horrifiées. Je sais que le fait d'avoir fait quoi que ce soit avec moi n'est pas le problème, ici. À moins qu'elle n'ait vraiment décidé de ne plus jamais recommencer... Mais vu ce qu'elle m'a demandé cette nuit, j'ai comme un doute. Non, je pense que ce qui la gêne ce matin, c'est de n'en avoir aucun souvenir...

Elle se frotte les tempes tout en fermant exagérément les yeux :

— Putain de bordel de merde ! J'ai aucun souvenir de cette soirée, je déteste ça !

— Tu veux que je te rafraichisse la mémoire ?

Apparemment, la bonne humeur post cuite, très peu pour elle. Bon, à l'origine la bonne humeur matinale sans cuite, ce n'est déjà pas son truc, alors... Là, j'en prends pour mon grade :

— Ta gueule, j't'ai pas demandé de la ramener, c'est pas le moment !

Mais je m'en fiche, ce matin. Je suis d'humeur à plaisanter et tant pis si je ramasse :

— Humm... Madame est toujours autant du matin !

— Me fais pas chier, bordel !

— Je retire le « princesse », parce que pour info, ton haleine gueule de bois te sied à ravir, Fiona !

— J't'emmerde !

Puis, tout à coup, je ne comprends pas pourquoi ni comment elle en vient à cette idée... Est-ce que par hasard elle se souviendrait d'un détail ? Toujours est-il qu'elle panique :

— Putain ! Merde ! J'me rappelle de rien ! Qu'est-ce qu'on a fait ? On est à Vegas... C'est la ville où on fait des conneries, ça, quand on est beurrés !

Elle blanchit puis regarde sa main gauche quelques secondes. Mais loin d'être soulagée, elle relève ses prunelles turquoise vers moi et m'implore :

— Jules... je t'en prie... Dis-moi qu'on n'a pas fait comme tous ces connards et qu'on ne s'est pas mariés complètement bourrés ! Putain, s'il te plait, dis-moi qu'on a laissé ce putain de stéréotype aux autres...

Je souris largement, agitant mes sourcils, histoire de la faire flipper davantage sans la détromper. Elle sort du lit en trombe et semble fouiner un peu partout :

— Putain, faut faire le tour de toutes les chapelles pour vérifier. Vite habille-toi !

Alors qu'elle s'accroupit pour chercher je ne sais trop quoi sous le lit, j'éclate de rire pour de bon cette fois et, tout en restant sous les couvertures, je la rassure enfin :

— Mais non, ne flippe pas ! On n'a rien fait !

Elle relève la tête et darde sur moi un regard inquiet :

— Comment tu peux en être certain ?

— Contrairement à toi, moi, je n'ai rien bu ! Alors, t'inquiète, je m'en rappellerais !

— Quoi ? Tu n'as rien bu ? Mais...

Elle fronce les yeux et son front se plisse, laissant une marque de perplexité que je peux lire dans son regard. Elle semble réfléchir à la véracité de mes paroles. Je crois qu'à cet instant je peux voir son cerveau fumer et les rouages de ses souvenirs tenter de se mettre en action. Elle revient s'allonger à côté de moi et plante ses yeux dans les miens comme pour y chercher une vérité qu'elle croirait égarée dans les limbes de l'alcool. Ses deux billes aux couleurs du ciel, passablement délavées ce matin, semblent me poser une multitude de questions silencieuses. Et nous restons ainsi à nous regarder pendant de longues minutes, alors que je remarque qu'elle touche nerveusement son annulaire gauche. Ma respiration se fait hachurée, tant j'ai envie de l'embrasser à cet instant, et je l'entends soudain murmurer :

— T'es resté... tu ne m'as pas laissée...

Ses prunelles assombries et perdues s'embuent alors légèrement. Sans doute sous le coup d'une certaine émotion provoquée par le poids des douleurs qu'elle tait. La perte de son père est encore si récente et je sais qu'elle souffre encore beaucoup, même si elle s'en cache. Et hier soir, l'alcool aidant, elle n'a pas pu se retenir de se dévoiler...

Une mèche de ses cheveux est retombée sur son visage et je la glisse doucement derrière son oreille. Puis, presque naturellement, sans avoir prémédité ce que je fais, je dépose un rapide et chaste baiser sur ses lèvres et elle se laisse faire, presque surprise. Et je ne peux m'empêcher de faire comme si ce n'était rien, en plaisantant :

— Putain, tu pues l'alcool !

Honteuse, elle se cache dans ses mains mais s'approche de moi pour se lover au creux de mes bras... Et son contact me grise, m'électrise, dévore chaque particule de mon être, se glissant sous chaque parcelle de mon épiderme pour échauffer tous mes atomes déjà bouillonnants un par un. Et ce que je lui tais volontairement, ce qu'elle ne saura certainement jamais puisque visiblement elle ne se rappelle pas, c'est que cette nuit, elle m'a vraiment demandé de l'épouser...

Hier soir, au moment où nous sommes redescendus du *Slotzilla*, tout a basculé... Tout d'abord, elle a vraiment vomi, ce qui ne m'a absolument pas étonné, compte tenu de la dose d'alcool qu'elle a ingurgitée depuis le début de la soirée. Et moi je suis resté à ses côtés et j'ai tenu ses magnifiques cheveux bleus... Puis une fois passé ce douloureux moment où son estomac lui a semblé remonter jusque dans sa gorge, elle s'est mise à pleurer toutes les larmes de son corps, et là, au milieu de cette rue bondée, elle a tout lâché :

— Mon père me manque tellement...

— C'est normal.

Je l'ai prise dans mes bras et je l'ai serrée très fort. Jusqu'à ce que d'un coup, elle s'écarte vivement de mon torse et me demande le plus sérieusement du monde :

— Épouse-moi, Jules !

BOUM BOUM... BOUM BOUM...

— Quoi ?

— Oui, épouse-moi… Quand je suis avec toi je me sens bien…

— Tu réalises ce que tu me demandes ? Ma pauvre, t'es complètement beurrée, tu ne sais plus du tout où tu en es…

— Oui, c'est vrai, tu as raison…

Elle a pleuré de nouveau, puis elle a fiché ses yeux dans les miens :

— Merde, je suis pathétique !

J'ai ri doucement et j'ai concédé :

— C'est vrai… et comme tout le monde quand t'es bourrée, tu ne racontes que des grosses conneries. Mais ne t'inquiète pas, je ferai comme si tu ne m'avais jamais demandé ça…

— Je te remercie, c'est gentil…

Elle a reniflé sans aucune élégance et a baissé la tête. Un lourd silence s'est installé entre nous. Mais il n'a pas duré :

— Ça veut dire que tu ne voudrais pas m'épouser ?

BOUM BOUM… BOUM BOUM…

Elle va m'achever. Faites que cette discussion se termine très vite car je ne vais pas pouvoir tenir longtemps avant de lui dire que je l'aime comme un dingue.

— Cameron, mon ange, t'es complètement faite. On pourrait faire n'importe quoi que demain tu ne t'en souviendrais certainement pas ! Et si je voulais vraiment t'épouser, là tout de suite, je pourrais effectivement en profiter…

Elle a relevé ses iris céruléens sur moi et elle s'est presque remise à pleurer, alors que je la tenais toujours au creux de mes bras :

— Donc ça veut bien dire que tu n'aurais pas envie de m'épouser…

Je suis resté sans voix, et mon cœur s'est tortillé dans tous les sens, se débattant contre des dizaines d'aiguilles qui le transperçaient. Parce qu'à cet instant, je n'avais qu'une seule envie, c'était de fondre sur elle et de lui dire que je l'aime presque depuis le jour où ses yeux ont croisé les miens, et que oui, si vraiment elle le voulait, je pourrais l'épouser.

Elle s'est finalement vraiment remise à pleurer à chaudes larmes, encore une fois et elle a continué, alors que je n'avais toujours rien dit :

— Non, moi je suis l'éternelle petite amie. Celle qu'on sort, celle qu'on trompe, celle qu'on baise mais pas celle qu'on épouse…

Et là j'ai craqué. J'ai pris son visage dans mes mains et je lui ai dit tout simplement :

— Arrête Cameron. S'il te plait mon ange, arrête de pleurer. Si tu n'avais pas autant picolé, je te jure que je t'épouserais sur le champ !

Elle a relevé sur moi des yeux pleins d'espoir :

— C'est vrai ?

— Sans hésiter !

Nous sommes restés ainsi de longues secondes à simplement nous regarder, sans même nous embrasser, enfermés dans notre bulle alors que la foule grouillait autour de nous dans un brouhaha incessant. Puis soudain, c'est comme si le charme s'était rompu et elle a presque recouvré ses esprits :

— T'es trop mignon… Putain pourquoi j'ai dit ça ? Je suis lamentable quand je suis bourrée, je dis tout ce que je pense…

— Je n'ai pas l'impression que tu as besoin d'avoir bu pour ça !

— Non t'as raison… mais avec toi c'est pas pareil…

— Ah bon ? Pourquoi ça ?

Mais j'ai attendu encore sa réponse. Parce qu'elle a soudain changé d'humeur du tout au tout et s'est soudain écriée :

— J'ai une idée ! Si on se faisait le remake de tous les plus grands films qui se passent à Vegas ?

— Hein ?

— Ouais ! Si on faisait un casse ? Ou si on tuait quelqu'un ?

J'ai ri comme un fou alors qu'elle était visiblement rassérénée, après cette phase éthylique intense qui commençait un peu à m'inquiéter :

— Je savais que tu finirais par te venger de tout ce que je t'ai fait !

— Tu ne veux pas qu'on se rejoue *Very Bad Trip…* Ou *Las Vegas Parano* ?

Et notre soirée s'est terminée sur une note plus légère, ma poupée ayant retrouvé son sourire, et moi heureux de partager ces instants avec elle.

Chapitre 23

BREATHE ME

Charlotte, Caroline du Nord
Septembre 2019

Cameron

Je ne sais pas dans quoi je m'embarque, mais je fonce tête baissée dans quelque chose que je sais être mauvais pour moi… parce que justement c'est trop bon et que je vais y prendre goût. Mais quand je vais ouvrir les yeux et découvrir que nous ne voulons pas du tout les mêmes choses, je vais me ramasser, et je ne sais pas si cette fois j'arriverai à m'en relever.

Alors j'essaie d'endurcir mon petit cœur, mais je sais qu'il y aura un moment où je devrai couper court à tout ça. Avant qu'il ne soit trop tard. Parce qu'une fois que je me serai vraiment attachée, qu'est-ce que je vais devenir ? Et si demain il me balance qu'il veut une vraie relation ? Pas juste des parties de jambes en l'air à se damner ?

Une véritable relation, officielle, avec moi ? Ou pire ! Avec une autre ? Parce que mon incapacité à m'engager transpire par tous les pores de ma peau et j'ai peur qu'il ne finisse par s'en lasser. Plus j'apprends à connaître Jules, plus je réalise qu'il est le genre de mec à s'engager. Et ça, ça me fait flipper à mort. Même si finalement c'est exactement ce dont je rêve et que c'est justement ce qui m'effraie.

Mes neurones vrillent constamment en tous sens quand je pense à lui et à ce début d'histoire entre nous. Je sais ce que je veux, mais lui, que veut-il ? Qu'attend-il de moi ? De nous ?

Je l'ignore encore et il est bien trop tôt pour que nous ayons ce genre de discussion. J'enchaîne juste les suppositions, parce qu'il m'a avoué ne pas être le genre de mec à collectionner les conquêtes. Malgré tout, un plan cul régulier pourrait être pour lui une bonne alternative ? Je spécule, pourtant je suis parfois presque certaine que ce n'est pas ce qu'il envisage entre nous.

Je suis complètement perdue et je me convaincs pour le moment d'opter pour la facilité : vivre notre relation au jour le jour sans me poser plus de questions. Il veut certainement la même chose que moi, mais serai-je celle avec qui il en aura envie ? J'ai trop peur m'accrocher à mes rêves au risque d'être encore déçue.

Ce type est ma kryptonite. Je me sens bien comme jamais avec lui, mais ça m'effraie tellement à la fois que je prends sur moi pour ne pas le repousser encore. Alors ok, je suis une pauvre fille ! À ce stade je suis prête à tout entendre. Je n'ai que vingt-six ans et une seule véritable relation derrière moi. Cette relation a duré plusieurs années, elle n'a pas fonctionné et alors quoi ? J'abandonne après le premier essai ? Je suis tombée de vélo une fois et je ne veux pas y remonter ? J'ai la frousse de plonger dans le grand bain, sous prétexte que j'ai bu une fois la tasse ? La simple idée de me lancer de nouveau dans une véritable relation me tortille tripes et boyaux alors que je passe mon temps à me plaindre auprès de Jenna de ne pas trouver chaussure à mon pied. Un comble ! Je suis juste une emmerdeuse aigrie, emplie de contradictions et habitée par une trouille irraisonnée.

Si papa était encore là, il me dirait certainement qu'il pensait que j'étais plus forte que ça, plus persévérante. Et il aurait bien raison, ça me vexerait sans doute… et je déciderais que je dois me bouger… Mais papa n'est plus là… Il n'y a plus personne pour me botter les fesses, alors je compte bien en profiter pour dormir sur les cendres de ma vie sentimentale. Enfin presque… parce que Jenna veille au grain, quand même, et qu'elle, elle est à fond pour la *team* Jules !

Depuis Vegas, lui et moi nous sommes vus presque tous les soirs. En cachette. Et toujours à mon initiative. Oui, j'ai finalement décidé de céder à mes désirs primaires. Et si nos deux premières fois avaient été de son fait, je crois qu'à présent il attend que ça vienne de moi. Pour être certain que je ne vais pas le rejeter. Pourtant il devrait comprendre que maintenant je n'en ai plus envie ? Non ? Il faut croire que les messages que mon corps lui envoie ne sont encore pas assez limpides…

Après cette fameuse soirée dans le Nevada, tout a changé. Et c'est là précisément que j'ai arrêté de résister à mon besoin d'être avec lui, même si mon cerveau, parfois, est bien tenté de se rebeller. Désormais, je lis de la tendresse dans ses yeux. Pourtant j'ai l'impression qu'elle était déjà là, c'est simplement que je ne la voyais pas. Il n'a pas dû se réveiller le matin à côté de moi en mode gueule de bois et haleine de chacal, et avoir un soudain élan d'affection, soyons lucides !

Je me sens bien avec lui. Je sais, je n'arrête pas de le dire… mais j'ai encore besoin de me convaincre du bien-fondé de ma démarche… Putain, je parle comme s'il s'agissait d'un truc pro, histoire de bien détacher les sentiments qui naissent en moi à son contact. Je suis une véritable calamité, un remède contre l'amour à moi toute seule ! Mais le fait d'éprouver déjà quelque chose pour lui me terrifie littéralement et je cherche encore à me voiler la face.

Parfois nous bossons, c'est vrai ! Mais si ! Nous travaillons ! Vraiment ! Mais pas que… J'adore le déconcentrer…

Et quand je parviens à attirer son attention sur autre chose que les plans d'un nouveau système de carburation, c'est… Waouh ! Une véritable explosion. Ce mec, c'est de la dynamite ! Et à chaque fois que j'approche trop de lui, je me brûle littéralement les ailes. Il sait me troubler comme personne avant lui n'est parvenu à le faire, et j'ai toujours l'impression qu'il me voit différemment des autres. Dans ses yeux, j'ai le sentiment d'être quelqu'un d'exceptionnel, un être merveilleux, presque magique... Ça doit être la couleur de mes cheveux qui lui fait cet effet.

Toujours est-il que j'ai comme le sentiment qu'un fil invisible nous relie. Nous sommes comme aimantés l'un vers l'autre. Je ne sais pas comment cette soirée à Vegas a changé ma perception des choses en ce qui nous concerne, mais c'est comme si tout à coup je sentais que lui et moi, ce ne sera plus jamais qu'une histoire de sexe seulement.

Et même si à première vue, ça pourrait ne ressembler qu'à un vulgaire et banal plan cul, lorsque ses yeux s'ancrent aux miens, je sais que c'est tout autre chose, même si aucun de nous ne le dit. C'est un peu comme si nous n'avions pas besoin de poser les mots. Nous savons... Pourtant, malgré le fait que je prenne conscience de tout ça petit à petit, la rose n'a pas encore rétracté toutes ses épines et j'ai parfois des réactions quelque peu déconcertantes à son encontre, alors que lui ne cherche qu'à être douceur et bienveillance...

Cet après-midi, je sais que Brent s'est absenté pour plusieurs heures alors j'ai demandé à Jules de me rejoindre dans ma chambre. Et je suis là, maintenant, blottie au creux de ses bras à caresser son torse, tandis que lui enroule ses doigts longs dans mes cheveux. J'ai vite compris qu'il adorait les toucher, il le fait tout le temps... Et je lui dis comme ça, l'air de rien :

— Je crois que je vais refaire du noir... Je ressens comme un besoin de normalité...

— Pour moi, tu ne seras jamais quelqu'un de normal...

À ses paroles, mon cœur palpite plus que de raison et je me relève pour planter mes yeux dans les siens. Mais il n'ajoute rien et moi, je crois que je pourrais mourir à cet instant. J'aimerais qu'il en dise plus, j'adore quand il me dit des mots doux... mais j'ai aussi peur de ce qu'il pourrait me dire. Ou plutôt ne pas me dire... D'ailleurs, son silence n'est-il pas éloquent après ça ? Il doit probablement déjà regretter ses mots...

Mon petit organe s'emplit de suppositions et d'appréhensions, venant s'ajouter au mélange de peurs, d'angoisses, de désespoir et de fureur, déjà si omniprésents dans chaque particule de mon cœur soudain si triste et nostalgique... Mais nostalgique de quoi ? Les moments heureux que j'ai pu passer avec un homme sont déjà si loin que je m'en souviens à peine. Ils ont tristement été gommés par toute la merde qui a pu les recouvrir ensuite, me laissant un goût amer comme si l'amour n'avait jamais existé.

Et maintenant j'ai si peur de me laisser aller avec Jules. Ce poids est bien trop lourd à porter sur mes frêles épaules. Et je sens qu'il suffirait de si peu pour que je bascule avec lui quelque part où j'aurais trop peur de me perdre, de m'oublier, et d'être de nouveau délaissée bien trop vite...

Je cligne des yeux alors qu'il me dévisage, toujours sans un mot, et je me sens obligée de briser ce silence qui me met soudain mal à l'aise :

— Arrête de me regarder comme ça !

— Comme quoi ?

— Comme si t'étais bien avec moi...

— C'est le cas !

— Alors ça ne va pas durer !

— Pourquoi ? Parce que tu vas t'arranger pour tout gâcher ?

— Y'a des chances... Ou toi ?

— T'as raison l'un de nous peut si vite déraper !

Soudain je soupire et je le plaque contre le matelas pour m'asseoir à califourchon sur lui et ceindre son bassin de mes cuisses. Je pose mes mains à côté de ses tempes que je vois soudain pulser, et je joue de mes cheveux pour le chatouiller, les laissant retomber sur son visage en une cascade désordonnée. Sa respiration s'accélère déjà subrepticement et je le sens déjà gonfler de nouveau, alors que je bouge à peine au-dessus de lui. Pourtant, je sais que ce simple contact entre nos deux corps et la caresse de mes cheveux suffit à raviver ses ardeurs. Et j'essaie de me convaincre à voix haute que je dois cesser ce petit jeu, alors que pourtant j'ai conscience d'être celle qui en fixe les règles :

— Faut vraiment qu'on arrête ça...

Je me redresse et j'épouse la ligne de ses lèvres pensivement de mon index et sa barbe fine irrite la pulpe de mon doigt alors qu'il s'étonne presque :

— Pourquoi ? C'est chouette nous deux, on s'prend pas la tête...

Je ris, pourtant je n'en ai plus vraiment envie, parce que je sais que je tente de me convaincre et d'échapper à ce qu'il provoque en moi :

— C'est l'impression que ça te donne ? Qu'on ne se prend pas la tête ?

Il me renvoie son sourire le plus enfantin, celui qui me fait fondre littéralement à chaque fois pour assortir sa réponse qu'il accompagne d'un léger mouvement d'épaule :

— Bah on se la prend de moins en moins, en tout cas...

Ses mains se sont posées sur le galbe de mes fesses et je tente l'air de rien, alors que je suis déjà si réactive à l'esquisse de ses caresses :

— C'est signe qu'on commence à s'ennuyer ! Tu vois, faut arrêter avant que ça ne devienne trop chiant !

Nous plaisantons, mais il a raison. Je peux si vite m'arranger pour tout détruire, juste par peur de tout perdre... et même si j'en fais une blague, je suis effectivement tellement effrayée à l'idée qu'il se lasse de moi aussi vite que notre histoire a débuté...

Mais contre toute attente, il coupe soudain ce moment de tension sexuelle et refroidit clairement la température de la pièce :

— Raconte-moi comment ça a commencé avec Davenport... Tu l'as connu très jeune ? Et vous avez quoi ? Au moins dix ans d'écart ?

Je soupire, tout en reprenant ma place à ses côtés, allongée tout contre son flan, une jambe entrelacée aux siennes :

— Exactement, oui...

Je prends une grande inspiration :

— Tu sais, c'est une histoire classique… enfin le début… Il était plus vieux, beau, charismatique, il avait du succès… Moi j'étais une gamine sans expérience et il s'intéressait à moi plus qu'il n'aurait dû, vu l'âge que j'avais. J'aurais dû le réaliser alors… Papa ne l'aimait pas trop, je me demande maintenant si ce n'est pas pour ça que Tyler m'a autant tapé dans l'œil. Tu sais le goût de l'interdit, de la rébellion…

J'ai le regard dans le vide alors que je me souviens, mais Jules me caresse toujours les cheveux tandis que je continue :

— On s'est vu pendant deux ans en cachette, jusqu'à ma majorité… Officiellement, il continuait à sortir avec d'autres filles, comme ça il n'éveillait soi-disant pas les soupçons sur une éventuelle relation entre nous… Je n'aurais jamais dû accepter ça ! J'ai consenti de mon plein gré à ce qu'il en voie d'autres ! Qu'est-ce que j'ai pu être idiote à ce moment-là ! Même lorsque notre histoire a été dévoilée au grand jour, il n'a jamais cessé…

J'ai honte de raconter ça à Jules. Il reste silencieux. Pourtant ça me fait du bien d'en parler :

— Le pire c'est que je me suis fâchée avec mon père, à cause de lui. Parce qu'évidemment, papa a compris que ça durait depuis un moment dans son dos, que je lui avais menti… Quelque part j'avais trahi sa confiance pour lui… je l'avais déçu… tout ça pour un type qui ne le méritait pas. Quand ses aventures ont commencé à fleurir dans les journaux, papa n'a jamais rien dit… pourtant chaque jour où j'ai pleuré devant lui, j'ai pu lire dans ses yeux le « *Je t'avais prévenue mais tu n'en as fait qu'à ta tête…* »

Je marque une courte pause puis je reprends, presque sur le ton de la plaisanterie pour alléger notre conversation :

— Je crois qu'il s'est fait toutes les meufs célibataires du pays… Non, qu'est-ce que je raconte ? Je crois qu'il s'est aussi tapé des femmes mariées ! Il saute sur tout ce qui bouge. D'ailleurs, pendant un moment je me suis même demandé s'il ne se tapait pas aussi des mecs ! C'est vrai, il pense avec sa bite !

Jules ouvre de grands yeux horrifiés et moi je ris franchement :

— Quoi ? Pourquoi tu fais cette tête ? C'est vrai, ce que je dis !

— C'est peut-être vrai, mais bon sang ! Tu ne peux pas être aussi jolie et sortir autant de grossièretés dans une journée !

BOUM BOUM... BOUM BOUM... BOUM BOUM...

Je sens que je rougis et je baisse les yeux. Je fixe soudain un point invisible et je soupire, encore. Je sais qu'il me trouve belle. Il me regarde toujours comme si j'étais la huitième merveille du monde. Mais lorsqu'il le dit c'est autre chose... À cet instant, mon petit cœur bat si fort que ma gorge se serre et que j'ai l'impression que je vais étouffer. Puis je me décide à lui avouer en haussant les épaules, l'air de rien pour masquer mon trouble :

— Je sais très bien que si je disais oui, on repartirait comme en quarante. Mais ça fait bien longtemps que je ne suis plus dupe. Je sais qu'il ne changera jamais et, même si son soutien m'a fait du bien ces derniers temps, je vois clair dans son jeu. Je ne suis plus si naïve !

— Et tu lui as déjà dit, tout ça ?

Je ris et je lui confirme :

— Tellement de fois ! Mais je crois que maintenant, il a enfin compris... Je pense qu'il a fini par vraiment piger que même si j'ai toléré sa présence un peu plus près et un peu plus régulièrement ces derniers temps, ça ne signifie pas que je veuille lui refaire une place dans ma vie... ni dans mon lit...

Je me redresse alors pour regarder Jules qui semble réfléchir à mes paroles. Sa mâchoire m'a eu l'air de se crisper à ces derniers mots... Mes yeux se plantent dans ses pupilles dorées et je lui avoue, presque sans réfléchir :

— T'es tellement différent de lui ! Tu pourrais profiter de ta gloire pour cumuler les conquêtes, mais tu ne le fais pas...

Il s'assoit d'un bon, vexé, m'obligeant à en faire de même. Je remonte le drap jusque sur ma poitrine, en proie à des battements de cœur frénétiques, alors que la voix de Jules transperce la pièce, presque agressive :

— Ne me compare pas à ce tocard, je n'ai rien à voir avec lui !

Je pose ma main sur son bras et le caresse légèrement, de peur d'être soudain rejetée parce que j'ai déconné, je m'en rends compte maintenant :

— Je sais, je suis désolée…

Mais comme s'il réalisait qu'il avait été trop brutal, il se radoucit immédiatement et prend mon visage en coupe, tout en fichant ses deux petites billes noisette dans les miennes. Et c'est là qu'il m'avoue doucement en me regardant dans les yeux :

— J'ai couché avec personne d'autre qu'avec toi, depuis que je suis arrivé ici…

— C'est vrai ?

Je le sens troublé, et peut-être l'est-il tout autant que moi…

— Bien sûr que c'est vrai ! Putain, Cameron, je…

Je pose alors mon doigt sur ses lèvres pour qu'il se taise. Je ne sais pas ce qu'il allait dire, mais j'ai trop peur de l'entendre, alors je m'arrange pour esquiver la suite :

— Chuuuut ! Quel que soit ce que tu allais dire, fous pas ce moment en l'air…

Et je l'embrasse à en perdre haleine. Je me perds en lui encore et encore, comme pour oublier cette peur qui me dévore.

Chapitre 24

ALL LOVE

Dover, Delaware
Octobre 2019

Jules

J'ai la sensation de foncer droit dans un mur à pleine vitesse. À deux cents mph, pour être précis, comme dans ma voiture. Pourquoi ? Parce que chaque seconde, chaque minute que je passe avec elle, je tombe un peu plus éperdument amoureux.

Depuis Vegas on s'est vus régulièrement, presque tous les jours pour ainsi dire, mais la vie est loin d'être un long fleuve tranquille... parce que j'attends... J'attends chaque jour de savoir si elle aura envie de me voir ou si ce sera un jour sans... Je me demande presque à chaque instant si elle se sent assez bien avec moi pour avoir envie qu'on partage du temps ensemble...

Et je suis devenu accro, complètement dépendant de ma dose de ciel bleu quotidienne. Et si au début je me disais que je n'étais qu'un pauvre type, un petit toutou assujetti au bon vouloir de sa princesse, aujourd'hui je m'en fiche. Tant pis si un jour on me dit que j'étais ridicule. Tout ce qui compte pour moi maintenant c'est d'être avec elle, peu importe les conditions.

Bien sûr, dans l'idéal, j'aimerais qu'elle finisse par partager mes sentiments, mais... autant rêver qu'il neige au Sahara, hein ? Bon j'ai déjà vu la neige tomber sur Le Caire il y a quelques années, alors que je croyais dur comme fer que l'Égypte était un pays sur lequel il ne neigeait jamais, alors ça me laisse un peu d'espoir même s'il est infime.

Certes, elle m'a déjà confessé qu'elle se sentait bien avec moi... Mais quand elle me l'a dit, elle était bourrée... Toutefois, devant l'empressement qu'elle met à me donner rendez-vous depuis ce soir-là, je pense que je peux m'avouer que c'est vrai...

Nous avons enfin échangé nos numéros et chaque jour j'attends, j'espère la boule au ventre que je vais recevoir un message d'elle me demandant de la retrouver quelque part. Les premiers jours, ça a souvent été son bureau... et chaque fois nous avons fait l'amour. Puis elle est devenue plus inventive, plus intrépide... et tout ça a pris une tournure très excitante, bien que si je pouvais choisir, je révèlerais au monde entier que je voudrais qu'elle soit à moi pour toujours...

Tout avait commencé par un SMS inattendu :

« J'ai envie de te voir. »

Étonné, je n'avais pu m'empêcher de répondre, cherchant à comprendre... Je n'avais pas envie de me faire des films sur ce qu'elle envisageait :

« C'est vrai ? »

Elle avait répondu en plaisantant un peu :

« Ça me tue de l'avouer, mais oui... Tu ne m'entends pas grogner de rage contre moi-même de l'endroit où tu te trouves ? Mes dents grincent encore... »

Penaud devant son message, je relisais ses mots, encore et encore, essayant de savoir à quoi je devais m'attendre... Je bridais les battements frénétiques de mon cœur. Déjà j'osais espérer, un peu trop à mon goût, pourtant je savais que je ne devais pas trop y croire. Elle n'allait certainement pas me proposer ce que j'espérais secrètement. Au mieux, une partie de jambe en l'air de temps en temps, un peu de tendresse, pourquoi pas... Le matin dans la chambre à Vegas me laissait présager qu'elle en avait besoin, et moi... j'aurais donné n'importe quoi pour revivre de tels moments. J'étais prêt à tout lui offrir, et à prendre tout ce qu'elle voudrait bien me donner, quitte à me contenter d'être le seul à aimer et à me perdre dans ce jeu entre nous.

Puis un nouveau SMS était apparu, sans attendre de réponse de ma part :

« Je suis dans mon bureau, si jamais ça te dit de me rejoindre... »

Lorsque j'avais franchi la porte, elle n'avait pas attendu pour m'embrasser avec douceur, fermant à clé derrière moi, ne laissant aucun doute sur ses intentions. J'avais simplement murmuré :

— Tu es certaine ?

— Dans ma vie j'en ai fait des conneries. Je n'ai jamais été aussi sûre de moi que maintenant !

— Dit comme ça, je suis convaincu !

— Chut...

J'avais tenté de plaisanter, pourtant mon cœur était tiraillé entre le désir de lui céder sans restriction, sans chercher à savoir où elle voulait que ça nous mène et l'envie de lui confier que, de mon côté, j'envisageais quelque chose de sérieux. D'ailleurs, savait-elle déjà elle-même où elle souhaitait aller ? Fallait-il vraiment évoquer les attentes, les espoirs, les doutes de l'autre à ce stade ? Malgré le tumulte sous mon crâne, j'avais réprimé les tergiversations qui s'agitaient et m'empêchaient de profiter de l'instant, et j'avais abaissé ma garde, fait céder les barrières pour m'abandonner...

Cet après-midi, alors que j'attends dépité, presque désespéré, mon message du jour, je finis par penser que toutes les bonnes choses ont une fin... Je tente vainement de croiser son regard à plusieurs reprises, histoire de jauger son humeur, ou pourquoi pas pour tenter de l'attiser, mais en vain...

Je ne parviens jamais à planter mes yeux dans ses orbes couleur cobalt. Le moral en berne, je retourne à mon *motorhome* et me jette sur mon lit perdu, délaissé par ma belle... Mes idées tournoient, je me noie en pensées dans l'azur de ses yeux, je me perds dans le parfum vanillé de ses cheveux... et je tente d'imaginer ce que serait désormais ma vie sans elle, le regard fixé au plafond.

Une porte claque, je calcule à peine le vacarme que ça fait, et je m'imagine que ça doit être Chase qui rentre à son tour… Sauf que celle qui bondit sur moi et qui m'embrasse comme une sauvage, ce n'est heureusement pour moi pas mon pote de cent kilos mais un poids plume que je rêve de serrer dans mes bras !

Je savoure enfin le plaisir de ses lèvres chaudes contre les miennes. J'ai failli crever depuis que nous nous sommes quittés hier, alors que j'ai passé la journée à ses côtés… mais pourtant si loin. Sa langue s'immisce dans ma bouche, pressée, avide, et les caresses qu'elle prodigue à la mienne se font de plus en plus douces, délicieuses…

Je parviens enfin à m'écarter à contrecœur quand je réalise que nous pourrions avoir de la compagnie d'un instant à l'autre. Mais j'ai du mal à parler car elle n'a pas l'air décidée à lâcher mes lèvres. Et même si d'ordinaire je ne suis pas du genre à m'en plaindre, cette fois-ci je la repousse légèrement :

— Cameron, arrête…

Elle embrasse l'arrête de ma mâchoire, descend dans mon cou :

— Pourquoi tu veux que j'arrête ?

— Chase peut revenir n'importe quand.

— Ça ne risque pas d'arriver, je lui ai fait les yeux doux pour qu'il aille en ville me chercher un truc introuvable !

Je me redresse un peu plus et j'écarquille les yeux :

— Quoi ? T'as osé faire ça ? Espèce de petite garce manipulatrice !

Elle sourit tout en effectuant un petit mouvement se sourcils sexy :

— Faut bien que je profite de temps en temps du fait que tous ces types me mangent dans la main, non ?

Je fronce les miens comme si j'étais fâché :

— T'exagères quand même. Chase est mon pote, il est cool !

Elle cesse ses baisers et me regarde dans les yeux :

— Tu aurais préféré qu'on n'arrive pas à se voir aujourd'hui ?

Je fais la moue :

— Non, j'avoue…

— Alors oublie que j'ai été vilaine avec ce gentil Chase. Je m'arrangerai pour me rattraper plus tard…

— Ça dépend comment tu entends te rattraper avec lui…

Elle étrécit les yeux, semblant chercher une réponse que je n'attends pas qu'elle trouve :

— Vas-y, oublie. C'est pas grave mais ne recommence plus, le pauvre…

— Aujourd'hui le pauvre c'était lui ou toi… j'ai fait mon choix !

— Ok, alors choisis-moi à chaque fois…

Et je sacrifie mon ami sur l'autel de l'amour…

Ce pauvre Chase a apparemment zoné vainement en ville pendant plus de deux heures, le temps de trouver ce je ne sais trop quoi que Cameron l'a missionné de lui rapporter, sans jamais y parvenir. Je ne sais pas ce que c'était mais quand il revient, il est déconfit de ne pas être parvenu à satisfaire la belle. Dommage, il comptait certainement marquer des points auprès d'elle…

Je n'avais jamais réalisé que lui aussi avait des vues sur Cameron, comme tous les autres mecs de l'équipe. Et comme elle l'a si bien souligné, même si elle ne se sert pas d'eux à mauvais escient, elle le pourrait parfaitement, et je ne sais pas si je dois me sentir flatté d'être l'heureux élu, celui qui dans le lot a droit à ses faveurs, ou si je dois ouvrir les yeux sur le fait que je suis le plus manipulé d'entre tous…

Pourtant, plus les jours passent, plus j'ai l'impression de découvrir une jeune femme complètement différente de ce que j'avais imaginé. Derrière son assurance hors norme et sa poigne de fer dans le travail, j'ai souvent ce sentiment que sa vie sentimentale partie à vau-l'eau a nettement écorché plusieurs facettes de sa personnalité. Et que face à un homme, aujourd'hui, bien qu'elle tente de faire comme si elle maîtrisait tout, elle est finalement perdue. Qu'elle aurait presque envie de fuir, pour si peu qu'on lui montrerait un peu trop d'affection.

Chaque fois, je crois approcher son cœur un peu plus et toucher du doigt ce rêve fou qu'un jour elle m'aime aussi. Car plus le temps passe, plus elle se montre désireuse de me connaître également :

— Raconte-moi ton histoire. Pourquoi t'es venu aux États-Unis ?

Je soupire, observant chaque détail de sa chambre comme si c'était la première fois que j'y venais, tout en réfléchissant à ce que je vais lui répondre :

— Pas assez talentueux pour réussir chez moi…

— Ne dis pas n'importe quoi ! T'es talentueux, on n'accède pas aux play-offs la première année sans un minimum de talent !

— Alors pas assez de relations haut placées, comme tu veux…

Une petite moue traverse son visage de poupée et elle continue :

— Je vois… Parle-moi de ta famille. Je te parle toujours de moi mais je ne sais rien de toi, finalement…

— Oh, tu sais, y'a rien de spécial à dire… J'ai grandi dans une famille aimante, mes parents sont toujours ensemble et s'aiment encore comme au premier jour. Ils sont ma raison de croire que le grand amour existe…

Ses paupières battent plus vite lorsque je prononce ces mots, mais je fais mine de ne pas le remarquer et je continue de lui résumer ma vie :

— J'ai deux sœurs qui ont fait de ma petite enfance un enfer, à m'étouffer de leur amour sans limites et de leur protection au-delà de l'entendement…

Je ris et elle m'accompagne alors, les yeux soudain brillants :

— J'ai aussi deux adorables nièces de deux ans, des jumelles despotes qui usent leurs parents, mais que j'adore plus que tout et qui me manquent chaque jour...

Je marque une petite pause avant de conclure :

— Enfin voilà... Une jeunesse dorée, quoi !

Cameron ajoute avec un doux sourire :

— J'aimerais les connaître...

— Qui sait ? Ils viendront peut-être me voir un jour ici ?

Puis, semblant réfléchir, elle tente :

— Et... si j'osais, je te demanderais...

— Vas-y, ose !

— Je sais maintenant que tu n'es pas un mec qui trompe, alors... tu n'as certainement pas de petite amie restée là-bas à t'attendre... Mais... est-ce qu'il y a eu une relation qui a compté plus qu'une autre ? Une fille que tu n'oublieras jamais ?

Je plante mes yeux dans ses prunelles soudain plus sombres avant de déclarer :

— Oui...

— Parle-m'en un peu...

J'hésite, puis je réponds finalement :

— Je ne préfère pas...

Un malaise monte, je la sens vexée, presque blessée. Elle croit certainement que j'ai trop souffert pour évoquer cette fille que je ne peux pas oublier... Sauf que cette fille-là, celle dont je ne veux pas lui parler, c'est elle... Celle qui a marqué ma vie à tout jamais c'est bien ma *Baby Doll* aux cheveux bleus, celle que je tiens dans mes bras en ce moment même...

Je la sens se crisper. Je sais que dans son cerveau bouillonnant tout un tas d'idées saugrenues font déjà leur chemin, aussi rapidement que les voitures qu'elle prépare. Et allongé ici avec elle, blottie au creux de mes bras, je voudrais lui dire que je l'aime mais je n'y parviens pas. J'ai peur de la faire fuir avec ces trois petits mots.

Et puis tout le monde les dit. Sans forcément les penser ou sans leur accorder l'importance qu'ils devraient avoir. Sans mesurer la portée de ces paroles sur l'avenir, alors… Est-ce que si je me décidais, elle me prendrait au sérieux ? Est-ce qu'elle comprendrait que pour moi, ça veut dire qu'elle est ce qui compte le plus dans une vie, que je serais prêt à tout si elle me le demandait, que rien d'autre qu'elle n'a plus d'importance, désormais ?

À cet instant, la seule chose que je m'imagine encore faire, c'est essayer de le lui faire comprendre, encore et encore, jusqu'à ce qu'elle le réalise, et qu'elle soit prête à l'accepter… ça et les conséquences de mes sentiments. Parce que je veux qu'elle m'aime aussi sans limites, sans contrainte. Et surtout je veux que notre amour lui suffise, qu'elle soit heureuse. Je serai patient, j'attendrai, en espérant que tout ça arrive un jour. Parce que pour l'instant, je n'ai que ça…

Ses cheveux ondulent en vagues envoûtantes sur l'oreiller et je tente de détendre l'atmosphère en caressant l'intérieur de sa cuisse, remontant sur son ventre, puis encore un peu plus haut…

Si tu savais à quel point tu m'obsèdes. Si seulement tu pouvais te douter à quel point j'aimerais que mon monde ne tourne qu'autour de toi…

Et puis je lâche une bombe, sans réfléchir :

— Je te trouve géniale…

C'était qu'un tout petit obus, je ne lui ai pas dit que je l'aimais… heureusement… car elle cligne des yeux et se lève soudain pour se rhabiller. Je tente de la retenir par le bras mais elle s'écarte doucement et enfile un t-shirt et une culotte tandis que je lui demande :

— Pourquoi tu réagis comme ça ?

Sa réponse m'étonne :

— Tu sais, tu n'es pas obligé d'être tendre et gentil parce qu'on couche ensemble. Je sais que tu n'es pas habitué à juste consommer du sexe sans que ça inclue autre chose à côté, mais je te jure que je ne t'en voudrai pas si tu ne me fais pas de compliment. Je n'attends rien de tout ça, ne t'inquiète pas…

Je bondis hors du lit pour lui attraper la main et je cherche son regard fuyant :

— Stop, stop, stop ! Arrête ça ! Qui est-ce que tu essaies de convaincre, là ? Toi ou moi ? Parce que je peux te jurer que je ne me sens forcé à rien du tout avec toi !

Elle semble faire tout son possible pour occulter mes paroles et s'assoit à son bureau. Elle se met derrière son ordi, et s'attèle déjà à consulter ses plans, mais je passe derrière elle et dépose une myriade de baisers dans son cou :

— Allez viens là, ne fais pas ta mauvaise tête…

— Faut que je bosse, là !

Quand elle réagit ainsi, mes pensées vrillent invariablement toujours vers cette inquiétude latente greffée à ma peau. L'appréhension que tout ne s'arrête aussi vite que ça a commencé me tord les boyaux. Je traine constamment ce sentiment d'insécurité permanent dans mes bagages. Je ferme l'ordinateur portable, déclenchant chez elle un cri de protestation et je la force à s'asseoir sur le bureau alors que je murmure au creux de son oreille, tout en mordant légèrement le lobe :

— La Terre ne va pas s'arrêter de tourner parce que tu vas te détendre un peu…

— Et tu comptes me détendre comment ?

J'imprime mes mains sur ses cuisses, remonte davantage, passe ma main sous son t-shirt alors qu'elle ne porte pratiquement rien d'autre, et je lui souffle simplement :

— Laisse-moi te montrer…

Elle entrouvre légèrement ses jambes pour que je m'avance un peu plus vers elle et passe ses doigts derrière ma nuque pour m'approcher encore plus près d'elle. Ma bouche n'est qu'à quelques millimètres de la sienne et elle me caresse sensuellement de sa langue :

— Cameron, tu me rends fou…

— Elle mordille ma lèvre inférieure et je sens son sourire :

— Je te jure que je fais tout ce qu'il faut pour…

Je passe la nuit avec elle. J'ai une bonne excuse pour être là, on s'est arrangés pour s'engueuler hier… sauf que cette fois, c'était fait exprès pour être « punis » par Brent.

J'adore la tenir dans mes bras quand je dors, sentir son souffle chaud dans mon cou, sa jambe qui s'enroule autour de ma hanche, sa main qui se glisse sur mon flan, déclenchant de petits frissons sur son passage, me tirant même parfois d'un sommeil profond tant mon désir d'elle est prégnant… Et dans ces cas-là, je n'hésite pas à la réveiller également pour qu'elle profite de l'effet qu'elle me fait…

Le lendemain matin, je suis réveillé par un rayon de soleil qui m'arrive droit dans l'œil. Bordel, on a dû mal fermer les stores ! Couché sur le ventre, j'étale mon bras pour sentir ma princesse allongée à côté de moi, mais ma main ne trouve que le vide et des draps froids. J'ouvre les yeux pour regarder autour de moi, et je suis immédiatement rassuré de la trouver de bon matin déjà assise devant son ordi, mais toujours auprès de moi. Parce que j'ai toujours cette peur qu'un jour elle ne s'enfuie pour ne laisser qu'une immense béance dans ma vie, une blessure incurable dans mon cœur...

Je m'étire, et observe son petit corps nimbé par les lumières de l'aube, alors qu'elle me tourne le dos, concentrée sur son boulot. Je me manifeste pour qu'elle sache que je suis réveillé :

— T'es déjà debout ?

— Oui… J'avais du boulot !

— Mais tu n'arrêtes jamais ?

— J'ai des améliorations qui me trottent dans la tête, et j'avais du mal à dormir…

— Viens donc me rejoindre. Profitons encore un peu de pouvoir nous réveiller ensemble, parce qu'il va bien falloir que je regagne mon bus un jour ou l'autre…

Elle se tourne vers moi, souriante et plaisante :

— Chase et Brent on l'air de bien s'entendre, si ça continue ils vont finir en couple !

J'aime la voir de si bonne humeur le matin et je me dis que j'y suis peut-être un peu pour quelque chose :

— T'es bête ! Non, mais sérieusement, ça va finir par leur sembler bizarre à tous, qu'on ne se plaigne plus d'être colocs... À moins que tu sois d'accord pour qu'on finisse par tout leur dire...

Aïe, merde, je vois à sa tête que je vais trop vite pour elle ! Pourquoi j'ai dit ça ?

Tous les indicateurs semblent au rouge chez elle, et je crois que je ternis déjà la belle journée qui s'annonçait, tandis qu'elle tente un semblant de réponse :

— Je... heu... non je n'ai pas envie pour le moment, Jules...

Je suis soudain vexé :

— Ok, d'accord, je ne sais pas comment je dois le prendre...

Elle quitte son siège pour venir s'allonger à mes côtés :

— Ne le prends pas mal, s'il te plaît... Je n'ai pas envie que tout le monde sache... J'ai pas envie qu'ils se mêlent de notre vie privée et qu'ils fassent des réflexions à longueur de temps sur nous.

— Tu n'as pas à supporter ça, tu sais ! Les réflexions sexistes à tout bout de champ, et le fait qu'ils se permettent tous de spéculer sur ta vie privée ! Je sais que tu les envoies bouler la plupart du temps, mais tu ne devrais pas tolérer la moitié de ça !

— Je sais, mais... Ce n'est rien tout ça... Si tu savais tout ce que Danica a dû endurer... elle a essuyé les plâtres ! Disons que c'est le prix à payer quand on est une des rares femmes dans un monde dominé par des paires de couilles !

Je sais qu'elle a tenté de me faire rire, mais tout ça, ça m'énerve. Et ça m'agace que son histoire avec Davenport pourrisse la nôtre. Ça m'horripile qu'elle ne soit toujours pas prête à assumer notre relation, alors je m'insurge :

— Sinon, tu as quand même conscience que tout le monde s'en doute, pour nous ?

— Je... Non, tu te fais des films... Et puis pour le moment, toi et moi, on ne sait pas vraiment où on va, hein ?

Aïe, ses derniers mots me font terriblement mal... Parce que moi je sais parfaitement où je souhaiterais aller avec elle. Mais visiblement la réciproque ne se vérifie pas encore... Elle grimace puis elle coupe court à la conversation qui devient bien trop lourde de conséquences pour elle et j'ai droit à un :

— Excuse-moi, j'ai une envie pressante !

Et sur ces belles paroles, elle part aux toilettes. Mais je sais que ça lui sert d'excuse et qu'elle fuit cette conversation. Furax, je me mets devant l'ordi pour me brancher sur *Whatsapp* et essayer de parler à mes parents. Au moins ça me fera du bien de les voir. Et on ne sait jamais, si elle m'entend parler français, ma sexy attitude pourra la faire changer d'avis... Mais au lieu de ça, je tombe sur un mail qu'elle n'a pas fermé...

Je le lis rapidement, mais je ne le saisis que trop vite...

Cameron a reçu une offre d'emploi d'un gros constructeur automobile il y a plusieurs mois. Le groupe Tesla. Ni plus ni moins. Ils attendent sa réponse, ils insistent, la relancent, font grimper les enchères... Ils l'ont visiblement contactée par téléphone il y a quelques jours et le mail récapitule les conditions dans leur intégralité. Tout un tas de pensées me percute, s'entrechoque... J'imagine qu'elle a reçu plusieurs propositions, qu'elle se permet de faire jouer la concurrence pour obtenir les meilleures conditions possibles, le meilleur salaire. Qui ne le ferait pas, à sa place ? Elle est visiblement en position de force. Mais ce qui m'interpelle le plus dans tout cela, c'est que cette société lui offre un pont d'or pour prendre la tête de leur équipe, à la conception... et que le poste se trouve à l'autre bout du pays. À San Francisco très exactement. Dans la Silicon Valley...

Metzger. Je me remémore la venue de ce type en juillet, à Daytona. Est-ce que c'est de cela qu'il venait lui parler ? Est-il à l'origine de cette offre qu'elle a reçue ? Putain, c'est une chance en or pour elle, mais moi ça me refroidit. D'autant plus qu'elle ne m'en a rien dit.

J'essaie de faire comme si de rien n'était, mais je m'habille rapidement après une toilette succincte. Et quand elle me rejoint dans la cuisine, alors que j'ai préparé le café, elle m'observe avec curiosité :

— Qu'est-ce qu'il y a ? T'as l'air bizarre ?

Elle me prend dans ses bras, pensant que je suis resté sur notre discussion précédente, et elle n'a pas exactement tort... Sauf qu'il y a un nouveau truc qui vient de s'y ajouter. Et je comprends ses motivations... Si elle part prochainement, notre relation va se terminer par la force des choses, alors pourquoi en parler à tout le monde, pourquoi la révéler au grand jour ?

— Allez, Jules, ne fais pas la tête. C'est mieux pour nous de ne rien dire pour l'instant. Au moins comme ça on est tranquilles, on peut profiter...

J'ai envie de lui balancer que je sais tout, mais au lieu de ça je trouve autre chose pour relancer la dispute, parce que là, tout de suite, c'est trop dur de la regarder. J'ai besoin de m'éloigner d'elle au plus vite. Alors je lui balance à la figure :

— Et tu ne te dis pas que parfois, j'aimerais qu'ils sachent tous qu'on est ensemble pour qu'ils arrêtent de lorgner sur toi ou que je puisse simplement les défoncer lorsqu'ils te reluquent ?

Je pose ma tasse de café si violemment que j'en renverse sur la table et je pars en claquant la porte, laissant Cameron seule, avec ce qui me semble des larmes au coin des yeux.

Chapitre 25

UNDER CONTROL

Kansas City, Kansas
Octobre 2019

Jules

Nous avons de nouveau couru à Talladega la semaine dernière, et ça s'est plutôt bien passé. Si ce n'est une espèce de poisse mécanique persistante, mais qui ne m'a pas empêché de rouler, cette fois...

Cette semaine nous sommes à Kansas City... Je fais la gueule comme un gros gamin depuis plusieurs jours. Et j'ai réélu domicile dans mon bus. Cameron m'envoie des messages tous les jours, me demandant de la rejoindre, mais je ne le fais pas. Et vu le caractère qu'elle a, ça me fait peut-être encore plus chier qu'elle !

Pourtant parfois, j'aurais presque l'impression que les rôles se sont inversés, que c'est moi qui détiens le pouvoir et elle qui attend que je me décide à refaire un pas vers elle. Je passe la moitié de la semaine à essayer de l'éviter, mettant en place les mêmes tactiques que celles qu'elle sait employer, esquivant régulièrement son regard, ne lui parlant que pour le boulot, fuyant les moments où on pourrait se retrouver seuls. Mais je ne suis qu'un homme, fait de chair et de sang, dans sa faiblesse la plus flagrante, peut-être même le plus faible de tous...

Aujourd'hui j'ai eu l'impression qu'elle était triste, et depuis que je suis retourné avec mon pote Chase, ma tête bouillonne. Je réalise que si je ne fais rien, elle va partir. Si je ne lui avoue pas mes sentiments, elle va accepter cette putain d'offre d'emploi et je ne la reverrai plus jamais ! D'ailleurs, est-ce que même si je lui dis que je l'aime, elle la refusera ?

C'est le genre d'offre qu'elle ne peut pas refuser ! Comment refuser un truc pareil quand on n'a que vingt-six ans et qu'on est une femme ? Les femmes sont trop souvent malheureusement reléguées derrière les hommes, dans leur vie professionnelle.

Alors il ne faut pas rêver, mec. Même si elle trouve ça mignon ta petite déclaration, Cameron n'est pas le genre de femme à sacrifier sa carrière pour un homme, surtout un homme avec qui elle n'est pas officiellement en couple.

Mais une chose est certaine pour moi à cet instant, c'est que si je ne tente rien, si je la laisse partir sans rien faire, sur ma tombe on pourra écrire « *Jules Chesneau, a laissé filer la femme de sa vie, juste parce qu'elle avait plus de couilles que lui* ». Alors je dois essayer. Je dois juste essayer pour n'avoir aucun regret...

Comme il est déjà tard, je file directement à son *motorhome* mais Brent m'annonce qu'elle n'y est pas.

— Je crois qu'elle partait en ville, mais elle devait repasser à son bureau avant. Va voir là-bas si elle y est encore...

Et quand j'y arrive, effectivement elle est là, mais je sais déjà que rien ne va s'arranger...

Un type plutôt BG zone dans l'atelier. Grand, musclé, plutôt bel homme... et quand je le vois, mon sang ne fait qu'un tour et je lui demande sèchement :

— Je peux vous aider ?

Il me sourit :

— Je vous remercie, j'attends Cameron. Elle récupère un truc dans son bureau...

Le type s'avance vers moi, souriant toujours et me tend la main :

— Vous êtes Jules Chesneau ?

Il ne me laisse pas le temps de répondre et enchaîne :

— Je suis ravi de vous rencontrer. Vos résultats sont époustouflants, vous m'impressionnez je dois dire !

Je joue les connards alors que le mec se veut sympa et je l'interroge :

— Et vous êtes ?

— Oh, oui ! Pardonnez-moi, Adam Carter, un ami de Cameron...

— Un ami ?

Mon ton est grinçant et reflète une certaine agressivité. Je peine à cacher ma jalousie, mais l'arrivée de Cameron coupe court à tout ce qui aurait pu suivre de violent et m'aurait fait me ridiculiser davantage.

Comme d'habitude elle est à couper le souffle et mon cœur se serre en la voyant ainsi… Elle porte une petite robe noire moulante à sequins, qui lui arrive bien au-dessus du genou, et ses cheveux bleus relevés laissent apparaître sa nuque délicate. Cette couleur la rend toujours éblouissante et fait ressortir sa chevelure au ton électrique. D'ailleurs elle doit le savoir car elle se vêtit principalement de noir et de blanc. Ses lèvres et ses joues rosées sont un appel à la luxure, et je comprends qu'elle est prête à s'en aller avec ce gars.

Ma jalousie m'étouffe et je crois que ça me défigure la tronche. Mais comme si ça ne suffisait pas que ça se lise sur mon visage que je crève, je lui lance, sans plus calculer le gars :

— Tu sortais ?

— Oui, je vais dîner en ville avec Adam…

— Ok, alors vas-y et passe une bonne soirée, surtout !

Je regarde le mec en grinçant des mâchoires et leur lance entre mes dents encore serrées sans vraiment la regarder :

— Amusez-vous bien !

Je la sens hésiter, et elle me demande finalement, l'air inquiète :

— Tu voulais me dire quelque chose, Jules ?

— C'est bon, laisse tomber…

Mais alors que je suis prêt à partir, j'entends Cameron demander au type :

— Adam, tu peux m'attendre dans la voiture, s'il te plait ? J'ai quelque chose à dire à Jules, j'arrive…

Il répond comme le bon toutou qu'il est lui aussi :

— Ok, à tout de suite !

Et dès qu'il franchit la porte de l'atelier, Cameron tente de s'approcher de moi. Mais je fais immédiatement un pas en arrière en évitant toujours de croiser ses yeux. Je ne veux surtout pas y lire la confirmation que je l'ai laissée filer pour l'offrir à un autre sur un plateau d'argent. Malgré tout, elle commence à tenter de se justifier :

— Jules, arrête ça, tu veux bien ? Si tu ne faisais pas la gueule depuis plusieurs jours, j'aurais pu te prévenir pour ce soir…

Ma rage et ma jalousie me remontent jusque dans la gorge et ma bile laisse un goût acide derrière elle dans ma bouche. Tant et si bien que les paroles qui franchissent ses lèvres ne me heurtent même pas. Me prévenir… Me prévenir de quoi, au juste ? Qu'elle en a trouvé un avec qui elle veut bien se montrer, celui-là ? J'ai un mal fou à parler, d'autant plus que le nœud dans mon estomac entrave lui aussi les mots qui voudraient sortir :

— C'est bon allez, casse-toi je m'en fous !

Mais la belle s'énerve, elle ne supporte visiblement pas de se faire rabrouer de la sorte :

— Putain, mais c'est quoi ton problème ?

— Je n'ai pas de problème, bordel ! Ou plutôt si ! Mon problème c'est toi ! Laisse tomber, tu comprends rien, tire-toi avec ce type et profite !

— Mais comment ça, j'comprends rien ? Exprime-toi clairement, bordel ! Parce qu'effectivement je ne pige pas du tout pourquoi tu te mets dans cet état depuis la semaine dernière !

Je croise furtivement son regard et si je m'écoutais, j'interpréterais ce que j'y lis comme de la tristesse, encore… et même des regrets. Mais je prends sans doute mes rêves pour une réalité. Je fuis ses yeux trop bleus parce qu'il y a cette espèce de connexion entre eux et mon cœur, qui fait que dès que je les croise, je suis perdu. Et je lui lance, acerbe et agressif au possible :

— Je ne voudrais pas te retenir plus longtemps, ton AMI t'attend !

J'ai insisté sur le mot ami. Je sais qu'elle est perspicace et qu'elle sait parfaitement pourquoi je le fais… Je me réveille presque soudainement. J'ai vécu dans une chimère toutes ces semaines. J'ai cru que parce qu'on avait une relation suivie, régulière, ça changerait tout. Mais on ne s'est jamais rien promis après tout, on n'a pris aucun engagement l'un envers l'autre. Qu'est-ce que je suis pour elle ? Un bon coup, disponible presque à loisir, au gré de ses humeurs quand elle décide de claquer des doigts ? Parce que s'envoyer en l'air ça fait du bien, c'est vrai ! Ça aide à oublier un moment ce qui ne va pas… Parce que se sentir désirée c'est toujours agréable et gratifiant !

Et visiblement, si je refuse que tout ça continue, elle en a d'autres qui attendent leur tour, alors… Cette putain d'offre d'emploi est peut-être le cadet de mes soucis dans ma relation avec elle, il faut que je me fasse une raison, je ne suis pas grand-chose… Je prends ce qu'elle me donne quand elle veut bien donner et le jour où elle décide qu'elle veut tout reprendre et que ça s'arrête, je dois juste plier…

Pourtant j'aimerais être bien plus que ça… J'aimerais lui donner tellement plus que ça ! J'aimerais être son tout comme elle est le mien, parce que moi ça fait bien longtemps que j'ai compris que sans elle, ma vie n'a plus la même saveur. Mais le constat est amer, se sentir bien avec quelqu'un et prendre son pied régulièrement ne fait pas qu'on en tombe amoureux…

Bienvenu dans la vraie vie, Chesneau. Toutes les nanas de ce monde ne sont pas romantiques, en tout cas pas celle-ci. Dommage pour toi !

Je me crispe davantage et je regarde par terre, alors que j'entends finalement les talons de Cameron claquer au sol et la porte se refermer dans un grand fracas. Et je reste là comme un abruti, asphyxié par ma colère et par cette jalousie maladive qui me donnerait presque envie de vomir. Ça me ferait peut-être du bien de gerber, ça éliminerait certainement ce nœud qui ne me passe pas la gorge !

Et pour la première fois depuis des jours, j'envisage les choses différemment. Peut-être que c'est mieux si elle part. C'est même probablement mieux pour moi qu'elle soit loin et que je n'aie plus son joli petit cul sous les yeux. Parce que si elle continue à lacérer mon cœur de coups de dague comme elle le fait chaque jour, je vais finir par mourir étranglé par cet amour à sens unique.

Chapitre 26

MORE THAN WORDS

Kansas City, Kansas
Octobre 2019

Cameron

Je passe une mauvaise soirée. Une très mauvaise soirée, malgré la présence d'Adam. Dans la lignée de toute cette semaine à la con…

Cette nouvelle dispute avec Jules me fout le moral en l'air. Pourtant on s'est déjà disputés des dizaines de fois, et bien plus fort que ça mais maintenant tout est différent. Ça fait plusieurs jours déjà qu'il fait la gueule et qu'il m'évite. Il me fuit même. Il ne répond plus à mes messages, il ne vient plus aux rendez-vous que je lui fixe.

Alors c'est comme ça ? Il veut me faire une sorte de chantage ? Si je n'accepte pas de dire à tout le monde que nous sommes en couple, c'est terminé ? Pourquoi les hommes ressentent-ils forcément ce besoin d'étaler leur « possessivité » devant tout le monde ?

Je ne comprends pas pourquoi il réagit comme ça tout à coup. Jusqu'ici ça avait l'air de lui convenir comme ça. Pourquoi faudrait-il que tout change ? Pourtant je m'attendais à ce que tout ça n'arrive…

J'en suis à me poser toutes ces questions, triturant mon morceau de viande comme si c'était la gorge de Jules que je tranchais sous un excès de colère et d'irritation. Et je suis en rogne, c'est vrai, mais je suis surtout malheureuse. C'est ça qui m'énerve le plus. Je m'étais promis qu'on ne m'y reprendrait pas, que je ne me laisserais plus trainer par le bout du nez par un connard. Mais c'est plus fort que moi, j'ai recommencé !

Sauf que Jules n'est pas un connard, Cameron, et ça tu le sais maintenant...

Il me le prouve chaque jour depuis des semaines. Il est doux, tendre, attentionné... et depuis que nous avons commencé à nous voir régulièrement il m'apaise. Chaque fois que je montre un excès de caractère, contrairement à nos débuts où il me rentrait dans le lard, maintenant je vois bien qu'il prend sur lui, qu'il tente de me canaliser, d'arrondir les angles, de ne pas forcément rentrer dans mon jeu pour que je calme mes petites crises un peu plus vite... Il est le Yang là où je suis le Yin... auprès de lui je me sens complète... mais ça semble ne pas suffire pour que ça fonctionne entre nous.

Je me sens soudain tellement conne d'avoir cru à je ne sais trop quoi entre lui et moi. D'ailleurs, je l'ai dit dès le départ, que je devais le repousser ! J'ai essayé, mais j'ai échoué ! Il y a comme une espèce de connexion entre mon cœur et son sourire, et j'ai parfois cette étrange impression que maintenant, je ne peux plus exister sans lui, que j'ai perdu tout ce qui faisait mon essence naturelle, ou pire, que je n'attendais que lui pour m'exprimer pleinement...

Cette image de la philosophie chinoise que j'ai en tête m'apparaît clairement comme la parfaite illustration de ce que nous sommes ensemble. Deux entités imparfaites qui, finalement, se complètent pour se réaliser pleinement. Je prends conscience que je ne me suis jamais sentie aussi bien que quand je suis au creux de ses bras.

BOUM BOUM... BOUM BOUM...

Ses étreintes me manquent. Et je sais ce que je ressens pour lui, même si ça me fait peur, même si je voudrais m'en cacher et surtout essayer de le LUI cacher... Et ça me tue ce qui se passe entre nous ces derniers jours. J'en crève qu'il me fasse la gueule. Car je ne sais pour quelle obscure raison, Jules a l'air décidé à rester braqué. Et dans la mesure où je ne comprends pas vraiment ce qui ne va pas, je ne vois pas comment faire pour arranger les choses...

Adam me tire soudain de mes sombres pensées :

— Tu n'es pas vraiment avec moi, là...

Je sursaute :

— Je suis désolée, il faut que je retourne travailler...

Il me sourit doucement :

— T'es énorme toi ! On se voit deux fois dans l'année et la seule chose à laquelle tu penses, c'est retourner bosser ? Allez, arrête ! Ne me la fais pas à moi ! Vous vous êtes engueulés et tu meurs d'envie d'aller arranger les choses, c'est ça ?

Je soupire exagérément :

— Tu me connais si bien que parfois ça me fait peur ! Heureusement que toi et moi, on n'a jamais eu envie de sortir ensemble !

Adam rit à gorge déployée :

— J'en ai eu envie, au jardin d'enfants... Mais j'ai vite compris que ça ne pourrait jamais le faire le jour où t'as refusé de me faire goûter ta sucette au coca ! Trop chiante à mon goût !

Il fait danser ses sourcils et nous rions de bon cœur. Puis il me demande à brûle-pourpoint :

— C'est ton mec ?

Je pousse encore un énorme soupir, ma cage thoracique peinant à se soulever sous le poids de la tristesse lorsque je lui réponds, complètement perdue :

— C'est plus compliqué que ça...

— J'espère au moins qu'il ne pense pas que je souhaite marcher sur ses plates-bandes !

Je fixe mes yeux dans ceux de mon ami en faisant la grimace

— J'ai bien peur que si...

Il prend alors un air désolé et contrit et me propose doucement :

— Bon alors pas de dessert, j'imagine ? Je vais te raccompagner auprès de ton chevalier, et la prochaine fois qu'on atterrira au même endroit, j'espère que nous aurons l'occasion de dîner tous les trois…

Je remercie Adam d'un sourire :

— T'es trop adorable, Ad… Je suis désolée, je ne te mérite vraiment pas comme pote…

Nous évoquons quelques souvenirs, rions encore et ça me fait un peu de bien. Mais j'ai déjà hâte d'être partie et de retrouver Jules pour essayer de tout arranger entre nous, même si je m'en veux d'avoir gâché la soirée de mon pote. Adam et moi nous connaissons depuis l'enfance mais maintenant que je voyage continuellement à travers le pays pour la *Cup Series*, nous nous voyons rarement. Alors je suis déçue de ne pas avoir su profiter de ce moment ensemble.

Nous demandons rapidement l'addition et mon ami tente de lire dans mes pensées alors que je fixe un point imaginaire en pensant à Jules et à la façon dont je vais pouvoir revenir vers lui, surtout après qu'il m'a vue partir avec un autre :

— Toi, t'es amoureuse !

Je crois que la remarque d'Adam me fait seulement réaliser à cet instant que, même si je ne sais pas comment, Jules est parvenu à abattre toutes mes murailles. Et je réponds comme si pour moi c'était une révélation :

— Je ne sais pas… je… je crois que oui. J'avoue que j'ai envie de nous laisser une chance, s'il en a envie lui aussi. Je n'ai plus envie d'être seule le soir. J'ai envie de fonder une famille…

Il hésite, semble réfléchir et me demande soudain :

— Et tu crois qu'il serait celui qui aurait envie de construire tout ça avec toi ?

— À vrai dire, je n'en sais rien… On est bien loin d'avoir parlé de tout ça…

— Alors tu sais ce qui te restes à faire, ma vieille !

Je pousse un nouveau soupir mais je ne réponds pas. Je sais qu'il a raison. Si je ne parviens pas à dire à Jules que je l'aime, on ne pourra pas aller bien loin… Pourtant je l'aime déjà tellement… Et si seulement ne pas parvenir à lui avouer que je l'aime comme une folle était mon seul souci, tout serait presque facile. Mais mon expérience avec les journaux, leur intrusion constante dans ma vie… toutes ces choses que j'ai vécues par le passé me retiennent aujourd'hui de faire la lumière sur notre relation. Et j'ai conscience que le fait que Jules ait le sentiment que je ne parviens pas à m'investir réellement crée aujourd'hui des tensions inutiles mais importantes entre nous. N'est-ce pas d'ailleurs la base de toute cette dispute, bien avant le fait que je sorte ce soir avec Adam ?

Comme si mon ami lisait soudain dans mes pensées, il complète :

— Tu sais, Cameron, la base d'un couple solide, c'est la communication… Si tu n'arrives pas à lui parler, ça ne pourra jamais fonctionner entre vous…

— Putain, d'un coup, tu parles comme si t'avais vécu des dizaines d'histoire d'amour sérieuses, toi ! me moqué-je. Mais à ce que je sache, t'es toujours seul !

Adam ne prend même pas mal ma pique.

— J'essaie tout simplement de t'éviter d'être aussi nulle que moi ! avoue-t-il en haussant les épaules, sourire aux lèvres.

— Ah, c'est donc de là que tu tires tes précieux conseils. Tu fais les conneries avant moi et après, tu me dis ce qui fonctionne ou pas…

— Voilà, t'as tout compris !

Après un sourire complice, je décide de parler à mon ami de l'offre en or que j'ai reçue :

— Tesla ?! Rien que ça ? La vache ! s'étonne-t-il. Tu vas accepter, j'espère ! Une offre pareille, ça ne se refuse pas, surtout à ce stade de ta carrière. On ne te reproposera peut-être jamais un truc comme ça !

— Je sais, mais… J'ai pas la tête à penser à ça… j'en sais rien, je ne me sens pas prête pour un poste de cette envergure, avec de telles responsabilités…

— Et il y a ton Jules…

— Oui, mais ce n'est pas qu'à cause de lui que je ne me jette pas tête baissée dans ce projet. C'est un tout... L'inconnu, tout recommencer ça fait peur. En ce moment j'ai besoin de stabilité... Mon quotidien, tel que je le connais même s'il est loin d'être parfait me paraît sécurisant...

Adam me jauge, plante ses yeux sceptiques dans les miens alors que j'ajoute :

— Je ne sais pas si quelqu'un pourra comprendre. Tu dois me trouver stupide d'envisager de laisser passer une chance comme celle-ci !

— Non, je crois que je saisis. Ce qui m'étonne simplement c'est que tu es plutôt du style à foncer tête baissée, sans réfléchir d'habitude ! rit-il. Je crois que la Cameron que je connaissais a bien changé... Mûri, je dirais...

Je tente de rire en retour, bien que le sujet soit sérieux :

— J'essaie de soigner mon côté tête-brûlée, tu sais ! Un peu grâce à Jules, d'ailleurs...

Tandis qu'il règle la note, mon ami me couve d'un regard protecteur. C'est alors qu'il se lève et se postant à mes côtés me tend la main, toujours souriant et je m'en saisis pour me lever :

— Allez viens, ma rebelle ! Et le prochain coup, teint toi les cheveux en roux, histoire d'être au moins dans le thème, princesse !

Mon cœur fait boum. Parce que Jules m'appelle toujours princesse...

Adam passe son bras autour de mon épaule et nous quittons le *steak house* dans lequel il m'avait conduit tandis que je lui lance, d'un ton un peu plus léger :

— Merida est Écossaise, je te signale ! Mc Intyre c'est irlandais ! Si mon père était encore là, il pourrait te tuer pour une telle méprise !

Quand Adam me dépose, j'entends immédiatement qu'une voiture tourne sur le circuit. Le moteur de ces bagnoles fait un bordel phénoménal et heureusement que les *motor-homes* sont quand même assez éloignés de la piste, car à cette heure-ci ça empêcherait probablement tout le monde de dormir.

Je n'ai pas franchement besoin d'aller voir de qui il s'agit pour le deviner. J'entre dans le garage et je constate que la voiture est effectivement sortie.

Putain, mais quel con ! Il est tout seul. S'il lui était arrivé quoi que ce soit, il n'y aurait eu personne pour lui venir en aide !

Mon cœur se serre à cette idée. Depuis l'accident de mon père, j'ai toujours peur. Et c'est un peu ça qui m'a fait comprendre mes sentiments pour Jules. La peur. Je ne crois pas avoir jamais eu peur ainsi pour Tyler...

L'éclairage est allumé, et j'avance lentement jusqu'au bord de la piste avec mes talons aiguilles. Purée, j'en porte rarement de ces machins, alors ils commencent à me faire sacrément mal aux pieds ! On croit que c'est difficile d'évoluer professionnellement dans un monde typiquement masculin, entourée de bourrins, mais c'est garder la classe qui relève du défi, je vous le dis ! Mais malgré la douleur je les garde aux pieds. On ne sait jamais, je pourrais avoir besoin de cet atout séduction auprès de celui que j'aimerais voir devenir mon homme...

Je dégaine alors la pancarte STOP, mais Jules ne s'arrête pas... Putain de bordel de merde, il fait chier quand même à faire la gueule comme ça, comme un gros gamin ! Si je ne l'aimais pas autant et si je n'avais pas tellement envie qu'on se réconcilie, je me casserais tout de suite !

Au tour suivant, je m'avance dangereusement au mépris de toutes les règles de sécurité, pour qu'il ne puisse pas faire autrement que de me voir, mais il ne s'arrête toujours pas. J'ai juste envie de le buter, je suis certaine qu'il m'a vue depuis tout à l'heure, mais qu'il fait exprès de faire comme si ce n'était pas le cas.

Mais je n'ai pas dit mon dernier mot. Je file à l'intérieur et j'enfile une oreillette équipée d'un micro. J'espère juste qu'elle est bien branchée...

Je retourne au bord de la piste et je me mets presque à crier comme si ça pouvait faire qu'il m'entende mieux, alors que c'est parfaitement inutile :

— Jules ! Jules, arrête-toi, maintenant !

La réponse se fait attendre, mais il répond, c'est déjà ça !

— Cameron ? T'es là ?

Je vais le tuer !

— Ne fais pas comme si tu ne me voyais pas depuis tout à l'heure !

— Ah non... je te jure, je n'ai pas fait attention...

Menteur !

— Arrête-toi, maintenant s'il te plait ! J'ai besoin de te parler !

— Ça ne peut pas attendre ?

— Non, ça ne peut pas attendre, bordel ! Radine-toi vite fait !

— C'est si gentiment demandé ! Je ne peux que satisfaire tes désirs, princesse !

Le « princesse » est loin d'être aussi doux que d'habitude, mais vu son humeur vis-à-vis de moi ces derniers temps, je n'en suis pas étonnée. J'ai juste envie de hurler tellement il m'énerve ! Mais je choisis de prendre sur moi parce que si l'un de nous ne met pas de l'eau dans son vin, on n'avancera jamais...

Il s'arrête juste devant moi et dès qu'il descend de la voiture il me provoque :

— Ta soirée est déjà finie ? Mauvais coup ?

Je serre les dents mais je lui réponds d'un ton las :

— Arrête, Jules... Je n'ai pas envie que tu croies que je suis une salope qui a un mec qui l'attend dans chacune des villes qu'elle traverse !

— Pourquoi ? Ça t'ennuierait que je le pense ?

Je regarde le sol, sans répondre, blessée, et j'enchaîne presque immédiatement :

— Ça ne m'étonnerait pas... vu ce que tu m'as dit après notre première fois...

— Je voulais juste te faire chier…

Et ça a marché…

Je relève la tête vers lui mais il ne me regarde pas. Il fait mine d'observer très attentivement un détail de son casque. Pourtant je continue pour me justifier :

— Je sais ce que tu dois t'imaginer, mais ce n'est pas du tout ce que tu penses ! D'ailleurs si t'étais moins con, tu aurais pu venir avec nous… Alors je sais que je n'ai pas à me justifier, parce que je n'ai rien à me reprocher, mais Adam est un ami de longue date. On ne s'est pas vus depuis longtemps, mais comme au hasard de nos déplacements professionnels on s'est retrouvés dans la même ville, on est allés dîner…

Je crois le voir esquisser discrètement un sourire dans le noir, mais je pense qu'il a décidé de me faire chier jusqu'au bout :

— Je ne t'avais rien demandé…

— Tu n'as rien demandé, non… mais tes petites piques valent bien tous les reproches du monde…

Soudain je réduis la distance entre nous et je le prends dans mes bras, repoussant le casque qu'il tient toujours et l'obligeant à le poser sur le capot. Il se raidit un peu mais je ne le laisse pas se soustraire à mon étreinte ni à mon regard :

— Jules… j'ai été maladroite. Je suis désolée si je t'ai laissé croire que nous deux ce n'était rien… Je ne veux pas que tu t'imagines que dès qu'on se dispute, je peux être capable d'aller voir ailleurs comme si…

Sa voix n'est que murmure alors qu'il m'interroge :

— Comme si quoi ?

— Comme si notre histoire n'était pas importante, parce que… je veux que tu saches que malgré mon attitude qui doit te sembler désinvolte, je ne la prends pas à la légère.

Je ne parviens pas immédiatement à analyser ce qu'il pense de mes mots. Il reste comme fermé, buté dans ce mutisme qu'il m'oppose depuis des jours. Mais je prends une grande inspiration. À présent je ne veux plus m'arrêter. Sinon je sais que je vais encore reculer, et je dois lui dire maintenant ce que je ressens parce que j'ai bien trop peur de le perdre si je ne fais pas un infime pas vers lui.

Et ce que je lis dans ses yeux à cet instant me bouleverse. Je crois y voir de l'étonnement, mais également presque du soulagement, alors que je continue à me confier à demi-mots sur mes sentiments pour lui :

— Je sais, nous deux ça a commencé un peu bizarrement, et on n'a jamais vraiment parlé de tout ça, c'est vrai, mais… si je t'ai laissé penser que je serais capable d'aller avec un autre, je m'en excuse, c'est ma faute… Et je sais aussi que ça te blesse que je ne veuille pas encore dévoiler notre relation, mais pour l'instant j'ai besoin qu'on reste comme ça… même si ça compte pour moi, ce qu'on partage…

Je marque une pause et j'ajoute tout bas, presque pour moi :

— Justement parce que ça compte… Je sais ce que je t'ai dit et je le regrette… Parce que malgré le fait que je ne sache absolument pas où ça va nous mener et que j'ai trop peur pour y penser… aujourd'hui je prends notre relation très au sérieux.

Est-ce que j'ai vraiment réussi à concéder ça ? À faire un pas si énorme vers lui qu'il pourrait comprendre ce que j'éprouve pour lui sans oser le lui dire ?

Je voudrais lui avouer que déjà à ce stade il compte plus que tout pour moi, qu'il est devenu plus important à mes yeux que ne l'a jamais été Tyler…

Whaou ! Merde !

J'arrive même à m'avouer ça à moi-même ! Comment est-il parvenu à se faire une telle place dans mon cœur en si peu de temps ? J'aimerais lui dire que je sens, je sais déjà que c'est lui, celui qui change tout, lui dire que je l'aime à en mourir. Que sans lui, à présent, j'ai le sentiment que je ne suis plus rien. Que lorsqu'il n'est pas à mes côtés, c'est comme si l'oxygène se raréfiait. Qu'aujourd'hui, toutes mes pensées convergent vers lui à chaque seconde… vers ce que j'espère un jour pour nous… Mon cœur bat comme jamais à mesure que je tente de me dévoiler :

— Y'a que toi, Jules… Depuis le début…

BOUM BOUM… BOUM BOUM…

Son regard trouve le mien et semble s'adoucir. Et il me demande alors doucement :

— C'est vrai ?

La boule qui entrave ma gorge grossit encore, mais je parviens à lui dire :

— Tu es le seul…

Je devrais lui dire maintenant, je devrais lui crier que je l'aime, mais c'est encore trop tôt et j'ai encore trop peur que tout ça nous échappe. Alors je garde encore ces trois petits mots pour moi alors qu'il me murmure :

— Ne t'excuse pas, je te crois, c'est moi le connard… Ça fait une semaine que je fais la gueule, je ne t'ai pas laissé l'occasion de me parler, c'est plutôt à moi de m'excuser. Je suis désolé d'avoir réagi comme ça, je suis trop con…

Je hausse les épaules comme pour minimiser notre dispute, soulagée que ça s'arrange finalement, mais je concède :

— Je ne vais pas te dire le contraire… mais s'il te plait, ne recommence pas, je n'ai plus envie qu'on se dispute…

Il approche alors ses lèvres et, au moment de les unir aux miennes, je l'entends me dire tout bas :

— Comme quoi tout arrive…

Chapitre 27

STAY

Kansas City, Kansas
Octobre 2019

Jules

Je plaque mes lèvres contre les siennes, impatient. Toute cette semaine sans elle, j'ai cru que j'allais crever tant le poids sur ma poitrine était difficile à supporter. Et tout à l'heure, quand elle est partie avec ce type, j'ai cru devenir fou. Alors j'ai fait la seule chose que je sache faire. Je suis monté dans ma voiture et j'ai foncé. J'ai mis le pied dedans…

Ce que j'ai fait était parfaitement irréfléchi, stupide... En dehors de toutes les consignes de sécurité. Mais j'étais si malheureux que je m'en suis cogné. Et maintenant je réalise à quel point je n'ai été qu'un imbécile.

Ses paroles tournent encore dans ma tête alors que ma langue s'insinue dans sa bouche, avide de sa caresse sur la mienne, tant elle m'a manqué. *« Tu es le seul… il n'y a que toi… je ne veux pas que tu penses que ce que nous vivons n'est pas important pour moi… »*

Mon cœur bat de nouveau. Pourtant, même si je suis un peu rassuré, l'ombre de ce mail que j'ai trouvé dans son ordi plane toujours au-dessus de nos têtes. Quand va-t-elle se décider à m'en parler ?

Je serais prêt à vivre une relation à distance, mais je ne sais pas si notre couple pourrait y résister. Nous deux c'est encore trop frais. Il y a tellement de choses qu'on ne s'est pas dites, de points qu'on n'a pas évoqués…

Elle colle son petit corps frêle davantage contre le mien et déjà j'en veux plus. Je passe ma main dans ses cheveux, glissant mes doigts à l'intérieur de sa chevelure nouée, mettant à mal son joli chignon, et je sens qu'un frisson la parcourt. La température est très nettement descendue et elle doit commencer à avoir froid. Je passe mes mains derrière ses cuisses et ses jambes s'accrochent à mes hanches, relevant ainsi sa robe sur ses cuisses de façon indécente pour que je l'emmène avec moi.

Je tâtonne jusqu'à l'atelier, parvenant à peine à voir où je vais alors qu'elle m'embrasse comme si elle avait peur que je ne le fasse plus jamais. J'entre dans le bureau et la porte jusqu'au canapé. Déjà je n'en peux plus de tout ce temps perdu, j'ai besoin de me glisser en elle au plus vite. Pourtant, alors que je ne m'y attends absolument pas, elle m'arrête soudain :

— Jules, je ne peux pas…

J'ai dû mal comprendre. Je continue de l'embrasser, remontant davantage sa robe sur ses hanches… Puis je caresse son ventre et tente de me glisser dans sa culotte, mais sa main arrête la mienne et y reste posée fermement :

— Arrête, Jules !

Je m'écarte vivement, vexé :

— Quoi ?

— Pas ce soir…

— Comment ça, pas ce soir ?

C'est juste que ce n'est pas la bonne semaine…

Je cligne des yeux, réfléchissant à ce qu'elle me dit.

— Pardon ?

Elle répète en articulant et en détachant chaque mot comme si j'étais complètement teubé :

— Ce n'est pas la bonne semaine…

Je crois que je suis tout juste en train de capter, mais elle continue :

— Et à moins que tu n'aies envie d'avoir un gamin l'an prochain, il vaut mieux pour toi que ce truc-là déboule !

Soudain je me sens con... alors qu'elle, elle sourit largement et se moque de moi ouvertement. En même temps elle n'a pas tout à fait tort. Obnubilé par le fait qu'elle pourrait avoir envie de mettre fin à tout ça, je n'ai rien compris et je me suis encore fait des films. Sans nous promettre quoi que ce soit, mais comme un gage de fidélité et de confiance mutuelle, après Vegas nous avons subi des tests sanguins. Ça nous a paru comme une évidence qu'il fallait en passer par là, et aucun de nous n'a eu à convaincre l'autre de le faire. Il faut dire qu'on avait déjà bien déconné, c'était un peu tard mais comme on dit, mieux vaut tard que jamais...

D'ailleurs, quand j'y repense, je me sens tellement stupide ! Je nous revois ce matin-là, ensemble au labo, échangeant nos analyses presque fébrilement. Elle était toute aussi stressée que moi, mais peut-être que finalement, ce qui se jouait, c'était plus une promesse tacite qu'une réelle inquiétude des résultats...

Comment ai-je pu penser que ce soir elle partait avec ce type pour s'envoyer en l'air et me narguer impunément ? Je ne suis vraiment qu'un abruti. Un idiot éperdument amoureux dévoré par sa jalousie. Je vais finir par m'étouffer avec cet amour que je n'ose pas lui hurler...

Nous avons bien sûr également évoqué la contraception lorsque nous avons commis l'énorme boulette de zapper le préservatif lors de notre première fois... mais j'avoue que la régularité de son cycle m'était complètement sortie de la tête ! Merde, décidément je les enchaîne ! Je suis même étonné qu'elle veuille encore de moi tellement je suis lourd. Pourtant, malgré tout, mon envie d'elle se fait pressante, dévorante. Et même si je ne pourrai pas l'assouvir ce soir, je ne peux cesser de l'embrasser et de la caresser. Alors j'ôte sa robe tandis qu'elle murmure encore dans un souffle pour m'arrêter :

— Jules...

— Ne t'inquiète pas... j'ai compris...

287

Je la contemple, face à moi, dans ses magnifiques sous-vêtements de dentelle noire et mon érection se fait soudain douloureuse.

Bordel, ce soir tu la laisses rangée, Chesneau. Occupe-toi d'elle comme il faut à la place !

Je passe mes mains dans son dos et retire son balconnet rapidement. Puis je recule légèrement et je reste là à l'admirer quelques secondes, alors que sa respiration se fait filante, haletante. Elle me déshabille à son tour et je la laisse faire, juste par plaisir de sentir ses petits doigts parcourir mon torse.

Je l'allonge sur le canapé et me positionne au-dessus d'elle pour la dévorer encore des yeux. Je l'embrasse à en perdre haleine, me délectant d'elle encore et encore sans jamais être rassasié. Puis mes lèvres descendent dans son cou délicat alors que mes mains caressent ses flans, lui laissant la chair de poule et un frisson la traverse déjà toute entière.

Je ne cesse pas mon petit jeu, je parcours son corps de baiser et je lui prodigue autant de caresses et d'attention qu'il mérite, cherchant à lui procurer tout le plaisir possible. Ses doigts glissent dans mes cheveux, les tirent, les agrippent, et l'entendre susurrer mon prénom fait de moi le plus heureux des hommes. Je caresse l'un de ses seins de la pulpe de mes doigts sans délaisser l'autre, et ma langue devient l'instrument d'une douce torture pour elle.

Mes dents entrent dans la danse et à mesure que je titille la pointe de son sein, l'aréole se rétracte d'excitation. Je la sens se tendre sous moi, en proie à un plaisir brut, et je sais déjà qu'elle n'est pas loin… mais je vais devoir faire différemment de ce que je sais faire, si je veux l'emmener le plus loin possible. Alors je remonte jusqu'à ses lèvres, et je capture sa bouche à nouveau, tout en plongeant mes yeux dans ses iris bleu soudain plus sombre. Et j'appuie ma virilité contre son pubis, par-dessus sa dentelle, lui arrachant un gémissement inattendu.

Ses ongles se plantent dans mon dos et je devine que ce que je fais la conduit doucement là où je veux l'emporter. Et je recommence, encore et encore le mouvement, appuyant inlassablement, aussi fort que je le peux pour qu'elle puisse sentir à quel point je la désire.

Soudain, elle crie presque et je sais que je ne dois pas arrêter :

— Jules, mon Dieu...

Je souris contre ses lèvres et trouve le courage de plaisanter :

— Je suis d'accord pour que tu m'appelles Dieu...

Mais ma blague fait un flop. Elle ne rit pas, elle bascule tout simplement...

Je n'ai pas joui, entièrement dévoué à lui faire du bien et à savourer son contact. Cette étreinte qui me donne à chaque fois le sentiment que ce sera peut-être la dernière... Trop accaparé à la regarder prendre son plaisir, aussi... Mais ce n'est rien, ce n'était pas le plus important ce soir. J'apprends lentement à l'apprivoiser et, ce que je retiens de tout ça, ce sont les mots qu'elle est enfin parvenue à me dire. Nous avançons doucement mais sûrement, et peut-être que si un jour je parviens à lui dire ce que je ressens vraiment, elle y arrivera également...

Je comprends qu'elle est prête à me rendre la pareille alors qu'elle se saisit de mon membre encore captif de mon caleçon mais je la retiens :

— Reste là, mon ange... reste tout contre moi... ce soir c'était juste pour toi...

Et elle se colle à moi alors que j'enserre mes bras autour d'elle pour qu'elle ne s'échappe pas. Nous restons ainsi un long moment avant qu'elle ne me dise :

— Tu devrais aller dormir, sinon tu vas être crevé pour la course...

Je soupire :

— Je n'ai pas envie de te laisser. J'aimerais passer toutes mes nuits avec toi...

— Moi aussi mais sois patient, s'il te plait. Je sais que je te demande beaucoup, et moi aussi ça me coûte de rester loin de toi. Mais pour le moment je n'ai pas envie de partager ça... Je sais que le jour où ça se saura, plus rien ne sera comme avant...

— Et est-ce que ce sera forcément moins bien ?

— J'ai vécu trop de choses pour ne plus avoir peur...

Je comprends ce qui l'effraie. Même si ce n'est pas une Rockstar, Cameron est quelque part un personnage public et moi aussi maintenant en quelque sorte... le moindre de ses faits et gestes a déjà fait l'objet de critiques et de railleries, et sa dernière expérience de couple a été tellement douloureuse mais aussi si épiée, mise en avant, que je me projette dans ses craintes de l'avenir. Pourtant, à cet instant je ressens le besoin oppressant de poser des mots sur notre relation et je tente presque timidement :

— J'ai besoin de savoir comment on peut se définir tous les deux. Je sais, c'est con, mais... si j'étais connu pour n'avoir que des réactions intelligentes, on se serait certainement disputés moins souvent, alors... Est-ce que je peux considérer qu'on est un couple à part entière, maintenant, même si on n'en parle à personne pour le moment ?

Ses yeux harponnent les miens, et dans un souffle elle me confirme ce que j'espérais tant :

— Tu peux...

Ses lèvres rejoignent les miennes et lorsque nos bouches se scellent, j'ai soudain le sentiment que ce qui se passe entre nous va bien au-delà de ce baiser.

Nous nous rhabillons et je la quitte à regret après plusieurs baisers enflammés :

— Je reste ici encore un peu pour travailler. Va te reposer maintenant, tu en as besoin...

— Ne reste pas trop tard. Toi aussi tu as besoin de repos...

Je l'embrasse une dernière fois, mais lorsque je sors du bureau, j'entends des bruits de pas qui s'éloignent. Certainement Dan, le vigile... J'espère juste que nous n'avons pas fait trop de bruit et qu'il n'a rien entendu... En général nous essayons d'être discrets mais on ne sait jamais. Le type est là pour surveiller alors il doit être à l'affut du moindre son…

Je traverse le dédale de véhicules installés ici pour les jours qui viennent, pourtant quand j'arrive à mi-chemin entre la piste et mon *motor-home*, je ne parviens plus à faire un pas dans la direction qui m'éloigne d'elle davantage. Je ressens son absence comme une véritable souffrance. Je crois que cette semaine à essayer de la détester a laissé des traces, et je fais demi-tour pour la rejoindre.

Mais quand j'entre dans le bureau, je la trouve endormie sur le canapé, son ordi portable posé sur le ventre et ses lunettes encore tout juste accrochées à son nez. Je m'approche doucement et retire le tout avant qu'ils ne tombent, et je dépose le plaid sur elle pour qu'elle ne prenne pas froid. Je m'agenouille à côté d'elle et j'admire encore son joli visage apaisé par un sommeil réparateur.

Je t'aime tellement Cameron. Pourquoi je n'arrive pas à te le dire ? Pourquoi ça me fait si peur de tout t'avouer après tout ce que tu viens de me confesser ?

Je décide de lui laisser encore un peu de temps. Je commence à la connaître, je sais qu'elle est comme un petit animal et que si j'approche trop vite, trop près, elle s'enfuira de nouveau, même si elle a probablement des sentiments pour moi, elle aussi.

Et je décide également que je vais laisser cette histoire d'offre d'emploi de côté pour le moment et lui accorder le bénéfice du doute. Elle ne partira peut-être pas comme ça sans me ménager… Et même si le résultat final doit être une séparation, je vais prendre chaque seconde, chaque minute, chaque jour avec elle comme un cadeau, et le savourer jusqu'à ce que tout ça se termine, même si je ne lui avoue jamais à quel point je l'aime comme jamais je n'ai aimé.

Et puis, qui sait ? Ça finira peut-être par se tasser ? Peut-être que ce poids que je porte sur le cœur, cet amour qui pèse tant sur ma poitrine s'allègera bientôt et que d'ici quelque temps, je serai moins accro ?

Soudain, alors que je me retiens de l'embrasser encore, juste parce que je ne veux pas la réveiller, je l'entends murmurer, comme si dans son sommeil elle avait pu sentir ma présence :

— Reste…

Et il ne m'en faut pas plus… Si demain matin elle réagit mal, j'improviserai. Et si elle me réprimande sur le fait qu'on peut me surprendre sortant d'ici de bon matin, j'aurais une bonne excuse, c'est elle qui a réclamé… Je sais, je suis un gamin, elle n'a pas arrêté de me le dire et elle a raison. Je suis un gamin pourri, gâté, c'est la cruelle vérité.

Je murmure à mon tour comme si elle pouvait m'entendre :

— Je ne m'en vais nulle part, princesse. Je reste là, avec toi… Et si tu le veux, je resterai à tes côtés pour toujours… Je t'aime…

Je ne suis qu'un cas désespéré… J'attends qu'elle dorme pour le lui avouer… Peut-être que bientôt j'aurai assez de courage pour le lui dire en face, quand elle sera éveillée…

Je ferme la porte du bureau à clé et je m'allonge à ses côtés. Elle se blottit instinctivement dans mes bras…

Quand je me réveille le lendemain matin, elle est déjà partie, à mon plus grand regret. Je sais que je vais devoir attendre ce soir pour la serrer de nouveau dans mes bras. Je parviens à me faufiler ni vu ni connu hors du bureau. Tout le monde s'affaire déjà dans son coin. Je file prendre une douche salutaire, alors que j'ai si mal dormi sur ce canapé pourri malgré la présence de ma belle, et je me lamente déjà de devoir effacer son odeur qui flotte encore partout sur moi…

Chapitre 28

THE EDGE

Martinsville, Indiana
Octobre 2019

Jules

La journée de boulot est enfin terminée et je suis éreinté. Autant la plupart du temps je la prends plus comme du plaisir que comme un réel travail, autant celle-ci fut un véritable calvaire. Aujourd'hui, j'ai subi, ça m'a semblé interminable. La voiture a déconné à plein tube. Une merde avec le système d'injection, des ratés incessants et des trous à l'accélération ont foutu en l'air tout notre créneau d'essais. Passablement agacé par mes temps médiocres, voir ma belle s'arracher les cheveux m'a miné davantage. Et si d'ordinaire je parviens parfois à lui arracher un furtif sourire en coin en douce, cet après-midi rien n'y a fait. Elle a serré les dents continuellement. Je suis même certain qu'à cette heure-ci, sa mâchoire doit la faire souffrir horriblement de s'être tant crispée.

Je quitte l'atelier après lui avoir envoyé un message auquel elle n'a pas encore eu le temps de répondre :

« J'espère qu'on pourra se voir ce soir… »

Après plusieurs heures sur les nerfs, je sais qu'elle a besoin de se détendre. Et moi aussi. Mais il s'agit de bien plus que ça. J'ai besoin d'elle, de sa présence. Surtout après une journée de merde. La tenir simplement contre moi, la serrer dans mes bras a cet effet apaisant que je suis incapable d'expliquer. À tel point qu'aujourd'hui j'ignore comment je pourrais me passer d'elle.

Je retourne rapidement à mon bus et, après une douche expéditive, je chope les clés d'un véhicule de loc'. Avisant une dernière fois Cameron qui s'affaire toujours sur la voiture, je fais tournoyer pensivement le porte-clés autour de mon doigt. Même si nos résultats se sont améliorés et que nous avons attiré quelques sponsors, la santé financière de la *team* n'a pas encore l'air complètement pérenne.

Fini de nous balader dans de rutilantes bagnoles et de mettre en avant le fleuron de l'automobile américaine. Nous avons troqué les gros carrosses clinquants *General Motors* contre de plus petites mais abordables Sud-Coréennes. Les restrictions de budget ont certainement poussé Del Valle à aller à l'essentiel et il faut concéder que se déplacer en *Kia Sportage* ne nous rend pas plus malheureux. D'ailleurs, pour ma part, peu habitué aux dimensions des véhicules que l'on voit couramment au pays de l'oncle Sam, j'ai un peu le sentiment de rentrer au bercail en ne me déplaçant pas dans l'équivalent d'une camionnette juste pour aller acheter trois tomates !

Ma belle me remarque tout juste, concentrée à donner des instructions bien précises aux gars afin que la bagnole fonctionne de nouveau au maximum de ses capacités. J'ignore encore si nous parviendrons à esquiver tout le monde pour être ensemble ce soir, ne serait-ce que quelques minutes tout du moins. Quoi qu'il en soit, à défaut de préparer un repas sympa uniquement pour elle et moi, j'ai désespérément besoin de ma ration de fruits et légumes frais. Je m'apprête à quitter l'enceinte de la piste pour aller en ville faire quelques courses, mais alors que je suis prêt à monter dans la dernière caisse disponible, je repère Davenport qui s'éloigne d'un pas pressé. Il ne me remarque pas mais je jurerais qu'il est presque sur le qui-vive. Il file si vite qu'en cédant à une certaine psychose, on pourrait s'imaginer qu'il a quelque chose à se reprocher.

Bon sang, qu'est-ce qu'il fout encore dans le coin, celui-là ?

J'hésite à le suivre pour le confronter, chercher à savoir ce qu'il zone. Je déteste le voir rôder à proximité. J'espère qu'il n'est pas encore venu emmerder Cameron sinon je lui explose la tronche ! Il commence vraiment à faire chier ce connard et, bien qu'à chaque fois que nous évoquions le sujet elle m'incite à rester calme en me rappelant qu'elle l'a clairement mis à la page, son insistance me met hors de moi ! Il lui tourne sans cesse autour, vient la voir sous prétexte de parler boulot mais je ne suis pas dupe. Depuis le soir avec son ami Adam et l'explication qui en a découlé, j'ai une confiance aveugle en elle. Mais même si je n'assiste pas aux conversations, j'imagine parfaitement qu'elles dévient chaque fois sur le privé et qu'il doit retenter systématiquement sa chance. Je ne doute pas du pouvoir de persuasion de ma princesse, mais le type semble tirer un grand plaisir à faire comme s'il n'intégrait pas que tout est définitivement terminé entre eux, et ce depuis des années.

J'aimerais tellement pouvoir lui balancer à la figure que maintenant elle est avec moi ! Ou mieux, lui foutre mon poing sur la gueule. Même si je sais bien que c'est puéril comme comportement, d'avoir à tout prix besoin de marquer son territoire…

Je m'appuie à la portière et je l'observe, sourcils froncés, essayant de savoir d'où il vient et où il va. Je viens tout juste de quitter les stands et ma belle s'y trouvait encore. J'espère qu'il n'est pas allé ajouter la goutte d'eau qui pourrait faire déborder le vase de sa journée. Je suis presque tenté d'aller voir comment elle va, mais je n'ai pas envie de faire mon relou. Avant d'être avec moi, elle savait se défendre alors je suis toujours partagé entre me montrer protecteur, imprimer dans son esprit que si besoin je serai là pour elle, et la laisser se débrouiller. Je suis si anxieux à l'idée d'avoir l'air trop possessif, envahissant.

Pourtant je la sens souvent si fragile. Je veux être celui qui la protège, qui lui prouve qu'elle compte plus que tout le reste, qu'elle sera toujours ma priorité. Malgré tout, je tergiverse sans arrêt sur mon comportement, taisant encore et toujours mes sentiments jusqu'à les brider, les museler alors que j'aimerais lui hurler à quel point je l'aime. J'ai toujours peur de faire un faux pas qui lui déplairait réellement.

Je reste ainsi quelques secondes supplémentaires, me tâtant pour aller sonder si l'humeur de Cameron a évolué depuis que j'ai quitté les lieux, quand une présence inattendue attire mon attention un peu plus loin. Je tourne la tête et croise soudain les yeux couleur glacier de Gabriella. Bizarrement presque gênée lorsque nos regards se trouvent, elle finit par s'approcher, entamant timidement la conversation :

— Salut, Jules. C'est juste une impression ou cette journée n'a pas été géniale pour CD ?

— Nous avons rencontré quelques soucis mécaniques mais tout sera résolu ce week-end pour la course !

— Tant mieux ! Un petit verre, ce soir, pour évacuer le stress ?

Même si mon histoire avec la jeune chargée de communication de *Yellow Bird* a tourné court — ou plutôt jamais existé — lui avouant clairement dès le départ que je n'avais pas envie d'une relation avec elle, Gaby et moi nous croisons toujours très souvent et les discussions demeurent sympathiques entre nous. Pourtant, bien que j'aie pu au départ concéder de la revoir en toute amitié, le fait de chercher désespérément à libérer le plus possible de mon temps pour ma belle m'a finalement rarement permis de « sortir » avec la jeune femme.

Malgré tout, avec patience et douceur, elle me propose régulièrement de nous retrouver en dehors des circuits. Si j'acceptais, je passerais certainement un bon moment. Quoique. J'ai parfois encore l'impression qu'elle a toujours un peu l'espoir de me voir changer d'avis. Et si, au départ, il m'est arrivé de passer une ou deux soirées à ses côtés, aujourd'hui je suis incapable de l'envisager de nouveau. Je serais probablement obnubilé en pensées par Cameron, ou turlupiné à l'idée qu'elle prenne mal une telle rencontre. Je me verrais difficilement faire ce que je n'apprécierais pas qu'elle fasse. Je détesterais que ma princesse se retrouve dans un contexte de probable drague avec un individu du sexe opposé.

J'avoue culpabiliser de mon comportement avec Gabriella et m'en vouloir un peu. Je sais que je vais encore devoir trouver une excuse pour décliner et lorsque je le fais, j'ai comme le sentiment que la honte se lit sur mon visage, qu'elle transparaît de façon aussi limpide qu'une eau claire s'écoulant d'une source.

Le sourire mal assuré de la jeune femme me peine. Ses grands yeux gris, plongés dans les miens, me sondent dans l'attente d'une réponse. Une nouvelle fois, la réalité et l'ambiguïté de la situation m'interpellent, me frappent. J'ai conscience qu'elle attendait autre chose que ce que je lui offre. La seule chose que je puisse lui donner, c'est une pseudo amitié tout juste établie.

Est-ce que si mon cœur n'avait pas vrillé depuis le début pour Cameron, j'aurais eu envie de tenter quelque chose avec elle ? Peut-être. Elle est intelligente, jolie, drôle, attentive… Pourtant, chaque fois qu'elle se trouve face à moi, souriante, douce et avenante, rien n'y fait, rien ne se passe. Mon cœur appartient désespérément à une autre même si, pour le moment, notre relation n'est pas idéale au sens où je l'entends. Cette pensée insidieuse que Cameron n'assumera jamais ses sentiments au grand jour et ne voudra jamais dévoiler notre relation se greffe à ma chair, en imbibe chaque centimètre carré, carbonisant chaque particule de mon cœur. Pourtant je préfèrerais cent fois mourir d'amour pour elle, quitte à rester cachés toute notre vie, que recevoir l'amour d'une autre que moi je n'aimerais pas.

Gaby me tire brutalement de mes pensées :

— Jules ? C'est ok pour ce soir ?

Mais alors que j'entrouvre la bouche pour lui sortir un énième mensonge et lui asséner un nouveau refus, je repère ma princesse qui sort des stands, son ordinateur portable sous le bras. Immédiatement, ses yeux se portent sur Gaby et je décèle dans sa démarche comme un mouvement d'arrêt. Pourtant, elle n'en fait rien et continue sa route, passant à côté de nous en saluant la jeune femme sans l'ombre d'un sourire :

— Salut Gaby…

— Salut Cameron !

Sans jeter un regard dans ma direction, elle se dirige vers le parking sur lequel sont stationnés nos bus d'un pas vif. Son agacement, tout juste contenu, se retrouve dans la rapidité de ses pas et Gabriella ne manque pas de remarquer, presque ennuyée :

— Aïe ! Elle a l'air passablement irritée…

J'excuse ma princesse en grimaçant :

— Dure journée. Cette panne nous a sacrément accaparés, ses nerfs ont été mis à rude épreuve…

Gaby hausse alors les épaules et note :

— Oui, enfin… Ce n'est pas comme si Cameron était connue pour avoir un caractère facile à la base…

Vexé par sa réflexion, je plisse les yeux, prêt à prendre la défense de celle que j'aime. Il me semble deviner dans les paroles de Gabriella qu'elle ne porte pas ma princesse dans son cœur… Pourtant, clairement tracassé, je n'ai qu'une envie, c'est d'écourter mon entrevue avec Gaby et de rejoindre Cameron pour tenter de l'apaiser.

Le destin semble soudain se mêler de la partie et Chase nous rejoint en me questionnant :

— Hey, Jules ! Tu te rendais en ville ? Tu m'emmènes avec toi, j'ai besoin d'y aller !

Saisissant l'occasion inattendue de me défiler, je jette les clés de la voiture à mon collègue, et tout en m'éloignant déjà, je crie :

— Vas-y sans moi, Chase, je te laisse la voiture. J'ai oublié que j'avais un truc à faire ! Gaby, on se revoit bientôt ?

Je détale aussi vite que je peux et fonce vers le bus de Cameron. Lorsque j'arrive devant la porte, je frappe plusieurs fois mais sans réponse, je décide d'entrer. On ne sait jamais, elle est peut-être sous la douche et elle n'entend pas…

Je la trouve dans sa chambre, assise devant son ordi derrière son petit coin bureau. Immédiatement, je mets les pieds dans le plat, bien que je sache parfaitement que je risque de me faire envoyer bouler, vu son humeur :

— Ça ne va pas, princesse ?

Sans lever la tête, elle me gratifie d'une réponse aussi sèche que le plus aride des déserts :

— Si, ça va très bien ! Excuse-moi j'ai un truc urgent à faire, là !

Je m'adosse au chambranle de la porte, les bras croisés sur mon torse et lui glisse d'une voix douce :

— Arrête, je vois bien que quelque chose t'énerve. Tu viens de passer à côté de moi comme une furie ! C'est encore cette histoire de panne qui te chagrine, ou il y a une autre raison ?

Elle ne répond pas et fait comme si je n'avais pas posé cette question. On dirait une enfant, elle m'ignore totalement, comme si elle savait qu'elle allait prendre une remontrance. Et comme une gamine qui tenterait de masquer une faute ou d'esquiver une punition, elle évite soigneusement le sujet qui la tracasse, essaie de m'en détourner. Mais je la connais bien maintenant, je comprends qu'elle s'efforce tout bonnement de me dissimuler ce qui la travaille. Je me questionne. Est-ce que cette enflure de Davenport est venu la faire chier, comme je l'ai imaginé ?

Je ne supporte pas qu'elle cherche à se dérober, fuir mes questions, se soustraire au réconfort que je pourrais lui apporter et je m'approche alors pour la forcer à se lever et à me faire face. Debout devant moi, je remarque qu'elle évite volontairement mon regard. Ses yeux se portent sur ma bouche, et je sens déjà qu'elle va tout faire pour me convaincre que tout va bien. Elle prend un air faussement dégagé, arquant les sourcils et tout en fixant toujours mes lèvres comme si elle voulait les dévorer, elle me demande :

— La panne est réglée, qu'est-ce qui te fait penser que quelque chose ne va pas ?

Je l'enserre d'un bras, tout en posant mon autre main sur son visage, traçant les contours de son adorable bouche, alors qu'elle évite toujours soigneusement de rencontrer mes pupilles inquisitrices et je justifie :

— Peut-être la façon dont tu pinces adorablement les lèvres à chaque fois que quelque chose t'ennuie… ou bien cette ride qui se creuse systématiquement entre tes yeux lorsque tu es énervée, ou encore le fait que tu ne m'aies absolument pas calculé pendant que je discutais avec Gabriella…

Soudain, sa bouche se tord et la lumière semble s'allumer dans ma cervelle de mec un peu naïf. J'hésite. J'ai immédiatement pensé à Davenport. Je suis jaloux de ce type. Mais ai-je véritablement tout envisagé ? Je tâtonne, lançant sans grande conviction d'une voix peu assurée, de peur de déclencher chez elle la colère du dragon si ma théorie toute neuve est erronée :

— À moins que… Dis-moi Cameron… Ton problème ce n'est quand même pas de me voir discuter avec Gaby ?

Elle ne répond pas davantage. Le mutisme qu'elle m'oppose me met brutalement sur la voie de la vérité et j'ose alors la questionner directement :

— Cameron, tu es jalouse ? C'est parce que j'étais avec elle ?

Je passe ma main sous son menton, cherche à attirer son regard… Je sais que si mes pupilles trouvent enfin ses billes céruléennes, j'y lirai ce que je cherche, même si elle se défile en paroles. Et contre toute attente, alors que je pense qu'elle va persévérer et se murer dans son silence, ses yeux pénètrent les miens et elle s'écrie soudain :

— Oui, putain je suis jalouse, c'est bon, t'es content ?

Frappé par cette révélation inopinée, je l'attire davantage à moi pour la rassurer :

— Mais pourquoi tu ne voulais pas me l'avouer ? Moi aussi, ça m'arrive parfois d'être jaloux, tu sais. Mais il faut qu'on parvienne à travailler là-dessus, toi et moi. Surtout que tu n'as aucune raison de l'être, crois-moi !

Alors que je pense que les choses vont enfin pouvoir s'apaiser, la conversation tourne à ce qui va certainement se transformer sous peu en dispute. Usée par sa journée, la nervosité de Cameron a raison du peu de retenue dont elle soit capable et j'ai le sentiment qu'elle compte lâcher tout ce qu'elle retient alors qu'elle s'écarte vivement de moi pour s'extraire de mon étreinte :

— Bien sûr que si ! Elle n'arrête pas de venir te tourner autour ! Ça me saoule qu'elle vienne constamment faire sa mijaurée auprès de toi !

Soudain irrité, je ne parviens pas à me retenir et lui lance moi aussi au visage :

— Ah ! Tu vois ce que ça me fait tout le temps par rapport aux mecs de l'équipe ?

— Voilà ! C'est exactement à cause de ça que je ne voulais pas t'en parler ! Je savais pertinemment que tu remettrais ça sur le tapis, mais ça n'a rien à voir ! Ce n'est pas du tout la même chose ! Les mecs de l'équipe ne me draguent pas vraiment, ils plaisantent, c'est tout !

Elle sait parfaitement que ce qu'elle dit est faux, qu'elle se voile la face. Je m'insurge :

— Quoi ?! Mais tu y crois vraiment à ce que tu dis ? Parce que dans ce cas-là, tu fais preuve d'une candeur que je n'avais pas soupçonnée chez toi ! Penses-tu sincèrement que si tu proposais à n'importe lequel d'entre eux de sortir avec toi, il déclinerait ?

— Arrêtons-là cette conversation, je n'ai pas envie qu'on se dispute !

— Pourtant c'est bien ce qui risque de se passer ! On a déjà parlé de tout ça. Tu sais très bien que tant que notre relation restera secrète, on rencontrera ce genre de problématique ! Toi comme moi !

— J'ai plutôt l'impression que c'est de ton côté que ça se bouscule au portillon !

— Ne tends pas le bâton pour te faire battre ! Il me semble que tu as autant de prétendants que je peux en avoir ! Et ce genre de situation ne se présenterait pas si les choses étaient claires pour tout le monde ! Quant à Gaby, c'est en amie qu'elle me propose de sortir !

Au moment où ces paroles franchissent la barrière de mes lèvres, je réalise que j'aurais dû les peser, les contenir, car j'envenime la situation et c'est courroucée que Cameron me demande :

— Parce qu'elle te propose de sortir, en plus ? Ne me dis pas que tu ne vois pas ce qu'elle espère ?

J'en ai beaucoup trop dit et même si je n'ai rien à me reprocher, j'ai soudain peur que Cameron interprète mal les choses et je me sens contraint de me justifier :

— J'ai toujours été clair avec elle, je ne l'ai jamais laissé espérer quoi que ce soit, même avant qu'on soit ensemble ! Je lui ai toujours dit que rien ne se passerait !

Le visage de mon ange bleu paraît subtilement soulagé, mais cela ne dure pas. Toujours inquiète, elle continue :

— C'est vrai ? Tu lui avais dit même avant ?

Je m'approche pour l'enlacer de nouveau :

— Je ne pense qu'à toi depuis que j'ai posé le pied ici… c'est toi depuis le premier jour… tu devrais le savoir, maintenant…

Elle se détend subrepticement au creux de mes bras, pourtant elle relance, malgré une douceur retrouvée dans le ton de sa voix :

— Je crois volontiers que tu le lui aies dit. Mais tu ne vois pas comment elle se trémousse, tu es si crédule que ça ? Elle n'attend qu'une chose, c'est que tu changes d'avis !

Et cette fois, c'est moi qui relance le débat. Depuis le début, je concède à Cameron que nous vivions notre relation dans le secret, mais aujourd'hui je n'en peux plus. Je comprends ses peurs mais elles ne me paraissent pas insurmontables et j'ai parfois le sentiment qu'elle se cache derrière les difficultés qu'elle a pu rencontrer par le passé, qu'elle s'en sert comme excuse.

Une nouvelle fois, l'offre de Tesla me revient à l'esprit, faisant la lumière sur ma colère, latente, émergeant tel un iceberg qui attend bien patiemment qu'un navire le percute. Sous le joug de la rage qui brûle sous mon crâne et me consume silencieusement, je desserre mon étreinte, abandonnant soudain le petit corps de ma belle. Une sensation de froid soudain s'empare de moi, tandis que j'en reviens encore au même argument en serrant les poings :

— Tu crois que ça ne me fait pas chier, moi aussi, tous ces mecs qui te tournent autour en s'imaginant qu'ils vont pouvoir obtenir quelque chose ?

Cameron cherche à réduire l'espace entre nous, ses yeux suppliant les miens, réclamant comme chaque fois.

— On le dira bientôt, si tu veux… mais pas tout de suite. Je ne me sens pas prête.

Je sais que c'est difficile pour elle, qu'elle a beaucoup souffert, mais à cet instant moi aussi j'ai mal. J'ai peur qu'elle ne veuille jamais s'afficher avec moi et dévoiler notre amour au monde entier. Qu'il ne compte pas assez à ses yeux pour ça. Je suis visiblement le seul à vouloir vivre notre relation au grand jour. Et le fait qu'elle soit si inflexible sur le sujet commence réellement à me vexer et je m'interroge une nouvelle fois sur ses sentiments vis-à-vis de moi, sur la suite qu'elle compte donner à ce que nous vivons. J'en ai assez, j'ai véritablement l'impression d'être le seul à faire des efforts et ce soir, j'ai envie qu'elle souffre autant que moi alors je lui lance, blessé :

— Comme d'habitude, on parle de la façon dont toi tu vois les choses, de ce que toi tu veux, de tes craintes et de tes angoisses. Mais moi, ce que je veux tu t'en moques !

Elle quémande ma patience du regard, implore mon pardon :

— Tu sais que c'est faux, je veux la même chose que toi. Mais contrairement à toi, je mesure les enjeux d'une telle révélation !

— Arrête d'exagérer, ça ne pourra pas être invivable à ce point, de faire la lumière sur nous ! On n'est pas des célébrités, non plus ! Tout le monde s'en fiche de nous !

— Tu ne sais rien ! Tu es si naïf ! Tu n'as jamais rien vécu de la sorte ! Tu n'as aucune idée de ce que peut devenir ta vie, si une certaine presse s'en mêle ! Moi si ! Et crois-moi, quand il s'agit de faire leurs choux gras, n'importe qui peut faire l'affaire et devenir une célébrité à ses dépens, j'en sais quelque chose !

Un ressentiment d'une âpreté sans égale s'infiltre dans chacun des atomes qui me compose alors qu'une rancœur tenace semble se nicher dans mon estomac et je me débats :

— Je n'en peux plus moi, de vivre comme ça ! Et j'ai parfois le sentiment que tu cherches à ce que ça reste comme ça pour toujours ! Je commence même à me demander si tout ça ne te sert pas d'excuse et si finalement tout ça ne t'arrange pas.

Les yeux interrogateurs de Cameron me sondent, cherchent à comprendre. Évidemment je pense à la proposition de job qu'elle a eue mais je n'énonce pas clairement les choses, l'obligeant à creuser :

— Mais qu'est-ce que tu vas t'imaginer, enfin ? Pourquoi ça m'arrangerait ? Je cherche juste à nous protéger ! J'aimerais que tu le réalises ! Ça me peine que tu n'en aies pas conscience !

— Alors arrêtons de nous cacher ! Ça fait des mois qu'on le fait, et en plus tu vois bien que même entre nous, ça fout la merde !

— Je te demande juste d'être patient, tu peux bien attendre encore un peu ?

— Mais je ne fais que ça d'attendre ! J'en ai marre !

— C'est toujours la même rengaine, Jules. Tu n'es qu'un gamin !

— Arrête de me traiter de gamin dès que tu n'es pas d'accord avec moi, c'est trop facile ! Laisse-moi justement te prouver que je suis un homme en assumant tout ce qui pourrait se passer ! Je saurai être celui qui te protège, mais tu ne me laisses pas l'occasion de te le prouver !

— Et tu crois vraiment que ce qu'on vit prendrait une autre tournure, si tout le monde savait ?

— Il y aurait pas mal de choses qui pourraient changer, oui !

— Ah oui ? Et lesquelles, dis-moi…

— Tu as déjà oublié pourquoi on s'engueule, au départ ?

Elle serre la mâchoire si fort qu'il me semble entendre ses dents grincer. Une fois encore, elle tente de s'avancer pour me prendre dans ses bras et je recule vivement, refusant tout contact qui me fera céder, comme chaque fois et je relance :

— Ne viens pas chialer si Gaby tente encore de m'inviter ! Et qui sait, la prochaine fois, je pourrais bien accepter !

Qu'est-ce que je me hais quand je réagis comme ça, mais bon sang ! Comme d'habitude, sous le coup de la colère j'ai un mal fou à me maîtriser et je ne sais pas comment réagir autrement qu'en la provoquant, je dois bien l'avouer. Les vieilles habitudes ont la dent dure et même si je me rends bien compte, après coup, que jamais je n'aurais dû lui balancer ça, encore une fois il est trop tard pour retirer mes paroles. J'ai beau essayer de m'améliorer, je reste un petit con et ce constat me rend souvent malade…

Les yeux de ma belle me lancent soudain des flammes, que j'ai bien conscience d'attiser. Je veux qu'elle vide son sac. Je ne cherche plus qu'à la faire sortir de ses gonds pour qu'elle me dise tout ce qu'elle a sur le cœur, qu'elle se décide enfin à me dire tout ce qu'elle garde pour elle, mais ça n'a pas l'air de fonctionner. J'ai simplement réveillé le monstre qui sommeille en elle. Et, captif de ma relative bulle de bonheur, ces dernières semaines, j'ai eu tendance à oublier que le monstre sait être incisif, blessant, parfois méchant lorsqu'on le titille et qu'il a mal, et je me prends un retour inattendu en pleine face :

— C'est ça, tu n'as qu'à sortir avec elle, avec un peu de chance tu découvriras qu'elle est cent fois mieux que moi ! Comme ça, ce sera réglé !

— Tu deviens ridicule, Cameron !

— Ah ouais ? C'est moi qui suis ridicule ? Lequel de nous vient de lancer la menace de sortir avec une autre personne ?

— Tu fais chier ! Je viens de te supplier de dire à tout le monde qu'on...

Gros blanc. Je marque une pause alors qu'elle se tait également, ses yeux plongés dans les miens. C'est presque irréel, ce brusque silence au milieu de la dispute. J'allais dire « *qu'on s'aime...* » Mais est-ce qu'on s'aime vraiment ? Est-ce que les sentiments ne sont pas à sens unique, finalement ? Une fois encore, cette altercation jette le doute sur ce qu'il me semble avoir parfois de certitudes. Des certitudes jamais vérifiées, je dois bien me le rappeler. L'expression de ce dont je rêve, mais absolument pas une vérité absolue. Et j'ajoute simplement, encore plus énervé que la minute précédente, prenant la fuite pour mettre fin à notre dispute avant qu'elle ne s'envenime davantage :

— Putain ! Cameron tu n'es qu'une emmerdeuse ! Je pars avant de dire quelque chose que je regretterai...

— C'est ça ! Va-t'en ! Va rejoindre l'autre pétasse, tiens, si tu veux !

Je ne peux me retenir de jeter de l'huile sur le feu une dernière fois, pour raviver sa colère, qu'elle soit aussi intense que ma douleur :

— Ouais, t'as raison, je m'éclaterai certainement mieux avec elle qu'ici ! De toute façon ce que j'avais prévu pour la soirée vient de tomber à l'eau alors il me faut un plan B !

Regrettant immédiatement mes paroles, je l'observe une dernière fois avant de quitter la pièce, lui offrant une ultime chance de faire basculer la conversation, mais je capte immédiatement que j'ai bien trop envenimé les choses pour qu'elles s'apaisent dans l'instant et je murmure :

— Putain, Cameron, je ne sais pas si tu te rends compte… Tu as vraiment le don de me pousser à te dire des choses que je ne pense même pas !

Finalement, alors que c'était elle qui semblait le plus agitée en début de conversation, je suis celui qui part en claquant la porte. Plus qu'en colère, je suis triste, vidé. D'autant plus qu'une fois encore, j'ai dit des choses que je ne pensais pas. Étouffé par mon insécurité, je réalise que je rejette toutes les fautes sur elle. Je m'en veux. J'aimerais parvenir à réagir de façon plus réfléchie, ça m'éviterait de culpabiliser après et surtout de la blesser inutilement. Pourtant j'ai le sentiment de ne pas parvenir à évoluer. Et le fait que Cameron ne cède pas une once de terrain et ne change pas d'avis sur ce point alors que nous nous cachons depuis des mois me pèse chaque jour davantage. Si sa jalousie n'a pas raison de ses arguments, comment pourrais-je la convaincre du bien-fondé d'une relation au grand jour ?

Autant rongé par la rage que par la déception, notre différend m'accable, me bouffe littéralement. Cette discussion, seulement tendue au départ, s'est soldée par un accrochage où aucune parole n'a été mesurée, je le réalise. Chacun a cherché à blesser l'autre. À frapper aussi fort qu'il a pu. Pourtant, malgré mon amertume et mon abattement, les paroles de Cameron tournent en boucle.

Comme percuté par certains souvenirs, je dois avouer qu'elle a peut-être raison sur un point. Ces derniers temps, Gabriella insiste de nouveau, régulièrement… certainement un peu trop pour une fille qui a compris qu'il ne se passerait rien et qui n'a aucune arrière-pensée. Bien que je choisisse de fermer les yeux, Gaby semble avoir repris le jeu de la séduction. Mais dans la mesure où je refuse systématiquement tout rendez-vous, les choses restent claires pour moi. Cameron devrait savoir qu'elle n'a aucun souci à se faire. Malgré tout notre problème majeur subsiste.

Dans l'un de ses poèmes, Jean-Pierre Florian a dit « *Pour vivre heureux, vivons cachés* ». On peut interpréter cette phrase de bien des façons. Une vie sociale trop éclatante peut effectivement parfois être une menace au bonheur... Mais aujourd'hui le poids du secret est bien ce qui mine le nôtre.

Chapitre 29

WOMAN WOMAN

Martinsville, Indiana
Octobre 2019

Jules

Je décide de reprendre une douche histoire d'essayer de me détendre et cette fois, j'y reste bien plus longtemps que nécessaire. En tout cas pour ce qui est de l'hygiène. Mais malgré le temps que je passe sous l'eau, elle ne me débarrasse pas des tourments qui fermentent entre chacune de mes connexions neuronales. La colère reste greffée sous mon épiderme surchauffé.

Je savais bien que, vu la tension ressentie tout au long de cette journée merdique, la soirée risquait d'être compliquée. Je me doutais que Cameron serait de mauvais poil, mais je ne m'étais pas attendu à ce que nous restions chacun de notre côté, et surtout pas fâchés. Certes, être ensemble n'était pas gagné, mais portés par la force de notre envie d'être l'un avec l'autre, nous trouvons pratiquement toujours des solutions pour partager un moment, même court...

Je n'ai même plus envie de me concocter un repas, j'ai totalement perdu l'appétit. Je traine dans le bus comme une âme en peine, hésitant à chaque seconde qui passe à courir la rejoindre pour m'excuser... Puis, à l'inverse, je me convaincs de ne pas le faire. J'en ai assez d'être constamment celui qui fait les concessions, qui cède à ses moindres caprices.

Pourtant je l'aime. Je l'aime comme un fou. Plus que je n'ai jamais aimé. Je ne suis pas certain que si elle et moi, ça devait se terminer, j'y parviendrai de nouveau. Je suis incapable de me projeter dans un futur où elle ne serait pas. Je n'en ai pas envie. Pour moi, c'est elle et aucune autre. C'est comme ça. C'est quelque chose que je sens au plus profond de moi. Ça ne s'explique tout simplement pas.

Mais je n'ignore pas que je me perds dans le rêve d'une relation idéale qui ne pourra sans doute jamais exister. Cameron est bien trop marquée pour se laisser aller, son esprit bien trop torturé pour qu'elle s'autorise à aimer de nouveau. J'ai beau tenter de l'inciter à se libérer, s'épanouir, elle se perd dans les méandres de ses doutes. Freinée par ses angoisses, elle m'entraine avec elle dans le labyrinthe de ses peurs. Alors que je tourne comme un con dans le salon à me bouffer les ongles, je repère Chase qui approche, au loin sur le parking. Comme d'habitude, cette tête de linotte a dû oublier son permis et revient le chercher avant de partir en ville mais je ne me sens pas capable de feindre que tout va bien. Je préfère m'isoler que de faire subir mon pote, parce que j'aurais du mal à maîtriser la rage qui menace de déborder de tout mon être. J'ai presque l'impression que de la fumée risque de s'échapper de mes trous de nez ! Je m'enferme dans la cabine qui me sert de piaule, commençant machinalement à ranger les quelques fringues que j'ai pu laisser trainer. À squatter chez Cameron ou dans son bureau la plupart du temps, je finis par devenir désordonné. J'ai le sentiment de perdre du temps à ranger, chaque seconde que je peux passer à ses côtés étant devenue ce qui compte le plus pour moi.

Soudain, alors que j'y vois enfin un peu plus clair dans mon petit espace bordélique, je repère une feuille de papier pliée sur mon oreiller. Je la déploie rapidement pour en prendre connaissance et je lis, lentement, détaillant chaque mot :

Rendez-vous ce soir 19h, Bar de l'Embassy Suites by Hilton, Plainfield, Indianapolis Airport.

La note, manuscrite, d'une écriture fine et délicate n'est pas signée. Perturbé je m'interroge. C'est assurément une femme qui l'a laissée ici. La première personne à laquelle je pense est bien évidemment Cameron. Mais un doute s'immisce. Je ne connais pas réellement son écriture, je la vois toujours bosser sur son ordi. Et sa réflexion sur l'attitude de Gaby et ses tentatives vers moi suscitent à présent des interrogations. D'autant plus que ce maudit bus n'est jamais fermé à clé, alors tout est possible. Inexistantes il y a encore une heure, une multitude de suspicions m'envahissent, tel un poison. Elles s'instillent dans chaque goutte de sang, parcourent mes veines, jusqu'à s'ancrer dans mon cerveau de façon presque persistante.

J'aimerais être totalement convaincu que ce message a été laissé par ma princesse, qu'elle fait un pas moi pour sceller notre réconciliation… Pourtant je sais que le doute subsistera jusqu'à ce que je sois dans cet hôtel face à mon mystérieux ordonnateur secret.

Par chance, toutes les voitures de loc' sont rentrées sauf celle que j'ai laissée à Chase. L'espace d'un instant, j'ai cru que j'allais devoir appeler un taxi pour me rendre à mon rendez-vous. Le trajet jusqu'à Indianapolis ne dure que trois quarts d'heure, pourtant j'ai le temps de cogiter comme un malade…

Pourquoi Indianapolis ? Il y a des hôtels, ici, à Martinsville… ou des bars, des restaurants où se rencontrer.

J'aimerais me convaincre que je vais trop loin dans mes spéculations, que je n'ai pas peur, mais je me mentirais. Sous la colère, elle peut dire ou faire n'importe quoi. Quitte à le regretter ensuite et ne jamais concéder ses fautes par fierté.

Une nouvelle fois, malgré la perche que je lui ai tendue, elle n'a rien avoué concernant le boulot qu'on lui a offert. Pour moi, le fait qu'elle ne l'ait toujours pas fait n'est pas anodin. Elle peut dégainer son arme secrète à tout moment. Dès l'instant où notre relation ne la satisfera plus, elle peut choisir de hisser les voiles sans se retourner. Cela fait des semaines qu'elle a reçu cette proposition. Elle a donc certainement déjà pris sa décision et pour moi, ce ne peut être un refus. Elle attend simplement le moment opportun pour m'annoncer son départ, je dois le réaliser. Et quoi de mieux qu'une dispute, pour qu'aucun de nous n'ait de regret ?

Je flippe exagérément. Pourtant il me suffirait de trouver le courage de lui avouer ce que je ressens. Je serais probablement fixé. Elle me dirait où elle en est. Cameron n'est pas le genre dégonflé, bien au contraire ! Elle assume ses choix, ses positions. Elle vient encore de le prouver en me tenant tête alors que j'insiste sur ce point depuis si longtemps…

Le fait de ne pas réussir à lui révéler mes sentiments ne joue certainement pas non plus en ma faveur. Finalement, elle doit penser que je ne lui offre rien de substantiel. Sans aucune certitude sur notre avenir pourquoi s'engager ? Et de mon côté, un doute subsiste également dans mon esprit. Persistant.

Parfois, pour justifier ma lâcheté je me convaincs qu'il n'y a pas forcément besoin d'exprimer mes sentiments avec des mots… Est-ce qu'il y a véritablement nécessité de s'épancher ? Est-ce que les preuves et les actions ne suffisent pas ? Je suis lamentable, je tente de me chercher des excuses parce que je ne suis qu'un guignol qui n'arrive même pas à dire à la femme de sa vie qu'il est fou d'elle… Comment puis-je me persuader que deviner les sentiments de l'autre soit suffisant ? Rien ne vaudra jamais de le dire. Et une chose est certaine. Si je ne manque pas de courage derrière un volant, avec Cameron, cette qualité m'a souvent fait défaut et je me sens souvent pris au dépourvu.

Pourtant je suis persuadé d'être celui qu'elle attend, celui qui peut tout bouleverser. L'âme sœur que la sienne cherche, celui qui la comprend le mieux… même si j'ai visiblement encore des choses à apprendre sur son fonctionnement. Si elle veut bien me laisser faire, je serai celui qui lui offrira toujours l'épaule sur laquelle s'appuyer si elle en ressent le besoin, sur laquelle pleurer si elle a le sentiment que rien ne va, que la vie est trop rude... Je suis celui qui veut l'aider à avancer si un mur se dresse, celui qui l'aidera à défoncer toutes les barrières. Et plus que toute autre chose, je veux prendre soin d'elle jusqu'à la fin de ses jours.

Mais lui ai-je seulement montré que je pouvais être celui-là ? Je finis presque par me résoudre sur l'issue de cette journée. Même si je tente de garder foi en nous.

Lorsque j'entre, fébrile, dans le bar de l'hôtel, des sentiments ambivalents me saisissent. Je suis à la fois impatient de découvrir qui m'attend, tout autant qu'apeuré et soucieux. Je scrute rapidement la salle pour trouver la personne que je cherche sans réelle certitude et je détaille l'endroit, comme pour me focaliser sur des choses sans importance pour me détendre. J'avise rapidement l'espace blindé de clients. Une musique d'ambiance jazzy se diffuse dans les enceintes et l'air est empreint d'une atmosphère chaleureuse et conviviale. Calmes et paisibles, les gens autour de moi échangent en toute discrétion malgré une surpopulation relative. La lumière tamisée procure une réelle sensation de détente. Le bar, en bois d'acajou, est surmonté d'un plateau de verre blanc. Les murs, bleu canard, confèrent à l'endroit une touche de modernité, complétée par de confortables tabourets d'un cuir écru, assorti au verre poli.

Assise sur l'un d'entre eux, je repère immédiatement celle que je dois retrouver. Désormais, le doute n'est plus permis et mon cœur s'affole. Je suis presque proche du malaise tant ma fréquence cardiaque s'est accrue de façon imprévisible. Un comble, pour un sportif de haut niveau. Une boule se noue dans ma gorge, je crois que je me suis rarement senti si anxieux. Mais pourquoi le suis-je autant au juste ? Je vais gérer, on va certainement se disputer, peut-être crier, ce ne sera qu'un mauvais moment à passer. J'aimerais tant que nous n'en arrivions pas là, que tout se passe bien...

Mes mains sont moites, tremblantes, et les questions continuent de fuser dans mon cerveau surchauffé. Je suis ridicule, nous allons simplement mettre les choses à plat, et d'ici une heure tout sera terminé.

Que vais-je lui dire ? Qu'attend-elle de moi ? Qu'espère-t-elle au juste ? Pourquoi m'a-t-elle donné rendez-vous ici ? J'ai besoin de tirer les choses au clair, une bonne fois pour toutes. La situation ne peut pas perdurer…

J'avance lentement, fébrile, alors qu'elle me tourne le dos. Le barman lui lance quelques sourires discrets. J'ignore s'ils sont intéressés. Je repère un type à sa droite, à un siège d'écart, qui tente de lui faire la conversation. Il ne s'est pas collé à elle, gentleman, il a au moins eu la décence de rester à une petite distance. Accoudée devant un mojito, elle ne lui prête pas plus d'attention qu'au serveur derrière le bar. Pourtant, confiant, l'homme débite, enchaîne les répliques, peut-être bien rôdé aux tentatives d'approches de jolies filles.

Elle porte une robe blanche, fluide et légère qui fait ressortir sa peau d'opale, faisant presque paraître son teint hâlé. Les manches, transparentes, laissent deviner ses bras menus. Le dos nu de sa tenue dévoile légèrement sa chute de rein et l'ourlet qui remonte sur ses jambes entrecroisées laisse apparaître le haut de sa cuisse. Mon cœur s'affole à la vue de ces détails et je m'imagine ce que le fin tissu recouvre encore. Je ne suis pas franchement étonné que la moitié des hommes de la salle lui jettent régulièrement des regards. Certains plus dissimulés que d'autres.

J'aimerais que le flot de pensées qui s'agitent dans ma tête se calme, parvenir à me maîtriser. Pourtant à cet instant, je ne peux me retenir de penser à certaines choses plutôt osées. Bordel ! Ce n'est pas vraiment le moment… Les battements de mon cœur s'accélèrent encore, contre ma volonté. Nerveux, je me hâte malgré tout de la rejoindre, me glissant sur la chaise restée libre entre elle et le gars, pour tenter de couper court à ses manœuvres. Elle n'esquisse pas le moindre mouvement alors que je m'installe. Pourtant je sais qu'elle m'a senti arriver. Semble-t-il irrité par ma présence impromptue, le mec s'approche de moi pour me signifier discrètement, en désignant la jeune femme à ma gauche du menton :

— Excuse-moi, mec, ça fait une demi-heure que je discute avec elle, je pense qu'elle est prête à céder pour monter avec moi... Sois cool, casse pas mon coup ! Je suis certain que tu peux te rabattre facilement sur n'importe qui d'autre !

Bien tenté. On ne sait jamais, j'aurais pu me laisser convaincre !

Je grimace et m'excuse auprès de lui tout en haussant les épaules :

— Désolé, j'ai bien envie de tenter ma chance aussi...

Chuchotant toujours, il s'approche davantage alors qu'à côté de moi, elle n'a toujours pas tourné la tête, faisant comme si elle ignorait ce qui se jouait, attendant sagement que je daigne m'adresser à elle :

— Allez sois sympa, je te parie qu'elle est mûre, je suis à deux doigts... enfin façon de parler !

Je serre les dents pour retenir la rage qui coule brusquement dans mes veines, semble vouloir traverser mon épiderme pour exsuder par chaque pore de ma peau, et je me contiens. Il mériterait mon poing sur la gueule pour un tel manque de respect et un jeu de mot aussi dégradant. Je ne sais pas comment je parviens à garder mon calme, surtout après le stress de cette journée et je le mets au défi, gentiment :

— Et moi, je te parie qu'elle part avec moi sans même que j'aie besoin de lui payer un verre...

Le type, décontenancé, écarquille les yeux alors que sans plus attendre, je libère ma place pour m'assoir à gauche de celle qui m'attend en secret.

Je remarque une petite pochette noire, qu'elle a posée juste à côté d'elle et je prends place tout en l'écartant légèrement, faisant signe au barman de me servir la même chose qu'elle. Elle lève enfin la tête et je croise ses pupilles claires, bizarrement aussi perdues qu'assurées et je me lance dans une mise en scène curieuse bien que finalement excitante. Je dois savoir à quoi m'attendre, pourquoi cette mascarade, et j'ose les questions abruptes, sous couvert de plaisanterie, tout en ne parlant pas trop fort pour que le dragueur d'à côté ne nous entende pas :

— Alors madame ? Adepte des parties de jambes en l'air vite faites dans des hôtels ?

Comme si nous ne nous connaissions pas, elle joue le jeu :

— Je vous trouve bien entreprenant monsieur, qu'est-ce qui vous excite ? C'est la compétition ?

Un léger sourire en coin que je ne parviens à retenir s'imprime sur mes lèvres, et sa voix soudain rauque caresse l'ambiance feutrée des lieux, accompagnée par un morceau d'Ella Fitzgerald joué au piano, alors qu'elle continue finalement :

— Pour vous répondre, je suis le genre de femme qui aime assez que ça dure des heures, si vous voulez tout savoir. Je n'ai jamais essayé ce dont vous me parlez et si je trouve le candidat idéal, j'ai plutôt l'intention d'y passer la nuit.

Elle marque une pause, tourne de nouveau la tête sur son verre, fait tourner les glaçons puis, fichant de nouveau ses yeux dans les miens me demande :

— Avez-vous quelque chose de prévu ce soir ?

Confus, je lui explique :

— Je devais voir ma petite amie, mais nous nous sommes disputés…

Faisant la lippe, elle avoue :

— C'est fâcheux, mais j'imagine que ça fait mes affaires. Ça veut dire que vous êtes totalement disponible pour m'accorder votre soirée… Peut-être correspondez-vous à ce que je cherche ? Voudriez-vous tenter votre chance ?

— Vous êtes audacieuse, ça me plait assez, mais…

— Je vous sens hésiter… Votre petite amie doit être plutôt exceptionnelle, toutefois elle n'a visiblement pas deux sous de jugeote !

— Je ne vous autorise pas de la juger ! Qu'est-ce qui vous permet d'émettre cet avis ?

— Je ne sais pas à quel sujet vous vous êtes querellés toutefois, si j'étais à sa place, je serais en train de vous supplier de me pardonner !

J'arque un sourcil :

— Vraiment ? Vous n'avez pas l'air d'être du style à supplier... pas plus qu'elle d'ailleurs...

— C'est vrai, au départ je ne suis pas ce genre de fille... pourtant, si le mec en vaut la peine, je peux revoir mes positions...

Sa langue franchit lentement la barrière que ses lèvres imposent, caressant de façon outrageusement délibérée et sexy sa bouche rosée, soudain des plus attrayantes à mes yeux et je concède :

— C'est bon à savoir. Je suis persuadé qu'il faut effectivement être capable de savoir faire des concessions.

— Je pense que nous sommes faits pour nous entendre !

— Vous allez vite en besogne, je trouve. Qu'est-ce qui vous dit qu'on pourrait s'entendre dans tous les domaines ?

— Une intuition...

— Hummm... C'est que... je dois vous avouer que je suis vraiment accro à ma petite copine, même si elle a un caractère de merde et qu'elle m'en fait voir de toutes les couleurs.

— Je vais tâcher de vous la faire oublier pour la soirée... Et qui sait ? Demain, elle aura peut-être réfléchi à tout ça ?

— Si seulement vous pouviez avoir raison... Je ne demande que ça pourtant, je suis parfois persuadé que nous ne tomberons jamais d'accord sur certains points.

— Soyez convaincu que si c'est une femme intelligente, elle s'arrangera pour régler vos désaccords. Je n'ai aucun doute sur le fait qu'elle réfléchira à deux fois et ne prendra pas le risque de laisser un homme tel que vous voguer vers une autre !

Ses yeux semblent s'embraser, brûler d'un éclat que je lui ai rarement vu jusqu'alors et mon cœur palpite encore un peu plus, alors qu'elle me soumet sans aucune retenue :

— Je vous propose de nous tester sur une activité des plus simples, mais des plus... intéressantes. Vous verrez, c'est vieux comme le monde, et ça peut nous renseigner rapidement sur notre niveau de compatibilité.

Brutalement captivé, subjugué par son regard, par ses lèvres, comme je ne l'ai encore jamais été jusqu'alors, je tente de résister :

— Vous ne passez pas par quatre chemins…

— À quoi bon ? Vous et moi savons pertinemment où ce petit jeu va nous mener. Autant gagner du temps…

Puis, sans que je m'y attende et presque pour mon plus grand bonheur, elle met fin à tous les espoirs du type à côté. Le cou tordu, ce dernier tend vainement l'oreille sans aucune discrétion depuis plusieurs minutes pour saisir notre échange, pourtant, il ne voit pas venir le coup de grâce qu'elle lui assène avec le plus magnifique des sourires :

— Désolée, ses arguments étaient meilleurs. Revoyez peut-être la partie où vous ne parlez que de vous. Ou plutôt… la totalité de votre technique de drague, si je puis me permettre.

Elle s'approche un peu plus du type, tentant d'être discrète, comme pour éviter de lui mettre la honte devant une petite assemblée comprenant le barman et quelques clients autour, et lui porte la dernière estocade, toujours en souriant :

— Un truc, comme ça, en passant… Si la fille ne daigne ni tourner la tête ni vous répondre, c'est qu'elle n'est pas intéressée.

Elle se redresse, se saisissant de sa pochette puis lui lance en guise d'au revoir :

— Bonne chance pour votre soirée, je pense que vous en aurez besoin !

Le barman manque de s'étouffer en retenant son rire alors qu'elle se lève, laissant le mec ébahi, la mâchoire tombante. Elle tourne les talons sans un regard vers moi, avec l'assurance que je vais la suivre. Elle traverse la pièce avec grâce et prestance et, après avoir jeté un billet sur le bar pour régler ma consommation, assorti d'un rapide clin d'œil au gars, je me glisse dans son sillage. Des regards se tournent sur son passage, certains, même, se portent sur moi, envieux et je tente de les ignorer.

Elle file jusqu'à l'ascenseur et lorsqu'elle y pénètre, programmant l'étage, je me colle dans un coin de la cabine, admirant son dos, détaillant sa nuque dégagée, ses fines épaules, alors qu'elle feint de m'ignorer davantage, scrutant le panneau sur lequel défile l'affichage relatif à notre ascension. Je reste le plus loin d'elle possible, alors qu'elle parvient à faire comme si de rien n'était, comme si les minutes qui allaient suivre n'allaient avoir aucune incidence sur la suite des évènements, sur le reste de nos vies, peut-être.

Pourtant moi, j'ai un mal fou à patienter jusqu'à ce que nous entamions l'inévitable discussion que nous devons avoir. Est-ce que, ce soir, tout prendra un tournant différent ? Lorsque je me suis levé ce matin, je ne pensais pas que cette journée prendrait une telle voie. Est-ce que quand je quitterai cet hôtel, ma vie me semblera plus simple ? Plus belle ? Plus proche de ce que j'en attends ?

Chapitre 30

SEVEN STICKS OF DYNAMITE

Martinsville, Indiana
Octobre 2019

Jules

Sous le coup de l'angoisse grandissante qui accapare mes méninges, mon estomac se tord. Je stresse, comme un con. Pour moi la discussion qui va se tenir peut tout changer entre nous. Je cherche à interpréter les mots, pour me rassurer. À donner un sens à des paroles qui semblaient n'être qu'un jeu, il y a encore quelques minutes.

« ... Si c'est une femme intelligente, elle s'arrangera pour régler vos désaccords... elle réfléchira à deux fois et ne prendra pas le risque de laisser un homme tel que vous voguer vers une autre ! »

L'ascenseur nous signale que nous avons atteint l'étage. Elle en sort rapidement, arpentant le long couloir de sa démarche imperceptiblement chaloupée, fluide et élégante. Elle porte les talons aussi bien que le reste. Son léger déhanché m'hypnotise et je la suis, subjugué. Je ne comprends pas ce qui m'arrive. Je suis arrivé ici convaincu d'être au pied du mur. Mais là, alors que nous nous dirigeons vers cette chambre d'un pas pressé, je doute.

Tout pourrait être si simple. Pourtant chacun de nous semble s'évertuer à rendre les choses compliquées. Sans doute par manque de confiance, ou par excès de fierté. Parviendrais-je à dire tout ce que je souhaite ? L'un de nous pourrait si vite faire basculer la conversation du mauvais côté. Rien de tout cela ne devrait être alambiqué. Malgré tout, ça l'est. Tout pourrait être si simple, pourtant chacun de nous semble s'évertuer à rendre les choses compliquées. Sans doute par manque de confiance, ou par excès de fierté. Je ne sais pas comment va tourner cette conversation. Bien ? Mal ? L'un de nous pourrait si vite la faire basculer du mauvais côté.

Je la laisse marcher devant moi dans ce long corridor si impersonnel. Enfin, elle s'arrête devant la porte d'une chambre, qu'elle déverrouille à l'aide de la carte magnétique, rangée dans sa pochette, y entre... Je prends une grande inspiration, me donnant du courage, croisant intérieurement les doigts sur l'issue de cette soirée. Il y a quelques heures encore, j'avais tant d'espoirs sur ce qu'il adviendrait de ma vie sentimentale, malgré les doutes persistants.

J'entre à mon tour alors que la porte est restée entrouverte et tandis qu'elle claque derrière moi, je sursaute presque. J'avise rapidement l'espace, la trouvant debout face à moi, au centre de la pièce, dans ce qui ressemble plus à un appartement qu'à une simple chambre. Un coin cuisine, un grand canapé d'angle dans le salon, équipé d'un imposant écran plat, puis deux autres portes. Probablement une chambre et une salle de bain...

Ses yeux trouvent les miens et sans attendre elle réduit la distance qui nous sépare. Lentement. Avec douceur elle me pousse contre le mur, son regard planté dans mes iris soudain brûlants à force de soutenir ses pupilles incandescentes, et alors que je pense qu'elle va tenter de m'embrasser, elle colle simplement son front au mien, brusquement prise d'un soupir si profond que je sens un immense soulagement l'envahir.

Sa poitrine chaude se colle contre mon torse, se soulevant presque avec peine et de la pulpe de ses doigts, elle entame une lente ascension. Elle effleure mes avant-bras, mes épaules, mon cou, jusqu'à trouver ma mâchoire, suivant les lignes de mon visage pour caresser ma barbe naissante, alors que son front reste soudé au mien. Un épais soupir libère à mon tour ma poitrine, comme s'il pouvait me décharger de ce poids trop lourd que je porte sur mon cœur. Et l'espace d'un instant, de quelques secondes, je me sens un peu mieux.

Elle doit sentir que je me détends légèrement, et continue cette douce caresse sur ma peau rugueuse. Je ne peux plus me retenir de passer mes bras autour d'elle pour l'enserrer fiévreusement, impatient et mes mains se baladent sur son dos, trouvent sa nuque.

J'ai tout retourné dans ma tête avant d'arriver, imaginé tout qu'on pourrait se dire... Malgré tout, à cet instant, j'ai presque tout oublié.

J'aimerais pouvoir tout maîtriser. Les sentiments négatifs qui m'étreignent parfois, mes réactions, elles aussi quelques fois trop vives, impulsives, mais aussi celles de Cameron... Je voudrais parvenir à l'apaiser, être moins confus moi-même. Je me sens parfois si impuissant face à ce que je ressens... Je me sens égaré dans des sentiments qui me dépassent, me dévorent.

Toute cette situation m'agace tellement que j'enrage. Pourtant, quand je la tiens tout contre moi, plus rien ne compte sauf elle. Je passe sur mes doutes, j'oublie ma colère, mes appréhensions, ma rancune, mes humeurs, mon aigreur, mes tourments... et je ne vois plus que ce qui est beau, magique entre nous...Tour à tour je la vois forte, fragile, sensible, combative, caractérielle, généreuse, obstinée, attendrissante, courageuse, douce, volontaire... Depuis le début elle se montre sans fard, avec ses défauts, son langage sans barrière ni retenue, elle dévoile ses blessures, ses cicatrices, son cœur brisé... Elle se protège mais s'affiche telle qu'elle est réellement, elle ne cherche pas à me tromper et je ne l'en aime que davantage...

Je ne peux me retenir de glisser une main sous sa jupe, la relevant légèrement, survolant tout juste l'arrière de sa cuisse. Je m'étais promis que je n'en ferais rien, que je ne la toucherais pas avant que nous n'ayons réglé les choses. Mais il faut que je me fasse une raison. Elle doit probablement libérer des phéromones à outrance. Des toooooonnes de phéromones auxquelles mon corps est plus que réceptif. Je n'arrive pas à lui résister, je ne parviens jamais à rester fâché après elle, quel que soit le sujet de discorde entre nous et elle pourrait piétiner mon cœur que j'en redemanderai, comme un gros maso. Cette nana c'est ma kryptonite, ma bombe atomique, ma cocaïne ou tout ce qu'on voudra. J'ai beau savoir qu'elle peut me faire autant de bien que de mal, il me faut ma dose quotidienne et plus j'en ai, plus j'en veux...

— Je vous trouve bien entreprenant, jeune homme. On pourrait se découvrir davantage avant d'en arriver là, non ?

— Il y a à peine cinq minutes, vous me suggériez de ne pas perdre de temps, madame...

Je souris légèrement tout contre ses lèvres, pourtant je n'ai plus envie de jouer et je décide alors de lui faire comprendre :

— Sérieusement, Cameron, tout ça a un côté très excitant mais...

— Mais ?

— Ça ne règle pas notre problème, et tu le sais...

Sans détacher son visage du mien, alors que ses lèvres sont si proches des miennes, les frôlent, elle murmure simplement :

— Je sais, tu as raison... Je suis désolée... pardonne-moi pour tout à l'heure...

Je soupire une nouvelle fois, m'excusant à mon tour :

— Moi aussi, je suis désolée, princesse...

— Je n'aime pas qu'on se dispute.

— Moi non plus, alors essayons de ne plus recommencer...

Elle tente de plaisanter :

— Il m'avait semblé qu'à une époque tu aimais plutôt ça. Tu me cherchais sans arrêt, même !

Je l'enserre davantage et je susurre à son oreille, saisissant le jeu de mots :

— Parce que je voulais te trouver... et maintenant que je t'ai, inutile de nous quereller davantage, tu ne trouves pas ?

— Je suis d'accord...

Elle se blottit dans mes bras, je me délecte de l'odeur de ses cheveux. Vanille, comme toujours.

— Et si on partait ? Juste tous les deux ?

— Pour aller où ?

— Je n'en sais rien ! Loin ! Là où on n'aurait plus à se cacher !

— Tu es sérieuse ?

Elle soupire :

— Non, pfff je plaisantais, évidemment !

Je baisse la tête, presque déçu, pensant qu'elle allait enfin me confier cette histoire de boulot qu'on lui propose ailleurs. Elle ne s'arrête pourtant pas là :

— En réalité, tu sais ce que je pense de tout ça ? On peut fuir... ou affronter.

Elle ne semble pas réfléchir davantage :

— Fuir n'a jamais été une solution. C'est un comportement lâche et je l'ai été suffisamment toutes ces années. C'est terminé, je ne veux plus être comme ça... Je veux changer, combattre !

Sa main caresse ma joue tendrement tandis qu'elle ajoute :

— Tu me donnes envie de me battre, Jules ! Pour toi je trouverai la force !

Ses paroles m'apaisent. Mais je profite d'une opportunité pour me glisser dans la brèche qu'elle a entrouverte et je lui demande, l'air de rien :

— Tu m'as quand même donné rendez-vous à côté de l'aéroport... Est-ce qu'il y avait une raison à cela ?

— En fait... je t'ai donné rendez-vous ici parce qu'à Martinsville il n'y a que trois hôtels...

Presque déçu, sachant pertinemment que nous retombons dans le même schéma, celui où nous nous cachons, je termine à sa place :

— ... trois hôtels dans lesquels se trouvent tous les membres des autres équipes, c'est ça ?

Elle rit, enfin, avouant alors que je ne m'y attendais plus :

— Effectivement ! Et surtout tous complets ! Archi complets ! Comme la plupart des hôtels à des miles à la ronde !

Mais, alors que je ne m'attends plus du tout à ce que ces paroles quittent ses lèvres, l'improbable se produit, sans même que j'aie besoin d'entamer une nouvelle dispute :

— Jules, je… Je sais ce que tu te dis…

Rien n'est moins sûr, poupée. Il y a certaines choses que tu ignores que je sais…

Je la laisse embrayer sans plus rien dire. On ne sait jamais. Si elle est enfin décidée à tout m'avouer, je ne dois pas la couper alors je me tais, tout simplement, la laissant parler.

— … Je ne t'ai pas donné rendez-vous aussi loin du *Speedway* pour que personne ne nous voie… J'ai entendu ce que tu m'as dit, je sais que ce que je t'impose te blesse et je veux que tu saches que j'ai envie de la même chose que toi. Alors lorsque nous sortirons d'ici demain, nous partirons main dans la main, si c'est toujours ce que tu veux…

Complètement ahuri, hébété par ce revirement de situation que je n'espérais plus, je reste sans voix de longues secondes, puis finalement, je parviens à articuler :

— Whaou ! Mais… qui êtes-vous ?

Cameron écarquille les yeux, ne comprenant pas ma question et je complète :

— Je ne sais pas qui vous êtes, madame, mais vous êtes visiblement un imposteur ! Le parfait sosie de Cameron mais… j'aimerais savoir ce que vous avez fait de ma petite amie… Vous l'avez kidnappée pour prendre sa place, c'est ça ? Dois-je vous torturer pour savoir au fond de quelle cave vous l'avez attachée ?

Ma princesse explose brusquement de rire. Pourtant son rire est furtif et un air grave traverse alors de nouveau son visage, tandis qu'elle reprend :

— Monsieur Chesneau, je ne sais pas quel pouvoir est le vôtre, quel sortilège vous avez pu me lancer, mais vous semblez parvenir à me donner envie de changer. Et ça, certainement pour une meilleure version de moi-même. En tout cas, c'est ce que j'espère…

Soudain joyeuse, elle continue de plaisanter, grimaçant et haussant les épaules à la fois :

— J'ai l'impression qu'à tes côtés, je prends confiance. Il semble que tu aies trouvé la formule magique !

Si seulement c'était vrai… Je vais devoir bosser sur un filtre de vérité. Ou d'amour. Au choix…

Elle soupire encore, retrouvant son sérieux :

— Fuir ou affronter ? J'ai fait mon choix ! Je sais que c'est toi qui as raison. Je crains d'avoir fui pendant bien trop longtemps déjà et je ne peux pas continuer ainsi toute ma vie, à vivre cachée, en proie à une peur irraisonnée. Et j'ai confiance en toi, Jules. Je sais que tu seras à mes côtés si quelque chose ne va pas, alors… Lançons-nous ! Vivons notre histoire au grand jour !

— Merde, je… J'espérais tellement que tu dises un truc comme ça ! Pourtant après notre dispute, je ne pensais pas que ce serait ce soir, je dois bien l'avouer !

— Je pensais ce que je t'ai dit tout à l'heure. Ce n'était pas qu'un jeu.

Ma cage thoracique se soulève avec peine, ma respiration soudain plus rapide, saccadée alors qu'elle m'interroge d'une voix rauque :

— C'est bien compris, monsieur Chesneau ? Vous êtes à moi, à personne d'autre ! Tout comme je suis à vous…

Ses pupilles toujours vissées, ses lèvres chaudes trouvent enfin les miennes, sa langue se frayant un chemin avec langueur, douceur. Ce baiser qui scelle notre réconciliation éclaire de nouveau tous mes espoirs. Notre étreinte ne dure qu'un instant, déjà elle se sépare de moi, très légèrement, juste assez pour offrir à ma vue le plus beau de tous les spectacles.

Elle retire ses escarpins, passe lentement la main sur ses épaules, retirant sa robe qui tombe sur le sol dans un bruissement léger pour retrouver ses chaussures, la dévoilant simplement couverte d'un string aussi blanc que le tissu qui la couvrait il y a quelques secondes encore. Je déglutis avec peine comme si c'était la première fois qu'elle m'offrait cette vision de rêve et un léger sourire se trace sur son visage, alors qu'elle savoure l'effet qu'elle a sur moi. Elle s'approche, féline et gracieuse, se hissant sur la pointe de pieds pour être à ma hauteur, alors qu'elle a perdu dix bons centimètres, maintenant qu'elle a retiré ses chaussures. Ses petites mains enserrent mon visage, j'ai soudain la sensation qu'elle s'agrippe à moi, vorace, avide, alors que sa poitrine retrouve le contact de mon torse, le creux de mes bras, et que le galbe tentateur de ses seins s'imprime tout contre moi. Sa main glisse sous mon t-shirt, caresse mon abdomen dont les muscles se contractent en réaction, et je ferme les yeux pour me délecter de son exquis toucher.

Lorsque sa bouche se pose enfin sur moi de nouveau, nos souffles déjà erratiques se mêlant. Le goût de sa langue sucrée retrouvant la mienne, je l'attire davantage à moi, cherchant à combler le manque de ces dernières heures, à éteindre le feu de l'angoisse qui m'a dévoré pendant tout ce temps où j'ai cru qu'elle allait me quitter…

Soudain, la pensée de l'offre d'emploi qu'elle a reçu m'étreint de nouveau. Pour moi, la discussion n'est pas close. Je dois tout lui dire maintenant. TOUT ! C'est maintenant ou jamais ! Je dois lui dire que je sais, et surtout, je dois la retenir définitivement. Lui cracher cet amour qui m'étouffe. Entre deux baisers, je tente de reprendre mon souffle, de parler :

— Cameron, il faut… que… je te dise…

— Chuuut, pas maintenant… quel que soit ce que tu veux me dire, ça peut attendre…

— Non, je te… jure que non !

Elle me cloue le bec d'un nouveau baiser, et alors que je tente de me dégager, à regret, et que de son côté, elle s'attèle à me déshabiller à mon tour, j'entends le vibreur de son téléphone, resté dans sa pochette qu'elle a posée sur une petite table devant le canapé. Je ne peux m'empêcher de râler. Cela fait des mois que j'échoue lamentablement à lui avouer mes sentiments et, quand je trouve enfin le courage, voilà le résultat. Le moment était presque magique, tout du moins opportun, et le fil conducteur qui aurait pu m'amener à dévoiler enfin ce que je ressens est clairement rompu. Comme si j'avais besoin de ça... Alors je peste comme un môme qui n'a pas ce qu'il souhaite :

— Merde, fait chier !

— Laisse, on s'en fout ! Si c'est important, la personne laissera un message.

Le vibreur cesse, et convaincu du côté sans doute peu capital de l'appel, je saisis son visage en coupe pour être certain de réellement capter son attention et tente une nouvelle fois :

— Cameron, je t'...

Nouveau baiser qui me la fait fermer !

Bon sang, elle ne veut vraiment pas que je lui dise ces trois putains de mots !

Une nouvelle fois, le vibreur retentit et Cameron concède enfin :

— Merde, ça insiste... C'est peut-être vraiment important...

Je soupire. Encore.

— Tu devrais peut-être décrocher...

Ce qu'elle fait dans la seconde tandis que je bave devant sa plastique de rêve, la regardant, pratiquement nue, s'emparer nerveusement de son téléphone. Alors que je vois son teint devenir livide et se décomposer au son de la voix de son interlocuteur, je comprends qu'effectivement, quelque chose de grave s'est produit. Seuls quelques mots, d'une voix brisée, parviennent à lui échapper :

— Est-ce que son état est grave ? (...) Quoi ? Mais c'est absurde ! (...) Est-ce qu'on peut le voir ? (...) Oui, je... Je le préviens, on arrive !

Les larmes aux yeux, alors qu'elle a à peine raccroché, elle répond à mon regard interrogateur, la voix serrée :

— C'était Brent... Chase vient d'avoir un accident...

— Quoi ? C'est grave ?

— Son état est critique… Il est au bloc, tout ce qu'il a pu me dire c'est qu'il souffre de fractures diverses… Il n'en sait pas vraiment plus mais son état nécessitait une opération…

— On connaît les circonstances ?

— Pas véritablement mais… pendant l'intervention de l'équipe de désincarcération, il aurait dit que la voiture n'avait plus de frein… Il délirait certainement… ce qui peut se comprendre s'il était en si piteux état que ce que Brent sous-entend…

— Effectivement, ça paraît peu étonnant. Une telle défaillance technique est quasiment impossible ! Cette voiture était pratiquement neuve !

— Je sais, ça n'a pas de sens ! La police a ouvert une enquête.

Me remémorant chaque détail, je blanchis. Cameron le remarque et me questionne, brusquement inquiète :

— Jules, quelque chose ne va pas ?

— J'allais partir avec cette voiture… Il voulait que je l'emmène en ville avec moi. Je la lui ai laissée pour te rejoindre…

Je serre les poings, la mâchoire, et j'ai la soudaine impression que je vais vomir tripes et boyaux, rongé par la culpabilité.

— Merde, je m'en veux… Si j'avais conduit, il ne serait peut-être pas blessé à l'heure qu'il est… Je suis pilote… J'aurais peut-être pu maîtriser le truc, je ne sais pas.

Encore sous le choc autant que moi, Cameron me prend dans ses bras pour tenter de me calmer alors que suis soudain en proie à des remords qui ne font qu'accroître mon état de nervosité et de stress :

— Arrête de t'en vouloir, tu n'y es pour rien ! Tu ne sais pas, après tout ! Peut-être que tu aurais conduit beaucoup plus vite ? Peut-être qu'à l'heure qu'il est, vous seriez blessés tous les deux ? Avec des « si » on refait le monde, tu le sais très bien. Mais pas toujours en mieux, sois-en convaincu !

Chase est un type bien. Peut-être le seul que j'apprécie avec Brent. Et surtout, il est devenu mon ami. Je m'en veux énormément. J'aurais dû être à sa place derrière ce volant. J'étais sur le point de partir avec cette voiture. Et ce sentiment de perplexité sur la défaillance du système de freinage de la voiture ne veut pas me lâcher.

Nous restons une bonne partie de la nuit à l'hôpital, dans l'attente de nouvelles de notre collègue et ami qui a été conduit au bloc. Plusieurs fractures nécessitent la pose de broches. L'une de ses côtes, cassée, a perforé un poumon. En bref, il est dans un sale état et je ne m'en morfonds que davantage. La joie de ma réconciliation avec ma poupée bleue, et le fait qu'elle soit d'accord pour déposer les armes et révéler notre secret au grand jour aura été de courte durée.

Cette nuit-là, nous dormons peu, mais nous dormons ensemble, accrochés à notre essentiel, l'un à l'autre, comme à la vie...

Chapitre 31

MISSILE

Martinsville, Indiana
Octobre 2019

Jules

La police ne tarde pas à nous révéler le retour de l'expertise de la voiture. Le mot « sabotage » est plusieurs fois évoqué, nous faisant froid dans le dos. Pourtant aucune certitude ne s'installe. La voiture était dans un trop sale état après l'accident pour qu'un doute ne subsiste pas. Conscients que l'enquête sera très certainement longue, nous tentons de reprendre une vie normale, malgré une certaine peur.

Alors que les flics font le tour de l'équipe pour poser les questions de routine, je m'éloigne légèrement. Déjà interrogé, je cogite comme un malade, me retourne toute cette situation dans la tête. Un sabotage me paraît exclu. N'importe qui aurait pu partir avec ce véhicule. Nous sommes des dizaines à y avoir accès et il y a plusieurs voitures. Chacun partant avec l'une ou l'autre de façon aléatoire. Un sabotage implique souvent que l'on vise quelqu'un de particulier... Je ne conçois pas que cela soit envisageable d'orienter l'enquête dans cette direction et la défaillance technique, même si extraordinairement improbable également, paraît une réalité de fait.

Adossé à un camion, les bras croisés, face à mes réflexions, la voix de Gaby m'interpelle soudain :

— Comment va Chase ?

Je soupire :

— Pas terrible à vrai dire…

Elle s'approche et pose sa main sur mon avant-bras en guise de réconfort, sans que j'y prête réellement attention :

— Tu lui transmettras tout mon soutien et mes vœux de prompt rétablissement.

Sans véritablement la regarder, les yeux dans le vague je réponds simplement :

— Je n'y manquerai pas…

Derrière nous, quelqu'un que j'identifie en une fraction de seconde se racle la gorge :

— Je ne vous dérange pas ?

Cameron a l'air furax et je n'imagine que trop pourquoi. Le bras de Gabriella, resté posé sur le mien, me met soudain mal à l'aise, même si je sais que tout est clair pour ma belle quant à ma relation avec la jeune femme qui se tient si près de moi. Bien trop près à mon goût d'ailleurs, et certainement aussi à celui de ma petite amie… Je m'en dégage vivement alors que ma poupée continue, acerbe, Gaby tardant à s'écarter :

— Il te les faut tous ?

Un sourire naît sur les lèvres de la petite blonde, alors qu'elle répond tout simplement :

— Un seul me suffira…

Je comprends de suite ce que Cameron sous-entend. L'accident de Chase a mis un sérieux frein à notre joie de révéler notre couple. Nous avons trouvé qu'il n'était pas forcément opportun de nous montrer tout sourire, heureux, alors que notre collègue traverse une si mauvaise passe et nous avons décidé que nous pouvions attendre encore un peu finalement. Maintenant que ma belle est d'accord sur le principe, j'ai concédé que nous ne soyons plus à deux jours près pour tout dire. Et hier justement, elle est revenue presque ravie, m'annonçant quelque chose de presque inattendu, faisant des suppositions qui ne pourraient faire que nous arranger :

— *Je ne voudrais pas trop m'avancer, mais j'ai comme le sentiment que nous allons être tranquilles, finalement…*

— *Comment ça ? De quoi tu parles ?*

— *Tyler et Gabriella semblent se voir beaucoup en ce moment... Qui sait ? C'est peut-être elle, celle qui lui donnera envie de changer ?*

Sans aucune rancœur ni animosité, pas plus que l'once d'un brin de la jalousie que j'aurais pu craindre de voir son ex hypothétiquement amoureux d'une autre un jour, Cameron s'est imaginé que tous les deux pourraient vivre une idylle, et ainsi nous foutre la paix. Ma belle embraye déjà, déversant des paroles légèrement acides à la jeune femme qui n'a pas l'air décidée à s'écarter de moi :

— Fais attention de bien le choisir. Et surtout de t'assurer que celui que tu convoites en a envie également...

Gabriella s'écarte enfin et se tourne vers Cameron qui réduit en deux secondes la distance qui les sépare encore :

— Je ne vois pas très bien de quoi tu veux parler, Mac. Sois plus explicite, tu veux bien ?

— Tu as très bien compris. Ne fais pas exprès de ne pas lire entre les lignes !

Gaby a l'air décidée à jouer les idiotes et à chercher Cameron. Ou alors elle pense que Cameron parle de Tyler, je ne sais pas trop. Mais peu importe la manière, elle compte visiblement foutre la merde entre ma princesse et moi. D'une façon qui a l'air volontaire ce qui me fait m'interroger sur sa réelle personnalité. Où est passée la douce Gabriella que j'ai connue jusqu'alors ? Avec moi, elle ne s'est toujours montrée que bienveillance, gentillesse, sympathie, patience... Alors qu'à cet instant, face à Cameron je ne la reconnais plus. D'ailleurs, est-ce que je la connaissais réellement ? Elle abuse clairement en battant exagérément des paupières, jouant de ses longs cils pour se foutre de la gueule de la petite grenade bleue prête à dégoupiller :

— J'ai peur de ne pas être suffisamment intelligente pour y parvenir...

Cameron s'approche alors à deux doigts des trous de nez de Gabriella, mâchoires serrées. Je sens bien qu'un doute s'instille dans la tête de ma petite amie sur les intentions de la petite blonde. Malgré tout, c'est presque heureux que je sois témoin de cet échange. J'espère assister à un miracle et voir ma Schtroumpfette sortir ses griffes pour faire ce dont je rêve depuis si longtemps : défendre notre couple.

Pourtant, nullement craintive, provocatrice même, Gabriella poursuit :

— Je ne suis même pas certaine de savoir de qui nous parlons, exactement.

Le sarcasme domine dans les paroles de Gabriella et je commence à craindre pour sa sécurité, tandis que Cameron n'est qu'à un souffle d'elle, les dents et les poings serrés comme si elle voulait en venir aux mains. Mais alors que je m'apprête à m'approcher d'elles pour éviter le pire, le regard de ma petite amie semble soudain attiré par quelque chose sur le côté.

Tournant la tête de droite à gauche, Cameron trouve rapidement ce qu'elle cherche, puis me lance un regard furtif, perdu, attristé, résolu... avant de me planter là avec la jeune chargée de com' et de prendre la fuite pratiquement en courant, tout en lâchant un charmant « *Putain, fais chier* » à peine étonnant dans sa sublime bouche. Je scrute à mon tour et mes yeux tombent soudain, un peu plus loin sur un journaliste, sourire vissé et appareil photo en main.

Eh merde, il ne manquait plus que ça...

Pourtant, je choisis de ne pas m'attarder pour le moment sur ce détail plus que gênant dans la suite des évènements, alors que le type dégage, visiblement satisfait. Je toise Gabriella, plus qu'énervé :

— À quoi tu joues, Gaby ? Je croyais avoir été clair avec toi !

— Qu'est-ce qu'il y a Jules ? Pourquoi tu réagis comme ça ? Qu'est-ce que j'ai fait de mal ?

— Tu cherches Cameron volontairement !

Elle s'insurge :

— Pardon ? Je ne sais pas laquelle des deux est venue chercher l'autre ! J'ai l'impression qu'il y a comme un malentendu entre elle et moi...

Un rire sardonique lui échappe :

— Certaines choses n'ont pas l'air très claires, dis-moi...

— Bien au contraire, elles le sont parfaitement !

Elle plisse les yeux et fait mine de ne pas comprendre le sens de mes paroles et relance :

— On dirait que ça t'ennuie que Cameron pense qu'il pourrait se passer quelque chose entre toi et moi ?

— Arrête de jouer à ça ! Cameron sait très bien qu'il ne se passera rien entre toi et moi !

— Ah bon ? Et pourquoi ça ?

À ce moment précis, je réalise que Cameron avait parfaitement raison sur elle et ses intentions. Je n'en peux plus d'elle, de son comportement faussement dégagé, de sa candeur simulée, qui me saute brutalement aux yeux, de ses manipulations mises au grand jour et je me risque à répondre, même si j'en dis trop et qu'elle pourra ensuite tout répéter sur Cameron et moi :

— Tu sais très bien pourquoi ! Ne fais pas comme si tu n'avais pas compris. J'aimerais que tu cesses ton petit jeu, maintenant, parce que je risque de ne pas rester aussi agréable, si tu continues...

Sa mâchoire se crispe subrepticement et, tandis que j'ai soudain l'impression que mes paroles lui font l'effet d'une révélation, je tente :

— D'ailleurs, je ne saisis pas... Il m'avait semblé qu'avec Davenport...

— Quoi, Davenport ?

— Que tu le voyais.

— Et alors ? Ce n'est pas parce qu'on s'envoie en l'air de temps en temps que c'est du sérieux ! J'ai juste envie de m'amuser. Ce n'est pas interdit, que je sache ! Et puis, ce n'est pas comme si ce type était du genre à se caser ! La seule véritable relation qu'il ait eue, il faut voir ce qu'il en a fait. Ce n'est certainement pas avec ce gars qu'une fille peut envisager quelque chose de sérieux ! Il n'y aurait qu'une bouffonne sans cervelle pour y croire et s'y essayer !

À mesure que ses propos cherchent à être blessants vis-à-vis de Cameron, j'enrage. Elle se moque visiblement de la femme de ma vie. La douce et gentille Gabriella prend soudain une tout autre envergure à mes yeux. Et je réalise brutalement que quand une femme veut quelque chose, elle est capable de montrer un tout autre visage. Et pas toujours des plus beaux. Ma naïveté vis-à-vis des femmes et de leurs manipulations me saute soudain au visage. J'ai comme le sentiment d'être un lapereau de trois semaines que sa mère vient d'abandonner au bord d'une route. Pire, elle vient de se faire écraser par une bagnole sous mes yeux, et orphelin, impuissant, je regarde sa dépouille gisant sur l'asphalte...

— Je te souhaite de bien t'amuser dans ce cas, Gaby.

Je n'ai pas envie de perdre davantage de temps ou de salive avec celle que je pensais pouvoir être une amie, malgré son attirance certaine pour moi dès le premier jour. Fais chier, le couple Gabriella/Tyler pouvait nous permettre de souffler un peu, malheureusement ce n'est qu'un *fake*. Ou plutôt un plan cul. Bref, rien de sérieux en tout cas. Je vais peut-être éviter de préciser à Cameron que Gaby m'a clairement avoué ce détail. Pas besoin de remettre de l'huile sur le feu ou de lui saper le moral. Il doit déjà être au plus bas à l'heure qu'il est...

Je tente de partir, mais Gabriella cherche à relancer le débat. Décidément, elle est bien plus combative que je ne l'aurais pensé. Pourtant, après cette scène, même si la situation n'a pas été posée avec des mots, il est évident qu'elle ne peut plus ignorer que Cameron et moi sommes ensemble, pourtant elle ne semble pas vouloir jeter l'éponge si facilement et sa voix se fait soudain plus suave :

— M'amuser avec Davenport ne m'empêche pas de chercher tout autre chose avec un autre, tu sais...

— Drôle de façon de voir les choses.

— Pourquoi ? Tu n'as jamais fait ça, toi ?

— Jamais. Je pensais que tu avais capté que je ne suis pas ce genre de mec. Si ça avait été le cas, toi et moi nous serions justement retrouvés dans un lit. D'ailleurs il m'avait bêtement semblé que tu avais apprécié que je ne me serve pas de toi de cette façon et que tu n'étais pas non plus ce style de fille…

Elle étrécit les yeux, semble réfléchir à ces paroles, se remémorer notre premier rendez-vous, son issue… Mais alors qu'elle entrouvre la bouche, je coupe court. La conversation s'éternise un peu trop à mon goût, j'ai juste envie de me casser. Je n'ai qu'une hâte, c'est retrouver ma princesse et vérifier qu'elle va bien, tandis que la petite blonde qui me fait face me dévisage avec une envie non dissimulée, je dois bien le réaliser. Et sur un ton aussi sec que celui de Cameron les secondes précédentes, j'abandonne Gabriella d'un pas rapide :

— J'ai dû me tromper sur ton compte. Maintenant, tu m'excuseras…

Sans surprise, je trouve Cameron dans sa chambre et dès que j'y entre, sans même vérifier si Brent se trouve dans les parages, je l'enlace amoureusement et elle se laisse faire, trouvant refuge et réconfort au creux de mes bras tout en m'interrogeant sans attendre :

— Tu l'as vu ?

— Oui. Mais ne t'inquiète pas mon cœur, il n'y avait rien d'intéressant à prendre en photo…

— Connaissant leurs méthodes, ils peuvent trouver que ça l'était… D'ailleurs, je suis certaine que même sur une putain de photo ça peut se voir que j'allais lui péter les dents, à cette grognasse ! Manquerait plus que j'aie la réputation d'être une sale connasse violente, en plus du reste !

Je ris sans avoir à me forcer et je me détends lentement. Son langage fleuri m'amuse parfois autant qu'il me hérisse le poil, mais parfois je concède que c'est aussi ce qui fait son charme. Elle est brute de décoffrage et dit ce qu'elle pense sans se retenir, ni même chercher à y mettre les formes. C'est ce qui m'a plu chez elle dès le premier jour. Ça et… sa bouche divine, ses yeux aux nuances d'azur envoûtant, sa chevelure flamboyante assortie à ce regard magnétique, ses petits seins parfaits…

Merde, je suis perdu !

Je dois bien m'avouer que, complètement aveuglé par son physique et par les sentiments que j'éprouve pour elle aujourd'hui, incapable de maîtriser jusqu'à leur naissance, je manque totalement d'objectivité la concernant. Même lors des moments où elle s'est montrée parfaitement exécrable avec moi, je lui cherchais des excuses et je justifiais ses excès de zèle, surtout ceux à mon encontre !

Ridicule petit merdeux éperdument amoureux que je suis…

#pauvremeccompletementinlove

Je continue de plaisanter pour tenter de la détendre :

— Moi je dis qu'il est arrivé au bon moment…

— Hein ? Pourquoi ça ?

— Parce que j'ai le sentiment que sans sa présence, Gabriella aurait vécu ses dernières secondes !

Elle rit à son tour et je la sens se détendre légèrement contre moi. Mais ce que j'analyse de tout ça, c'est que même si elle était prête à parler de nous, je comprends qu'elle a surtout voulu le faire pour moi. Malgré tout, ce que j'ai vu dans son regard il y a encore quelques minutes, alors qu'elle a pris la fuite, c'est de la peur. Elle n'est pas encore prête à affronter ce genre de situation. Si je veux qu'elle y parvienne, je dois lui assurer que je saurai la protéger. Je dois parvenir à la mettre en confiance sur ce que nous serons capables d'affronter ensemble.

Plus aucune parole ne franchit alors le mur de nos lèvres. Pas besoin. Le silence entre nous est aujourd'hui bien plus significatif que des mots. Et même si au départ, ce n'était pas gagné, plus le temps passe, plus on se comprend. Et ce soir, sans qu'elle ait besoin d'en dire plus, je sais. Cette panique dans ses yeux, c'est désormais mon baromètre pour préserver ma princesse et garder encore un peu pour nous notre secret…

Le lendemain soir, nous sortons pour un Mc Do et un ciné. Après tout, entre collègues — et ça c'est officiel — rien ne nous empêche d'aller vadrouiller ensemble en ville. Nous sommes au moins tombés d'accord sur le fait que nous n'avons pas besoin de nous cacher pour ça.

Alors que nous faisons la queue pour faire scanner nos tickets d'entrée, sans avoir l'air de véritablement réfléchir, Cameron soulève mon bras pour se glisser tout contre moi. Avide du contact de son petit corps qui me manque si souvent, je la laisse se lover et resserre mon étreinte autour de son épaule. Soudain, elle semble remarquer deux jeunes femmes qui nous observent et dans un soupir, les matant du coin de l'œil, elle spécule :

— Je crois que les deux filles là-bas sont très intéressées par toi…

Je comprends alors mieux cette subite envie de se coller à moi. Elle avait certainement remarqué le regard de ces deux nanas bien avant de le souligner ! Je l'embrasse sur le bout du nez et dans un tendre sourire, je coupe court :

— Heureusement, ma douce petite amie s'est sentie obligée de me faire un *Big Hug* juste sous leur nez, histoire de montrer que je ne suis plus disponible ! Je suis donc tranquille !

Ses yeux s'étrécissent alors que ses lèvres se plissent de façon tout à fait satisfaite, révélant toute la perfidie de son comportement. Fière d'elle et aucunement coupable d'avoir été démasquée, un rire limpide s'échappe de sa gorge et je l'y accompagne gaiement alors que nous entrons dans la salle.

À peine installés sur nos sièges, dans la pénombre du cinéma pratiquement vide, attendant le début du film, Cameron me supplie comme une môme :

— Allez, s'il te plait ! S'il te plait !

— Tu m'emmerdes ! T'aurais pu te décider avant qu'on entre, bon sang !

— Mais je n'en avais pas encore envie ! C'est maintenant que ça me prend !

— Ça fait trois minutes qu'on est entrés ! Soit tu te fiches de moi, soit tu me prends pour ton esclave !

Une moue exagérée en travers du visage, elle me jure :

— Mais non ! Pas du tout ! D'ailleurs si tu es gentil, je saurai te rendre la pareille !

— En nature, alors !

— Évidemment ! De quelle façon, sinon ?

Je la cherche un peu, pour m'amuser :

— J'hésite encore… Je ne voudrais pas céder à tous tes caprices, tu pourrais y prendre goût et devenir infecte chaque fois que je te refuserai quelque chose !

Ses yeux de Chat Potté s'arrondissant à l'extrême, elle joint ses mains en guise de supplique :

— Allez ! Dépêche-toi, sinon tu vas rater le début du film !

— Comme tu dis, oui ! JE vais rater le début film !

Je fais mine de pester mais en soi, cette scène m'amuse et je lui demande, juste pour la forme :

— Comment peux-tu avoir encore faim après tout ce que tu viens de t'enfiler ?

Elle glousse :

— C'est que… je me dépense énormément dans une journée, moi ! Surtout depuis que je te connais !

Cette fille sait me prendre par les sentiments ! Elle me mène vraiment par le bout du nez et je me lève en protestant pour aller lui chercher son seau de pop-corn alors qu'elle frappe de joie dans ses mains comme une gamine :

— Ah ! Je le savais bien que tu étais le meilleur petit ami dont je pouvais rêver !

Je pars en râlant, mais je pars quand même pour aller chercher ce qu'elle me réclame comme si c'était vital.

Alors que j'attends qu'on me serve, je revois les deux filles de tout à l'heure, assises devant un café, scrutant un magazine avec curiosité. Ces dernières ne semblent plus du tout faire attention à moi. J'en serais presque vexé, rabroué dans mon amour propre de mâle, lorsque je remarque leur façon de se toucher, de se comporter l'une avec l'autre… Ces filles sont sans aucun doute lesbiennes. Aïe, Cameron s'est complètement plantée. J'aurais presque envie d'en rire quand je réalise que ce n'était pas moi qu'elles regardaient mais ma magnifique petite amie !

Soudain, je surprends des bribes de leur conversation :

— Mais si, je te jure que c'était elle ! Tu crois que des filles avec cette couleur de cheveux, y'en a à tous les coins de rue, ou quoi ?

— Ouais, t'as raison…

Je m'approche et, tout ce que je vois, c'est cette photo d'une jeune femme aux cheveux bleus, sur le torchon posé devant elles et je ne peux m'empêcher de leur demander en le montrant du doigt :

— Excusez-moi, mesdames… Je peux ?

Après que l'une d'elles ait opiné, je me saisis alors du magazine et découvre avec effroi et colère une photo prise hier, arborant simplement ce titre :

Déçue par les hommes, elle se tourne vers la gent féminine.

Je me sens blanchir brusquement.

Quoi ? Mais qu'est-ce que c'est que ce bordel ? Merde ! Cameron avait raison ! Moi qui croyais qu'elle dramatisait !

Je sais parfaitement de quoi il retourne, j'étais présent lorsque cette photo a été prise. Et je ne peux que constater que la scène a été détournée, mais pas comme ma princesse aurait pu le penser. Sur la photo, les lèvres de Cameron sont si proches de celles de Gaby qu'effectivement, les faits, sortis du contexte et présentés ainsi, on pourrait croire que cette animosité dans le regard de ma belle est en fait un désir ardent et qu'elles sont sur le point de s'embrasser… Bien évidemment, on ne me voit pas du tout, alors que j'étais juste à côté, suggérant une certaine intimité entre Cameron et Gabriella.

Bordel de merde !

Je ne dois surtout pas lui parler de ça et j'espère qu'elle n'en aura pas connaissance. Sinon ça va foutre son moral en l'air pour un moment et ruiner toutes mes chances de pouvoir la conforter dans des espoirs de vie normale… Sur le coup, je n'en ai d'ailleurs plus du tout envie. Au contraire, je serais plutôt tenté de prendre la fuite, comme elle a pu le suggérer quelques jours auparavant. Ou nous terrer au fond d'une grotte jusqu'à la fin des temps…

Putain de tabloïds de merde !

Si aujourd'hui on parle plutôt de presse à scandale ou de presse people, avant on appelait ça la presse des caniveaux. *The Gutter Press* comme ils disent ici, aux States. Chez nous, en France on n'emploie plus vraiment cette expression, pourtant je ne comprends pas qu'on l'ait abandonnée car pour moi, l'image est parfaite, tant on traine la réputation des gens dans la boue, dégueulassant leur nom pour vendre le plus de torchons possible. Ce type de pelure journalistique, seulement capable de faire enfler les rumeurs de trottoir ou de déformer la réalité n'est bon qu'à foutre aux égouts ou à racler les chiottes !

J'ai soudain brutalement envie de vomir et quand je rejoins Cameron, toujours aussi enjouée, elle remarque immédiatement mon trouble :

— Ça ne va pas, mon ange ?

Je me force alors à sourire :

— Si, si… Je crois que j'ai trop mangé, j'ai mal à l'estomac…

Elle hausse alors les épaules, ne suspectant absolument rien à mon humeur réelle et conclut joyeusement :

— Ça fera plus de pop-corn pour moi, dans ce cas !

Je n'ai pas la tête au film mais heureusement, je parviens à jouer la comédie à Cameron ce soir-là et les jours qui viennent, tandis que le stress que quelqu'un d'autre n'ait vu ce fichu magazine et vienne lui en parler m'envahit. Fort heureusement, ce n'est pas le cas. Nous croisons Gabriella plusieurs fois, cette dernière nous évitant soigneusement ou baissant la tête systématiquement. Il est évident que si elle est au courant, ce n'est certainement pas elle qui va venir mettre le sujet sur la table, certainement honteuse du quiproquo mensonger. Les jours et les semaines passent et je finis par ne plus penser à cet épisode fâcheux, alors que nous nous refermons de nouveau dans notre cocon de secret.

Chapitre 32

ADORE YOU

Fort Worth, Texas
Novembre 2019

Jules

Nous sommes de retour au Texas. Nous étions déjà ici il y a à peine plus de six mois, mais j'ai déjà l'impression que c'était il y a si longtemps. Pourtant tellement de choses ont changé depuis…

La moitié d'une année seulement… la moitié d'une année déjà… Lorsque nous étions à Fort Worth en mars, je venais alors tout juste d'arriver, je n'étais encore que ce petit *Frenchy* fraîchement débarqué au pays de l'oncle Sam. J'avais tellement confiance en mes capacités, j'étais plein d'espoir alors que je n'y connaissais rien en *stock-car* !

Et quand je repense à tout ça, aujourd'hui avec du recul, je me dis… Waouh ! Bordel ! Je suis déjà allé bien au-delà de mes espérances pour cette première saison que je n'ai même pas courue en entier ! Je me voyais encore être pilote en développement après une année, même si j'avais bien pour but de faire mieux que ça !

Mais il n'y a pas que dans ma vie professionnelle où je suis allé bien plus loin que ce dont j'avais rêvé… Si on m'avait dit il y a six mois que je partagerais le lit de la petite tornade bleue qui me pourrissait la vie les premiers temps, je n'y aurais jamais cru ! Et même si notre relation est loin d'être idéale, puisque nous la gardons toujours secrète, et que ni l'un ni l'autre n'a encore franchi le pas d'avouer ce qu'il a sur le cœur, je suis le plus heureux des hommes.

Ses billes azurées sont clairement reliées à mon cœur et à mon système nerveux, et lorsque son regard croise le mien, même furtivement, je suis désarmé et je perds presque tous mes moyens. J'en serais presque ridicule, parfois, surtout devant les autres qui se moquent de moi lorsqu'ils me surprennent parfois troublé alors que j'ignorais qu'ils m'espionnaient…

Pourtant, partager son lit, finalement c'est vite dit… Nous nous retrouvons bien souvent dans des endroits un peu improbables et partageons en réalité assez peu souvent nos nuits. Et ça, ça me bouffe, mais j'ai décidé de rester patient pour le moment…

Le championnat se termine à la mi-novembre et ne reprendra qu'en février. Alors peut-être que ce sera le bon moment pour que nous partagions tout notre temps, et que notre relation puisse s'épanouir au grand jour ? Je dois rentrer en France quelques semaines de congés pendant cette période et je n'ai pas encore trouvé le courage de lui demander de m'accompagner. Mais mon cœur se flétrit déjà à l'idée d'être séparé d'elle… Mon estomac se noue de ça… et aussi d'appréhension…

Elle ne m'a toujours pas parlé de la proposition du groupe Tesla, et je commence à me dire que peut-être mon retour chez moi serait l'occasion pour elle de me « larguer » en douceur… Avec du style, en mode « C'était bien ce qu'on a vécu mais nos chemins se séparent ici… » Et même si je ne décèle jamais quoi que ce soit dans ses paroles ou dans ses regards qui me donnerait l'impression qu'elle souhaite que ça se termine, le fait qu'elle ne m'ait jamais dit qu'elle m'aimait non plus n'est pas fait pour me rassurer.

En même temps, je ne le lui ai jamais avoué non plus, même si… Putain, qu'est-ce que je l'aime ! Je l'aime comme un dingue !

La semaine dernière, après les évènements de Martinsville, ma belle m'a promis qu'elle réfléchissait à un moyen de nous permettre de partager quelques nuits encore. Alors si elle y parvient, ça m'ira... Parfois je me dis qu'il nous suffirait de dormir tous les soirs sur le canapé de son bureau... sauf que si elle et moi nous découchions tous les soirs, ça finirait par paraître louche, quand même. Nous risquerions de nous faire griller, d'autant plus que si tout le monde a déjà surpris des regards en coin entre nous, ils sont certainement bien loin de penser qu'il se passe réellement quelque chose...

Sauf que quand elle m'a dit qu'elle se creusait la tête pour trouver une solution, je n'avais pas exactement pensé à ça...

Je suis dans le milieu du garage, à discuter avec Price, le petit nouveau engagé pour remplacer Chase pendant sa convalescence, quand soudain la porte de son bureau s'ouvre dans un grand fracas et elle en sort en hurlant, Brent sur ses talons :

— J'en ai ras le bol de ce merdeux ! Je te préviens ! C'est lui ou c'est moi !

Tout de suite, j'avoue que je ne peux m'empêcher de me demander ce que j'ai bien pu encore faire et je sens que je blanchis littéralement... Oui, les habitudes, ça ne se chasse pas comme ça ! Mais je ne tarde pas à comprendre sa tactique. Sauf que je vois bien le petit sourire de Brent, au moment où il lance le fameux « Cette semaine vous partagez le bus ! » Merde, je crois que pour le coup, il n'est pas dupe...

À peine je franchis la porte du *motor-home* qu'elle me saute dessus et m'embrasse comme si c'était vital que ses lèvres retrouvent les miennes. Entre deux baisers, alors que déjà nos mains se font baladeuses, je parviens à lui souffler :

— Je suis certain que Brent nous a grillé...

— C'est pas grave, je suis certaine que les autres ne se doutent de rien... Tu es tellement bon comédien...

Tout en nous embrassant toujours, voraces, et en commençant déjà à nous déshabiller, nous continuons cette conversation :

346

— Je crois que l'Oscar est pour toi, cette année… Mais tu crois sérieusement qu'à chaque fois qu'on s'enferme dans ton bureau, ils se disent qu'on bosse ?

— C'est certain ! D'ailleurs on bosse vraiment… comme des dingues… Et là j'ai plein de grands projets dont j'ai établi les plans. Emmène-moi dans ma chambre, je vais te montrer ce que je t'ai prévu…

Fiévreux, tremblant, je soulève son petit corps comme une plume et je la porte jusqu'à son lit. Arrimée à moi dans une étreinte presque désespérée, elle souffle contre mon cou, tout en le mordillant dans un soudain élan de désir :

— J'ai tellement envie de toi…

Jamais elle n'a osé me l'avouer réellement jusqu'alors, même si nous nous jetons bien souvent l'un sur l'autre comme des bêtes affamées. Elle est si avare pour confier ses sentiments que j'ai parfois l'impression que je fais fausse route et qu'elle est loin d'éprouver des sentiments aussi forts que les miens… Même si elle a réussi à m'avouer une fois que ce que nous vivions représentait quelque chose à ses yeux, même si nous menons cette relation à huis clos. Mais le fait qu'elle ne s'épanche que rarement, et surtout pas sur qui se passe entre nous me fait douter. Depuis le soir où elle m'a avoué que j'étais le seul homme dans sa vie et dans son lit depuis le début de notre histoire, rares ont été les fois où elle a laissé passer quelque chose… Il y a bien eu le moment que nous avons partagé à l'hôtel… mais c'est si peu de choses par rapport à tout ce que nous pourrions partager !

Je m'écarte légèrement pour l'observer et ma main s'égare sur son visage, mon pouce se perd sur la ligne de sa lèvre supérieure et elle y dépose un doux baiser. À cet instant, je croise ses prunelles habitées de luxure à peine voilée. Je tente de lire dans ses yeux, et ils semblent avoir abandonné toute forme de retenue. Les velléités de résistance qu'elle s'évertuait à entretenir l'ont visiblement complètement abandonnée, probablement calcinées par la force de ce que nous ressentons lorsque nos corps se touchent. Et je la sens enfin prête à s'abandonner à ce qu'elle pourrait ressentir... Alors comme pour l'encourager à se laisser aller à ses sentiments, je lui avoue moi au si :

— Je suis certain de te surpasser...

Nous nous débarrassons du reste de nos vêtements en moins qu'il n'en faut pour le dire, impatients, avides du contact l'un de l'autre. Et déjà je n'en peux plus, sa présence m'a tant fait défaut que je crois que je vais sombrer rapidement. Je me jette sur le lit, et sans attendre davantage, j'empoigne ses hanches et l'assois sur mon visage. Le bruit de ses mains qui percutent le mur, se plaquant le long de la paroi froide, témoigne de la brusquerie avec laquelle je l'ai attirée à moi, mais j'ai rêvé de ce moment depuis si longtemps que j'ai cru me perdre au fin fond d'un univers parallèle et ne jamais goûter de nouveau le corps de ma belle. J'humidifie mes lèvres, l'expectative de leur contact avec sa peau veloutée les ayant soudain asséchées.

J'embrasse l'intérieur de ses cuisses lentement, avec douceur, mais je ne parviens plus à me retenir davantage d'aller plus loin. Je plante mes doigts dans sa peau et je l'attire un peu plus près de moi, ardent et fougueux. J'insère alors ma langue dans la chaleur si sensible de son velours, lui arrachant déjà un gémissement de contentement.

Je titille inlassablement ce point précis qui la transporte et je la sens se contracter de plaisir, vibrer sous mes doigts... Elle se tord sous les caresses de ma bouche affamée et son désir m'inonde. Je m'en délecte, insatiable, et je l'entends soudain murmurer :

— Jules... comment tu arrives à me faire un truc pareil...

Elle agrippe alors une de mes mains posées sur ses hanches, gémissant, murmurant des « encore » et susurrant mon prénom, tandis que je lâche un râle étouffé de plaisir contre sa peau fine, et que je la sens déjà céder aux premiers spasmes de l'orgasme qui la foudroie... Elle perd son souffle et ses mains quittent soudain le mur contre lequel elle s'appuyait alors que son front y reste collé. Ses doigts s'entremêlent à mes cheveux, les tirant avec force, sous la puissance de son plaisir alors qu'elle gémit un peu plus fortement, s'abandonnant totalement, foudroyée par l'orgasme.

Je continue de la caresser, la laissant lentement redescendre, et lorsque je sens que la tension qui avait pris possession de son corps l'abandonne, je me relève et je me glisse derrière elle, impétueux. Le désir que je ressens pour elle me dépasse, me dévore, cisaille mon bas ventre comme jamais et je me consume de l'attente d'être enfin en elle, pas encore rassasié par le premier acte. Elle n'a même pas le temps de réagir que mon torse est déjà collé à son dos, mon corps rencontrant enfin la chaleur du sien.

Sa respiration est encore irrégulière et désordonnée, et ses mains ont regagné la fraicheur de la cloison contre laquelle elle s'appuie alors que les miennes se baladent déjà. Je suis le galbe de sa poitrine, caresse l'un de ses seins, joue avec la pointe, tandis que mon autre main descend la courbe de son ventre pour viser un peu plus bas. Je dépose un chapelet de baiser le long de son épaule, remonte derrière son oreille. Elle tourne légèrement la tête et son souffle se mélange au mien lorsqu'elle murmure :

— Est-ce que tu réalises seulement à quel point tu m'excites ?

Ses paroles exacerbent mon désir et je durcis davantage, jusqu'à la douleur. Je dois être en elle maintenant, je ne peux plus me contenir davantage. Pourtant j'ai besoin d'être certain qu'elle ne va pas prendre mon assaut pour un outrage à ce corps que j'idolâtre tant. Pénétrer une fille par-derrière m'a toujours paru un peu dégradant pour elle, sauf si la fille me fait comprendre qu'elle le veut. C'est vrai, pour moi le fait de ne pas voir son visage enverrait presque un message qui lui dit que peu importe qui elle est, du moment que l'affaire est faite, c'est du pareil au même… Et puis quelle satisfaction, aussi, de voir les traits de la femme qu'on honore se tordre sous l'effet du plaisir qu'on lui procure…

Mais là, maintenant, avec Cameron, tout me paraît différent. J'ai presque le sentiment que je ne lui rendrai jamais vraiment justice et j'aimerais qu'elle comprenne que tout ce que je pourrais lui faire ne serait qu'un signe de vénération. Et qu'elle est la personne la plus importante qui soit pour moi.

Lorsqu'elle se cambre pour m'inviter à m'insinuer en elle sans attendre, le brasier qui dévore mon ventre s'étend encore. Alors que je la sens pantelante sous mes doigts, ce truc extraordinaire qui semble se développer entre nous au fil du temps m'apparaît soudain presque trop beau, irréel.

L'une de ses mains se pose sur ma hanche et je comprends qu'elle est aussi impatiente que moi de la suite de ce ballet. Je m'insère alors avec lenteur et douceur, et je prends quelques instants, les yeux clos, pour savourer ce moment où je retrouve les parois chaudes que j'avais sous la langue il y a quelques secondes encore. Puis j'entame le mouvement qui nous rapprochera de l'extase.

Nos corps se quittent pour mieux se retrouver, se percuter, assoiffés et avides de leur contact, et j'inhale le parfum vanillé de ses cheveux bleutés. Cameron glisse sa main derrière ma nuque pour m'attirer à elle alors que je vais et viens plus rapidement et plus profondément à chaque coup de reins, lui arrachant chaque fois un gémissement brisé qui m'emmène toujours plus loin. Elle happe mes lèvres tout en soufflant encore mon prénom entre deux respirations haletantes, et je la sens se resserrer davantage autour de moi. Nos lèvres se descellent finalement et je mords le lobe de son oreille, peinant à contenir mes ardeurs.

Mais soudain, elle décide de reprendre le pouvoir. Elle ne s'autorise pas à atteindre l'extase une nouvelle fois aussi vite et a visiblement décidé de faire durer le plaisir, mais surtout de reprendre les rênes. C'est souvent comme ça entre nous. L'un ne domine jamais l'autre bien longtemps…

Elle me repousse presque brusquement et se retourne tout aussi vite pour m'éjecter sur le matelas et se replacer au-dessus sans plus attendre. Et je n'ai pas le temps de réaliser ce qui s'est vraiment passé que je me retrouve tête-bêche dans le lit et qu'elle mène la danse sur moi. Et quand elle le fait, qu'est-ce que j'adore ça ! Ses cuisses m'enserrent, me serrent aussi fort qu'elles le peuvent et ses longs cheveux bleus éparpillés autour de mon visage le caressent sensuellement à chacun de ses mouvements alors que ses mains, placées au-dessus de ma tête, étreignent les miennes comme si elle avait peur que je lui échappe…

Ses doigts entremêlés aux miens, elle ondule du bassin sur moi, sa poitrine en sueur tout contre la mienne, m'embrassant passionnément, presque désespérément... Elle m'empêche de la toucher, provocante et rebelle, et le fait qu'elle retienne mes mouvements en gardant mes mains plaquées m'excite davantage. Elle m'embrasse tout en glissant sur moi encore et encore et je sais que je ne connaîtrai plus jamais rien de tel. Je pourrais mourir demain sans regret, j'aurais connu le nirvana, le bonheur à l'état pur… Et ce soir-là, c'est bien là qu'elle me guide, laissant nos corps épuisés et ivres de plaisir.

Nous apprenons à nous connaître, doucement… je ne l'en aime que davantage. Parfois j'en étoufferais d'envie de lui crier à quel point je l'aime et je ne sais pas ce qui me retient encore de le faire… Peut-être toujours ce sentiment persistant qu'elle va m'échapper ? Qu'un jour elle tournera la page qui s'était ouverte entre nous comme tout a commencé : de façon violente et insensée.

Récemment nous avons pris chacun une voiture et nous avons fait la course. Nous avons franchi la ligne d'arrivée en même temps et elle est persuadée que j'ai ralenti à la dernière minute pour la laisser me devancer, mais il n'en était rien.

Ce soir-là, nous avons contemplé les étoiles, allongés tous les deux sur le capot de la bagnole et j'ai osé lui demander :

— À quoi tu rêves dans la vie ?

Sans me regarder, alors que mon visage était tourné vers elle, elle a répondu d'une voix basse :

— Si je te le disais, tu serais certainement surpris !

— Pourquoi ça ?

— Parce que ce n'est certainement pas ce à quoi s'attendent les gens qui pensent me connaître…

Et je l'ai presque suppliée tout en caressant sa joue :

— Ça tombe bien, j'ai justement envie de découvrir qui tu es vraiment… le vrai toi, pas celle que tu veux qu'on croie que tu es…

Elle a bifurqué habilement pour ne pas me répondre :

— Rangeons déjà ces voitures, tu veux ?

Mais après ça, elle s'est arrangée pour accaparer mon attention autrement, et nous n'en avons plus reparlé…

Finalement, elle me raconte des détails de sa vie que je n'aurais jamais soupçonnés, et que cette fois je n'ai trouvés dans aucun journal. Elle n'est pas du genre à s'épancher alors, quand elle le fait, j'accueille chaque confidence comme un cadeau.

— Tu sais je ne t'ai pas tout dit… Si je ne suis pas pilote, ce n'est pas seulement à cause de l'accident de papa…

— Comment ça ?

— Je ne suis pas fille unique en réalité… j'ai eu une petite sœur, quand j'avais trois ans…

— C'est vrai ?

— Je ne rappelle même pas d'elle, c'est triste, hein ?

Je crains déjà ce qu'elle va me raconter et je l'observe avec douceur :

— Elle s'appelait Radley… Elle est née avec une malformation cardiaque sévère… Elle a été opérée dès sa naissance mais elle n'a vécu que quelques jours… Elle n'est jamais sortie de l'hôpital. Je crois que je l'ai vue seulement une fois. Maman m'a raconté que lorsqu'elle est rentrée de l'hôpital, sans elle, je la cherchais partout…

Je soupire et je la regarde, soudain terriblement attristé.

— Maman avait déjà perdu un enfant, tu comprends… et il y avait déjà papa qui prenait tellement de risques… alors à défaut d'être dans la voiture, je me suis arrangée pour vivre autrement cette passion qu'il m'avait transmise…

— Je comprends, et tu excelles dans ton domaine…

— Je ne sais pas si j'excelle en réalité, mais je fais de mon mieux en tout cas, et ce que je fais me passionne !

Je repense une fois encore à la proposition de job dans la Silicon Valley, et je me dis que c'est peut-être l'occasion encore de lui tendre la perche pour qu'elle m'en parle :

— Et est-ce que tu as envisagé de t'illustrer ensuite dans un autre domaine automobile que la NASCAR ? Est-ce que tu as pensé travailler sur des voitures qui ne seraient pas des voitures de course ?

Elle fronce les sourcils, semble réfléchir à ce qu'elle va me dire, puis plonge ses yeux dans les miens :

— À vrai dire... moi non, je ne me suis jamais projetée plus loin que la saison prochaine !

Elle rit sincèrement puis continue, plus sérieusement :

— Je ne sais pas... j'aurai peut-être un jour des propositions que j'étudierai sérieusement...

Elle hausse les épaules l'air de rien, et moi je fulmine intérieurement alors que mon cœur menace de se déchirer. Elle reçoit parfois des coups de fil et prend soin de s'éloigner pour que je n'assiste pas à ces conversations. Toutes ces fois, je ne peux m'interdire de penser que c'est le fameux Metzger qui la relance pour connaître sa réponse ou la faire céder, si elle cherche toujours à faire grimper l'offre.

Putain Cameron, quand est-ce que tu vas te décider à tout me dire ? Je pensais qu'on avait passé le stade des cachotteries, qu'on pouvait tout se raconter, maintenant ?

Elle semble lire quelque chose sur mon visage :

— Ça ne va pas ?

— Si, si, je...

Elle s'inquiète et cherche à gratter le fond de ma pensée :

— À quoi tu réfléchis d'un coup ? T'es tout blanc, on dirait que quelque chose te tracasse !?

Et je tente de dévier la conversation d'une voix que je peine à maîtriser :

— Je... je pense déjà à la prochaine saison...

Je lui tends désespérément une nouvelle perche, j'espère qu'elle va finir par la saisir, me parler. Pourtant, rien. Elle reste presque imperturbable en évoquant des lendemains qui pourraient être beaux mais qui ne parviennent pas à me parler, parce que je ne sais toujours pas où on va. Et surtout si on y va ensemble. Avons-nous un lendemain en commun ? Je n'ose même plus y croire depuis que j'ai lu ce mail que je n'aurais pas dû voir. Si j'y ai ne serait-ce que cru un jour, en réalité.

— Ne t'en fais pas mon ange, t'as déjà tout déchiré. L'an prochain tu feras encore mieux, c'est certain

Ses paroles, confiantes, rassurantes, me rassérèneraient presque s'il n'y avait pas ce grain de sable dans l'engrenage. Elle pense probablement que mon visage exprime l'inquiétude que je ressens face à mes performances. Malgré tout, quand mes pensées se tournent vers elle et ce que nous vivons, ma carrière professionnelle, qui est pourtant ce qui m'a mené jusqu'ici, jusqu'à elle, me paraît bien futile et sans importance.

Et cette façon si affectueuse qu'elle a de m'appeler... Mon ange... Je dois dire que ça me fait craquer. Et je le fais aussi parfois, comme pour contraster avec les petites vacheries diaboliques qu'on a pu s'échanger les premiers temps, même si je me plais à la surnommer Princesse. Et je me suis surtout bien gardé de lui raconter tous les surnoms horribles que je lui trouvais au début. Parce que je n'ai plus trop envie de m'attirer ses foudres à présent. Car je préfère de loin ses grâces...

Elle m'embrasse tendrement et alors que je la serre tout contre moi, je pense déjà à ce que je vais devenir si demain elle n'est plus là.

Chapitre 33

CHASING CARS

Jules

L'accident de Chase a eu lieu il y a quelques semaines et, à sa sortie de l'hôpital, il a filé tout droit dans un centre de rééducation. Son corps n'est plus qu'un amas de fractures. Il semble que pas un membre n'ait été épargné, ce qui paraît sidérant. Nous espérons malgré tout le revoir au plus vite, même si nous imaginons aisément que ce ne sera pas le cas. Pour ma part, je culpabilise toujours de ne pas m'être mis derrière le volant de cette voiture. Même si tout le monde me répète, comme si j'étais prêt à l'entendre, que cela n'aurait peut-être pas changé grand-chose pour Chase, que tout aurait même pu être pire si nous avions été blessés tous les deux…

L'enquête a été rapidement bouclée, concluant définitivement à une défaillance mécanique de la voiture et chacun a repris sa vie presque comme si de rien n'était, retrouvé son souffle. L'idée du sabotage insufflée par les flics s'était tellement infiltrée dans les esprits que l'ambiance était devenue délétère, les tensions palpables, les doutes pernicieux… On sentait le poids des soupçons se greffer dans les regards, les suspicions rôder au détour des couloirs, la peur se glisser sous la peau de tous…

Cette semaine, nous devons nous rendre de nouveau à Phoenix pour la prochaine épreuve. Pratiquement vingt heures de route, en bus, avec les pauses règlementaires des chauffeurs. Vingt heures qui pourraient passer à toute vitesse, le plus merveilleusement du monde, que je pourrais savourer, si seulement je pouvais les partager avec ma princesse. Malheureusement, nous ne sommes pas parvenus à partager notre bus cette fois encore sans que cela ne paraisse curieux aux yeux des membres de l'équipe. D'autant plus que les seules disputes que nous avons pu avoir dernièrement étaient non simulées et se sont tenues à huis clos...

Nous avons conscience que Brent soupçonne certainement quelque chose. Nous avons même tendance à penser qu'il pourrait avoir cherché à nous donner un petit coup de pouce pour nous rapprocher. Pourtant ce n'est pas une raison pour éveiller la curiosité des autres. Elle est déjà bien assez exacerbée comme ça lorsqu'il s'agit de Cameron et, même si j'aimerais qu'il en soit autrement, j'ai concédé de garder encore un petit peu notre relation secrète. En tout cas pour le moment.

Je me suis finalement rangé de l'avis de ma dulcinée, convaincu par les derniers évènements, me disant qu'elle avait certainement raison, qu'on était peut-être plus tranquilles comme ça. Même si je ressens encore parfois l'envie, le besoin de crier au monde ces sentiments qui m'envahissent.

Après l'épisode du ciné, sous couvert de l'accident de Chase et de la présence du journaliste, j'ai moi-même suggéré à ma belle de continuer à nous cacher pour le moment. Mes arguments étaient assez imparables pour qu'elle ne soit pas étonnée d'un tel revirement de ma part et je l'avais même sentie soulagée. Pour le moment, je me dis que l'essentiel est de profiter de ce que nous avons, tirer parti de chaque instant ensemble, le vivre pleinement... Et confiné dans ce bus sans elle n'est pas la façon que j'envisageais pour cela !

Après plusieurs heures de route, nous faisons enfin un arrêt. Non pas que la route soit un calvaire pour moi, bien installé dans ma maisonnette roulante avec Price qui a provisoirement élu domicile dans les quartiers qui sont habituellement ceux de Chase. Elle serait même plutôt agréable si mes pensées ne tournaient pas en boucle sur ce besoin que j'ai de serrer ma belle bleue dans mes bras. Je n'ai pas résisté à l'envie d'envoyer plusieurs SMS un peu coquins à Cameron, attisant ce désir inassouvi alors que je devrais plutôt tenter de le calmer, compte tenu de notre séparation forcée. Je suis pire qu'un gosse. J'ai beau savoir qu'elle profite de ce long trajet pour bosser, je ne peux m'empêcher d'alimenter le feu qui brûle entre nous, me consume, calcine chacun de mes atomes. J'ai trop peur qu'un jour il ne s'éteigne.

Les bus noirs aux vitres fumées alignés côte à côte sur un parking, le désir d'être avec elle, de sentir sa présence, son parfum se fait impérieux alors que je sais qu'elle n'est qu'à quelques mètres de moi. Comme la plupart du temps, je dois me contenir, me retenir de courir vers elle…

Pourtant aujourd'hui, résister à mon manque, faire taire les hurlements de ma privation me paraît inimaginable, trop difficile et je suis soudain saisi d'une idée folle. Je jette un œil sur ce qui se trouve alentour, pianote sur mon téléphone, navigue sur le net pour voir si je peux m'organiser pour ce que j'ai en tête Je dois faire vite, avant que nous ne repartions. Je trouve ce que je cherche, même mieux encore. Envahi par un élan soudain de romantisme et l'envie de prendre une bouffée d'oxygène bleu, j'envoie un message à Cameron :

« Rejoins-moi dans la boutique de la station-service. »

Elle me répond sans tarder, s'attendant certainement à ce que cherche à quémander un baiser ardent entre le rayon chips et celui des sodas :

« J'arrive. »

Cette simple réponse me fait plaisir. Elle aurait pu trouver une excuse, me dire que nous pouvions nous passer l'un de l'autre pendant douze heures… Mais l'air de rien, dans ce laconique retour je devine qu'elle a tout autant envie de me voir. Je rassemble quelques vêtements et affaires de toilette dans un sac, nous en aurons besoin pour ce que j'envisage pour notre soirée et je n'ai pas invité ma douce à le faire. Je veux que ce que je lui réserve soit une surprise. Alors que je passe un rapide coup de fil pour arranger les derniers détails, promettant un pont d'or au type que j'ai en ligne s'il concède à régler quelques points supplémentaires, je vois une silhouette fine traverser le parking d'un pas décidé. Elle a dissimulé ses cheveux flamboyants sous une casquette noire. Je dois me hâter. Si elle m'attend trop longtemps elle risque de s'impatienter ou pire, de se vexer et de rebrousser chemin pour me faire les pieds.

Je fais tout ce que je peux pour rester discret en arpentant l'espace. Si quelqu'un me repère avec mon gros sac, je vais attirer l'attention. Surtout si ce quelqu'un a vu Cameron il y a à peine quelques minutes et ne nous voit regagner nos bus ni l'un ni l'autre ! Mon plan est risqué pour la préservation de notre secret si quelqu'un nous grille. Malgré tout la boule d'excitation qui me prend les tripes exacerbe mes folles envies et ce besoin de surprendre celle que j'aime, de mettre un peu de spontanéité et de gaieté dans sa vie en la sortant de notre contexte habituel. Nous cacher oui ! Mais pourquoi ne pas ajouter un peu de piment et surtout une belle balade dans tout ça ?

Je la retrouve enfin. Son étonnante chevelure me permet de la repérer rapidement alors qu'elle l'a libérée de la casquette qui la couvrait. Elle arbore deux petits chignons rappelant la coiffure de la princesse Leia et, une fois encore, je me dis que ce surnom que je lui donne depuis le premier jour lui va comme un gant.

Ma princesse...

Ses bras sont chargés de paquets de gâteaux et de barres chocolatées, et après avoir vérifié qu'aucun des membres de l'équipe ne se trouve dans le coin, je l'agrippe presque violemment pour la faire pivoter, et la plaque contre le rayon pour l'embrasser avec passion. La réponse de ses lèvres à l'appel des miennes exacerbe le désir que j'ai d'elle et que je dois réfréner rapidement. Parce que je suis dans une station-service et que sortir d'ici avec une érection du tonnerre me ferait certainement remarquer...

L'intensité de ce que j'éprouve pour elle me frappe chaque jour un peu plus. Résister au simple fait de la toucher à chaque instant où je me trouve à ses côtés relevant du défi. Ses yeux m'aspirent dans un gouffre sans fond, aux parois d'un azur éclatant et magnifique. Ma bouche ne veut pas se séparer de la sienne, nos souffles s'unissent, se confondent, mêlant leur chaleur alors que mes mains harponnées à son visage savourent son contact dans une tendre caresse. Quand enfin je me résous à me séparer d'elle un minimum pour la laisser respirer, elle me murmure, un sourire au coin des lèvres, ses yeux ancrés aux miens :

— Toi aussi tu m'as manqué...

Mon cœur rate un battement et mon estomac se serre dans une envolée de papillons. Le bonheur tient à peu de choses, finalement. Un baiser enflammé, quelques mots doux... Je l'embrasse à nouveau, ne résistant pas à cette envie pressante de la serrer tout contre moi. Mais cela ne dure qu'un bref instant, Cameron me repoussant à regret, je le sens, dans un gémissement presque plaintif :

— Il faut y aller, on va bientôt repartir...

Alors qu'elle fait mine de s'écarter de moi pour échapper à mes bras, je la retiens :

— Hop, hop, hop, princesse ! Tu ne repars nulle part sans moi !

— J'aimerais bien t'emmener dans mon bus, tu le sais très bien, mais pas ce soir...

Son regard désolé et sa mine contrite me fendraient presque le cœur si je n'avais pas prévu l'échappée belle pour elle et moi et je lui révèle à demi-mots :

— Non parce que ce soir, toi et moi, on part en virée !

— Quoi ? Mais comment ça, on part en virée ? On ne peut pas !

Un éclair d'étonnement traverse son regard océan tandis que j'argumente :

— Tu vas voir, si on ne peut pas s'en aller où on veut pendant qu'on ne bosse pas !

— Mais on va nous chercher !

— Qui nous chercherait ?

— Mais… Brent… et Price au minimum !

Je pouffe de rire.

— Brent doit dormir…

Elle acquiesce alors que je continue, ses yeux s'élargissant de surprise mais certainement aussi de curiosité :

— Price dort également, et s'il se réveille, il croira que je suis bien sagement dans ma chambre à faire la même chose. Il ne vient jamais me déranger. D'ici demain matin, nous aurons rejoint le circuit et personne n'aura remarqué notre absence !

Fronçant ses adorables sourcils, elle semble réfléchir à mes arguments et je déroule chaque mot sachant que, sous ses airs d'y réfléchir encore, je l'ai déjà convaincue à n'en pas douter. Son langage corporel ne trompe pas, elle s'est de nouveau approchée, son corps touchant le mien tandis qu'elle m'écoute encore avec la plus grande attention :

— À chaque voyage c'est pareil ! On reste chacun de notre côté pour ne pas nous faire griller alors que tous ne font que ronquer ! Mais aujourd'hui, mon ange, on va se payer la grande évasion ! Suis-moi, tu ne le regretteras pas !

Un sourire illumine définitivement son magnifique visage et ses bras m'enserrent :

— Tu sais te montrer tellement convaincant quand tu veux… Alors d'accord ! Mais laisse-moi au moins prendre mon ordi et quelques vêtements, avant de partir !

Je refuse en bloc, ne comptant pas la laisser faire. Ces derniers temps je la trouve fatiguée. Lorsque nous partageons nos nuits, ou tout du moins de longues soirées, nous ne dormons pas tant que cela, il faut bien l'avouer. Non pas que nous passions notre temps à baiser comme des lapins, non. Nous parlons beaucoup également, apprenons à nous connaître, à nous apprivoiser. Malgré tout, je trouve qu'elle travaille suffisamment comme ça et le but est de passer du temps ensemble, profiter l'un de l'autre, alors hors de question qu'elle traine ce satané ordi derrière elle !

— Sûrement pas ! Pas d'ordi ! Tu arrêtes de bosser pour aujourd'hui, on part en vadrouille !

Je l'entraine par le bras jusqu'à la caisse et elle trottine derrière moi tout en râlant un peu, légèrement incrédule :

— Bah au moins des vêtements, alors !

— Tu crois que je vais me laisser berner comme ça, ou quoi ? Je sais très bien que si tu remontes dans ce bus, tu vas le prendre ce fichu PC et tu ne pourras pas t'empêcher de travailler !

Je remue vivement le sac resté vissé sur mes épaules, au cas où elle n'y aurait pas encore prêté attention et lui montre en guise d'explication, lui faisant un clin d'œil :

— J'ai tout l'essentiel de ce dont tu auras besoin jusqu'à demain là-dedans !

Nous réglons l'achat de ses sucreries et nous planquons dans un coin, en attendant que les bus ne repartent. Alors que nous les observons quitter le parking, Cameron m'interroge en arquant un sourcil avec curiosité :

— Alors ok, monsieur « *Grande Vadrouille* » ou ce que tu voudras d'autre ! Qu'est-ce que tu nous as prévu au juste ? Comment on se casse de ce trou à rats maintenant et surtout, où est-ce qu'on va ?

Je la bécote rapidement sur le bout du nez et je la prends par la main pour quitter enfin la station-service, la laissant toujours se questionner :

— Ça ma belle, c'est encore une surprise !

Alors que le type de l'agence de location de véhicule que j'ai contactée avant de quitter le bus termine d'établir le contrat, Cameron trépigne encore :

— Allez ! Dis-moi !

— Non, je ne te révèlerai rien ! Disons simplement que j'ai le sentiment de ne pas prendre le temps de voir tout ce que la nature a à offrir par ici... J'ai envie de visiter un peu. Et si en plus ça peut être l'occasion de nous évader ensemble, c'est encore mieux !

Elle tente de me faire un chantage presque abject et inhumain :

— Si tu ne m'en dis pas plus, je ne t'embrasse plus jusqu'à ce qu'on mette les pieds en Arizona !

Je ris à gorge déployée, me moquant d'elle ouvertement alors que je lui sers un mensonge éhonté :

— A priori, nous serons à Phoenix au minimum demain, je devrai survivre jusque-là !

Furax, elle semble chercher une course plus lointaine et surtout une véritable punition, à la hauteur de l'envie irrépressible qu'elle a de connaître mes projets :

— Très bien ! Tu veux jouer à ça ? Alors tu ne poseras plus tes mains sur moi jusqu'à ce qu'on retourne en Floride !

Je ris encore plus fort, m'approchant d'elle jusqu'à la frôler seulement et murmure d'une voix suave en approchant mes lèvres des siennes mais sans la toucher :

— Tu crois que tu pourras tenir aussi longtemps ?

Je distingue qu'elle déglutit avec peine. Elle s'est prise à son propre jeu…

Je programme le GPS et je suis ravi que la destination ne soit pas clairement nommée, histoire de maintenir la surprise de ma belle qui ne peut s'empêcher de noter :

— C'est moi ou l'endroit où nous nous rendons est à l'opposé de Phoenix ?

Je prends un air malicieux pour lui répondre :

— Effectivement, nous allons remonter un peu au Nord. Mais rassure-toi, nous serons dans les temps pour rejoindre le circuit.

J'ajoute même pour la rassurer :

— En voiture, nous sommes beaucoup plus rapides que les bus, alors on peut se permettre un petit détour !

J'espère juste ne pas avoir été trop optimiste sur les temps de trajet. Sinon demain matin, tout le monde risque de se demander où nous sommes passés ! Nous quittons enfin les lieux au volant d'une Jeep Wangler décapotable. J'ai expressément demandé ce type de véhicule. Je voulais profiter de l'espace autour de nous, rouler cheveux au vent, ne pas nous étriquer dans un habitacle climatisé, pour une fois.

La voiture avale les miles et j'admire ces terres arides et désertiques. Je prends le temps de savourer l'instant. Cameron a cessé de me questionner sur notre destination, faisant de même. Elle a détaché ses cheveux et les voir voler autour de son visage me subjugue. Je dois faire appel à tout mon self-control pour ne pas quitter trop souvent la route des yeux, tenté d'admirer continuellement son magnifique visage offert à la douce caresse du vent.

Parfois nous parlons, d'autres fois nous restons silencieux, absorbés par le paysage, le bruit de l'air qui glisse sur la voiture lancée à pleine vitesse et celui du moteur. Ma main restée sur le levier, ma belle y pose la sienne pour la caresser légèrement du pouce. Je détourne rapidement les yeux, nos regards se croisent, furtifs, silencieux, expressifs et mon cœur se gorge d'une bouffée d'air pur, d'un élan bleuté…

À proximité de notre première destination, Cameron voit quelques pancartes et comprend où nous nous rendons. Je hausse les épaules et déclare d'un air mutin, un grand sourire me barrant le visage, à peine le moteur arrêté :

— Je crois que tu vas m'embrasser plus vite que prévu !

Elle étrécit les yeux, visualisant parfaitement à présent où nous nous trouvons et constate :

— Tu es fou ! On en a au moins pour cinq heures à rejoindre Phoenix, d'ici !

Dans un clin d'œil, je confirme, amusé :

— Cinq heures, oui, en temps normal… Mais on va même se payer le luxe de s'arrêter, en plus, tu vas voir !

Je descends de la voiture et passe de son côté pour lui ouvrir la portière. Je lui tends la main et alors qu'elle s'en saisit, je l'aide à descendre et la plaque contre mon torse, amorçant un câlin pour essayer de la détendre. Si le trajet jusqu'ici s'est bien passé, je devine que le stress du boulot et des impératifs qu'elle se fixe elle-même semblent reprendre le dessus :

— Allez, c'est relax mon ange. Les essais ne débutent pas avant demain après-midi, on sera largement arrivés. En attendant, détends-toi, profite et oublie tout…

Je ne peux m'empêcher d'ajouter pour la taquiner en lui faisant un clin d'œil :

— Et si c'est cinq heures que tu passes en ma compagnie, tu ne les verras probablement pas passer !

Nous commençons notre « périple » à Four Corners Monuments. Ici est érigée une borne délimitant la frontière entre quatre États, formant un quadri point parfait. Nous nous installons tous deux au centre de la pierre gravée, ancrée dans le sol. Ici nous ne sommes ni en Arizona, ni au Colorado, ni au Nouveau-Mexique, ni en Utah. Ou plutôt nous sommes aux confins de tous ces États à la fois. Je prends ma poupée dans mes bras, la pousse d'un pas en direction du Sud-Ouest et je lui murmure à l'oreille :

— Je crois que nous sommes en Arizona, je peux enfin avoir mon baiser, maintenant…

Elle s'amuse, me fait basculer d'un pas dans la direction opposée et déclare en souriant :

— Désolée, monsieur, vous faites erreur, je crois que nous sommes au Colorado !

Je la décale légèrement, me prenant au jeu alors que ses lèvres frôlent les miennes sans véritablement les toucher, mes bras enserrant vigoureusement sa taille :

— Ici aux États-Unis, vous avalez les distances avec une étonnante facilité… Viens, faisons un détour par le Nouveau-Mexique avant de voguer vers notre destination finale…

J'entame soudain un léger pas de danse, la tenant toujours contre moi tandis qu'elle se laisse faire, ondulant dans un doux mouvement, suivant tous deux le rythme d'une musique que nous seuls entendons. Le monument est étrangement peu fréquenté, seuls quelques badauds nous observent en souriant mais nous pourrions nous trouver au milieu d'une foule que nous serions comme seuls au monde. Plus rien n'existe autour de nous, perdus dans la profondeur du regard de l'autre.

Je la fais virevolter plusieurs fois, à travers les 4 états, ne manquant pas chaque fois de l'attirer de nouveau à moi entre deux pas de danse pour sentir son corps se blottir contre le mien. Hypnotisé par ses cheveux emportés par une légère brise, j'observe malgré tout discrètement les cases sous nos pieds et, lorsque nous foulons celle que j'attends, je la bascule soudain pour un baiser passionné, déclenchant ce rire limpide que j'aime tant. Nos yeux alors ancrés, peinant à masquer ce désir tout juste voilé que nous éprouvons l'un pour l'autre à cet instant, je lui murmure juste avant de coller mes lèvres aux siennes :

— Nous y sommes… Arizona…

Et je l'embrasse à en perdre haleine. J'espère donner à ce baiser un goût d'éternité.

Sur la route de Phoenix, je réalise que nous ne sommes pas si loin de *Monument Valley* et je décide de bifurquer légèrement. Ma belle, qui voit l'itinéraire se rallonger de pratiquement deux heures s'insurge alors que j'argumente :

— Je ne suis jamais venu, ce serait quand même dommage que je ne voie pas ce lieu extraordinaire !

— C'est vrai, mais… nous aurions pu revenir une autre fois, tu ne crois pas ? Un jour où nous aurions eu tout notre temps, par exemple ?

Finalement, elle cède à ma demande, se laissant aller à un peu d'imprévu et de fantaisie. Et moi, tout ce que je note de cet échange, c'est ce projet de vacances futures auxquelles elle aurait pu penser pour nous, dans un avenir plus ou moins proche…

Après notre courte visite de *Monument Valley*, pris d'un nouveau coup de folie sur la route, alors que nous longeons le désert, je décide de m'y aventurer. Je donne soudain un grand coup de volant pour quitter la route et prendre un chemin. Je suis aussi brusque que si j'étais dans ma voiture de course, ce qui ne manque pas de secouer Cameron. Après tout, je n'ai pas loué un 4 roues motrices juste pour le style ! J'ai bien l'intention de tester les capacités de cet engin sur un terrain pour lequel il est prévu !

Cameron me questionne :

— Qu'est-ce que tu fais ? Où tu vas ?

Je lui réponds en plaisantant, lui faisant un clin d'œil :

— Je cherche un raccourci !

— Arrête tes conneries, on va se perdre !

Ses inquiétudes me font soudain marrer. Le chemin est balisé et nous avons un GPS. Ce serait presque extraordinaire que nous nous perdions mais j'insiste, tout en ajoutant une petite touche de romantisme dans ma moquerie :

— S'il faut nous perdre au milieu du désert pour pouvoir passer du temps ensemble sans craindre de voir débouler personne, alors je suis prêt !

Ses yeux harponnent les miens et un sourire attendri se dessine au coin de ses lèvres. Réalise-t-elle seulement à quel point je l'aime ? Et perdu, pour sûr je le suis. Perdu au fond de ses yeux d'un bleu si profond que je m'y noie alors que mon cœur, lui, imprime ce sentiment de plénitude pour en garder le souvenir précieux alors que ma princesse semble ciller sous l'impact de mes mots. Je jurerais qu'elle en a les larmes aux yeux mais ce doit être le vent et le sable, car l'instant suivant, elle rompt la magie :

— Ok, mon ange, moi aussi ça me plait ta grande évasion. Mais si on pouvait quand même retrouver notre chemin, ce serait encore mieux !

Les saisons passent mais ne changent pas dans ces États où il fait toujours si chaud, on ne les voit pas défiler. J'ai à peine eu l'occasion de réaliser que je viens de passer six mois, la moitié d'une année à ses côtés, même si ça n'en fait que tout juste deux que nous sommes réellement ensemble. Et c'est bien plus que ce que j'avais pu espérer, mais aussi bien moins que ce que j'aimerais. Je voudrais pouvoir passer ma vie à ses côtés, je ne sais même pas comment des sentiments si fulgurants ont pu s'emparer de moi en si peu de temps. Mais à quoi bon lui dire, quand je sais qu'elle va finir par m'échapper ?

J'ai décidé d'occulter l'histoire de l'offre Tesla. Je cherche à me voiler la face alors qu'il serait tellement plus facile de lui dire que j'en ai connaissance. Mais je ne veux pas qu'elle pense que j'ai volontairement fouiné dans ses affaires. Parfois, je préfère m'imaginer qu'elle a décliné, ou qu'elle y réfléchit encore, envisageant peut-être pour nous une relation longue distance… Après tout, ses parents ont un peu vécu ainsi. La mère de Cameron n'était pas systématiquement présente sur le championnat et ne suivait pas toujours son homme dans ses déplacements.

Qui sait ? Ça lui permet peut-être de se projeter dans un avenir de ce style entre nous, et elle m'en parlera lorsqu'elle sera certaine que notre couple c'est du solide ? Alors en attendant qu'elle se décide, j'essaie de ne plus me prendre la tête et de ne plus me retourner tout ça en boucle. Je veux profiter d'elle et de la vie chaque jour comme aujourd'hui, sans me poser de question. Enfin… je me connais, je dis ça aujourd'hui mais demain, je peux encore réussir à me lever et à me retourner le cerveau !

Je vis à trois cents à l'heure presque chaque minute de cette putain de vie, je prends des risques de fou tous les jours, et lui dire que je l'aime et que je ne veux pas la perdre me paraît presque insurmontable. Quelle tristesse ! Pourtant qu'est-ce que j'ai à perdre ? Rien. Tout… Qu'elle me dise qu'elle ne m'aime pas… ou qu'elle me dise qu'elle m'aime aussi mais qu'elle préfère partir, privilégier sa vie professionnelle à une vie ensemble…

Je l'observe, debout dans le 4x4 décapotable, les bras écartés, savourant sa soudaine liberté au milieu de ce désert, perdue mais pas tant que cela. Ses cheveux flottent au vent tel un voile de soie alors qu'elle offre son visage à la caresse du soleil, elle semble respirer enfin, se libérer de tout ce qu'elle porte sur ses épaules et je me félicite de cette parenthèse. Obnubilé par sa vision, je ne garde pas l'œil sur le chemin et alors que je passe dans une ornière, elle se cogne, ce qui a le mérite de la faire sortir de sa transe pour me hurler dessus :

— Merde ! Jules, fais attention ! Tu veux me tuer ? Je croyais qu'on en avait fini avec cette vieille rivalité ! Ma mère n'a plus que moi, je lui ai promis de me tenir à carreau, je te rappelle !

Au sourire qu'elle arbore jusqu'aux oreilles je sais qu'elle plaisante mais moi, j'avoue être quelque peu inquiet pour sa sécurité :

— Assois-toi, tu me fais peur !

— Froussard !

— Inconsciente !

Soudain, je meurs d'envie de l'embrasser et de la serrer dans mes bras. Je l'attire sur mes genoux mais je ne vois plus rien, et la voiture fait une nouvelle embardée :

— Jules, arrête-toi on va se planter !

Elle se fout de ma gueule dans un éclat de rire :

— Quel chauffard, on ne croirait jamais que t'es pilote !

Elle rit de ce rire cristallin que j'aime tant. J'arrête la voiture dans un nuage de poussière et nous nous embrassons en riant autant l'un que l'autre. Nous finissons par nous installer sur une couverture que le type de l'agence où nous avons pris la voiture a ajoutée à ma demande dans le coffre. Ça et… une glacière avec de quoi faire notre repas du soir. Je lui avais donné un petit bonus pour qu'il nous prépare tout ça, juste au cas où et, lorsque j'entends l'estomac de Cameron crier famine, je réalise que j'ai bien fait. Cette fille est un véritable estomac sur pattes. Elle s'est déjà empiffrée de toutes les conneries qu'elle a achetées à la station-service, mais elle trouve le moyen d'avoir encore faim. Vu comment elle est galbée, j'ignore encore où elle met tout ça ! La plupart des femmes se plaindraient certainement de gonfler à vue d'œil si elles ingurgitaient la moitié de ce qu'elle mange dans une journée ! Le pique-nique est sommaire mais suffisant pour nous rassasier et nous profitons du silence du désert.

— C'est génial, cette petite virée. Tu as eu une excellente idée. Il faudra qu'on recommence bientôt, ça nous fait du bien de sortir du contexte des courses…

Je me fige, parfois elle parle comme si elle souhaitait faire des projets d'avenir. Enfin bon, je finis par interpréter ses paroles comme ça m'arrange… L'avenir ça peut aussi être une nouvelle petite excursion tous les deux d'ici deux semaines, pas la peine de se projeter beaucoup plus loin !

La nuit tombe et alors qu'un frisson la parcourt, je lui propose :

— Viens, on va se trouver un hôtel avant que tu ne prennes froid…

— Non, on est bien, là, tous les deux…

Je récupère les deux pulls que j'ai fourrés à la va-vite dans mon sac et nous nous pelotonnons dans la couverture, allongés en cuillère, son corps épousant parfaitement le mien alors que nous refaisons le monde et apprenons davantage à nous apprivoiser. J'oublie tout ce qui existe sauf elle. Je découvre qu'elle a toujours été fleur bleue, qu'elle a toujours cru au grand amour. L'histoire de ses parents est un peu la même que celle des miens. De celles qui nous laissent penser que tout est possible pour la vie, du moment qu'on trouve la bonne personne. Elle a souvent été amoureuse, sans jamais révéler ses sentiments ou oser avec les garçons, ses relations restant souvent platoniques. D'ailleurs avec Tyler, c'est lui qui avait fait le premier pas. Déjà qu'elle n'osait pas avec les mecs de son âge alors avec lui, encore moins…

Elle bâille déjà, je sais qu'elle ne va pas tarder à s'endormir, ces derniers temps elle est rincée. Pourtant elle tente de rester éveillée et m'interroge :

— Qu'est-ce que tu attends de la vie ?

Je ris et lui rappelle une autre de nos conversations :

— Hem hem… Me demande comme une fleur celle qui a elle-même esquivé cette question il y a peu de temps…

— D'accord, ok, c'est vrai, j'avoue… Alors tu réponds d'abord et après je te le dis…

Je l'enserre davantage et je lui souffle à l'oreille, lentement :

— Je veux tout ! Dans tous les domaines ! Sans la moindre concession ! Je veux réussir ma vie professionnelle, je veux être épanoui dans ma vie personnelle, fonder une famille, couler des jours heureux avec la femme de ma vie et nos marmots… Tu vois, je veux la même chose que tout le monde, en fait ! Ni plus ni moins, mais rien d'exceptionnel en somme…

J'hésite avant d'ajouter, étreint par un frisson avant d'oser lui avouer :

— Je veux tout ça avec toi, Cameron…

Je la sens bouger subrepticement, pourtant elle ne répond pas. J'ai peut-être précipité les choses mais je l'interpelle malgré tout, pour susciter une réaction quelconque de sa part :

— Cameron ?

Elle ne bouge pas d'un poil et je réalise à sa respiration lente et régulière qu'elle s'est endormie. Je suis presque atterré tout autant qu'amusé.

Bordel de merde ! Elle a vraiment choisi son moment !

Cette fille a une capacité incroyable à s'endormir au moment le moins opportun. J'en rirais presque si je n'étais pas encore sur le point de lui avouer mes sentiments. Et autant la dernière fois que je lui ai dit que je l'aimais, je savais qu'elle dormait, mais là…

Je l'observe quelques instants, nichée au creux de mes bras, avant de sombrer moi aussi. J'aime la regarder dormir, sentir sa respiration contre mon cou, sa jambe enroulée autour de moi, sa paume posée sur mon torse, sa poitrine se soulever contre mon flanc… Sans elle aujourd'hui je ne peux plus dormir sereinement, j'ai souvent des insomnies, je me retourne, cherchant le sommeil, ne pensant qu'à elle. Ce soir, comme ça nous arrive parfois, nous nous endormons sans même faire l'amour, pourtant heureux, repus de la présence de l'autre, du contact de nos corps, comme soulagés d'être enfin ensemble. Au milieu de tous mes doutes, j'ai au moins cette certitude.

Je n'ai jamais été aussi conscient qu'en cet instant que je veux vieillir à ses côtés, voir sa moue boudeuse chaque matin, ses yeux se plisser lorsqu'elle est concentrée, ses lèvres se pincer lorsque quelque chose lui déplait, lire que je la rends heureuse au plus profond du bleu de ses yeux. Quand mes yeux trouvent les siens, je me perds, incapable de lui résister. Son sourire happe quelque chose de profond en moi, capture mon âme, et je veux que ça m'arrive tous les jours, encore et encore. Finalement, allongé ici auprès d'elle, je réalise que ce que je viens de lui avouer est presque faux. Si je l'ai elle, je n'ai besoin de rien d'autre.

Chapitre 34

ALL YOU WANT

Phoenix, Arizona
Novembre 2019

Jules

Nous sommes de retour à Phoenix, là où je suis arrivé, là où tout a commencé. Je crois que ni Brent ni Price n'ont remarqué notre absence. Lorsque j'ai croisé mon coloc à notre retour, j'ai simplement eu droit à un « Purée, j'ai écrasé pendant tout le voyage, désolé de ne pas t'avoir plus tenu compagnie pendant le trajet, j'ai ronqué tout du long ! D'ailleurs, t'as quitté le bus tôt ce matin ! » Me marrant intérieurement et gardant le secret de mes réelles activités, j'ai rapidement déculpabilisé mon collègue sur son manque de présence dans les parties communes du bus. Le type est sympa et présente une qualité indéniable qui me permet de passer du temps avec Cameron : il me calcule modérément et s'isole très souvent dans sa couchette. Finalement, tout cela se sera avéré d'une étonnante facilité. À méditer pour peut-être envisager de recommencer…

Comme je n'ai pas eu l'occasion de découvrir cette ville à mon arrivée, nos collègues proposent de nous faire une petite virée. Bon, je dois avouer que depuis 6 mois que je travaille avec tout ce petit monde, je me suis clairement fait un avis assez tranché sur chacun d'eux, surtout après la fameuse soirée à Vegas. Et j'avoue qu'il y en a certains avec qui je n'ai pas trop envie de passer la soirée…

Finalement, je réalise que mon baromètre amical dépend beaucoup de leur attitude et de leur sexisme affiché envers Cameron. Même si aucun n'ose « piter » devant elle et que tous respectent scrupuleusement à la lettre ses directives.

Les remarques, souvent graveleuses et désobligeantes cessent souvent devant moi, comme s'ils avaient conscience qu'ils ne pouvaient pas réellement me faire confiance lorsqu'il s'agit d'elle… Mais il y a encore bien trop de remarques qui, même si elles n'ont l'air de rien, comme ça, ne devraient pas exister. Du style « Ton t-shirt te va à ravir » ou des petites phrases du genre « Si tu n'as personne pour ce soir je me dévoue… » Et même si c'est toujours dit sur le ton de la plaisanterie, il n'en demeure pas moins que dans le fond, c'est voulu et pensé…

Je ne sais pas trop quoi répondre à leur invitation, et j'ignore ce que Cameron a prévu pour ce soir. Ce qui est certain c'est que j'espère que nous pourrons nous voir, mais pour l'heure je ne sais pas trop comment me défiler.

Soudain, je l'observe à la dérobée et alors que je croise ses pupilles bleutées, je la vois me faire de gros yeux et je parviens à bafouiller, complètement pris au dépourvu :

— Je… heu… non merci les gars, j'ai déjà un truc de prévu…

Certains se marrent :

— Ha ! Y'en a une à qui tu vas faire sa fête ce soir ?!

Je vois rouge, je hais certains de ces types et je leur collerais volontiers mon poing sur la gueule, alors je ne me gêne pas pour relever :

— Ta conception d'une soirée réussie passe peut-être forcément par-là, Rob, mais que ce soit le cas ou pas, ça ne te regarde absolument pas !

Rob ferme sa grande bouche, et Price demande gentiment à Cameron :

— Et toi, Mac, tu viens avec nous ?

— Non merci les gars, je reste ici ce soir, j'ai du taf !

— Ok… bon si jamais tu changes d'avis, n'hésite pas !

— Merci, c'est gentil les mecs !

Nous attendons chacun dans notre bus, nous envoyant des messages enflammés en attendant que tout le monde soit parti. Je lui demande si elle compte me rejoindre chez moi, vu que Price est parti mais elle me répond simplement de façon presque laconique :

« Non, ce soir je t'emmène dans un endroit où personne ne pourra nous surprendre... »

Et au moment où nous nous retrouvons enfin, je ne sais toujours pas ce qu'elle compte faire de notre soirée...

Nous montons discrètement dans un énorme 4x4 GMC et c'est elle qui prend le volant. Depuis l'accident de Chase, Del Valle semble vouloir de nouveau miser sur de gros et solides véhicules, quitte à dépenser plus. Je l'observe, encore plus amoureux d'elle de jour en jour. Elle porte une petite robe noire, presque comme chaque fois. Le noir, c'est vraiment sa couleur. Ça et... le bleu, indéniablement ! Une fois dans la voiture je lui demande :

— Tu as faim ?

Elle tourne alors la tête vers moi, un immense sourire aux lèvres et me répond en passant sa langue sur ses lèvres comme pour m'attiser :

— La seule chose dont j'ai faim ce soir se trouve déjà dans cette voiture...

Je souris moi aussi comme un gamin qui vient d'ouvrir un cadeau qu'il attendait depuis des mois. Et je prends sa main pour embrasser le bout de ses petits doigts fins. Mais elle fait mine de vouloir couper court à mes gestes pourtant presque si anodins :

— Arrête ! Ne m'excite pas quand je conduis, bordel !

— Moi ? Mais je n'ai rien fait !?

— Ta présence avec moi, ici, dans cette voiture est déjà à elle seule un appel à la débauche. Parce que je te jure que mes pensées sont si indécentes qu'elles te feraient rougir...

Je respire déjà difficilement et ses paroles me hantent. Je peine à déglutir et je n'ai qu'une hâte, c'est que nous parvenions à notre destination. Mais ma douce princesse aux yeux d'un bleu céruléen, a décidé de me faire tourner bourrique ce soir et elle me glisse sur le ton de la plaisanterie :

— Mais en fait j'ai envie de te faire attendre encore un peu...

Je grogne presque :

— Tu ne crois pas qu'on a assez attendu ?

— Si, mais je veux qu'il fasse nuit pour nous rendre dans l'endroit où je vais t'emmener après...

Elle a réservé une table dans une pizzeria. Et je ne sais pas si c'était une demande expresse de sa part, mais nous avons été placés à l'abri de regards et nous jouissons d'une intimité toute particulière. Tant et si bien que nous nous demandons plusieurs fois si le serveur n'a pas oublié que nous étions là.

Mais ensemble, à discuter en nous dévorant des yeux, nous ne voyons pas le temps s'écouler. Ma poupée a retiré ses chaussures et a passé la soirée à jouer de son petit pied sur mon entrejambe, m'aguichant honteusement et je me sens obligé de lui préciser :

— Si tu veux qu'on parvienne à sortir un jour d'ici, va falloir que tu me laisses un peu tranquille... Sinon les gens risquent de me regarder bizarrement quand je vais me lever...

Elle rit de ce petit rire cristallin qui est directement relié à mon cœur, mais ça ne dure qu'un instant car déjà elle mord sa lèvre inférieure et ses yeux enflammés appellent les miens, tandis qu'elle murmure soudain :

— Alors allons-y, maintenant, sinon je vais finir par te sauter dessus devant tout le monde. Ça pourrait faire désordre devant la clientèle !

Nous patientons pourtant quelques minutes encore avant que je ne sois prêt à me lever, et je dois faire appel à des souvenirs franchement horribles de mon enfance, comme celui de mon petit doigt coincé dans la portière de la voiture, pour y parvenir.

Nous sortons en vitesse de la petite trattoria et, pour le coup, il fait vraiment nuit. Mais devant la porte, prise d'un élan de tendresse et certainement d'une envie difficilement retenue, elle m'arrête et sa bouche fond sur la mienne. Son petit corps se colle au mien, s'y fondant à la perfection et je la serre entre mes bras aussi fort que je peux, savourant son contact malgré nos vêtements. Je parviens difficilement à lui glisser dans un souffle :

— Il faut y aller maintenant, parce que nous en revenons à ce moment qui va être gênant pour moi...

Elle rit doucement et plaisante :

— C'est ça que j'aime chez vous, monsieur Chesneau... Toujours prêt à me satisfaire !

— Vous êtes insatiable, madame Mc Intyre !

— Avec vous, toujours...

Elle reprend le volant de nouveau. Après avoir grimpé une route légèrement sinueuse, elle emprunte un chemin puis arrête soudain le véhicule au bord d'un petit promontoire avec vue sur les lumières de la ville. Elle coupe le moteur et ses yeux trouvent les miens immédiatement sans même les chercher, malgré la pénombre et elle me glisse tout bas :

— Ce n'est pas Hollywood, hein, mais au moins on sera tranquilles ici, tous les deux...

Je m'approche doucement et colle mes lèvres aux siennes tout en murmurant :

— C'est parfait...

J'observe un instant la ville et ses lumières et je remarque :

— C'est vraiment génial, la vue qu'on a d'ici. Vous avez un pays tellement extraordinaire, il y a tellement de choses que j'aimerais découvrir, encore...

Elle sourit en ajoutant :

— Le tien l'est également. J'aimerais vraiment le visiter aussi, un jour...

Je réponds sans réfléchir :

— Je t'y emmènerai si tu veux !

— Vraiment ?

Je me surprends à penser à l'avenir et je réalise que dans tout ce que j'imagine pour plus tard, je l'inclus dans mes projets. Pourtant je n'ose pas le lui dire, alors que ce pourrait être le moment parfait.

Pourquoi je ne lui demande pas, là maintenant, si elle veut m'accompagner en France ? Pourquoi je ne lui confie pas que j'aimerais tant qu'elle rencontre mes parents, qu'ils connaissent enfin celle que j'aime… et pourquoi je ne lui dis tout simplement pas que je l'aime ?

Mais je n'ai pas l'occasion de tergiverser davantage, car Cameron passe à l'arrière de la voiture et m'attrape soudain par le bras pour m'y attirer avec elle. Je m'assois sur la large banquette et elle se place à califourchon sur moi. Déjà mes mains baladeuses se glissent sous sa robe, remontant sur ses cuisses tout en les caressant. Elle m'embrasse passionnément, à en perdre haleine puis, alors qu'elle lâche mes lèvres pour glisser dans mon cou, et mordiller le lobe de mon oreille, elle murmure :

— Je ne peux plus attendre…

Mais j'ignore pourquoi, à cet instant j'ai un sursaut de classe et ce qui, lorsque j'étais adolescent aurait représenté le fantasme absolu, m'apparaît soudain dégradant pour ma princesse et comme un con, je le lui dis :

— Pas ici, Cameron, pas comme ça dans une vulgaire voiture…

Bon, ladite voiture est quand même extrêmement spacieuse, soyons lucides. Il y a presque autant de place que dans ma couchette de bus donc ce n'est pas trop le problème… C'est plutôt que j'ai envie de prendre soin de la femme de ma vie… de ne pas la traiter comme un vulgaire objet sexuel… Mais elle ne semble pas l'entendre de cette oreille :

— Quoi ? Toi un pilote de course, tu ne veux pas faire l'amour dans une bagnole ? Décidément tu me surprends encore !

Elle me sourit largement et alors qu'elle détache ma chemise avec dextérité, elle me dit :

— Écoute, mon ange, ça me touche que tu tiennes à me traiter comme ça et à me choyer mais, crois-moi, je ne suis pas contre un peu de débauche de temps en temps ! Enfin, à vrai dire je n'ai jamais vraiment testé, j'ai toujours eu une vie plutôt rangée et j'ai bien envie de mettre un peu de piment dans tout ça. D'ailleurs si tu veux savoir, je n'ai pas mis de culotte exprès, en prévision de cette petite sauterie…

Je m'écrie sous le coup de la surprise alors qu'un nœud s'est formé dans ma gorge :

— Quoi ?

Une lueur de lubricité et de provocation traverse ses yeux et malgré la pénombre, je vois le feu qui les habite. Je crois que je n'ai jamais ouvert si grand les billes, et déjà je rembobine le fil de la soirée en me demandant si quelqu'un aurait pu, à un quelconque moment, avoir vue sur son mont de Vénus. J'ai une nouvelle fois du mal à déglutir et j'ai le souffle coupé.

Ses yeux restent plantés dans les miens, aguicheurs, et son regard brûlant m'enflamme davantage, autant que cela soit possible. Et c'est seulement à cet instant précis, au moment où je vois sa main glisser lentement le long de son corps, que je remarque la fermeture tout le long de sa robe.

Elle l'ouvre avec un petit mouvement de sourcil et précise :

— Mais non ! C'est pas vrai ! Jamais je ne pourrai te priver de ces sous-vêtements que tu apprécies tant. Mais on s'en fout puisque de toute façon tu ne vas pas tarder à me les enlever…

Elle sourit toujours largement, et je découvre effectivement un tout nouvel ensemble de dentelle bleu électrique, de ceux que j'affectionne, alors qu'elle écarte le tissu qui couvrait son corps et elle sollicite mon avis :

— Judicieux choix de vêtement non ?

Je déglutis avec grande difficulté, la boule qui s'est formée dans ma gorge sous le poids du désir et de l'anticipation peinant à laisser passer ma salive et je parviens à bredouiller :

— Tu… tu parles de la robe, là ? Tu avais tout prévu, je vois…

— Évidemment ! Est-ce que tu sais que, bizarrement, je n'ai jamais fait l'amour dans une voiture ?

— Moi non plus... alors on vivra notre première fois ensemble...

Puis, alors qu'elle recommence à m'embrasser fiévreusement, elle murmure tout contre mes lèvres :

— Le capot aussi, c'était une première...

Je glisse ma main dans sa culotte et j'insère un doigt en elle tout en susurrant :

— Pareil...

Elle gémit sous mon intrusion et je caresse son clitoris de mon pouce, tout en bougeant en elle alors qu'elle continue, haletante :

— Et le bureau...

— Décidément... tu es une fille plutôt sage, finalement...

Sa respiration se fait filante, et sa poitrine peine à se soulever sous le feu de l'excitation :

— Tu n'as pas idée... c'est toi qui me dévergondes, en fait...

— Ça me plait assez d'être celui avec qui tu vis tant de premières fois.

Puis elle me souffle encore :

— Tu m'aides à me rattraper, certaines autres n'étaient pas si mémorables que ce que tu me fais maintenant...

Elle marque une pause et entre deux respirations, elle ajoute :

— ... et celui avec qui je l'ai vécue n'a même pas su réaliser l'importance que ça aurait pu avoir, alors... Mais je compte bien remédier aux mauvaises décisions que j'ai pu prendre, et j'ai plein d'autres premières fois à vivre !

Mes doigts bougent encore mais je réalise à quel point ce qu'elle me confie à ce moment-là est important.

— Jules, j'en peux plus, j'ai besoin de te sentir...

Elle quémande, mais son corps se fait exigeant... Elle passe sa main entre nous et je retire mes doigts, tandis qu'elle se saisit de mon membre rapidement et glisse sur moi, écartant simplement sa culotte sans même l'ôter, avide et pressée. Et je trouve la force de plaisanter encore :

— Chaudasse !

— Allumeur !

Je glisse mes doigts dans sa bouche et elle les suce avec délectation. Elle ondoie sur moi, elle va et elle vient lentement, doucement, et le spectacle qu'elle m'offre est le plus beau que j'aie jamais vu.

Je passe mon autre main sous son balconnet pour effleurer sa poitrine et titiller la pointe de ses seins déjà dressés de plaisir. Une intense chaleur se répand déjà dans mon ventre et dans mes reins, et ma gorge se serre encore tandis que je crève de lui hurler mon amour. Mon cœur me semble si lourd de tous ces sentiments indicibles que je ressens pour elle. Le bonheur que j'éprouve quand je suis avec elle est tellement puissant qu'il me transporte dans un état de plénitude que je pensais ne jamais atteindre. Je ne pensais d'ailleurs même pas qu'une telle sensation pouvait exister… et je murmure tout contre elle :

— Je vais finir par plus pouvoir me passer de toi…

Je mens, parce que ça fait déjà longtemps que c'est le cas. Et elle me répond simplement :

— Et je vais finir par aimer ça…

Ses petits seins ronds et fermes dansent sous mes yeux à mesure que son corps ondule et qu'elle s'empale avec la grâce d'une déesse. Le sexe avec elle est tellement différent de tout ce que j'ai pu connaître jusqu'à maintenant ! Pour moi ce n'est plus seulement un acte de chair où deux corps fusionnent. Elle capture mon âme, la caresse, et l'emporte avec elle, là où elle n'est jamais allée auparavant. Elle me transporte jusqu'au paradis et j'espère que c'est là que je l'emmène aussi…

Chapitre 35

LOVE IS A WASTE

Phoenix, Arizona
Novembre 2019

Jules

La séparation est chaque fois un peu plus difficile, et pour elle ça semble être la même chose. Et dans ces moments-là, quand nous devons nous quitter après des instants d'une telle intensité, j'ai envie d'exploser et de lui dire que je ne veux plus jamais être séparé d'elle. Pourtant je ne le fais pas, mais je ne sais pas combien de temps encore je vais parvenir à me retenir...

Mais lorsque j'arrive à l'atelier le lendemain je comprends immédiatement que l'ambiance n'est pas au beau fixe. Ma princesse a les larmes aux yeux et me percute presque violemment sans même me regarder alors qu'elle quitte la pièce en hurlant :

— Putain mais ils ne vont pas me foutre la paix ? Ils ne vont jamais me laisser tranquille ?

J'avise alors plusieurs journaux posés là, comme si on les lui avait apportés comme une offrande, ou plutôt comme une vaste blague, une provocation. Et là, plusieurs photos, toutes de médiocre qualité, prises dans l'ombre de la nuit, probablement avec un téléphone, font l'étalage de la soirée d'hier... notre soirée...

On y voit Cameron embrasser un homme, à la sortie d'une pizzeria... La photo est prise de loin mais vu la couleur de sa chevelure il n'y a pas de quiproquo possible. Et on voit clairement le nom du restaurant, ici, à Phoenix… Mon cœur se serre, pourtant je sais que l'homme sur cette photo c'est moi…

L'article est titré :

La belle bleue se venge et trompe aussi son copain !

Évidemment il y a quelques semaines, même si nous nous étions efforcés de ne pas calculer la presse à scandale, les journalistes avaient spéculé sur la réconciliation de Cameron et Tyler. Et finalement nous avions vu ça un peu comme un moyen d'être tranquilles, de mieux parvenir à cacher notre relation, alors nous avions laissé faire…

Puis autre torchon, autre photo, de bien moins bonne qualité encore… pourtant, quand je la vois et quand je lis le titre qui l'accompagne, j'ai envie de tout défoncer. J'ai l'impression qu'un poignard me lacère de part en part.

Cette image a été prise pendant que nous étions à l'arrière de la voiture. Pendant que nous faisions l'amour… On nous a suivis… on nous a observés… quelqu'un nous a matés et en plus d'immortaliser un instant de notre vie privée s'est probablement régalé du spectacle. Bon, ok, nous avons joué un peu avec le feu, légèrement exhibitionnistes sur ce coup, mais cet endroit était perdu ! Combien de chances avions-nous de nous faire surprendre ?

Sur la photo on ne voit rien, réellement, ni visage, ni partie intime, on ne pourrait jamais deviner qu'il s'agit de nous et surtout de Cameron, si ma princesse n'arborait pas cette étonnante chevelure bleue qui fait d'elle quelqu'un qu'on remarque entre mille. On distingue seulement cette masse bleu électrique qui m'entoure. Mais le titre qui accompagne l'article est pire que tous les autres, il me frappe de plein fouet. Fait pour vendre, accrocher, scandaliser cette Amérique puritaine où le sexe a finalement une place de choix. J'ai presque la nausée…

La fille Mc Intyre n'a pas froid aux yeux… ni ailleurs, d'ailleurs…

Je quitte l'atelier en courant pour rejoindre Cameron et je la trouve, effondrée, en pleurs dans sa chambre. Je la prends dans mes bras et j'essaie de la calmer :

— C'est pas grave Cameron, on va affronter ça tous les deux…

— Mais bien sûr que si, c'est grave ! Tu ne comprends pas ! Je ne peux même pas avoir un semblant de vie privée ! Et le prochain truc, ce sera quoi ? Si je vais au restau avec toute l'équipe, ils diront que je me les tape tous ? Ils n'ont aucune limite ! Et maintenant ils me traquent !

Pourtant je tente de réfléchir et de regagner un peu de lucidité dans ce moment de confusion :

— La photo semble avoir été prise avec un portable. Soit c'est quelqu'un qui t'a vue par hasard et qui a voulu se faire du blé, soit c'est quelqu'un qui t'a suivie sciemment et qui voulait te faire du mal…

Elle cille et semble réfléchir alors que je resserre mon étreinte :

— On n'a qu'à tout dire, Cameron ! Il est peut-être enfin temps d'arrêter de nous cacher.

Mais elle s'insurge et ne bride pas sa rage :

— Tu as quand même bien compris depuis le début que je voulais préserver ma vie privée ?

Et moi aussi je commence à bouillonner :

— J'ai pigé oui… Excuse-moi, mais il y a quelque temps encore, tu étais d'accord pour tout dire. Aujourd'hui, j'ai parfois l'impression que toutes ces histoires avec la presse t'arrangent…

Je repense à l'offre d'emploi à San Francisco, et j'ajoute en baissant le ton, comme pour moi-même :

— … que ne rien dire pour nous t'arrange…

Soudain j'ai l'impression de l'avoir giflée et son regard se fait triste mais ses paroles deviennent agressives :

— Mais c'était avant tout ça ! Tu vois bien qu'on ne sera jamais tranquilles ! Et tu étais d'accord pour qu'on reste comme ça encore un peu mais tu décides encore une fois de tout remettre en question, et au pire moment en plus !

Elle semble réfléchir à la suite de ses paroles, puis continue :

— Et puis c'est quoi ce nouveau délire, sur le fait que ces histoires m'arrangent ? T'es pas bien ou quoi ? Tu sais très bien que j'en meurs d'envie, moi aussi de m'afficher à ton bras, alors ne t'y mets pas toi aussi, je n'ai pas besoin de ça !

Je grimace, retombant dans mes travers et ne croyant presque plus à ses paroles, de nouveau convaincu qu'elle n'attend qu'une occasion pour se barrer sur la côte ouest. Pourtant, elle ne lâche pas l'affaire :

— Le problème ce n'est pas toi, Jules, et tu le sais parfaitement ! C'est tout ce que la presse m'a fait vivre avec Tyler ! Est-ce que c'est si difficile pour toi de comprendre que j'ai besoin de garder un jardin secret ?

— J'ai capté, va, c'est bon ! Mais moi j'en ai ras le bol ! Cultive-le toute seule ton putain de jardin !

Je la lâche, prêt à partir mais elle empoigne mon bras. Je me retourne vivement pour faire face à son visage suppliant alors que ses larmes redoublent d'intensité, et elle m'implore de sa voix pleine de sanglots :

— Arrête Jules, s'il te plait. Ne me fais pas ça, j'ai besoin de toi !

J'ai envie d'exploser, de crier ma fureur et ma colère au monde entier. Mais aussi tous les sentiments que j'ai pour elle et qui vont finir par déborder, me faire suffoquer… Et elle ? Est-ce qu'elle n'entend pas tous les mots silencieux que je lui hurle chaque jour ? Est-ce qu'elle ne lit pas dans mes regards ce que mes yeux lui disent, dès qu'ils se posent sur elle ? Pourtant, alors que je devrais me calmer, je laisse le pouvoir à mon acrimonie et je crie :

— J'étouffe, moi, de devoir me cacher ! J'ai envie de le hurler partout que c'est moi sur ces putains de photos ! J'ai envie de leur balancer à tous que ce n'était pas juste un coup vite fait, à l'arrière d'une bagnole ! Qu'est-ce que ça changera que les gens sachent pour nous ?

— Tu ne comprends pas ? Ça changera tout ! On ne nous laissera plus jamais tranquilles ! On ne pourra plus aller nulle part sans avoir l'impression qu'on nous observe ou qu'on va nous prendre en photo… Dès qu'on nous verra séparément, on spéculera sur notre rupture, ou pire ! Dès qu'on nous verra avec quelqu'un d'autre, on dira que l'un de nous trompe l'autre… Ils s'immisceront partout dans les moindres recoins de notre vie, ils iront jusqu'à fouiller nos poubelles, jusqu'à trouver le moindre truc croustillant à se mettre sous la dent, quitte à inventer et à mentir pour vendre leurs torchons ! Tu ne sais pas ce que c'est ! Tu ne comprends pas ce que tout ça implique ! J'ai déjà vécu ça, moi ! Et je veux plus passer par là ! C'est trop difficile et j'en ai trop souffert !

Soudain les larmes qui coulent le long de ses joues me frappent comme si je les voyais seulement maintenant. Et je réalise que, comme un con, encore une fois je m'énerve et j'explose en ne pensant qu'à moi, vexé par ses propos. Mais je n'ai visiblement pas su mesurer son désarroi face à une situation qu'elle a déjà vécue et qui visiblement a laissé des traces sur ce qu'elle est aujourd'hui, et sur sa façon d'appréhender la vie… et pire, sur sa relation avec moi. Tout ça parce que je ne supporte plus que nous ayons à nous cacher. Pire ! Là où il y a encore quelques secondes à peine j'en étais à penser de nouveau au fait qu'elle me menait en bateau, et qu'elle finirait par me quitter tôt ou tard pour prendre ce job à San Francisco, j'en viens à présent à me dire que ses sanglots rendent toutes mes craintes stupides. Même si elle a du mal à me dire certaines choses. D'ailleurs, est-ce que j'y parviens plus qu'elle ?

Mon cœur se déchire et je culpabilise d'en rajouter à cette douleur qui la ronge. Je réalise à quel point cela a dû être éprouvant pour Cameron, toutes ces années, et à quel point cela doit être stressant, aujourd'hui, d'avoir le sentiment que sa vie ne lui appartient plus. Que quoi qu'elle fasse, ça tombera dans le domaine public. Je me radoucis immédiatement, prenant son visage en coupe :

— Pardonne-moi ma princesse. Je suis vraiment désolé, je ne suis qu'un connard égoïste… Je suis là, avec toi et je ne te lâcherai pas…

Mon pouce caresse sa joue, suis la courbe de ses lèvres pulpeuses et je souffle, cherchant à retrouver un semblant de calme :

— Je serai à tes côtés, je ne les laisserai plus jamais te faire de mal, je te le jure, fais-moi confiance !

Sa voix se fait basse, brisée, et je la prends de nouveau dans mes bras, l'enserrant aussi fort que je le peux :

— Je n'y arriverai plus Jules, je ne pourrai plus supporter tout ça encore une fois…

De nouveau, ma colère gronde, elle exsude de chaque molécule qui me compose et je m'écarte pour la regarder dans les yeux. Je l'interroge alors :

— Et tu comptes faire quoi, alors ? Passer ta vie célibataire ou recluse, sous prétexte de les laisser être aussi intrusifs qu'ils le souhaitent ? Tu n'as pas à le permettre ! Tu dois te battre pour les empêcher de te pourrir la vie ! On se battra ensemble !

Pourtant, soudain, je crois que le temps s'arrête. Elle lève sur moi ses yeux rougis de larmes et me dit d'une voix cassée et empreinte de résignation :

— Que tu sois à mes côtés ou pas, ça ne changera pas grand-chose… ce sera peut-être même pire…

J'ai un mouvement de recul :

— Quoi ? Mais bien sûr que si, je… on affrontera ça tous les deux, et on ne les laissera pas faire, et on sera ensemble, et…

Mais, alors que j'argumente toujours je suis comme traversé de part et d'autre par une sensation de froid et mon cœur se glace. Elle s'est écartée et elle a quitté mes bras. Et à cet instant, je n'ose pas lui demander la chose qui me fait le plus peur, pourtant j'affronte son regard et j'essaie :

— Cameron, qu'est-ce que... est-ce que tu es en train d'essayer de me dire un truc, là ?

— J'ai besoin de temps, Jules...

Quoi ? Mais qu'est-ce qu'elle me fait, là ? Qu'est-ce qu'elle dit ? Il y a à peine une minute c'est moi qui voulais partir et la planter, alors qu'elle me suppliait de ne pas l'abandonner, et maintenant c'est elle qui me rejette ? Comment la situation a-t-elle pu basculer aussi vite ?

— Comment ça, tu as besoin de temps ?

Elle ne répond pas mais ses larmes redoublent, creusant des sillons sur son magnifique visage soudain déchiré par la souffrance, et je vois qu'elle a du mal à avaler sa salive. Je n'ose pas lui demander de quoi elle parle. Parce que tout au fond de moi, je crois que je le sais déjà. Mais je continue malgré tout, en proie à une soudaine panique :

— Mon ange... est-ce que...

Ma gorge est entravée par une vive douleur et je suis comme paralysé. Pourtant je parviens à articuler quelques mots, douloureux :

— Est-ce que tu me fais comprendre que c'est terminé ?

Je n'ose pas me dire que ça l'est. Pourtant cette scène ressemble bel et bien à une rupture. Pas de celles qu'on imagine d'ordinaire, non, parce que je crois qu'on s'aime... Mais à cet instant, est-ce bien utile de se le dire ? Est-ce que ça changera quelque chose à la finalité de cette relation, ou même de cette soirée ?

J'insiste, pourtant je crois que mon cœur a cessé de battre :

— Parle-moi, Cameron. Ne me laisse pas comme ça !

Elle essuie les perles le long de ses joues d'un revers de la main. Mais leur trace est immédiatement recouverte par de nouvelles. J'approche mon pouce de son joli visage et je les efface à mon tour mais rien n'y fait, ses larmes ne cessent de couler et la voir ainsi me tord les boyaux. Toute cette merde me vrille le crâne et j'ai envie de hurler. Cameron baisse le regard, cherchant à éviter mes yeux et elle se triture les doigts :

— Je... je ne sais pas... Je ne sais plus, je suis perdue...

Je panique, je tente le tout pour le tout :

— Mais tu ne vois pas, princesse, que c'est séparément qu'on est perdus... Ensemble on est plus forts, on...

Mais elle me coupe, sans appel :

— J'ai besoin de prendre du recul. Je voudrais rester seule, s'il te plaît...

Je m'approche d'elle à nouveau pour la prendre dans mes bras mais elle recule, baissant la tête pour éviter mon regard. Le soudain mutisme qu'elle m'oppose me déchire un peu plus les entrailles, et au moment où je me décide à franchir la porte, hagard, je l'entends murmurer ses regrets étranglés dans mon dos :

— Je suis désolée...

Je suis sous le choc, autant dire que je prends une baffe monumentale. Hier encore tout allait bien, je serrais son petit corps contre le mien et aujourd'hui, alors que je sens que nos sentiments sont si forts, elle met fin à notre relation... ou en tout cas si ce n'est pas exactement une rupture ça y ressemble, ça en prend la voie...

Et je me demande si, finalement, tout cela n'était pas inévitable... Est-ce que je n'ai pas senti depuis le début que je finirais par me brûler les ailes à son contact ? Un ange bleu venu du ciel pour un pauvre mortel comme moi... un vulgaire, banal mortel incapable de la protéger d'un connard équipé un téléphone... un abruti que je n'ai même pas remarqué derrière nous...

Et pendant tout ce temps où je me focalisais sur cette offre d'emploi dont elle ne me parlait pas, une autre menace que j'avais ignorée planait sur notre couple, tapie dans l'ombre. Je réalise à quel point j'ai été stupide, idiot, naïf... mais pour le moment elle me rejette, et j'ai beau l'implorer, elle me demande de l'espace. Alors je n'ai pas le choix que de lui en laisser, si je veux avoir une chance que ça s'arrange.

Je sais, ça a l'air lâche, comme ça de me barrer et de la laisser toute seule. Et Dieu sait que je préfèrerais rester à ses côtés et la soutenir. Mais je connais ma princesse et son caractère. Je sais que si pour le moment elle est effondrée, elle va se reprendre. Alors je vais lui laisser le temps qu'elle réclame et, lorsqu'elle sera prête, je serai là. Parce que je l'aime comme un fou. J'espère juste que ce ne sera pas dans trop longtemps. Parce que sans elle, je ne suis plus rien, et que sans l'oxygène qu'elle insuffle à ma vie, je risque d'étouffer.

Chapitre 36

ALONE

Phoenix, Arizona
Novembre 2019

Cameron

Noyée sous le flot des mauvais souvenirs, je suis effondrée. J'ai rejeté Jules et j'ai dû mentir pour parvenir à le faire...

Pourtant je sais très bien où j'en suis et ce que je ressens pour lui, même si je ne suis pas encore parvenue à le lui dire.

Ce mec est mon oxygène, je l'aime comme je respire et sans lui je suis au bord de l'asphyxie. Je ne sais même pas quand je suis tombée amoureuse de lui, ni pourquoi en réalité... D'ailleurs faut-il vraiment une raison pour aimer quelqu'un ? J'étais bien amoureuse de cet égoïste de Tyler alors qu'il me rendait si malheureuse ! Et Jules, lui, me rend heureuse comme je ne l'ai jamais été, indéniablement plus vivante.

Pourtant tout ce que je sais c'est que pour le moment je dois m'éloigner de lui, pour le protéger. Je me prends soudain une gifle monumentale. Comme si j'avais oublié dans ma bulle de bonheur que tout ça pouvait arriver.

Je ne peux me résoudre à une rupture. Je n'ai d'ailleurs pas réussi à prononcer le mot. Comme pour nous laisser une chance. Une chance de pouvoir revenir en arrière, une chance de ne pas lui faire un mal que je ne me remettrai jamais de lui avoir infligé. Pourtant, au moment où il m'a posé la question, à l'instant où les mots ont franchi ses lèvres, j'ai cru qu'on m'arrachait le cœur de la poitrine et qu'on m'éviscérait, tout simplement. Parce que je ne sais même pas comment je pourrai me lever chaque jour en sachant qu'il ne fera plus partie de ma vie.

Jenna, qui a probablement eu vent de mes histoires, me retrouve dans mon bus pour me remonter le moral. Et lorsqu'elle arrive et qu'elle me trouve en larmes, je tombe dans ses bras comme une enfant. J'ai un peu honte. Ces derniers temps nous nous sommes peu vues, j'ai consacré presque tout mon temps à Jules… Mais elle ne m'en tient absolument pas rigueur. Elle a compris et de toute façon, depuis le début elle ne rêvait que d'une chose : nous voir finir ensemble.

Immédiatement, ses paroles se veulent réconfortantes et visent à me booster, à m'aider à retrouver la battante en moi :

— Allez ma poulette. Montre-leur, à tous ces connards que t'es une guerrière ! Tu pleures aujourd'hui, mais demain je veux te voir hors de ce bus la tête haute !

Elle tente une plaisanterie pour détendre l'atmosphère :

— Putain, dire qu'on aurait presque pu vous voir en pleine action ! Waouh ! Ça devait être torride ! Le mec aurait quand même pu faire une vidéo !

J'essaie de rire entre mes sanglots :

— C'est pas drôle !

— Je sais… mais ça a le mérite de t'avoir fait sourire deux secondes !

J'attrape ma boite de mouchoirs en papier et gratifie mon amie d'un concert de trompette sans aucune élégance avant d'ajouter :

— Jules pense que c'est peut-être quelqu'un qu'on connaît, quelqu'un qui nous a suivis…

— Sous quel prétexte ? Qui t'en voudrait au point de ruiner ta vie comme ça ?

— C'est là toute la question… Je ne sais pas. Un des mecs de l'équipe qui en aurait marre que je lui crie dessus ?

— Ou alors…

— Tu penses à quelqu'un ? l'interrogé-je.

— T'as pas eu une altercation avec Gaby, récemment ?

— Elle n'irait quand même pas jusque-là !

— T'as raison, laisse tomber, je divague. Ça n'aurait aucun sens…

Les yeux de Jenna se plissent davantage, mais finalement elle secoue la tête et sourit comme pour chasser une autre idée saugrenue, mais je devine qu'elle reste sceptique, malgré le fait qu'elle tente de gommer toute trace de doute de son visage :

— Et Jules ? Comment réagit-il à tout ça ? enchaîne-t-elle.

Je baisse la tête et je n'ose pas dire à ma copine comment tout ça s'est finalement terminé. Parce que c'est certain qu'elle ne comprendrait pas ma réaction.

— Il pense qu'on devrait dévoiler notre relation au grand jour, leur dire à tous qu'on s'aime…

Soudain elle s'extasie :

— Il t'a dit qu'il t'aimait ?

Je soupire :

— Non…

— Et toi ? Tu lui as enfin dit ?

— Non plus…

Mon amie s'insurge :

— Putain ! Vous êtes terribles tous les deux ! Ça crève les yeux quand on vous regarde. Je n'ai jamais senti autant d'amour dans une pièce que quand vous êtes dans la même !

J'essaie de détourner son attention pour essayer d'alléger mon cœur :

— Tu n'es pas à plaindre non plus à ce niveau-là !

— Ouais c'est vrai, mais… déjà moi, mon mari me dit qu'il m'aime tous les jours… et puis, je ne sais pas… c'est peut-être parce que quand on est concerné, on ne se rend pas compte de ce qui se dégage… Et puis chez les autres ça a toujours l'air plus magique !

— Pfff ! Je te jure que quand ton homme te regarde, je les vois bien les flammes dans ses yeux ! Tu n'as pas besoin d'aller chercher de la magie chez les autres !

— Et vous, je ne cramerais pas une allumette entre vous !
J'essaie de rire mais je reprends :

— Jules me dit qu'il est là pour affronter ça avec moi mais je ne me sens plus de taille. Je n'y arriverai plus…

— C'est différent aujourd'hui Cameron. Vous êtes un couple fort et uni, équilibré…

— Mais on n'en sait rien, en fait ! On ne fait que se cacher, on n'a rien vécu encore ensemble ! Et comme tu le dis, on n'est même pas capables de s'avouer qu'on s'aime ! Alors où est-ce que tu as l'impression qu'on est forts et équilibrés, toi ?

— Eh ben justement ! C'est l'occasion de tester la solidité de vos liens. Mais je sais que Jules n'est pas Tyler, il ne te laissera jamais tomber. Et je pense que tout comme toi, même s'il veut que tout le monde sache que vous êtes ensemble, il souhaitera préserver ce qui vous unit dans un cocon intime…

— Comment tu peux en être certaine ?

— C'est une évidence ! Je commence à le connaître un peu… Tu sais je discute avec lui, moi aussi, parfois… Et… même s'il sait que je sais, en ma présence il a toujours su rester discret. Et ça, tu peux dire ce que tu veux, c'est un indice qui ne trompe pas.

Je reste silencieuse. Pourtant ses paroles ne parviennent pas à me convaincre que notre relation pourrait s'épanouir au grand jour dans de telles conditions. Puis, mon amie ajoute soudain :

— Tu sais quoi ? Je n'ai pas de solution miracle, mais je pense qu'il faut prendre le problème à l'envers…

— Comment ça ?

— Bah… Garder des secrets, quelque part, c'est leur laisser la possibilité de gratter, d'avoir des choses à chercher… Si tu n'as rien à cacher, il n'y a rien à révéler, tu vois ?

Ses paroles me percutent. Et même après son départ sa théorie tournoie dans ma tête.

Je reçois un sms de Jules, inquiet :

« Mon ange, je m'inquiète, est-ce que tu vas bien ? Je voudrais passer te voir mais j'imagine que tu préfères que je reste loin, dans l'état actuel des choses... »

Les larmes au bord des yeux et le doigt au-dessus de mon écran je manque de répondre :

« Tu me manques, j'aimerais que tu sois avec moi. Je t'aime... »

Quelle triste façon de le lui avouer ce serait ! Il ne mérite pas que je lui révèle ce que je ressens pour lui avec un vulgaire message.

Au lieu de ça, je réponds laconiquement, sans montrer aucun sentiment alors que mon cœur et déchiré et que ma main tremble sur mon portable :

« Je préfère rester seule. »

Je reste enfermée dans ma chambre, dans ce putain de bus, pendant deux jours, bossant sur mon ordi et donnant mes directives à Brent pour les derniers réglages avant la course. Mes seuls contacts avec l'extérieur se limitant à lui et Jenna. D'ailleurs mon mécanicien en chef n'a jamais pris figure aussi paternelle que ces derniers jours. Selon lui, je suis déjà bien trop maigre et il ne cesse de s'inquiéter de mon alimentation, me demandant plusieurs fois par jour si j'ai avalé quelque chose. Et je pleure autant que je peux. Enfin ce n'est pas tout à fait exact. J'essaie de me retenir, mais je n'y parviens absolument pas. Et je n'ai qu'une envie c'est sortir d'ici en courant pour rejoindre mon beau pilote français...

Puis le matin du troisième jour, Brent me réveille aux aurores, décidant que les conneries ont assez duré, et que je ne vais pas pouvoir restée enfermée dans ce bus jusqu'à la fin de mes jours.

— Je ne peux pas sortir avec cette gueule-là ! Ma réputation est déjà ruinée !

Il tente lui aussi de plaisanter pour me remonter le moral :

— Bah justement ! Si t'es moche, ils ne s'intéresseront peut-être plus à toi ! Par contre y'en a un qui te trouvera toujours magnifique ! Et il a besoin de voir que tu vas bien.

Parce que je peux te dire que ses performances sont à chier depuis trois jours ! Et s'il se fait un sang d'encre, ce n'est pas bon pour la course !

Mon cœur s'arrête à l'évocation de Jules, et je ne relève pas le fait qu'il parle de lui comme si de rien n'était. Nous avions compris depuis un moment qu'il avait deviné pour nous. Et mon inquiétude pour lui me serre les entrailles et me donne un haut-le-cœur. Pourtant j'essaie de plaisanter, bien que le cœur n'y soit pas :

— Est-ce que tu es en train de me dire que si je ne suis pas là pour lui ramoner les côtes, il fait que de la merde ?

Brent sourit et tourne les talons, me laissant dans ma chambre, toujours au lit alors qu'il s'écrie :

— Allez, prépare-toi, on a du pain sur la planche pour tout déchirer et prouver à nos sponsors qu'ils ont parié sur le bon cheval ! Parce que si ça continue, ils vont penser à un coup de bol sur nos résultats précédents !

Je sais que je dois prendre sur moi et faire un effort, parce que je sais que si Jules en est là, c'est à cause de moi. Pourtant, j'ai beau aller chercher toutes les ressources en moi pour faire bonne figure, j'ai beau essayer aussi fort que je peux de faire comme si de rien n'était, comme si je me moquais de tout ce qui se raconte sur moi, je réalise que ma vie éclate en petits morceaux au moment où je déboule dans le garage et que je le vois, là, de dos.

Comme s'il avait senti ma présence, il se retourne dès que j'entre dans l'atelier. Et je baisse la tête avant que ses yeux dorés trouvent les miens, comme ils le font chaque fois, sans même les chercher…

Je crois que la douleur qui me transperce à cet instant est si vive que je pourrais m'écrouler. Parce que je voudrais lui courir dans les bras et l'embrasser jusqu'à en être au bord du malaise. Mais je ne peux même pas le faire. Et je prends conscience encore une fois que ma liberté est clairement enfreinte, alors qu'elle est mon droit le plus naturel dans cette existence et dans ce monde.

Chapitre 37

SAD SONGS IN THE SUMMER

Phoenix, Arizona
Novembre 2019

Jules

Del Valle est là ce week-end. Et mes chronos le rendent visiblement mécontent. En même temps je peux comprendre. Je fais clairement de la merde, cette semaine. On se demanderait presque si je suis réellement pilote. J'ai l'air d'un imposteur qui s'est glissé ici par erreur. De celui qui a bien trompé son petit monde, mais qui ne parvient plus à masquer son incompétence… ou du type qui est entré simplement parce qu'il a vu de la lumière, au hasard.

J'exagère, évidemment, mais c'est du grand n'importe quoi. Je n'ai pas du tout la tête à rouler. Ça en devient même dangereux pour moi, je ne fais pas du tout attention à ce que je fais. Je roule alors que mes pensées sont clairement tournées autre part que sur l'asphalte que mange la gomme de mes pneus.

Depuis que j'ai quitté mon ange bleu, tout va mal. Je n'ai pratiquement rien avalé depuis trois jours, je ne sais pas comment je fais pour tenir encore debout. Ou plutôt si. La dame verte et ses gobelets de caféine bien serrés sont devenus mes meilleurs alliés. Mais si ça continue je vais m'endormir au volant dimanche pendant la course. Et ça, ça pourrait craindre… carrément… littéralement… Pourtant je me sens survolté, alors que je devrais être claqué. Je crois que ce sont les nerfs qui me tiennent. Ou la caféine. Un peu des deux, très certainement et ma nervosité grandissante se lit clairement sur mon visage, car plus personne n'ose s'adresser à moi à part Price et Brent.

Il faut dire que depuis que Cameron a mis notre relation en « pause », je ne suis pas à prendre avec des pincettes et j'en ai envoyé bouler plus d'un. Surtout de ceux qui se permettent régulièrement de lui faire des petites réflexions malvenues et sexistes. C'est un peu comme si j'en profitais pour me faire plaisir et déverser sur eux toute ma rage et ma frustration. Je viens d'ailleurs justement de rabrouer ce connard de Sean quand je sens comme un courant électrique me parcourir l'échine. Et je sais déjà sans me retourner qu'elle est là, les effluves de son parfum envoûtant de vanille envahissant déjà mes narines.

La voir me réjouit un peu, pourtant mon inquiétude monte d'un cran en la voyant. Ses yeux sont creusés et on voit clairement qu'elle manque cruellement de sommeil. Elle a les cheveux mouillés, noués en un chignon flou et haut sur le dessus de sa tête, dégageant son petit cou et ses frêles épaules, couvertes d'un léger pull noir... comme la couleur qu'elle a redonnée à ses cheveux.

Elle leur a rendu cette couleur sombre... certainement aussi sombre que son cœur et le mien en cet instant. Je cherche à croiser son regard mais elle le fuit habilement, baissant la tête dès son entrée dans la pièce, comme si elle savait déjà que mes yeux allaient forcément percuter les siens, aimantés comme ils le sont si naturellement depuis toujours.

Et malheureusement son arrivée est des plus remarquées. Ledit Sean n'en a pas assez pris pour son grade qu'il ouvre de nouveau sa gueule :

— Hey, Mac ! Tu nous honores de nouveau de ta présence ! On se disait que maintenant que t'étais presque une star du X, on ne te verrait plus jamais !

Mes mâchoires se crispent et je serre les dents alors que Cameron ne dit pas un mot, se plongeant comme si de rien

398

n'était dans des papiers, tournant le dos à son interlocuteur à qui elle ne répond finalement pas. Mais cet abruti ne s'arrête malheureusement pas là et un de ses potes se joint également à lui, poussant le bouchon un peu trop loin à mon goût. Et cette fois c'est Connor qui renchérit :

— Allez Mac, dis-nous qui c'est le veinard !

Tout le monde se marre, sauf Price qui a l'air gêné et je m'approche doucement de ma princesse. Ces sales connards en profitent qu'elle est à terre pour la frapper. Je ne sais même pas pourquoi j'en suis étonné. Est-ce qu'il y a un moment où j'ai pu penser qu'ils auraient un peu plus de classe et de respect que ça pour Cameron ? J'ai envie de leur péter la gueule à tous, un par un. Ou tout du moins de péter un scandale, mais si elle ne le fait pas elle-même, je préfère ne pas bouger pour le moment. Pourtant je bouillonne et je me demande combien de temps je vais parvenir à supporter leurs conneries et à me taire.

Arrivé à côté d'elle, je prends discrètement sa main et elle ferme les yeux pour réprimer les larmes qui montent. À cet instant, je sentirais presque la douleur qui déchire sa poitrine tandis que je décèle qu'elle se retient d'éclater en sanglots. Ma guerrière bleue, si forte et si combative est à terre, anéantie. Elle ne cherche même plus à se défendre. J'entrelace ses doigts aux miens, les enserrant davantage et elle me laisse faire. Mais ça ne dure qu'un bref instant, je ne veux pas envenimer la situation alors je la lâche à regret. Et quand je la quitte, pourtant en manque de son contact, elle n'a pas bougé d'un iota, comme paralysée sous le poids des mots de ses collègues et de ses pensées qui la submergent.

Mais toutes ces conneries me bouffent la cervelle, vivre sans elle me bouffe toute mon énergie, je meurs à petit feu et je crois qu'elle aussi s'éteint. Car je sais que si ses cheveux sont redevenus noirs ce n'est pas seulement par souci de discrétion et que son humeur et son âme le sont devenues aussi. Et si jusqu'alors je ne l'ai jamais ouvert quand l'un d'eux s'est permis de faire des remarques un peu grasses, aujourd'hui je ne suis plus d'humeur à laisser passer.

Je réalise d'autant plus que je ne peux pas lui affirmer que je serai là si tout va mal, que je serai le roc sur lequel elle pourra s'appuyer, si déjà devant nos abrutis de collègues je ne suis pas fichu d'ouvrir ma gueule et de prendre sa défense. Je lui ai promis qu'on se battrait côte à côte, qu'à deux on était plus forts et que je l'aiderais à affronter tout ça. Alors je dois lui prouver que notre relation peut s'épanouir au grand jour et qu'elle peut avoir confiance en ce que nous sommes, ensemble.

Alors je ne retiens plus rien du tout, je pète un câble et j'explose, tout simplement :

— Maintenant vous allez la fermer, bande de tocards ! Sa vie ne vous regarde absolument pas, ce n'est pas parce que vous la côtoyez tous les jours que vous avez le droit de tout savoir sur elle ! Chacun a droit à sa vie privée !

Tous se fendent la gueule, sauf mon colocataire, et Connor, plus confiant que les autres, me prend soudain à partie :

— Oh, oh, oh ! Bah merde, on s'énerve joli cœur ? Pourtant tu devrais être vexé qu'y en ait un qui a trempé sa nouille là où toi t'as pas réussi !

Une pensée, brève, sans importance me traverse : soit ils sont carrément « teubés », soit on a été bien plus discrets que ce qu'on a cru…

Je grince entre mes dents :

— T'es vraiment qu'un connard !

Il rit encore, accompagné de son acolyte qui en rajoute :

— Putain c'est clair ! Je voudrais bien savoir qui c'est ce cador, faudrait qu'il nous file sa technique !

— Et toi ? Petit con de *Frenchy* ? Tu crois que personne n'a jamais repéré ton petit manège, tes regards énamourés en douce vers elle ? Toutes ces fois où l'envie de tenter ta chance t'a dévoré mais où tu n'as jamais osé, de peur de te prendre un vulgaire râteau, comme les autres… Qu'est-ce qu'on s'est fendu la gueule ! Tu m'as d'ailleurs fait gagner un paquet de blé, si tu veux savoir ! Sean a toujours parié que tu réussirais…

Son rire gras résonne. Je vois Cameron du coin de l'œil qui ne dit toujours rien, mais je sais à présent qu'elle ne se retient plus de pleurer car je la vois passer sa petite main le long de ses joues. Je sais que d'ordinaire elle les aurait tous envoyé bouler sans remords, mais là elle est affaiblie, elle a trop subi… et si elle n'a plus la force de se défendre toute seule, je me battrai à sa place. Alors je dégaine toutes mes munitions, et je tente l'attaque de la dernière chance :

— Et vous, les gars, dites-moi… votre petite vie, si on s'y intéressait deux minutes, ça vous ferait quoi ?

Les deux blanchissent, mais j'ai décidé d'aller jusqu'au bout, histoire qu'ils comprennent que je ne bluffe pas. Ce soir c'est *Texas Hold'Em* les mecs ! Version *No Limit*. Et si je n'ai pas joué à Vegas, je vous jure que ce soir, je vais rafler la mise ! Alors je balance tout ce que j'ai, comme ça en bloc :

— Ça vous ferait marrer, vous, que tout le monde connaisse la vôtre ? Hein ? Qu'est-ce que tu dirais, Steeve, si tout le monde savait que t'as mis une meuf en cloque, mais que tu l'as laissée tomber en pleine galère et que tu ne comptes pas reconnaitre ton propre enfant ? Et toi, Connor ? Est-ce que Sienna sait que t'es marié et que ta femme et tes gamins t'attendent bien sagement à Boston pendant qu'elle pense être la seule, en espérant qu'un jour tu l'épouses ?

D'un coup, plus personne ne parle. Aucun ne relance, j'ai gagné la partie. Jusqu'à ce que Brent, qui a certainement entendu une bonne partie de l'échange sorte du bureau de Cameron et tente d'apaiser tout le monde :

— Calmez-vous, tous ! Jules, ça suffit maintenant !

J'ai soudain l'impression d'être le gamin qui se fait engueuler alors que ce sont les autres qui ont fait une connerie. Mais alors que la colère redouble dans ma poitrine, Brent ajoute calmement sur un ton qui ne tolère aucun recours :

— Écoutez-moi bien, parce que je le dirai qu'une seule fois ! Le prochain ici qui se permet encore de faire une réflexion sur la vie privée de Mac est viré sur le champ ! Est-ce que je me suis bien fait comprendre ?

Personne ne relève et tous baissent la tête alors que Cameron court s'enfermer dans son bureau sans un mot, et toujours sans me regarder. Il me faut de longues minutes pour parvenir à me calmer un peu, et j'attends que tout le monde se casse enfin pour aller voir ma belle, mais personne n'a l'air décidé à se tailler d'ici. Je suis comme un lion en cage, je tourne en rond et je vois rouge.

Je décide finalement de lui envoyer un message, auquel elle ne répond évidemment pas, et je sors prendre une dose de caféine au bar du circuit. Sauf que ce n'est vraisemblablement pas ma journée. Ni ma semaine, d'ailleurs. Car quand j'entre dans le café, je repère immédiatement ce connard de Davenport, accoudé au comptoir.

Il n'est pas seul. Gabriella l'accompagne mais la poigne du pilote, serrée sur le bras de la jeune femme et la mine déconfite qu'elle arbore me laissent à penser que la conversation n'est pas des plus sympathiques. Je remarque qu'il me repère du coin de l'œil et il repousse Gaby comme si elle n'était rien à ses yeux. Ce qui est sans doute probablement le cas. Sachant comment il traitait Cameron, qui pourtant était sa petite amie officielle à l'époque, et à laquelle il tenait, il ne voit certainement aucune raison à se comporter correctement avec une fille qui n'est probablement pour lui qu'une aventure sans lendemain.

Semblant pressée de déguerpir, Gabriella fait mine de passer à côté de moi en m'ignorant outrancièrement, ce qui ne m'interloque absolument pas, vu la teneur de nos récents rapports. Pourtant, alors qu'elle me frôle, j'esquisse un geste pour l'arrêter et je l'interroge, du ton le plus doux dont je sois capable envers elle à présent, comme pour l'amadouer, l'appelant par son diminutif :

— Quelque chose ne va pas, Gaby ?

Les dents serrées, elle me répond sans même daigner me jeter un regard :

— Tout va très bien, merci !

J'insiste, resserrant doucement ma poigne sur son avant-bras :

— Ce n'est pas ce qu'il m'a semblé...

Une vive fureur semble exsuder de tout son être et elle tourne soudain les yeux vers moi. Malgré tout, ce n'est pas la seule chose que je lis chez elle. Ses pupilles se plantent silencieusement dans les miennes de longues secondes. Le temps est comme figé. Je crois déceler dans son regard un mélange de tout un tas d'émotions contradictoires. La déception semble se mêler à la colère, les regrets tentent de se frayer un chemin, étouffés par le désir de briller, d'exister plus qu'une autre, peut-être... La voie qu'a suivie Gabriella paraît empreinte de désillusion, même si aucun aveu ne franchit la barrière de ses lèvres.

Brusquement, elle rompt ce silence entre nous, me surprenant par ses paroles, laissant planer un doute impossible à analyser sur le moment :

— Cameron et toi devriez faire attention...

Elle s'écarte alors vivement, et je n'ai pas le temps d'ajouter quoi que ce soit qu'elle a déjà quitté les lieux, comme prise de panique, en proie à une crainte inexpliquée.

Davenport m'observe en chien de faïence, semblant s'être délecté de la scène entre Gaby et moi. Sa présence écrasante dévore la pièce et déjà, tel un barbare, il me gratifie de son rictus le plus carnassier et le plus condescendant. Son oppressante suprématie me bouffe, elle me ronge de l'intérieur, et je pense que n'importe qui peut le lire sur mon visage. Pourtant je tente de ne pas me décomposer...

Mais ce que personne ne peut soupçonner, c'est que ce n'est pas sur cette foutue piste qu'il me bat à plates coutures. Là, je l'ai déjà dépassé, surpassé déjà plusieurs fois cette année, et je le ferai encore, je le sais... Non, là où j'ai le sentiment que, quoi que je puisse dire ou faire, il assoira toujours sa cuisante victoire, c'est dans le cœur de celle que j'aime. Parce que si aujourd'hui, pour lui comme pour moi il n'y a plus rien à espérer, lui, il a eu ce que moi je n'aurai jamais : son amour, et l'officialisation de leur relation…

Brutalement percuté par un élan de jalousie, j'ai soudain le sentiment d'être inondé par la profonde aversion qu'il m'inspire. Je n'ai jamais été aussi incertain de pouvoir me contrôler qu'à cet instant précis, en présence de ce type qui m'horripile à un point difficilement imaginable. J'ai peur de ne pas parvenir à maîtriser mes paroles, ou pire, mes actes. Je parviens pourtant à résister à l'envie de me délester de ma frustration sur lui, et de lui démonter sa si parfaite petite gueule, là, devant tout le monde.

Ça me tue de l'avouer mais ce type est beau et charismatique, et je pourrais presque comprendre comment il a pu attirer Cameron dans ses filets, à coups de sourires Colgate et roulements de mécaniques sur les circuits. Grand, les épaules charpentées, les cheveux châtains coupés très courts, ses iris émeraudes me dévisagent et sa suffisance me débecte.

Je fais mine de faire demi-tour mais il m'alpague en me retenant par la manche, se levant d'un coup et me toisant de toute sa hauteur. Je n'ai pas à rougir devant lui, je ne suis ni petit ni peu musclé. Je dirais que j'ai ce qu'il faut là où il faut, sans trop en faire. Mais il fait une bonne tête de plus que moi et mon mètre quatre-vingt-cinq peine à rivaliser lui aussi, et à me donner toute l'assurance que j'aimerais projeter. Ce type dégage une aura de toute puissance que je suis certain de ne jamais égaler…

Mon pouls s'emballe et je le fusille du regard tandis que sa main a empoigné mon bras. Je serre les dents et ma rage, incandescente, s'enflamme tel un brasier qui dévore mon estomac. J'aimerais me tailler en courant avant de dire ou faire quelque chose que je pourrais finir par regretter, mais il est visiblement soudain très enclin à me faire la discussion, alors que ce type et moi n'avons jamais vraiment accroché.

Bon, moi je sais pourquoi je ne peux pas le saquer, mais j'avoue que je ne m'explique pas tout à fait son animosité envers moi. Peut-être qu'il sent tout simplement que moi je ne l'aime pas, et que ça lui suffit pour se montrer antipathique les quelques fois où on se croise en dehors de la piste…

Il entre dans le vif du sujet l'air de rien :

— Elle ne restera jamais avec toi… les pilotes, la vie de débauche, les fêtes post-victoire, tout ça, elle ne veut plus de ça !

Sur le coup, je ne cogite même pas au fait qu'il sache pour Cameron et moi. La colère bourdonne dans ma tête et lacère mon amour propre déjà malmené, mais je lui lance malgré tout ma diatribe au visage, agressif :

— Et tu ne te dis pas, espèce de connard, que je paie la merde que t'as faite avant moi ?! Ce n'est peut-être pas le statut de pilote, le problème, mais l'infidélité…

Ça fait déjà deux fois en deux minutes que je le traite de connard, si avec ça il n'a pas compris…

Il éclate d'un rire gras et suffisant, incendiant le sang dans mes veines, et moi, j'ai juste envie de lui éclater sa sale gueule, de défoncer sa face de con et de lui faire ravaler son air hautain !

Merde, je finis par dire autant de grossièretés que Cameron !

Et puis, je sais, je ne devrais pas raisonner comme ça. En arriver aux mains n'a jamais réglé un désaccord, bien au contraire ! D'ailleurs, n'est-ce pas plutôt une haine farouche, imposée par une cruelle et secrète compétition, plutôt qu'une véritable dissension qui nous oppose ? Mais je crois que je me carnifie avec l'âge.

Une bile acide me brûle soudain l'œsophage et j'ai le sentiment que je vais avoir un mal fou à ne pas exploser face à cette enflure de première classe. Je parviens finalement à me contenir et à canaliser la fureur qui montait violemment en moi, mais il renchérit :

— Vous deux, ce n'est qu'une comédie sordide ! Elle se sert de toi pour me rendre jaloux !

— C'est vraiment ce que tu penses ?

Je vois ses mâchoires se crisper et il peine à masquer la rage qui exsude de tout son être :

Puis j'ajoute, presque fanfaronnant :

— En tout cas, si elle ne veut plus de moi, ce qui est certain c'est qu'elle ne veut plus de toi non plus !

— Ah ! Parce que la petite mascarade est déjà terminée, alors ? Dommage pour toi, ça n'aura vraiment pas duré longtemps…

Il n'attend pas davantage et m'assène un nouveau coup. Il a certainement raison de le faire. Ne dit-on pas toujours que la meilleure défense c'est l'attaque :

— En tous cas, j'espère que vous avez fait une sextape en privé, histoire que tu gardes un souvenir. Parce que c'est dommage, on ne te voit pas bien sur les photos…

Un rire sardonique lui échappe. Mais d'un coup, mon estomac fait un tour sur lui-même et je crois que mon cerveau se rebranche. Il turbine même à toute berzingue, d'un coup, et mes muscles se crispent. J'ai dit à Cameron que je pensais qu'on avait été suivis… et visiblement personne n'a l'air d'avoir capté que c'était moi le mec en question… alors… comment le sait-il, lui ?

Je crois que je blanchis et il m'oblige à affronter son regard sadique. Je crois qu'il se délecte de la sourde angoisse qui s'empare soudain de moi et qu'à cet instant précis, un sentiment de toute-puissance se distille dans ses veines. Mais dans un ultime et vain sursaut, accablé par le poids de cet épuisant combat où mon sang a coulé bien plus que je ne le laisse paraître, je parviens à ajouter pour le provoquer moi aussi, le cœur battant, malgré la boule qui noue ma gorge :

— Le photographe était à chier ! Mais t'inquiète, pour notre mariage j'en choisirai un autre !

Et je déguerpis aussi vite que je peux. Je ne peux pas rester une minute de plus avec cet enfoiré, je dois partir avant de perdre tout contrôle. Mes axones sont clairement échauffés par l'impuissance qui m'étouffe, et la rancœur a nettement élimé ma patience jusqu'à ses dernières résistances. Surtout que s'il a réellement fait ce dont je le soupçonne à présent, je vais lui péter les dents pour de bon. Et si je vais en taule, je ne pourrai jamais reconquérir le cœur de ma belle princesse !

Chapitre 38

BLINDING LIGHTS

Miami, Floride
Novembre 2019

Jules

C'est aujourd'hui la dernière épreuve... La fin d'un championnat de folie, mais, alors que je devrais être ravi de mon classement, finissant à la fin de cette journée dans les seize meilleurs pilotes de NASCAR des États-Unis pour ma toute première année, je peux dire qu'en fait je m'en fiche presque.

Dix jours. Dix longues journées durant lesquelles j'ai ramé mais où rien ne s'est arrangé. J'ai le cœur brisé. J'ai beau essayer de me rapprocher d'elle, ma princesse garde toujours ses distances. J'ai bien tenté de lui envoyer des messages, mais elle répond des trucs bateaux, passe-partout, comme si elle s'adressait à un sinistre inconnu. Des *« Ça va, merci, toi aussi passes une bonne nuit...»* Nos échanges sont désespérants de banalités.

J'ai réussi à la coincer dans son bureau. Mais mes yeux n'ont pas trouvé les siens. Et alors que je l'ai littéralement suppliée de me parler, de me dire où on en était tous les deux, elle m'a imploré de lui laisser encore un peu de temps avant de se sauver, me laissant une fois encore triste et esseulé, le cœur gelé depuis que sa poitrine ne réchauffe plus la mienne.

Alors je spécule, je me projette dans toutes les situations possibles et imaginables. Je me dis qu'elle ne devait pas m'aimer, finalement... ou que de toute façon, comme notre histoire était amenée à se terminer, puisqu'elle va partir travailler à San Francisco, toute cette merde avec la presse n'aura été qu'un mal pour un bien... une façon d'arracher le pansement un bon coup, de mettre fin à notre relation sans culpabiliser.

Ça lui fait peut-être du mal à elle aussi, mais elle s'efforce de rester froide et de ne pas le montrer. Comme ça, au moins c'est réglé, pas besoin de s'apitoyer sur une histoire qui aurait pu être belle mais qui doit cesser aujourd'hui. Parce que même si on ressent quelque chose l'un pour l'autre, on ne va pas renouer si c'est pour se faire davantage de mal lorsqu'on devra vraiment se séparer... On nous a « obligé » à rompre par la force des choses, mais voilà, c'est fait, plus la peine d'y revenir !

Mais moi je tourne en boucle sur tout ça. Pour moi, ce n'est pas une façon de terminer une histoire, comme ça, sans rompre vraiment, sans poser le mot rupture réellement... surtout une histoire intense comme la nôtre. Ou est-ce que c'est moi ? Est-ce que je suis le seul de nous deux à avoir eu ce sentiment qu'on vivait un truc à part ? De ces histoires qu'on ne vit qu'une fois dans sa vie ? L'histoire avec un grand H, celle qui normalement efface toutes les autres. L'histoire qui fait de celle avec qui on la partage, la femme de sa vie, la seule, l'unique ?

Ma course de la semaine dernière à Phoenix a été décevante, et je suis bien parti pour faire la même ce week-end, histoire de terminer en apothéose, sur une mauvaise note.

Dans mon crâne, ça bouillonne. Chaque atome chauffé à blanc par cette colère, cette incompréhension et ce sentiment d'injustice que je me traine en baluchon depuis que cette putain de presse people a foutu la grouille entre nous, alors que tout était en passe d'aller bien... Petit à petit je la sentais moins sur la défensive, elle se libérait et je sentais que j'étais parvenu à ouvrir une brèche, et peut-être même à m'infiltrer dans son cœur... Tout ça n'est aujourd'hui plus qu'un lointain souvenir.

J'ai presque l'impression parfois de lui être aussi indifférent que tous ces autres connards de l'équipe…

Nous sommes déjà dans le dernier segment de la dernière course de l'année… et j'ai vraiment, mais alors vraiment fait de la merde sur les deux précédents où j'ai terminé avant-dernier, puis dixième après avoir reçu une soufflante de Brent.

Mais je m'en fous. C'est triste mais je m'en fous. Je ne suis pas pro pour un caramel. Ma vie privée a empiété sur mes performances, et sans elle j'ai tout perdu. Là où j'étais un type à l'assurance correcte, ne doutant pas de ses capacités, je suis aujourd'hui un pilote éteint, qui a perdu toute confiance en lui et je m'effondre sous la fatigue. Del Valle, qui nous honore de sa présence ce week-end, doit déjà regretter de m'avoir signé et doit certainement penser à ma relève pour la saison qui vient.

Je suis agacé, ma concentration vrille au moindre fait de course et je manque plusieurs fois de valser dans le décor, emporté par la meute, accroché et malmené à plusieurs reprises comme lorsque j'étais débutant. J'ai beau tenter de me recentrer, mes pensées se fracassent dans ma tête, incohérentes, et surtout sans rapport avec cette putain de course. Je suis un danger pour les autres comme pour moi-même.

Tout va mal et je me plains continuellement. Je dois être un vrai calvaire pour mes collègues qui ne doivent avoir qu'une seule envie, c'est que cette course se termine pour que je ferme enfin ma gueule. Je tente de me canaliser mais je n'y parviens absolument pas. Et qu'est-ce que je fais ? Je me cherche des excuses et je critique la voiture… mauvaise idée… car la patronne morigène dans la radio :

— Tu fous le pied dedans, Chesneau, maintenant. Et t'arrête de chouiner !

Mon sang ne fait qu'un tour lorsque je l'entends prononcer mon nom, qui sonne soudain si impersonnel dans sa bouche. Elle le prononce comme avant, comme si nous n'avions rien vécu et mon cœur saigne.

Je lui balance d'un ton sec, de la même façon :

— Fais-moi pas chier, Mac !

C'est la première fois que je l'appelle ainsi et j'insiste bien sur son nom moi aussi, histoire de lui faire le même effet. Et j'enchaîne sans attendre, presque désinvolte :

— J'en ai rien à faire de cette maudite course ! De toute façon, c'est pas comme si j'allais le gagner, ce putain de championnat ?! Par contre j'ai quelque chose de bien plus important à perdre, ou à gagner, comme tu préfères, et j'ai besoin qu'on mette les choses à plat parce que tout ça, ça me bouffe la cervelle !

Elle se révolte, fidèle à elle-même, et j'ai un peu l'impression de la retrouver :

— C'est pas pour ça que t'es obligé de finir dernier ! Et tu vas arrêter de critiquer cette putain de caisse, bordel ! Elle est parfaite ma caisse, et tu sais pourquoi ? Parce que j'y ai veillé et que tu m'y as aidé... On se comprend maintenant, alors ça va le faire je te dis, tu m'entends ?

J'ai presque senti un peu de douceur dans sa voix. Mais j'ai envie de hurler, parce que je n'ai plus rien à perdre :

— Je croyais qu'on se comprenait, mais visiblement je me suis planté ! Apparemment il y a toujours un point qui n'est pas clair, et il semble que tu ne m'aies pas donné toutes les infos, alors le résultat est biaisé, tu vois !

Gros blanc, je sens qu'elle hésite mais elle demande malgré tout :

— De quoi tu parles ?

Je m'insurge sans plus attendre :

— Tu comptais me dire quand que tu partais ?

Je devine au son de sa voix qu'elle panique :

— Quoi ? Mais de quoi tu parles ?

— De l'offre de Tesla !

De nouveau je n'entends plus rien, puis elle me demande :

— Comment tu sais ?

— J'ai vu le mail dans ton ordinateur !

Nouveau blanc... puis elle murmure presque, mais je l'entends malgré le bruit du moteur :

— Ok, tout s'explique…

— Alors ? Tu comptais m'en parler quand ?

Ma voiture continue d'avaler les tours, mais je ne les vois plus et elle me répond, directe :

— Mais… Jamais ! Je ne comptais pas t'en parler, en fait !

Je crie à mon tour :

— Comment ça, jamais ? T'allais te barrer comme ça, en douce ?

— Mais non ! Mais ça va pas ?! Pourquoi tu crois ça ? J'ai refusé l'offre, c'est tout !

Mon cœur bat à 200 *miles* à l'heure, comme s'il repartait après un long arrêt. Et ma tête bouillonne.

Elle ne part pas… Elle ne part pas… Mais alors pourquoi… ?

Je cherche à creuser :

— Quoi ? Mais comment t'as pu refuser un truc pareil ?

— Mais parce que j'm'en fous de ce que je pourrais gagner ! Je n'ai pas envie de partir, c'est tout ! Comment t'as pu penser que j'allais m'en aller ?

BOUM BOUM…

— Je ne sais pas, moi ! Peut-être parce que tu ne dis jamais ce que tu ressens ?

— Et toi, Jules ? Tu le dis ?

BOUM BOUM… BOUM BOUM… BOUM BOUM…

Je ne peux plus me taire et une fois encore, je parle sans vraiment réfléchir, laissant échapper les mots même si je les prononce un peu plus bas que le reste, soudain en proie à l'émotion :

— Putain, Cameron, fais pas comme si tu ne pigeais rien ! Tu vois bien que je suis fou de toi, bordel ! Je t'aime, merde !

Silence. Encore. Puis sa voix douce, presque trop basse dans mon oreillette :

— Quoi ? Qu'est-ce que t'as dit ? Je n'ai pas entendu, je… Y'a du bruit autour de moi, tu peux répéter, s'il te plait ?

— Me fais pas répéter, bordel, je crois que t'as très bien entendu… comme tout le monde branché dans cette putain de radio ! Désolé, je… ça m'a échappé, c'était pas calculé, je sais que tu…

J'hésite une fraction de seconde avant d'enchaîner :

— Oh et puis merde ! De toute façon maintenant c'est trop tard, je sais que tu vas m'en vouloir qu'ils aient tous entendu mais moi j'en ai rien à faire que tout le monde sache que j't'aime et tu le sais très bien ! Et j'en ai plus rien à faire de ces journalistes de merde ! S'il le faut, je leur pèterai tous la gueule, un par un !

Je la sens clairement troublée, mais quoi de plus normal ? Je suis parfaitement incapable de deviner ce qu'elle ressent à cet instant, et dans un souffle elle me demande :

— Est-ce que… est-ce qu'on peut reparler de ça après la course ?

— Ça c'est clair qu'on va en reparler ! Je ne vais pas te laisser te défiler comme ça !

— D'accord, mais en attendant… appuie sur le champignon, ducon !

— Ok Patronne !

Je me recentre, l'esprit soudain un peu plus clair, et je fais ce qu'elle me demande. Mon cœur soudain un peu plus léger m'envoie des décharges d'adrénaline. Je les dépasse tous, un par un, ma voiture bouffe le bitume et moi j'ai la rage.

Les tours s'enchaînent, je m'intercale entre plusieurs bolides, grappillant les places. Je bouffe ce connard de Davenport au passage, j'aurais presque envie de lui faire un petit signe de la main… ou juste lever un doigt… J'étouffe presque de soulagement d'avoir pu enfin me libérer du poids de mes sentiments, même si pour l'heure je ne suis absolument pas certain que ma princesse les partage…

J'avale les miles, l'aiguille sur mon compteur s'affole et je crois que ma voiture va finir par décoller. Elle est dotée des mêmes ailes que mon cœur. Effectivement, Cameron a raison. Elle marche du tonnerre et finalement cette course promet de ne pas être si médiocre que ça… jusqu'à ce que… l'un des pilotes dans le peloton de tête ne perde le contrôle de sa bagnole et parte en vrille… et que toutes les voitures suivantes ne s'encastrent dans la sienne… Je vois des étincelles. Ou peut-être est-ce déjà un feu qui s'embrase ?

Je n'ai pas le temps de réagir, j'arrive beaucoup trop vite et j'entre comme les autres dans le nuage de fumée sans pouvoir l'éviter.

Je ne vois plus rien et la dernière chose dont je me souvienne avant le trou noir, c'est ce bruit de taule froissée et cette sensation que mon corps n'est plus qu'un morceau de chiffon, un jouet désarticulé… Et la dernière image devant mes yeux, c'est ma poupée aux cheveux bleus…

Chapitre 39

NO TIME TO DIE

Miami, Floride
Novembre 2019

Cameron

Je ne suis plus que l'ombre de moi-même. Et dans mon cœur il fait nuit noire. Alors j'ai remis mes cheveux au goût du jour. C'est vrai, le bleu électrique c'est un peu trop gai. Et je suis loin d'être gaie ces derniers temps. Et puis comme ça aussi, j'ai l'impression de pouvoir me fondre dans la masse. J'éviterai peut-être ainsi d'attirer les regards et qu'on me prenne en photo. Bien qu'il n'y ait plus grand chose à étaler de ma vie à part un vide intersidéral et une tristesse sans borne affichée au grand jour.

Pour le coup, n'importe quel péquenaud qui me croiserait pourrait bien immortaliser ma sale tronche, et balancer sur la toile ou aux torchons du pays un truc du genre « *Cameron Mc Intyre seule au monde et désespérée* ». Enfin ça, je ne sais pas si c'est aussi vendeur que quand je fais l'amour dans une voiture. Faut croire que je ne suis pas aussi douée qu'eux pour trouver des titres bien accrocheurs !

Jules me manque. Chaque seconde, chaque minute que j'ai passée sans lui, j'ai eu envie de crever, j'ai eu envie de le retrouver. Et ce qui ne me facilite pas la tâche, c'est de l'avoir sous le nez constamment. Je n'ai déjà pas besoin de ça pour que mon esprit soit accaparé par lui, alors quand je le vois, je vis simplement un enfer. J'ai beau éviter ses magnifiques pupilles noisette, quand il est dans la même pièce que moi, ma gorge se serre si fort que j'en ai la nausée et mon cœur bat si vite que j'ai cette horrible sensation qu'il va briser mes côtes.

Et chaque fois, je sens sur moi son regard lourd et triste, et je sais déjà que si je me retrouve seule avec lui, ses yeux implorants vont me faire craquer. Il m'envoie régulièrement des messages pour savoir comment je vais. J'y réponds toujours de façon presque détachée, comme si j'étais déjà parvenue à passer à autre chose. Enfin j'espère que ça lui donne cette impression. Enfin non… parce que ça me fendrait le cœur qu'il pense qu'il n'a pas compté pour moi et que notre histoire n'a rien représenté…

J'ai du mal à concevoir que ce soit vraiment terminé. D'ailleurs, est-ce que ça l'est ? Pour mon petit cœur, clairement, non. Mais je crois que nous n'avons pas le choix que de nous arrêter là. C'est peut-être mieux ainsi ?

Putain ! Comment je peux en être arrivée à me dire un truc pareil alors que je n'ai jamais été aussi heureuse qu'avec lui ?

Bon alors, disons que ça l'est pour lui en tout cas. Il n'a pas besoin que je l'entraine avec moi dans toute cette merde. Pour l'instant en tout cas.

Pfff, je m'entends penser et ça me pète le crâne ! « Pour l'instant… » Non mais, qu'est-ce que je crois ?

Jules est un type formidable. J'ai conscience de ne pas lui avoir donné tout ce qu'il attendait, tout ce qu'il méritait. Alors après quelque temps, lorsqu'il aura digéré tout ça, il laissera une autre combler la place vide que j'ai libérée, et égayer sa vie comme moi je n'ai pas su le faire. J'espère juste que la meuf en question ne sera pas une pétasse, parce que j'aurai certainement beaucoup de mal à le voir avec une autre…

Aujourd'hui je suis rongée par la déprime. Et je me dis que j'aurais peut-être dû accepter l'offre d'emploi dans la Silicon Valley, m'éloigner de lui pour de bon… Parce que je ne sais pas si je vais pouvoir supporter la douleur que m'inflige sa présence encore longtemps. Pourtant Jenna ne cesse de me rabâcher les oreilles avec ses théories comme quoi nous devons vivre au grand jour, et tout et tout.

Je sais, ce n'est pas si con ce qu'elle dit, mais je ne parviens pas à suivre ses conseils et à aller de l'avant. Elle aussi m'alerte sur le fait que si je laisse filer Jules, je vais le regretter, qu'une autre prendra ma place. Et c'est bon, je n'ai pas besoin qu'elle me le dise, j'en ai conscience ! Je sais, c'est certainement sa méthode pour me bousculer, pour me motiver dans le bon sens, mais ça n'a pas franchement l'air de fonctionner...

Le championnat se termine ce week-end et rien qu'à l'idée que je ne vais plus voir Jules tous les jours, je panique. Oui, je sais, je suis une vraie girouette, un coup je dis qu'il vaut mieux que je sois loin de lui, mais à l'idée que ça arrive pour de bon, finalement je panique... Ma perpétuelle indécision va finir par me tuer. Je suis à bout de nerfs.

La seule solution que je vois pour le moment, c'est de partir vivre avec lui loin de toute civilisation. Oui, tiens, on n'a qu'à se la jouer version « Lagon bleu ». Lui et moi sur une île déserte. Sans rien ni personne que nous deux. Pour le coup on serait tranquilles. Quoique, avec le bol que j'ai, un de ces putains de journalistes finirait bien par nous trouver et prendre des photos de nous sur une plage, dans le plus simple appareil...

Ou pire, s'il passe tout son temps avec moi sans voir personne d'autre, il pourrait arriver à faire une overdose de moi, ne plus me supporter... En bref, ne plus me voir en peinture, quoi !

Parce que tu vois le truc, Cameron ? Si t'as peint toute ta maison en bleue, au bout d'un moment ça te gave, t'as envie de revenir au blanc, c'est plus sobre, ça pète moins le crâne et les yeux le matin, non ?

Putain, même dans mes rêves je m'embrouille et je suis incapable de me décider. Quel que soit le scénario, c'est plus fort que moi, je m'arrange pour qu'il finisse mal ! Je ne parviens pas à lâcher prise. J'ai envie de me taper la tête contre les murs à la longue ! C'est décidé, dès que je suis en vacances, je me trouve un petit canyon et je vais hurler pendant des heures, histoire de vider la rage qui ne va pas tarder à déborder de ma cage thoracique, et je vais me soulager un bon coup !

La course est lancée depuis plus de deux heures déjà et les mauvais résultats de Jules ne font qu'accentuer ma mauvaise humeur. J'ai l'impression qu'il fait exprès de faire de la merde et qu'il a décidé de me faire payer notre éloignement. Mais qu'est-ce qu'il croit, bon sang ? Que ça me fait plaisir, à moi, de devoir rester loin de lui ? Qu'est-ce qu'il va s'imaginer ? Que ça me plait, de devoir me satisfaire de l'observer à la dérobée le cœur battant ? Que je n'en ai pas marre d'avoir mal au bide tous les jours parce que le manque de lui me dévore de l'intérieur ?

Parce que si je pouvais, je lui raconterais les nuits que je passe sans sommeil à m'imaginer dans ses bras ! Et je lui expliquerais que les rares fois où je m'endors, épuisée, mon corps gagnant la bataille sur mon esprit, je me réveille en sursaut au milieu de la nuit, parce que je rêve de lui et que j'ai ce vain espoir de le trouver à mes côtés lorsque j'ouvre les yeux…

Alors à cause de tout ça j'ai envie d'exploser ! Et j'ai envie de passer mes nerfs sur lui, de le pourrir un bon coup, histoire qu'il comprenne à quel point j'ai mal. Même si ce n'est pas de sa faute ! D'ailleurs c'est plutôt bien qu'il m'agace autant. On ne sait jamais, s'il continue à m'énerver de la sorte, je peux finir par le détester ? Et ça peut arranger mes affaires ?

Je réalise que même au départ, lorsqu'il a débarqué ici, j'avais beau me dire qu'il m'irritait comme personne, je ne l'ai jamais vraiment détesté. C'était juste que mon petit cœur avait décidé de sortir ses épines pour se protéger. Et j'ai bien cru, pendant un moment que j'allais y arriver…

Toujours est-il que depuis le début de la journée, il ne fait que se plaindre et critiquer la voiture. Alors ça me donne une bonne excuse pour mettre mes projets à exécution et le rabrouer un bon coup :

— Tu fous le pied dedans, Chesneau, maintenant. Et t'arrête de chouiner !

Lorsque j'ai prononcé son nom, un frisson a parcouru mon échine. C'était si impersonnel, soudain... La façon dont il susurrait mon prénom à mon oreille, lorsque nous faisions l'amour me revient de plein fouet, et mon cœur se serre davantage quand il me balance d'un ton sec et aussi nerveux que le mien :

— Fais-moi pas chier, Mac !

Il ne m'a jamais appelé Mac.. Jamais... Dès le premier jour j'avais compris qu'avec lui, tout serait différent. Et mon nom dans sa bouche prononcé aussi durement que le reste fait mal. Chaque mot, cassant, brise les parcelles blessées mais encore accrochées de ma poitrine. Et j'ai juste envie de m'effondrer sous le poids de la douleur qui me traverse de part en part.

Il enchaîne presque avec désinvolture, histoire de me faire chier davantage :

— J'en ai rien à faire de cette maudite course ! De toute façon, c'est pas comme si j'allais le gagner, ce putain de championnat ?! Par contre j'ai quelque chose de bien plus important à perdre, ou à gagner, comme tu préfères, et j'ai besoin qu'on mette les choses à plat parce que tout ça, ça me bouffe la cervelle !

Purée, il va encore trouver à critiquer mon boulot ! Il cherche la petite bête, je sens bien qu'il cherche à me provoquer et je me lance dans cette nouvelle joute verbale qui me rappelle soudain nos premiers échanges :

— C'est pas pour ça que t'es obligé de finir dernier ! Et tu vas arrêter de critiquer cette putain de caisse, bordel ! Elle est parfaite ma caisse, et tu sais pourquoi ? Parce que j'y ai veillé et que tu m'y as aidé... On se comprend maintenant, alors ça va le faire je te dis, tu m'entends ?

Merde, j'ai presque fini par être sympa sans le vouloir. Je crois vraiment qu'il va falloir que je me taille à l'autre bout de la planète parce que je suis certaine que même le son de ma voix transpire l'amour et toute l'équipe va finir par me griller sous peu. Mais Jules, lui, ne l'entend visiblement pas de cette oreille et n'a pas décidé d'être des plus doux en retour :

— Je croyais qu'on se comprenait, mais visiblement je me suis planté ! Apparemment il y a toujours un point qui n'est pas clair, et il semble que tu ne m'aies pas donné toutes les infos, alors le résultat est biaisé, tu vois !

Mais de quoi parle-t-il ? Y'a pas plus clair que ce qui nous est arrivé ! Je ne vois pas quelle info j'aurais pu omettre de lui filer, il était là à chaque étape, il a joué toutes les scènes de ce film-là avec moi !

Je garde le silence quelques secondes avant de me décider à lui demander d'éclaircir ses paroles :

— De quoi tu parles ?

Et il crache sans attendre :

— Tu comptais me dire quand que tu partais ?

Je panique soudain. Je crois comprendre de quoi il parle mais je n'en suis pas certaine, alors je cherche à gagner du temps sans trop en dire, au cas où j'interpréterais mal ce qu'il vient de balancer :

— Quoi ? Mais de quoi tu parles ?

— De l'offre de Tesla !

Je reste paralysée et je m'interroge, alors que je sens déjà les regards de tous mes collègues tournés vers moi et que je tente de les ignorer, et je demande simplement :

— Comment tu sais ?

— J'ai vu le mail dans ton ordinateur !

Je revois ce jour, dans ma chambre… ce jour où j'ai pris la fuite, déjà, parce qu'il me proposait d'arrêter de nous cacher… ce jour où j'ai quitté la pièce, en laissant mon ordi allumé, avec le mail ouvert… J'étais partie sans réfléchir mais je n'avais pas vu le mal, Jules n'était pas du genre à fouiner dans mes affaires… Et puis s'il m'avait avoué l'avoir fait, on en aurait discuté, je lui aurais expliqué mon point de vue… Mais je comprends mieux maintenant pourquoi après ça il a fait la gueule pendant des jours… Ce n'était pas seulement à cause du fait que je souhaitais qu'on continue à nous cacher. Il a pensé que j'allais m'en aller, tout simplement, que j'allais le laisser sans me retourner…

— Ok, tout s'explique…

— Alors ? Tu comptais m'en parler quand ?

La voiture continue de foncer au milieu de la meute et je la fixe, tout en répondant simplement la vérité brute :

— Mais… Jamais ! Je ne comptais pas t'en parler, en fait !

J'ai crié ma réponse et il crie en retour :

— Comment ça, jamais ? T'allais te barrer comme ça, en douce ?

Quoi ? Il ne pense pas que j'aurais fait ça, quand même ?

— Mais non ! Mais ça va pas ?! Pourquoi tu crois ça ? J'ai refusé l'offre, c'est tout !

Mon cœur bat si vite que je crois une nouvelle fois que je vais défaillir. Mais je n'ai pas le temps de lui expliquer que si je ne comptais pas le faire, c'est simplement parce que je n'ai jamais envisagé d'accepter. Parce que déjà, quand j'ai reçu cette offre, je ne voulais pas le laisser. Parce que je n'envisageais déjà plus ma vie sans lui…

Mais la voix de Jules me sort de mes pensées :

— Quoi ? Mais comment t'as pu refuser un truc pareil ?

Putain, mais il ne comprend vraiment rien ou il le fait exprès ?! J'ai cru que j'étais transparente mais apparemment pas tant que ça…

Alors je lui dis la vérité. Je balance ce que j'ai sur le cœur, pour une fois ça changera. Enfin, pour un truc qui me tient à cœur, parce que pour des broutilles, ça je ne peine pas à le faire…

— Mais parce que j'm'en fous de ce que je pourrais gagner ! Je n'ai pas envie de partir, c'est tout ! Comment t'as pu penser que j'allais m'en aller ?

— Je ne sais pas, moi ! Peut-être parce que tu ne dis jamais ce que tu ressens ?

Touché. Je te renvoie l'ascenseur maintenant…

— Et toi, Jules ? Tu le dis ?

Dans ma poitrine c'est le bordel. Et dans ma tête aussi. Mais je crois que je ne suis pas au bout de mes peines, parce qu'à cet instant, je crois que je fabule et que ce que j'entends dans mes oreillettes n'est que le fruit de mon imagination, sa voix se faisant tout à coup plus basse :

— Putain, Cameron, fais pas comme si tu ne pigeais rien ! Tu vois bien que je suis fou de toi, bordel ! Je t'aime, merde !

La chair de poule se répand partout sur mon corps. Silence. Encore.

Est-ce qu'il a vraiment dit ça, ou est-ce que je l'ai rêvé ? Est-ce qu'il a vraiment prononcé les trois mots que j'espérais qu'il dirait enfin ?

Tout à coup, je panique et je regarde tout autour de moi. Et si tout à l'heure, lorsqu'il a évoqué l'offre Tesla, tous mes collègues me regardaient avec des yeux pleins de curiosité et d'envie, à cet instant ils font tous mine d'être très occupés et de regarder ailleurs. Merde, on va peut-être enfin respecter ma vie privée, là-dedans ! Si ce n'est pas malheureux que ça se passe au moment où Jules me fait sa déclaration aux oreilles de tous !

Mais je ne m'attarde pas plus sur cet état de fait, parce que j'ai tellement peur d'avoir halluciné ! C'est vrai, y'a plein de bruit autour de moi, et le hurlement du moteur dans l'habitacle avec lui a pu couvrir ses paroles. J'ai pu mal comprendre, déformer ce qu'il a dit pour entendre ce que j'avais envie...

Alors d'une voix basse, je parviens à lui demander :

— Quoi ? Qu'est-ce que t'as dit ? Je n'ai pas entendu, je... Y'a du bruit autour de moi, tu peux répéter, s'il te plait ?

— Me fais pas répéter, bordel, je crois que t'as très bien entendu... comme tout le monde branché dans cette putain de radio ! Désolé, je... ça m'a échappé, c'était pas calculé, je sais que tu...

Il cesse de parler un bref instant, puis reprend comme s'il n'avait plus rien à perdre :

— Oh et puis merde ! De toute façon maintenant c'est trop tard, je sais que tu vas m'en vouloir qu'ils aient tous entendu mais moi j'en ai rien à faire que tout le monde sache que j't'aime et tu le sais très bien ! Et j'en ai plus rien à faire de ces journalistes de merde ! S'il le faut je leur pèterai tous la gueule, un par un !

Aïe, bon ok, j'ai bien compris…

Putain, il m'aime ! Il m'aime et moi je l'aime aussi, comme une folle ! Alors on fait quoi maintenant ? Putain j'ai envie de pleurer d'un coup. Il m'aime et je l'aime et…

Reprends-toi Cameron, il attend certainement que tu dises quelque chose ? Mais merde, pas comme ça ! Pas devant tout le monde ! On peut avoir un peu d'intimité, non, pour ça ?

Je suis clairement troublée, mais je suis incapable de lui avouer ce que je ressens également maintenant. Alors dans un souffle je demande :

— Est-ce que… est-ce qu'on peut reparler de ça après la course ?

Et il me met au défi :

— Ça c'est clair qu'on va en reparler ! Je ne vais pas te laisser te défiler comme ça !

J'essaie de détendre l'atmosphère et je le provoque moi aussi :

— D'accord, mais en attendant… appuie sur le champignon, ducon !

— Ok Patronne !

Patronne… Il m'appelle patronne, comme avant… et il m'aime… et… je l'aime… et….

La voiture file sur le circuit à plus de deux cents miles à l'heure et mon cœur est soudain un peu plus léger. Jules remonte les autres pilotes, un à un, avec une facilité déconcertante. Et ça m'énerve encore un peu plus car je me dis que vraiment, ce petit enfoiré faisait exprès de faire de la merde !

J'ai comme une montée d'adrénaline sous l'effet de ses paroles et si j'étais dans la voiture à sa place, je crois que moi aussi, je pourrais tous les bouffer. J'ai une soudaine envie de prendre un volant et de foncer sur un circuit pour laisser exploser ma joie.

Les miles défilent sous les roues de notre bolide et mon cœur s'affole un peu plus... Mais c'est si serré... Jules est dans le paquet, et le voir slalomer ainsi entre tous alors qu'il y a si peu de place, commence à me faire étrangement peur... et je ne sais pas pourquoi...

J'ai comme une étrange impression que tout pourrait être trop beau pour être vrai... Jules m'aime et je l'aime aussi... et on va vivre notre amour au grand jour, maintenant, et on va affronter ensemble tous ces putains de journalistes qui veulent nous pourrir la vie ! Il a enfin eu le courage de se dévoiler, même si j'aurais préféré qu'il le fasse à un autre moment, et surtout pas aux oreilles de tous, mais puis-je vraiment lui en vouloir ? Et comme si je prenais seulement à présent conscience de la force de nos sentiments respectifs, je m'avoue que moi aussi je dois trouver le courage de me battre pour nous. Même si, pour cela, je dois affronter mes peurs et révéler notre relation au grand jour.

Et j'en suis déjà à m'imaginer notre future vie ensemble, à me projeter dans un avenir où on pourra enfin être tous les deux tout en suivant sa Mustang des yeux, quand l'un des pilotes dans le peloton perd le contrôle de sa voiture...

Ensuite, tout va très vite, trop vite, c'est comme si je ne vivais le moment que par flashs, et je ne vois la scène que par séquences... les séquences chocs.

La voiture n° 33 glisse et part en vrille dans un halo d'étincelles. Et toutes les voitures suivantes ne parviennent pas à l'éviter. Ça va beaucoup trop vite et ils sont beaucoup trop pare-chocs contre pare-chocs pour avoir le temps de réagir. Ils s'encastrent tous les uns dans les autres telles les pièces d'un puzzle, chaque partie se déformant sous l'impact. L'une d'entre elles se soulève, s'envole littéralement. Et toujours ces étincelles qui seraient presque belles si elles n'étaient pas ici annonciatrices d'un éventuel drame... Et la dernière chose dont je me souvienne vraiment, avant de voir Jules entrer dans la fumée, c'est de la rumeur qui monte dans les gradins, suivi du silence surréaliste qui s'ensuit dans la foule…

Silence brisé par le bruit des taules qui s'imbriquent et du hurlement que je pousse…

Je vois plusieurs voitures partir en tonneaux, d'autres en toupies… Et il y a toutes celles que je ne vois plus, tant la fumée est dense, mais je sais que plusieurs pilotes sont là, prisonniers de la carcasse de leurs voitures…

Les accidents sont courant en NASCAR, il y en a pratiquement à chaque course et ils paraissent souvent bien plus impressionnants que leurs réelles conséquences. La taule qui se disloque n'est pas toujours signe que le pilote à l'intérieur du véhicule est blessé. Mais là, je ne sais pas pourquoi, je ressens les choses différemment… Mon cerveau vrille et je suis prise d'un vertige. Je fonce droit sur la piste, courant comme une folle en me dirigeant droit vers le lieu où s'est produit l'impact, tandis que Brent me crie de ne pas y aller…

Et des images se bousculent dans ma tête, parce que je n'ai que trop le sentiment de revivre un autre accident… Je n'ai que trop l'impression de revivre une autre scène horrible de ma vie… et mon cœur se déchire encore une fois à l'idée que je pourrais perdre le deuxième homme de ma vie. Et ce, sans lui avoir dit qu'il l'est.

Je pleure déjà et je ne m'aperçois même pas que j'implore en pensée toutes les instances divines que je connais.

— Non, non, non ! Pas encore ! Pas encore une fois ! Papa, si t'es là, si tu m'entends… dis-lui au chef, là-haut ! Dis-lui, s'il te plait ! Ok, je n'ai pas assuré, j'ai pas été une aussi gentille fille que ce qu'il attendait certainement de moi, je le sais ! Mais je jure que je vais tout faire pour me rattraper ! Il ne peut pas me faire ça ! Je n'ai quand même pas été aussi vilaine que ça !? Hein ?

Je pleure toutes les larmes de mon corps, mes yeux sont tellement emplis de larmes que je vois à peine où je vais. Et la douleur qui me transperce le cœur est si intense que le fait que je ne parvienne pratiquement plus à respirer me parait presque sans importance.

Les secours sont déjà à pied d'œuvre et déjà les premiers pilotes sont extraits de leurs véhicules. Mais je ne vois toujours pas Jules, ni sa voiture. Dans la panique j'ai balancé ma radio comme une conne, alors je ne peux même pas demander à Brent s'il voit mieux que moi, là d'où il est. Enfin, à vrai dire je me suis surtout débarrassée de ma radio parce que ce dernier me criait de ne pas aller sur les lieux de l'accident...

Je suis au milieu d'un véritable champ de bataille. Je crois que je comprends presque ce qu'ont pu vivre les gens qui ont connu la guerre. J'ai réellement l'impression de me réveiller après l'explosion d'un obus. J'ai perdu l'être le plus cher de ma vie dans la bataille et je suis complètement désorientée... Je réalise que je suis au bord de la crise de panique, et que je ne parviens plus du tout à réguler ma respiration.

Un pilote dont le visage est en sang est évacué sur civière, engoncé dans un matelas coquille gonflable, pour protéger ses cervicales et éviter d'autres dommages que ceux qu'il a déjà subis. La vue du sang me révulse et la peur grandit en moi davantage. Je ne sais pas de qui il s'agit mais à la couleur de sa combinaison je réagis que ce n'est pas celui pour lequel mon cœur bat. Mes souvenirs refont surface, mes pensées se fracassent contre ma boite crânienne et la bile reflue jusque dans ma gorge, acide comme un poison. Je repense à papa et aux séquelles qu'il avait gardé de ce jour qui avait changé nos vies à tout jamais. Forcément, comment ne pas y penser à cet instant...

Je tourne la tête de tous les côtés et tous ceux que je vois ne sont pas celui que je cherche. Partout où je regarde, je ne vois que des flammes, de la fumée, des carcasses de voitures, des gyrophares, et j'ai la tête qui tourne. Je crois que je suis au bord de l'évanouissement, d'autant plus que je dois manquer d'oxygène...

Mais je m'en fous, je tiendrai jusqu'à ce qu'on me le ramène ! Et j'ai envie de hurler, alors que le public s'est tu et reste suspendu dans ce silence brisé, agressé par le bruit des carcasses de voitures dévorées par le feu et des véhicules de secours qui viennent en renfort.

Mais je ne parviens plus à rester debout plus longtemps. Je vacille, mes jambes flanchent, elles ne veulent soudain plus me porter et je m'écroule à genoux, alors que je récite encore cette litanie :

— Non, non, non...

Mes larmes sont intarissables et les images se mélangent dans ma tête. Les sanglots m'étreignent et je crois vraiment que je vais m'effondrer totalement et me trouver mal, parce que ma respiration, qui pourtant devrait se faire automatiquement, a décidé de se mettre en pause et l'air ne veut plus pénétrer dans ma poitrine. Je crois que c'est cette boule de panique énorme dans ma gorge qui m'en empêche et je ne sais pas du tout comment faire pour m'en débarrasser...

Puis soudain, le temps s'arrête. Et, au milieu de ce capharnaüm, je l'entends. J'entends cette voix cassée, exténuée et rauque dans mon dos, prononcer mon prénom, si bas que c'est à peine si je l'entends. Mais mes oreilles ne sont plus que radar lorsque je l'entends souffler CE prénom qu'il a pourtant murmuré tant de fois, mais toujours pas assez à mon goût :

— Cameron ?

Je me retourne et je bondis sur mes jambes sans même réfléchir. À cet instant, je ne sais pas comment c'est possible mais je me remets à respirer correctement. L'air entre d'un coup dans mes poumons et, lorsqu'ils se remplissent, c'en est presque douloureux tant ils s'étaient atrophiés ces dernières minutes. Le corps est une machine extraordinaire. Il a parfois cette étonnante capacité à se mettre en veille alors qu'il souffre trop, ou à provoquer à lui seul sa propre souffrance, sous le poids d'un évènement trop lourd à porter, mais dans un élan de résilience, il est capable finalement de tout surmonter, pour si peu qu'on s'en sente capable…

J'avale la distance qui nous sépare en deux enjambées, il ne me faut qu'une fraction de seconde pour atteindre Jules. Mes lèvres percutent les siennes si fort que je lui arrache un gémissement, tandis que ses bras puissants mais visiblement affaiblis enserrent ma taille tendrement, et je pleure tous les mots qui parviennent à franchir la barrière de ma bouche :

— Putain, mais t'es trop con ! Tu m'as fait tellement peur ! J'ai cru que… Putain ! Ne me refais plus jamais ça, ou je te tue de mes propres mains !

Il rit et ce son devient désormais le plus doux que je n'aie jamais entendu :

— Je me disais que c'était bizarre que tu ne m'aies pas encore insulté !

— Tais-toi et embrasse-moi, espèce d'imbécile !

— T'es au courant que des dizaines de milliers de personnes vont nous voir ? Ici, à la télé…

Je murmure sûre de moi tout contre ses lèvres :

— Je m'en fiche, j'ai eu tellement peur que tu ne le fasses plus jamais !

Je savoure de nouveau le contact de son corps contre le mien, de son cœur que je sens battre si vite contre ma poitrine, alors que nous sommes collés l'un à l'autre, quand il s'écarte soudain :

— Cameron… tu m'as promis qu'on reparlerait de ce que je t'ai dit après la course… et je crois qu'on est après la course, alors…

Quoi ? Déjà ? Maintenant, là ? Tout de suite ? Bon sang, je n'étais pas prête !

Je dépose des dizaines de baisers partout sur son visage, tandis que je remarque seulement maintenant qu'il est noirci par les gaz d'échappement, ou les fumées de l'enfer je ne sais plus trop, et je tente de repousser l'inévitable, l'air de rien…

Pourtant je meurs d'envie de lui dire que je l'aime, surtout après avoir pensé que je pouvais le perdre pour de bon, surtout après qu'il m'ait avoué qu'il m'aimait… mais… je ne sais pas comment faire, je sais plus comment faire pour dire à quelqu'un qu'on l'aime… Parce que j'ai essayé d'oublier ce que c'était qu'aimer… Et je fais ce que je sais si bien faire. Je donne un coup de pied pour le faire courir un peu plus loin :

— Alors, après que le médecin t'ait examiné des pieds à la tête, on parlera toute la nuit si tu veux. Et je t'explorerai sous toutes les coutures. Je te promets que je n'oublierai aucun endroit…

— Putain, Cameron ! Sois un peu sérieuse, de temps en temps ! J't'ai dit que j't'aimais, bon sang ! Tu n'as rien à répondre à ça ?

— Hummm…

Je continue de l'embrasser et je feins de ne pas comprendre où il veut en venir, alors qu'il ne compte visiblement pas lâcher l'affaire. En même temps, ça commence à faire un moment que ça traine tout ça. Mais ni l'un ni l'autre n'avait l'air de trouver le courage de se lancer et maintenant que lui l'a fait, je devrais pouvoir m'en sentir capable… Mais mon putain de blocage ne veut toujours pas sauter et Jules me hurle dessus tandis que je continue de l'embrasser :

— Comment ça, hummm !?

— Hummm, je suis d'accord… allez embrasse-moi encore !

Mais je crois que ça va plus pouvoir marcher longtemps mes conneries…

— T'es d'accord ? Mais comment ça, t'es d'accord ? Ça veut dire quoi, exactement ? C'est tout ce que tu trouves à répondre à ce que je t'ai avoué ? Dis-moi ce que t'en penses, ce que tu ressens, je ne sais pas, moi ! Mais ne me laisse pas comme ça !

Et là j'explose. Littéralement. Parce que je ne trouve pas d'autre solution. Parce que je n'y arrive toujours pas…

— Merde, t'es qu'un gros con ! Y'a des dizaines de milliers de personnes devant leur télé, tu ne vas pas m'obliger à te dire ce que je ressens pour toi devant tout le monde ?

— Mais… Putain ! Mais ils n'entendent même pas ce qu'on se dit !

— Je m'en fous, ils viennent de nous voir nous embrasser. C'est déjà bien plus que ce que je voulais leur montrer !

Je ne sais pas ce que je m'étais imaginée qu'il se passerait après ça, parce que Jules me lâche soudain et part tête baissée…

— Jules ! Où tu vas ? Reviens !

— Ne me donne pas d'ordre, j'suis pas ton larbin !

Merde, Cameron t'es trop conne, fais quelque chose, n'importe quoi, mais rattrape-toi, maintenant ! T'es si près du but ! Tu ne vas pas tout gâcher comme ça ? Il t'aime… et tu l'aimes aussi, alors ça devrait être facile tout ça, non ?

Il faut que je me décide à ranger mon putain d'amour-propre tout de suite et à remballer mes peurs avec. Parce que sinon je vais tout faire foirer pour de bon. Non pas qu'il pourrait me désaimer d'ici deux secondes, non, mais il pourrait sérieusement remettre en question notre avenir commun s'il réalise que je suis incapable de lui ouvrir mon cœur, même à lui, la personne avec qui j'ai envie de finir ma vie… Alors j'essaie de mieux faire…

— Reviens, s'il te plait…

Il se retourne les poings et les mâchoires serrées :

— Pourquoi je ferais ça ?

— Parce que je te le demande… gentiment…

— Ce n'est pas suffisant, Cameron ! Ce n'est plus suffisant…

Alors je l'implore… je l'implore et je me laisse aller moi aussi aux sentiments les plus forts que je n'aie jamais ressentis…

— Excuse-moi, je t'en supplie, Jules, reviens ! Je suis trop conne ! Et trop fière… Bien sûr que je t'aime aussi !

Il réduit la distance entre nous et me prends de nouveau dans ses bras :

— Redis-le, s'il te plait…

— Je t'aime !

— Encore…

— Je t'aime !

— Je n'ai pas bien compris…

— N'abuse pas et embrasse-moi, imbécile !

— Ça m'aurait étonné que tu ne trouves pas le moyen de m'insulter !

— Ne rêve pas, je ne vais pas arrêter pour autant !

— Je n'en ai aucune envie…

Nous nous embrassons doucement, amoureusement, nous enfermant dans une bulle rien qu'à nous alors qu'à quelques mètres, les secours œuvrent toujours… Et j'espère juste que tout le monde sorte vivant et en bonne santé de là, alors que moi j'ai récupéré l'amour de ma vie sain et sauf et que maintenant, nous allons pouvoir vivre le reste de notre vie ensemble.

Épilogue

YES I DO

Quelque part sur un circuit NASCAR, États-Unis
Quelques mois plus tard

Cameron

Puisque c'est Jules qui a commencé à raconter le début de notre histoire, je vais me réserver le mot de la fin. Parce que oui, il faut bien que j'aie le mot de la fin, non ?

Nous nous sommes mariés plutôt rapidement. Pourquoi attendre quand on est sûrs de ce qu'on ressent, même si on a mis du temps à poser les mots, mais que surtout on a les mêmes attentes de la vie ?

Nous n'avons pas fait ça à Vegas. Trop m'as-tu-vu, trop déjà vu… Et ma dernière cuite m'a très nettement refroidie ! La mariée bourrée, ça n'a jamais fait très classe et j'ai décidé de me racheter une conduite, même si mon mari aime aussi quand je suis un peu fofolle et délurée. La cérémonie a été célébrée dans l'intimité de la propriété de mes parents, au bord du lac, sous un ciel ensoleillé, à l'abri des regards. Non loin de l'endroit où il avait posé le genou à terre devant moi dans un moment intime et magique, seulement quelques semaines auparavant, sous le regard complice et ému de maman. Ce jour-là ma réalité est devenue bien plus belle que tous mes rêves de petite fille.

Paraît-il que ce n'était pas « notre » première demande et que je lui ai déjà volé cet honneur. Ce qui est complètement fou, c'est que je n'en ai aucun souvenir. Je crois que je risque

432

d'avoir recours à une petite séance d'hypnose dans les mois qui viennent, car ne pas me rappeler d'un moment visiblement aussi mémorable m'est simplement insupportable.

Pour notre grand jour, nous n'étions entourés que de quelques amis et de nos familles proches. Ce jour-là, exceptionnellement, Chase a même eu une autorisation de sortie de la maison de rééducation pour venir assister à l'évènement. Lorsque nous avions fixé la date, nous nous étions assurés qu'il pourrait venir. Faire ça sans lui nous semblait inconcevable. Tout comme je n'aurais pas voulu que ça se passe ailleurs que dans cet écrin de verdure au milieu des arbres centenaires, non loin de là où papa aimait tant s'asseoir des heures durant, à admirer les nénuphars qui ornent cette étendue d'eau majestueuse bordant la maison qu'il adorait.

Sa présence m'a évidemment beaucoup manqué, surtout au moment où j'ai remonté lentement l'allée au bras de Brent la gorge nouée mais le cœur débordant de joie et d'émotion, sous les yeux transis d'amour de mon pilote. Subjugué comme au premier jour, il a prononcé ses vœux en français, ses yeux fichés dans les miens et ses mains enserrant les miennes jusqu'à couper ma circulation sanguine, puis il en a fait de même dans notre langue. J'ai pleuré pour toute une vie, enfin je crois, et il n'en était pas loin non plus. J'ai bien cru qu'il ne parviendrait jamais à finir tant sa gorge semblait serrée et l'émotion était palpable dans toute l'assemblée.

Je portais la robe que maman arborait elle aussi le jour de son propre mariage. Longue et sobre, fine, légère et élégante, je n'avais pas besoin de fioritures. C'était la robe que je m'étais toujours imaginée et je n'ai même pas eu besoin de la chercher. Quand elle m'a demandé si je voulais la porter, je n'ai pas hésité un seul instant… Mes cheveux étaient relevés dans un élégant chignon parsemé de cristaux blancs, et quelques mèches bleues retombaient sur mon visage de façon totalement recherchée et maîtrisée.

Ces derniers mois, beaucoup de choses ont changé. La moitié des mecs de l'équipe a été virée, suite à leurs aux réflexions sexistes continuelles. Je ne me suis jamais plainte de leurs paroles ou de leur comportement, mais mon mari a décidé que tout ça, c'était hors de question et il en a parlé lui-même à Del Valle qui a pris des mesures drastiques et immédiates, sans chercher à comprendre.

En ce qui concerne la presse, aujourd'hui les choses se sont nettement calmées. Mais pour ça, nous avons dû nous battre bec et ongle. Dès la mise en lumière de notre couple, le jour de la course à Miami, les tabloïds s'en étaient donné à cœur joie, remettant sur le tapis l'histoire des photos prises à Phoenix. Mais avec le soutien de Jules, j'ai repris du poil de la bête et j'ai décidé de ne plus jamais me laisser pourrir la vie ni laisser un journaliste se mêler de notre vie privée.

Dès la première photo de nous parue dans les torchons, nous avons fait un procès. Puis un autre et encore un autre. Jusqu'à ce qu'ils comprennent qu'on ne rigolait pas et qu'on ne laisserait plus rien passer. Ça nous a coûté un peu d'argent, d'autant plus que nous avons tenu à nous assurer les services des meilleurs avocats en la matière, mais maintenant au moins nous sommes tranquilles.

Les soupçons de Jules concernant l'implication de Tyler dans les fameuses photos se sont confirmés rapidement. Il en était bien l'auteur et alors que Jenna avait remarqué qu'il ne cessait de se trouver partout où Jules et moi étions, elle s'était mise à le surveiller de près et l'avait surpris un soir à essayer de récidiver. Il avait rapidement tout avoué et même plus encore. Nous avions découvert avec effroi l'étendue et la gravité de ses actes. Mon ancien petit ami se révéla être bien plus fourbe et manipulateur que tout ce que j'avais pu imaginer jusqu'alors…

Il avait vraiment décidé de me reconquérir et s'était mis à me suivre. En me surprenant avec Jules, visiblement si heureuse et si amoureuse, il avait compris que jamais il n'y parviendrait. Je crois qu'il avait lu dans mes yeux ce petit truc en plus qu'il ne voyait plus lorsque je le regardais. Peut-être même que cette lueur, il ne l'avait jamais vue à l'époque où j'étais avec lui...

Ce que j'avais soupçonné être une liaison entre lui et Gabriella n'était en fait qu'une sorte d'accord, même s'ils couchaient réellement régulièrement ensemble, semble-t-il. Il lui avait tout d'abord proposé un poste grassement rémunéré chez *Sparkling Miracle*. Tout ce qu'elle devait faire, c'était séduire Jules, pour nous séparer et lui laisser le champ libre. Il avait analysé sans peine l'attirance de la jeune femme pour mon homme et avait décidé de s'en servir. Et ce qui pouvait l'arranger lui n'était finalement qu'un échange de bons procédés où chacun trouverait son compte. Gaby avait accepté rapidement, sans rechigner, comprenant qu'elle avait tout à gagner : Un nouveau job bien mieux payé dans une très grosse écurie, et peut-être celui qu'elle convoitait si elle parvenait à nous séparer et à le séduire...

Malheureusement, l'amour sans faille de Jules pour moi n'avait pas permis d'avancer suffisamment bien sur cette partie du plan et Tyler avait décidé de forcer un peu le destin quant à notre séparation. Il avait également avoué avoir saboté la voiture de location. Alors qu'il visait Jules, c'est Chase qui avait fait les frais de son plan machiavélique et qui avait eu le grave accident qu'il envisageait provoquer pour un autre conducteur. Et même si notre ami va mieux aujourd'hui et qu'il a enfin pu reprendre sa place au sein de l'équipe il y a quelques semaines, jamais nous ne pourrons oublier. Le voir boiter, probablement jusqu'à la fin de ses jours sera là pour nous rappeler ce qu'il a dû endurer, indirectement à cause de nous.

À présent derrière les barreaux, cette espèce de taré de Tyler a tout perdu. Moi, sa carrière... Quant à celle de Gaby, elle semble également bien compromise sous le sceau du scandale, les sponsors et les équipes n'ayant plus vraiment envie de voir leur nom associé à une garce manipulatrice clairement prête à tout pour arriver à ses fins, quitte à s'associer à un presque assassin en puissance. Elle jure qu'elle n'avait pas franchement conscience de ce dont Tyler était capable et qu'elle n'était pas du tout au courant qu'il tenterait d'attenter aux jours de Jules. Mais le doute subsiste. Ses avertissements, le jour où Jules l'avait croisée au bar, laissaient à penser qu'elle avait peut-être découvert que leur alliance diabolique aurait de bien plus lourdes conséquences que celles qu'elle avait supposées au départ. Même Jules qui l'appréciait au départ, concède à présent qu'il l'avait découvert petit à petit sous un jour étonnamment différent de ce qu'il s'était imaginé de sa véritable personnalité.

Aujourd'hui, comme à la fin de chaque course, toute l'équipe me laisse avoir la primeur des félicitations à mon pilote de mari et m'accorde le baiser de la victoire dans une intimité somme toute relative mais appréciée. Tous prennent d'ailleurs très à cœur le fait de retenir les journalistes d'assaillir mon mari dès qu'il quitte son cockpit. Tant qu'aucun de nous ne leur fait signe d'approcher, chacun reste éloigné, nous laissant dans cette bulle de bonheur que nous avons maintenant construite. Et aujourd'hui je crois que je risque de la faire exploser. Mais pas avec une mauvaise nouvelle, non ! Je crois que je vais la faire exploser à cause d'un trop-plein !

Jules sort de la voiture et retire son casque rapidement, tandis qu'il arbore un merveilleux sourire, ravi de la victoire qu'il vient de décrocher. Je crois que ce jour restera gravé dans sa mémoire. Et pas que pour ça, d'ailleurs…

Je capture ses lèvres sans attendre, me pendant à son cou comme une furie, le faisant presque vaciller sous le coup de la fatigue. Il est en sueur et ses lèvres mouillées glissent au contact des miennes, mais je ne peux m'en séparer :

— Laisse-moi reprendre mon souffle, mon ange !

Je me détache de lui à regret et je m'écrie :

— J'aurais tellement aimé être avec toi dans la voiture pour franchir la ligne d'arrivée !

Il plaisante, alors qu'il sait que je sais parfaitement de quoi je parle :

— On n'est pas en rallye, ma poupée. Tu sais bien qu'on ne peut pas être deux dans la bagnole !

— Ni trois…

Il arrondit les yeux et comprend en une fraction de seconde ce que je lui annonce, alors que les miens sont déjà emplis de larmes de joie.

— Quoi ? C'est vrai ? Tu en es certaine ?

Je secoue la tête vivement, un large sourire aux lèvres alors que des sanglots m'étreignent. Mon bonheur est tel qu'il déborde de mes yeux. Je l'avais bien dit que j'aurais un trop-plein ! J'ai déjà tellement pleuré depuis l'annonce et ça fait des heures que je garde ça pour moi ! Je n'y tenais plus de ne pas lui dire !

— Tu le sais depuis quand ?

— Ce matin…

Cela fait quelques semaines que nous avons décidé que le moment était venu pour nous, parce que ça nous dévore de l'intérieur autant l'un que l'autre, tout comme l'amour que nous partageons. Et ça ne fait pourtant que quelques semaines que je n'ai plus aucun moyen de contraception, mais la nature a visiblement décidé de nous gâter. Alors ça arrive si rapidement que j'en suis la première étonnée…

Jules s'écrie soudain, simulant la vexation :

— Et tu as attendu tout ce temps-là pour me le dire ?

— Je ne voulais pas te déconcentrer avant la course !

— Putain, mais tu m'aurais dit ça ce matin, ça m'aurait fait un effet de dingue ! J'aurais gagné !

Horrifiée, je lui rappelle :

— Jules, tu AS gagné ! Je crois que j'ai bien fait de ne rien te dire ! Tu vois de quoi je parle ?

Il se passe les mains sur le visage, visiblement troublé :

— Merde ! Putain, c'est génial !

Puis il me soulève dans ses bras et j'encercle sa taille de mes jambes alors qu'il me cale tout contre la voiture et dépose sur ma bouche une multitude de baisers tout en murmurant contre mes lèvres :

— Je t'aime, je t'aime, je t'aime !

Nous avons mis un moment avant de nous l'avouer, mais maintenant on se le dit chaque jour. Matin, midi, soir... et la nuit aussi...

À cet instant, nous nageons dans le bonheur. Un bonheur incommensurable et indicible tant la vie nous comble. Jules fait une très belle deuxième saison. Certes, il n'enchaîne pas victoire sur victoire, mais les résultats sont à la hauteur de ses attentes et des miennes, enfin mécaniquement parlant, et les écuries se bousculent au portillon pour en faire leur nouveau pilote vedette. Mais tout comme moi avec l'offre du groupe Tesla, pour le moment il n'a pas envie de quitter *CD Racing*. Nous avons comme un attachement particulier à cette « famille » qui a vu éclore notre relation.

Je murmure sur ses lèvres entre deux baisers enfiévrés :

— Je suis certaine que c'est un garçon, et il sera blond !

Il proteste, clairement d'un avis différent :

— C'est une fille, c'est sûr, et elle sera bleue !

— T'es con !

— Sérieusement, à partir de quel âge tu crois qu'on pourra lui colorer les cheveux ?

— T'es complètement dingue !

Il m'embrasse à nouveau en murmurant encore :

— Oui, dingue de toi... comme je suis déjà dingue du mini-toi qui grandit au creux de ton ventre.

Il joint une tendre caresse discrète à ses paroles, effleurant mon abdomen comme s'il craignait à présent de me blesser et ajoute :

— Tu sais que ma frangine te déteste officiellement ? Les jumelles ont décrété qu'elles voulaient les mêmes cheveux que toi !

J'éclate de rire, puis soudain, en proie à l'émotion il s'émerveille :

— Merde, il est minuscule mais l'amour que j'ai pour lui est déjà tellement immense !

Tout à coup, il paraît s'éveiller à une réalité que pourtant nous avons déjà évoquée et il part dans un délire d'idées toutes plus désorganisées les unes que les autres, et j'ai presque envie de rire tant il en est attendrissant :

— Il faut que j'appelle mes parents ! Tu crois qu'on aura assez de place dans le bus ? Je ne sais pas s'il arrivera à bien dormir avec le vrombissement des moteurs. Mais il aura le temps de s'habituer, pendant qu'il est bien au chaud ici... Il faudra qu'il ait un instituteur itinérant, et il faut lui faire faire un passeport ! À partir de quel âge il faut qu'il ait un passeport pour aller en France ? Et on lui demande un passeport français ou américain ? Américain, vu qu'il va naître ici, mais il sera à moitié français... Tu crois que des fois, ta mère voudra venir le garder ? Ça peut faire loin, suivant l'endroit où on se trouvera... mais les nounous je n'ai pas confiance ! Et il y a des allergies dans ta famille ? Et tu crois que Brent voudra être le parrain, parce que c'est un peu grâce à lui tout ça ! On pourrait l'appeler Tyler, en hommage, tu ne crois pas ? Finalement c'est aussi grâce à lui ! S'il avait été moins con, il ne t'aurait jamais laissée et à l'heure qu'il est, je serais peut-être avec une fille aux cheveux naturels ! Bordel, quel ennui... ça me fait peur d'un coup d'imaginer un truc pareil !

Je le coupe en me marrant :

— Jules, on a le temps, calme-toi ! Tu paniques, là !

— Non, je ne panique pas, j'suis content ! Quand est-ce que tu revois le médecin ? Je veux être sûr que tout va bien !

— J'te jure que tu paniques !

— Putain, oui je panique !

Je lui fais de gros yeux :

— Les gros mots, bon sang ! Je n'ai pas envie d'avoir une fille qui me ressemble !

— Ah ! Tu vois, toi aussi maintenant, tu crois que c'est une fille !

— Mais non ! Mais au cas où, je préfère prévenir que guérir ! Disons que, niveau langage, j'ai à cœur de réussir là où mon père a échoué !

— Merde ! J'ai tellement envie que notre fille te ressemble...

— Jules, les grossièretés !

Semblant soudain réaliser l'ampleur de l'évènement et prendre conscience de tout un tas de choses dont j'ignore même jusqu'à l'impact sur son cerveau brusquement surchauffé, il ouvre de grands yeux horrifiés tout en tentant de contenir le volume de sa voix :

— Oh mon dieu !

— Quoi ? Qu'est-ce qu'il y a ?

— Ce matin… on… je… j'ai dû y aller beaucoup trop fort !

— Pardon ? Comment ça trop fort ? Mais…

Saisissant immédiatement à quoi il fait référence, je m'insurge alors :

— Mon ange, c'est pas vrai ?! Dis-moi que tu ne vas pas être ce genre de mec qui ne va plus vouloir me toucher pendant les huit prochains mois, j'espère ?

Il bafouille :

— Je… mais… heu…

— Ok, on règlera ça ce soir !

Un regard malicieux en coin, j'ajoute soudain tandis qu'il est toujours décontenancé :

— … sur l'oreiller ! Nous avons quelque chose à fêter !

Alors que je lui lance un clin d'œil, il fait la moue, inquiet :

— Oh non ! Pauvre gamin, il ne sera pas aidé quand même ! Je suis déjà nul comme père !

Je pose tendrement ma main sur sa joue :

— Tu seras un père merveilleux…

Alors que sa main est toujours posée sur mon ventre encore plat, il prend réellement conscience de la magie de tout ça :

— Oh merde, il y a notre bébé, juste là… J'ai envie de pleurer…

Il relève la tête et nos yeux se trouvent, comme au premier jour. Le doré se mélange au bleu, le Yin a complété le Yang et, au creux de mon ventre, grandit ce petit être qui sera une moitié de lui et l'autre de moi. Le caryotype parfait à nos yeux, l'expression d'une génétique idéale pour nous. Nous sommes dans notre bulle et les larmes qui pointent aux yeux de mon mari précipitent celles qui coulent sur mes joues, tandis que nous n'entendons déjà plus les voix des membres de notre équipe, qui se plaignent de patienter pour fêter la victoire. Alors que notre victoire à nous, aujourd'hui, c'est celle de l'amour.

BONUS

Interview exclusive de Léa Perrin

Quand as-tu commencé à écrire et qu'est-ce qui t'y as poussée ?

J'ai commencé à écrire en octobre 2018. Et si ça faisait trèèèèès longtemps (oui, oui, aussi longtemps que ça !) que je disais « un jour j'écrirai », je n'avais jamais osé me lancer. Enfin… je veux dire au-delà de ce qu'on tente quand on a 12 ans et qu'on s'y croit.

À l'adolescence, j'avais bien commencé quelques histoires, que j'avais rapidement abandonnées. À l'époque, je considérais que je n'avais pas assez d'imagination pour aboutir un projet complet… Aujourd'hui, j'ai compris que je voulais tout simplement rentrer dans les mêmes cases que les autres et que je me bridais. Quelle imbécile !

J'ai donc repoussé cette envie dans un coin de ma tête, tout comme j'ai posé mes lectures également pendant des années. Mais lorsque j'ai repris le temps de lire, l'envie est revenue me gratouiller les méninges jusqu'à ce que je ne puisse plus faire autrement que de me jeter dans le grand bain. Et quand on n'a jamais vraiment essayé de nager, croyez-moi, ça fait vraiment flipper de sauter !

Parce que c'était très curieux dans mon esprit, la façon dont je voyais les choses. Je pensais tout autant en être capable que pas du tout ! Du coup, j'ai attendu encore looongtemps !

Mais en réalité, ce qui m'a poussée au final, c'est que cette année-là est l'année où j'ai perdu mon père. Ça a été pour moi un déclic.

En un claquement de doigt, demain tout peut s'arrêter et on peut s'en aller. Alors est-ce qu'on veut partir avec des regrets ? En se demandant « comment aurait été ma vie, si j'avais osé faire si, ou si j'avais tenté ça ? Qu'est-ce qui se serait passé si j'avais osé, à ce moment-là... » Je ne sais pas pour vous, mais moi, j'ai envie de profiter de la vie comme si je devais mourir demain ! (Attendez, ça me dit vaguement un truc, ça...) Et des regrets, j'en veux le moins possible !

Alors je me suis dit, « si tu ne tentes pas, tu ne sauras jamais si tu peux vraiment y arriver ». Je me suis levée un dimanche matin et j'ai commencé. Un... deux... puis trois... sans plus m'arêter.

Aurais-tu des conseils pour ceux qui veulent se lancer ?

Je n'en aurais pas cinquante. D'ailleurs, le meilleur, il ne serait même pas de moi, je l'ai emprunté à une marque de boisson énergétique qui sponsorise les sportifs de l'extrême, (vous voyez de qui je parle je suppose). Un de leurs anciens slogans, c'était « les seules limites, ce sont celles que tu t'imposes »

Et c'est tellement vrai ! Alors osez, si vous en avez envie ! Peu importe ce que ça donnera, il ne faut rien regretter et surtout se faire plaisir. Si c'est quelque chose qui peut vous aider à vous épanouir, lancez-vous ! Vous n'avez rien à perdre. Je peux même vous dire que parfois, on dépasse nos propres attentes !

Le monde des courses est un monde qui semble fermé, très masculin et entouré de fantasmes. Comment t'es-tu glissée dans la peau des personnages ? Qu'est-ce qui t'a donné envie d'écrire sur ce sujet ? T'es-tu rendue sur les champs de course pour t'imprégner de l'atmosphère ?

La course automobile est un univers qui m'a toujours passionnée. Déjà, il faut savoir que j'ai grandi avec un papa mécanicien qui bricolait toujours des voitures à la maison. J'allais souvent le regarder trafiquer les moteurs et en grandissant, il m'avait appris certaines mécaniques de base. J'adorais moi aussi mettre mes mains dans le cambouis... Mais comme vous le soulignez, c'est un univers qui reste plutôt masculin et fermé. J'aurais rêvé devenir ingénieure dans l'automobile, je l'avoue.

Et puis, j'aime la vitesse, l'adrénaline qu'elle procure. J'ai grandi dans une région où il y avait beaucoup d'épreuves de Rallye, auxquelles j'adorais assister. Tout comme rater un grand prix de Formule 1 le dimanche a longtemps été pour moi quelque chose d'inimaginable. J'ai même eu la chance d'en voir un, une fois, et quel pied ça a été !

C'est donc tout naturellement qu'un soir, alors que j'étais au ciné devant « Le Mans 66 », j'ai eu envie d'écrire un roman qui se passerait dans ce milieu. Je jure que j'ai regardé le film. Je l'ai beaucoup aimé d'ailleurs ! Lorsque je suis ressortie de la séance, j'avais tous les détails de « Rush » dans ma tête. Je suis rentrée et j'ai commencé à l'écrire. La suite, vous la connaissez.

Je crois qu'on peut clairement dire que j'ai transposé mes rêves d'ingénierie et de férue de la vitesse dans la vie de mes personnages principaux...

Tu écris principalement des héroïnes à fort caractère. Es-tu toi-même quelqu'un de sanguin ?

PAS... DU... TOUT...

Sans être pourtant quelqu'un de timide, je suis une personne qui renferme énormément de choses. C'est souvent compliqué pour moi de donner mon ressenti, alors le faire du tac au tac sur un coup de sang ! Vous n'y pensez pas ! C'est pratiquement impossible pour moi. Au contraire, je suis du style à ruminer jusqu'à m'en rendre malade avant de parvenir à dire tout ce que j'ai sur le cœur...

Mais là encore, je crois que je crée des héroïnes qui

ressemblent à ce que j'aimerais être. Je tente de leur insuffler la force que je n'ai pas toujours eu dans la vie. Là où moi je n'aurais pas forcément osé dire ou faire certaines choses, je les fais réagir comme j'aimerais en être capable.

Comment parviens-tu à conjuguer ton activité d'écrivain avec le reste de ta vie ?

En ne dormant pas ! Non je rigole, mais ce n'est pas loin de la vérité. Depuis que j'ai commencé à écrire, ma vie a continué comme avant. Famille, boulot, maison... sauf que maintenant, quand je vois la plupart de mes amis, au détour de la conversation, il y a toujours ce moment où on me demande quand sortira mon prochain roman, son titre, le thème que j'y aborde...

Mais disons que le soir, quand tout le monde va se coucher, c'est là que commence ma troisième journée. Celle où je donne vie à mes personnages et que je les plonge dans des situations rocambolesques ! Comme la plupart des auteurs dont ce n'est pas le métier à temps plein, en fait. On écrit sur notre temps libre, comme on pratiquerait n'importe quel autre loisir...

Quel est le livre que tu aurais rêvé d'écrire ?

On m'a déjà posé cette question récemment, et je n'ai pas su quoi répondre. Il y a tellement de livres que j'ai adorés que je n'ai pas pu me décider mais aujourd'hui, je dirais « Forbidden » de Tabitha Suzuma.

Pourquoi celui-ci ? Parce que la force de l'auteure, ici, dans cette histoire, c'est de parvenir par la puissance de ses mots, à nous donner envie qu'il se passe des choses qu'on trouve totalement immorales et auxquelles on n'adhèrerait absolument jamais dans la réalité. Elle nous donne envie de nous projeter dans une fin heureuse pour ses personnages, même si on sait déjà à l'avance qu'elle est impossible. Et elle parvient surtout à nous faire concevoir l'inconcevable. Ça, c'est fort, très fort ! J'aimerais pouvoir un jour emporter avec moi mes lecteurs à ce point !

Et celui qui a changé ta vie ?

Je ne l'ai pas encore lu. Je ne sais pas si quelqu'un l'a déjà écrit ou pas mais sinon, je ne dirais qu'une chose : « Auteur.e.s, à vos plumes ! »

Vous avez aimé *Rush* ?

Laissez 5 étoiles et un joli commentaire pour motiver d'autres lecteurs !

Vous n'avez pas aimé ?

♠

Écrivez-nous pour nous proposer le scénario que vous rêveriez de lire !

https://cherry-publishing.com/contact

Pour recevoir gratuitement Là-Haut Dansent les Étoiles, la romance entre gloire et descente aux enfers phénomène de Pauline Perrier, et toutes nos parutions, inscrivez-vous à notre Newsletter !

https://mailchi.mp/cherry-publishing/newsletter

La playlist :

PROLOGUE : Life is Good – Future/Drake
CHAPITRE 1 : Damn Cool – Skip the use
CHAPITRE 2 : Live Young Die Free – Fletcher
CHAPITRE 3 : Wicked Ones – Dorothy
CHAPITRE 4 : War Paint – Fletcher
CHAPITRE 5 : Stitches – Shawn Mendes
CHAPITRE 6 : Say So – Doja Cat
CHAPITRE 7 : Sorry – Mali Koa
CHAPITRE 8 : Not Gonna Cry – Emma Steinbakken
CHAPITRE 9 : Breathe – Anna Nalick
CHAPITRE 10 : Heaven Knows – The Pretty Reckless
CHAPITRE 11 : I hate You, I love You – Gnash/Olivia
O'Brien
CHAPITRE 12 : Circles – Post Malone
CHAPITRE 13 : I Feel It Coming – The Weeknd
CHAPITRE 14 : Heavy Crown – Iggy Azalea
CHAPITRE 15 : Too Close – Alex Clare
CHAPITRE 16 : We Got Love – Teyena Taylor
CHAPITRE 17 : Right Here – Ashes Remain
CHAPITRE 18 : White Winter Hymnal – Birdy
CHAPITRE 19 : House Of Cards – Manafest
CHAPITRE 20 : Sign Of The Time – Harry Styles
CHAPITRE 21 : Strangers – Fletcher
CHAPITRE 22 : Waking Up In Vegas – Katy Perry
CHAPITRE 23 : Breathe Me – Sia
CHAPITRE 24 : All Love – Fletcher
CHAPITRE 25 : Under Control – Calvin Harris/Alesso
CHAPITRE 26 : More Than Words – Extreme
CHAPITRE 27 : Stay – Zedd/Alessia Cara
CHAPITRE 28 : The Edge – Tonight Alive
CHAPITRE 29 : Woman Woman – Awolnation
CHAPITRE 30 : Seven Sticks of Dynamite – Awolnation
CHAPITRE 31 : Missile – Dorothy

Bonus :

The Razors Edge : AC/DC
As You Are – The Weeknd
L'échappée Belle : Brigitte
Sia : Big girls cry